PROLOG

28. März, Berlin

Alicia, drei Jahre zuvor

Kurz vor Beginn der Trauerfeier checkte ich noch einmal mein Telefon, während sich die Stuhlreihen mit Gästen füllten. Keine Nachricht. Mein Blick huschte von dem mit Blumen geschmückten Sarg zu der offenen Flügeltür zu meiner Linken. Konnte er nicht wenigstens heute pünktlich sein?

Da erschien Robins hochgewachsene Gestalt endlich in der Tür. Er war völlig verkatert, das sah ich sofort. Ich fasste es nicht. Sein Blick glitt suchend über die murmelnden Gäste. Widerwillig hob ich die Hand, um auf mich aufmerksam zu machen, auch wenn ich ihn heute nicht in meiner Nähe haben wollte.

Er sah scheiße aus. Das blasse Gesicht und die Schatten unter seinen tiefliegenden Augen verrieten mir viel zu genau, was er gemacht hatte, nachdem wir gestern Abend nach einer angespannten Autofahrt von Oberstdorf nach Berlin die letzten beiden Einzelzimmer eines B&B's bezogen hatten. Aber wenigstens war er gekommen.

Halbherzige Entschuldigungen murmelnd schob Robin sich zu mir in die Sitzreihe und ließ sich auf den Stuhl fallen, den ich mit meiner Handtasche freigehalten hatte. Er warf mir einen kurzen Seitenblick zu, ließ die Hände in die Taschen seiner Sportjacke gleiten und reckte den Hals, um das gerahmte Bild von Lukas zu betrachten, das ihn grinsend und in Bergsteigermontur am Fuß des Annapurna zeigte.

Die Trauerhalle der Kapelle war ein schmaler, in weiß gehaltener Raum, die rechte Wand regelmäßig von großen Fenstern unterbrochen. Das goldene Sonnenlicht des klirrend kalten Tages fiel herein und machte die Kerzen auf dem Altar fast überflüssig. Ich biss die Zähne zusammen, als leise Klaviertöne im Hintergrund einsetzten und mir die Kehle zuschnürten. Unvermittelt kam der Gedanke auf, dass Lukas dieses Begräbnis gefallen hätte.

»Ist ganz hübsch«, kommentierte Robin die von Grün dominierte Dekoration auf dem Altar und streckte die langen Beine aus, sodass sie unter dem Stuhl seines Vordermanns lagen. Ich wandte mich ab, um nichts Feindseliges zu erwidern. Der schwache Geruch von Rum, der von ihm ausging, machte mich so wütend, dass ich ihm am liebsten hier und jetzt vor allen Leuten eine gescheuert hätte. Gott, ich hasste alles an ihm. Nicht zu fassen, dass er hier *betrunken* auftauchte. Dass sechs Wochen private Entzugsklinik umsonst gewesen waren.

Als Robin meinem Blick erneut begegnete, strich er sich mit der Hand über die unrasierte Wange und schlang einen Arm um meine Schultern. Mein Hass prallte einfach von ihm ab. Wie immer.

»Tut mir leid, dass ich vorhin nicht aufgemacht hab, als du geklopft hast«, flüsterte er und steckte sich ein Kaugummi zwischen die Zähne.

»Ich habe nicht nur geklopft«, entgegnete ich mit vor Wut gepresster Stimme und krallte die Finger in die Taschentuchpackung, die ich umklammert hielt.

»Ich habe fast deine verdammte Tür eingetreten. Es war so *klar*, dass du dir die Kante gibst, sobald du ein beschissenes Einzelzimmer –« Ich verstummte, denn eine alte Dame aus der vorderen Reihe hatte sich umgedreht und betrachtete uns mit einer Mischung aus Neugier und Empörung. Der Trauersaal war inzwischen voll besetzt und die schwarzgekleidete Pfarrerin schloss gerade die Tür.

»Es tut mir leid«, wiederholte Robin gedehnt und drückte mich an sich, doch ich machte mich los. Es wurde still im Saal, als die

Pfarrerin langsamen Schrittes den Gang zum Altar zurücklegte, kurz vor dem weißen Sarg stehen blieb und dann das Podium bestieg, vor dem ein Mikrofon aufgebaut war.

»Liebe Familie, liebe Freunde, liebe Gäste«, begann sie und die Musik verstummte. Robin wollte mir etwas zuflüstern, doch ich presste den Zeigefinger auf die Lippen und drängte ihn zurück.

»… wir haben uns heute hier versammelt, um Abschied zu nehmen. Abschied von Lukas Krämer, der Zeit seines Lebens ein begeisterter Alpinist und außergewöhnlicher Sportler gewesen ist. Am 14. März starb er bei einem Schneesturm am K2 in Pakistan. Er wurde nur 36 Jahre alt.«

Die Pfarrerin machte eine taktvolle Pause, als Lukas' Frau, deren blondes Haar ich in der ersten Reihe erspähte, aufschluchzte.

»Lukas kletterte seit seiner Jugend leidenschaftlich gern, doch 2013 begann für ihn ein neuer Lebensabschnitt. Er nahm sich ein Jahr Auszeit. Die Firma, in der er als Bauleiter tätig gewesen war, war insolvent gegangen, und er reiste nach Indonesien und in die Antarktis. Dort bestieg er zwei der Seven Summits, die höchsten Berge dieser Erde. Die Mitglieder dieser beiden Expeditionen wurden enge Freunde und Wegbegleiter für ihn. Lukas war ein ehrgeiziger Mann, fest entschlossen die gesetzten Ziele zu erreichen. Susanne, als ich am vergangenen Samstag zu Ihnen fuhr, um diese Rede vorzubereiten, sagten Sie …«

Die Stimme der Pfarrerin blendete ich mit jedem Wort weiter aus. Ein dumpfer Schmerz verkeilte sich in meiner Brust, so wie schon vor zwei Wochen, als Susannes Anruf die Botschaft von Lukas' Unfall überbracht hatte. Tränen verschleierten meinen Blick.

Vielleicht wäre das alles nicht passiert, wenn er auf dem K2 nicht allein gewesen wäre, dachte ich. Doch damit durfte ich gar nicht erst anfangen. Bergsteigen war ein Extremsport, bei dem stets Unfälle passierten. Lukas hatte die Risiken gekannt, als er im Februar die Expedition begonnen hatte. Wir alle hatten das.

Robin neben mir rührte sich nicht, wie versteinert saß er [illegible], die Arme vor der Brust verschränkt, den Kopf gesenkt. Al[illegible]n ihm einen Blick zuwarf, bemerkte ich, dass er die Augen geschlossen hatte. Er schreckte auf, als mein Ellbogen hart gegen seine Rippen stieß.

»Du bist einfach unglaublich!«

»Pssst!«

»2003 lernten die beiden sich in Berlin kennen …«

Voller Wut wandte ich mich von Robin ab. Ich zwang mich, dem weiteren Verlauf der Rede zu folgen, doch es gelang mir nur halb. In mir schlugen tausend Gefühle um sich. *Vielleicht sind wir alle Schuld, jeder von uns ein bisschen, und vielleicht würde Sebastian, wenn er jetzt hier wäre und nicht am Kilimandscharo, dasselbe sagen.*

»… und heirateten zwei Jahre später, als sich Töchterchen Sarah ankündigte.«

Vielleicht …

»All die Jahre haben sie immer …«

… sind wir alle ein bisschen schuld.

Robin ächzte, als ich ihm eine halbe Stunde später mit einem Tritt gegen das Schienbein signalisierte, dass die Trauerfeier vorüber war. Er stemmte sich aus seinem Stuhl hoch und schlängelte sich zwischen den anderen Gästen zum Ausgang der Kapelle.

Draußen pflückte ich ihm die Zigarette aus dem Mund, die er sich gerade anzünden wollte, und warf sie in den Mülleimer.

Robin verdrehte die Augen. »Was soll die Scheiße, Alicia? Ich sollte –«

»Du solltest vielleicht zurück ins Hostel gehen«, unterbrach ich ihn scharf. »Jetzt. Lukas würde sich für dich schämen, wenn er dich hier so sehen würde.«

Anstelle einer Antwort schnaubte er nur.

»Ich mein's ernst, Robin. Verschwinde hier. Ich mache das alleine.«

Die Trauerformation setzte sich allmählich in Bewegung. Kopfschüttelnd blickte er auf mich herab. »Oh Gott, du kannst so pathetisch sein.«

»Meinetwegen.« Seine Worte trafen mich schon längst nicht mehr. Ich kehrte ihm den Rücken zu. »Geh einfach. Und wenn du heute Nachmittag mit mir zurückfahren willst, bist du besser wieder nüchtern.«

Er konterte meine Worte lediglich mit einer wegwerfenden Handbewegung.

EINS

25. März, Flughafen Friedrichshafen

Alicia, Gegenwart

Der Kragen meiner Jacke klebte mir noch immer nass im Nacken, als ich aus dem Bus stieg und mir meinen Expeditionsrucksack auf die Schultern wuchtete.

Ein hartnäckiger Platzregen hatte mich an diesem Samstagmorgen von meiner Haustür bis zum Busbahnhof begleitet, und auch jetzt durchnässte er mich im Handumdrehen bis auf die Haut, bevor ich mich unter dem Vordach der Abflughalle ins Trockene bringen konnte. In der Drehtür wehte mir warme, abgestandene Luft entgegen. Ich schob mich hinter schnatternden Touristen in die Eingangshalle des Flughafens.

Dass ich Robin nirgendwo entdeckte, als ich unseren Abschnitt erreichte, überraschte mich nicht. Robin war nicht der Typ, der untätig herumstand und mir die zehn Minuten Verspätung verzieh, natürlich war er schon vorgegangen. Also reihte ich mich allein in die kurze Warteschlange am Terminal ein. Mein Herz klopfte ein paar Takte schneller, als ich mein Flugticket entgegennahm.

Ich gab meinen Rucksack ab, brachte die Sicherheits- und Passkontrolle hinter mich und schloss mich dann einer kleinen Gruppe an, die ebenfalls die Treppe nahm und auf das Gate zusteuerte.

Der Wartebereich war noch recht leer, schließlich würde das Boarding erst in einer halben Stunde beginnen. Robin saß mit dem Rücken zum Eingang auf einer der Bänke und wühlte in seinem Handgepäck herum. Als er mich aus den Augenwinkeln sah, hielt er inne. Ein Grinsen schob sich auf sein bärtiges Gesicht.

»Alicia Fischer«, flötete er, fegte seine Jacke vom Nachbarsitz und wies mich an, mich zu setzen. »Nur zwanzig Minuten zu spät. Rekord, würde ich mal sagen.«

Ich ließ mich auf den Sitz fallen, schälte mich aus der nassen Jacke und strich mir das feuchte, braune Haar aus der Stirn.

»Wow, Bart *und* Mähne?«, fragte ich, seine Bemerkung zu meiner Verspätung übergehend und musterte ihn von Kopf bis Fuß. »Steht dir, Jesus.«

Seine Haare, die er schon in den letzten Monaten unserer Beziehung hatte wachsen lassen, reichten ihm ein halbes Jahr nach unserem letzten Treffen bis zu den Schultern und sein Bart war ein einziges, dunkles Wirrwarr. Er trug das gleiche schwarze Sweatshirt wie ich, verziert mit dem Logo von *KOLOSS*, einem steinernen Riesen.

Plötzlich brach mir der Schweiß aus. Robin schien die Vorbereitungen auf das, was in den nächsten Wochen auf uns zukommen würde, um einiges ernster genommen zu haben als ich. Unter dem Sweatshirt zeichnete sich sein Körper so massiv ab, wie er es zuletzt in Russland gewesen war.

Robin lachte und strich sich eine Haarsträhne aus dem Gesicht.

»Ja, wie auch immer.« Er machte eine wegwerfende Geste in meine Richtung. »Wird schließlich kalt da oben.«

Ich beobachtete ihn dabei, wie er einen Haargummi vom Handgelenk zog und sich die Haare zu einem Dutt zusammenband.

»Besser?« Das Blau seiner Augen leuchtete viel zu intensiv.

Ich hob die Schultern. »Das ist Ansichtssache ...«

Robin schnaubte. »Scheißegal, Mann. Wir fliegen nach Nepal!«

Er klatschte sich mit den Handflächen auf die Knie und wippte von links nach rechts, sodass er einige Male mit dem Arm gegen meine Schulter stieß. Das Leuchten in seinen Augen weckte eine

Reihe von Erinnerungen, an die ich jetzt lieber nicht denken wollte.

»Ja«, presste ich stattdessen hervor. »Verrückt. Wir machen es schon wieder.«

»Wir gehen echt den Everest an, Ali!«

Diese verrückte Idee laut ausgesprochen zu hören, entlockte mir ein Lachen, das mehr nach einem Würgen klang. Ich bohrte meine Fingernägel in meine feuchten Handflächen, um mich unter Kontrolle zu halten. »Bescheuert. Einfach nur bescheuert.«

Robin warf mir einen raschen Seitenblick zu. »Und wir werden sogar dafür bezahlt. Übrigens, was sagt dein neuer Freund eigentlich dazu, dass du die nächsten zwei Monate mit mir verbringst?«

Als ich die Augen verdrehte, hob er abwehrend die Hände.

»War nur 'ne stinknormale Frage, okay?«

»Ich hab keinen neuen Freund, Robin. Lass den Scheiß.«

Ausnahmsweise nahm er die Gereiztheit in meiner Stimme wahr, denn anstelle einer Antwort stand er auf.

»Schon klar.« Er grinste. »Ich besorg mir Kaffee. Willst du auch was?«

Ich schüttelte den Kopf und sah ihm nach, als er langsamen Schrittes verschwand. Mein Herz klopfte jetzt so heftig gegen meinen Brustkorb, dass ich für einige Augenblicke die Luft anhielt, um mich zu beruhigen.

Wir gehen echt den Everest an, Ali. Robins Stimme hallte in meinen Ohren wider. Endgültig. Beunruhigend. In knapp einer Stunde würden wir auf dem Weg nach Nepal sein, um die kommenden acht Wochen damit zu verbringen, den höchsten Berg der Welt zu begehen. Oder es zumindest zu versuchen. Ich schluckte schwer.

Robin und ich waren Extremsportler. Bergsteiger, um genau zu sein. Vier große Gipfel lagen bereits hinter uns, zwei davon durch ein Sponsoring finanziert. Und jetzt ermöglichte uns die *KOLOSS* GmbH, ein großes, österreichisches Unternehmen für Energydrinks, eine weitere Expedition.

Dennoch könnte ich mich dafür ohrfeigen, dass ich Robin dieses dämliche Versprechen gegeben hatte. Was hatte ich mir nur dabei gedacht, meinen Sponsorenvertrag mit KOLOSS wieder aufzunehmen?

Natürlich würde ich es Robin gegenüber ungern zugeben, nach all den Gipfeln, die wir gemeinsam bestiegen hatten, doch die Wahrheit war, dass ich mich vor den nächsten Wochen fürchtete. In den letzten Monaten hatte sich einfach zu viel verändert. Das sichere Gefühl, was mich früher umgeben hatte, wenn ich mit Robin zu einer neuen Reise aufgebrochen war, wollte sich einfach nicht einstellen. Nicht einmal die Aussicht, morgen in Kathmandu auf das Team zu treffen, konnte mich beruhigen. Zudem machte es mich nervös, wieder in seiner Nähe zu sein. Vielleicht war ich nicht so endgültig über ihn hinweg, wie ich es mir das letzte halbe Jahr eingeredet hatte.

»Hey.«

Robin war zurück, einen dampfenden Becher Kaffee in der Hand. Geistesabwesend blickte er zum Gate und setzte sich wieder neben mich. Sonnenlicht fiel durch die Fensterfront vor uns und beleuchtete seine Züge. Er hatte viel von seiner früheren Gesichtsfarbe verloren.

»Geht's dir gut?« Es war, als würde ich mich nach all der Zeit immer noch für ihn verantwortlich fühlen. Und womöglich tat ich das auch. Sein Blick flatterte zurück zu mir. Ich starrte stur auf seine feingliedrigen Finger, die den Becher umschlossen.

»Ja. Klar. Und dir?«

Ich setzte mich auf und spannte die Bauchmuskeln an, um die aufkommende Übelkeit zu unterdrücken. Es wurde Zeit, dass ich mich verdammt nochmal zusammenriss. »Äh … ja«, hörte ich mich mit leichter Verzögerung erwidern. Ein unbehagliches Schweigen breitete sich zwischen uns aus und als einige Minuten später endlich der Aufruf zum Boarding aus den Lautsprechern über uns drang, kam er mir vor wie eine Erlösung.

Robin erhob sich, als die anderen Passagiere Anstalten machten, eine Schlange vor dem Schalter zu bilden.

»Wollen wir?«

»Klar.« Ich nahm meine Tasche an mich, während mir der schmerzlich vertraute Duft seines Deos in die Nase stieg.

Für den kurzen Flug von Friedrichshafen nach Frankfurt gingen wir an Bord einer kleinen Maschine, deren Sitzreihen so eng angelegt waren, dass Robin sich die Knie an der Rückenlehne seines Vordermanns quetschte und wir viel zu dicht beieinandersaßen. Die Sicherheitshinweise der Stewardess rauschten ungehört an mir vorbei, doch als das Flugzeug nach einer halben Ewigkeit endlich abhob, wurde ich ruhiger. Wenigstens konnte ich jetzt nicht mehr kneifen.

Wir erreichten Frankfurt planmäßig gegen zwölf Uhr Mittag. In den zwei Stunden, die wir auf unseren Anschlussflug warten mussten, sprachen wir nicht viel. Worüber sollte man auch sprechen, wenn man sich nach sechs Jahren Beziehung allmählich ein neues Leben aufgebaut hatte, nur um dann auf die hirnrissige Idee zu kommen, mit seinem Ex-Partner auf den verdammten Mount Everest zu steigen.

Als wir an Bord des um einiges größeren Airbus gingen, der uns nach Maskat bringen würde, brach Robin schließlich das Schweigen. »Und, wie läuft's so bei dir?«, fragte er die unverfänglichste aller Fragen, während er mit den Fingern auf der Lehne seines Sitzes trommelte. »Du gibst doch noch Kletterkurse am Nebelhorn, oder?«

»Es läuft gut«, entgegnete ich beinahe hastig. Ich war froh, dass die unangenehme Stille zwischen uns endlich aufgehoben wurde.

»Und bei dir? Was macht der Job?«

Er wartete, bis sich eine Gruppe Passagiere an seinem Sitz vorbei gequetscht hatte, dann strich er sich die Strähnen aus dem Gesicht, die sich aus seinem Dutt gelöst hatten.

»Och, es läuft. Schmitti hat einen Haufen Ausrüstung für mich dabei, die man mir zum Testen am Everest zugeschickt hat«, sagte er. »Und sonst arbeite ich immer noch bei Gabriel im Laden.«

Gabriel, der wie Sebastian ein langjähriger Kletterkumpel von uns war, gehörte ein großes Sportgeschäft in Oberstdorf, das sich auf Kletterbedarf spezialisierte. Sebastian Schmitter, oder *Schmitti*, wie Robin ihn zu nennen pflegte, war unser von *KOLOSS* zur Verfügung gestellter Bergführer. Sowohl Robin als auch ich vertrauten diesem Mann blind. Wir hatten ihn vor fünf Jahren in Indonesien kennengelernt.

Ich versuchte ein Lächeln. »Klingt gut.«

Auch Robins Mundwinkel hoben sich an. »Schätze schon.«

Und damit setzte das betretene Schweigen wieder ein.

Nach dem halbherzigen Herumgehampel der Stewardess rollte der Airbus auf die Startbahn und beschleunigte. Aus den Augenwinkeln sah ich, wie Robin die Augen zusammenkniff. Fliegen hatte noch nie zu den Dingen gehört, die er schätzte.

Irgendwo über dem Schwarzen Meer schlief Robin ein. Sein Gesicht wirkte auf einmal fremd auf mich. Ich redete mir ein, dass es am Bart lag, aber das stimmte nicht. Im Schlaf entspannten sich seine Züge, sodass ich sah, wie ausgemergelt er wirklich war. Die Wangenknochen zeichneten sich deutlich unter der Haut ab und die Ringe unter seinen Augen bildeten einen heftigen Kontrast zu seiner Blässe. Er wirkte gehetzt, ausgezehrt, erschöpft. Ich riss den Blick von ihm los, als sich ein bösartiger Gedanke in meinen Kopf schob. Hatte ich Alkohol gerochen, als wir miteinander gesprochen hatten? Wenn auch nur für eine Sekunde? Nein. Verdammt nochmal. Es war nicht fair, sofort das Schlimmste zu vermuten. Nein. Der Everest und die *KOLOSS*-Challenge waren ihm wichtig, vielleicht sogar wichtiger als alles andere. Er würde sich den Trip nicht versauen, *nicht damit*, nicht nachdem er fast drei Jahre trocken gewesen war. Und trotzdem. Nachdem wir beide unsere Beziehung vor die Wand gefahren hatten, wollten wir dennoch in Kontakt bleiben. Wie es zu erwarten gewesen war, hatte das trotz all der guten Vorsätze nicht geklappt. Seit ich Robin im September letzten Jahres auf der Geburtstagsparty seines Bruders wiedergesehen hatte, sieben Monate nach unserer Trennung, war der Kontakt erneut völlig abgebrochen. Aber ein Wiedersehen hatte gereicht, um uns diese aberwitzige Idee des Everest in den Kopf zu setzen. In einer gemeinsamen Mail hatten wir unseren Ansprechpartnern von *KOLOSS* die Challenge vorgeschlagen und natürlich waren sie begeistert gewesen. Die Planung hatte sofort begonnen, aber keiner von uns hatte direkten Kontakt aufgenommen. Wahrscheinlich hatte das mit Stolz zu tun, ein Problem, das uns schon immer begleitet hatte.

Auch wenn ich mir das absolut nicht eingestehen wollte, hatte ich keine Ahnung, was inzwischen in Robins Leben passiert war. Er hätte wieder einen Rückfall haben können, ohne dass ich davon erfahren hätte. Er hätte eine dritte Depression entwickeln können, ohne …

»Unsinn«, sagte ich laut zu mir selbst. Ich war völlig paranoid. Wir waren jetzt hier, zusammen, in einem Flugzeug auf dem Weg zum anderen Ende der Welt. Für die nächsten zwei Monate würde sich keiner von uns vor dem anderen verstecken können. So dumm diese Idee auch gewesen war, es war längst zu spät, sie zu überdenken.

Mitten in der Nacht landete der Airbus in Maskat. Robin weckte mich, indem er mir ins Ohr pustete, sodass ich aufschreckte und mir ein wenig schmeichelhafter Name für ihn über die Lippen kam. Grinsend trug er für mich mein Handgepäck.

Auf dem Weg zur Schleuse kramte er sein Telefon aus der Hosentasche. »Vier Stunden bis es weitergeht«, sagte er, ein Gähnen unterdrückend und drehte sich zu mir um.

»Okay.« Ich streckte die müden Glieder. Ich hatte kaum ein Auge zugetan, im Gegensatz zu Robin konnte ich in Flugzeugen nur schlecht schlafen. Mein Nacken war steif und hinter meiner Stirn pochte ein dumpfer Schmerz. »Lass uns was essen.«

Das Flughafenrestaurant im Erdgeschoss des Gebäudes war menschenleer, als wir uns an einen Platz am Fenster setzten. Es dauerte einen Augenblick, bis Robin eine Karte auftreiben konnte, die nicht auf Arabisch war. Ich bestellte einen Früchtetee, Hibiskus war meine Lieblingssorte, und eine Portion des Tagessalats. Robin nahm ein Panini und schwarzen Kaffee, den er in Höchstgeschwindigkeit in sich hineingoss.

»Noch, hm, sagen wir sechs Stunden, alles in allem. Dann sind wir in Kathmandu«, bemerkte ich, als ich den Teebeutel im heißen Wasser versenkte und zusah, wie sich die rote Wolke langsam in der Tasse ausbreitete. »Fühlt sich immer noch komisch an, oder?«

Robin sah mich über seine Tasse hinweg an. Als er trank, berührte der Keramikrand die Mulde zwischen seiner Stirn und seiner Nase. »Ziemlich. Wie hast du dich vorbereitet?«

»Ich bin jeden zweiten Tag sechs Kilometer gejoggt und war drei Mal pro Woche im Fitnessstudio«, entgegnete ich. »Und du?«

Robin betrachtete sein Panini ohne großen Appetit. »Hab dieses Mal mit einem Personal Trainer zusammengearbeitet. Kein Bock, wieder kurz vorm Gipfel fast abzukacken wie beim Makalu. Hab zwei Mal die Woche mit ihm Ausdauer trainiert und sonst täglich alleine Krafttraining gemacht.«

»Wow. Das ist viel.«

Robin nickte und zog den Teller an sich, doch er zerpflückte nur langsam die Rinde des Weißbrots. »Mann… Ich freu mich auf Schmitti und André.« Bei dem Gedanken an die beiden kräuselten sich seine Lippen zu einem Grinsen.

Ich hob die Brauen. »Moment mal. André ist auch wieder dabei, echt jetzt?«

Das letzte, was ich gehört hatte war, dass André Hoffmann, unser zweiter Bergführer, das Bergsteigen auf das Drängen seiner Frau Karin schließlich an den Nagel gehangen hatte.

Robin leerte seine Tasse und zuckte mit den Schultern. »Japp, der ist dabei. Konnte wohl die Füße nicht stillhalten.«

»Das wird Karin nicht gefallen«, murmelte ich, eher zu mir selbst als zu Robin, doch der schnaubte missbilligend.

»Hätte sie wissen müssen, bevor sie 'nen bescheuerten Bergsteiger heiratet, oder?«

Ich antwortete nicht. Stattdessen stocherte ich in meinen Salat herum.

»Ist was?« Robin schob seinen Teller endgültig von sich und runzelte die Stirn.

»Alicia. Ist was?«, wiederholte er, als ich nicht sofort reagierte.

Ich seufzte. »Die Challenge macht mir Angst«, gab ich leise zu, wieder ohne ihm dabei in die Augen zu sehen. Es hatte keinen Zweck, länger um den heißen Brei herumzureden. »Der Everest. Das alles.«

Zu meiner Überraschung beugte Robin sich vor und legte seine Hand auf meine. Es kostete mich alle Willenskraft, nicht vor dieser Berührung zurückzuschrecken, egal wie selbstverständlich sie wirkte. Denn das war sie nicht.

»Hey. Guck mich mal an.«

Widerwillig kam ich seiner Aufforderung nach.

»Du hast bisher jeden Gipfel geschafft. Alles, was du dir vorgenommen hast, hast du geschafft, oder? Der Everest ist nicht anders als der Makalu. Im Ernst. Das sagt jeder.«

»Schon da bin ich fast gescheitert«, murmelte ich und meine Stimme zitterte. Es war so verdammt schwer, seinem Blick standzuhalten. Robin schnalzte ungeduldig mit der Zunge.

»Schwachsinn. Du bist 'ne verdammt gute Bergsteigerin, Alicia. Du hast Erfahrung, du weißt, was du tust. Ich meine, du wirst gesponsert, so gut bist du. Nicht jeder kann von sich behaupten, mit 26 schon so weit gekommen zu sein. Und wir machen das zusammen. Wie immer, okay?«

»Ja, ich glaube schon.«

»Du glaubst schon? Ist das dein Ernst?« Seine Hand lag warm und schwer auf meiner. Er drückte sie leicht. »Okay. Weißt du was? Ich versprech dir, dass ich den Gipfel nicht besteige, ehe du direkt hinter mir bist. Alles klar? Außerdem ist Schmitti noch da. Bisher war auf den immer Verlass. Er bringt uns da hoch. Wie immer.«

Wie immer. Glaubte er wirklich, dass alles wie immer war? Nichts war wie immer. Ich presste die Lippen aufeinander. Robin meine Zweifel zu beichten, erschien mir albern, kindisch. »Ja. Es ist nur … dieser Berg. Ich weiß auch nicht. Der Everest ist anders.« Das, was ich sagte, klang jämmerlich, das war mir klar, aber es musste raus. »Ehrlich, Robin, wieso tun wir uns das schon wieder an?«

Als er wieder zu grinsen begann, rutschte mir die unschöne Bezeichnung von eben ein zweites Mal raus.

»Um den guten alten Mallory zu zitieren: Weil er da ist!«, rief er theatralisch und warf dabei die Arme in die Luft. In dieser lächerlichen Pose entlockte er mir trotz allem ein leises Lachen.

»Nein, im Ernst«, bat ich ihn, als er seine kleine Darbietung beendet hatte. »Wieso?«

Wieder trafen sich unsere Blicke. Das Blau seiner Iris war mit winzigen, dunklen Sprenkeln besetzt. Das hatte ich beinahe vergessen.

»Weil da oben alles Sinn macht, oder? Man ist völlig unabhängig und frei.« Er lächelte. Es war das erste, ehrliche Lächeln, seitdem wir heute Morgen in Friedrichshafen in die Maschine gestiegen waren. »Und überhaupt, wie heißt es so schön?«

Ich schnitt eine Grimasse, ehe ich antwortete. »*Climb that goddamn mountain.*«

3. Juli, Oberstdorf

Alicia, anderthalb Jahre zuvor

Die Wohnung lag längst im Dunkeln, als mich die ins Schloss fallende Tür weckte. Ich setzte mich auf und strampelte mich aus der Decke, mit der ich mich auf die Couch verzogen hatte. Im Flur ging das Licht an. Der schmale Streifen, der ins Wohnzimmer fiel, beleuchtete die Uhr über dem Schrank. Es war schon nach Zehn.

Der schwere, süßliche Geruch von Marihuana drang in den Raum, noch bevor er selbst hineinkam. Ich biss die Zähne aufeinander, ehe ich den nächsten Streit riskierte. Stattdessen knipste ich die Stehlampe neben der Couch an und sah schweigend zu ihm hoch, die Beine an den Körper gezogen.

»Wo warst du?«, verlangte ich zu wissen, nachdem ich vergeblich darauf gewartet hatte, dass er den Anfang machte. Doch

Robin stand nur da, eine Schulter gegen den Türrahmen gelehnt, die Haare von der Kappe platt an den Kopf gedrückt.

»Unterwegs.«

»Ah. Und da kannst du nicht Bescheid sagen?« Ich erhob mich und ging auf ihn zu. Seine Pupillen hatten die Größe von Untertassen und verschluckten beinahe seine Iris. Sein Anblick widerte mich an, doch routiniert wie ich war, atmete ich tief durch die Nase ein. Wenigstens hatte er nicht getrunken.

»Wird das jetzt zur Tagesordnung? Nach Feierabend dieses scheiß Kraut rauchen?«

Robin stöhnte auf. »Alicia, ich –«

»Was soll das eigentlich?« Ehe er seinen Satz beenden konnte, griff ich nach dem Tütchen auf dem Esstisch und drückte es ihm gegen die Brust. Er nahm es an sich, ohne dass sich eine Regung in seinem Gesicht abzeichnete.

»Das hab ich zwischen deinen Socken gefunden«, erklärte ich überflüssigerweise und wich ihm aus, als er die Hand nach mir ausstreckte. »Werd endlich erwachsen, verdammt nochmal.«

Er folgte mir in die Küche. »Hör mal, ich kann doch –«

Ich drehte mich um. »Was kannst du, hm? Du solltest endlich dein Leben in den Griff bekommen, wenn du wirklich willst, dass das hier funktioniert!« Jetzt schrie ich doch, aber das war mir egal. Wieder streckte er die Hand nach mir aus. Wieder stieß ich sie weg.

»Du bist unmöglich, Robin!« Ich riss den Kühlschrank auf und knallte die Saftpackung auf die Anrichte, nur um irgendetwas zu tun. »Allein das scheiß Sommerfest!«

Robin strich sich mit der Hand über das Gesicht. »Was ist jetzt schon wieder los? Was ist mit dem Sommerfest?«, murmelte er. Seine müde, nuschelnde Art zu sprechen, machte mich nur noch wütender. Um ein Haar knallte ich ihm die Tür des Hängeschranks vor den Kopf, als ich das saubere Geschirr aus der Spülmaschine einräumte. Irgendetwas musste ich jetzt tun, meine Wut hatte ihren Siedepunkt längst erreicht.

»Ich bin erst seit ein paar Monaten Kursleiterin an der Kletterschule«, presste ich zwischen zusammengebissenen Zähnen hervor und knallte die Teller aufeinander. »Und du … du hast mich vor allen blamiert! Du hast dich benommen wie das letzte Arschloch!« Irgendwo in meinem Hinterkopf wusste ich, dass ich mich nicht fair verhielt. Ich ignorierte es.

»Ich hab doch überhaupt nichts gemacht«, beteuerte er, öffnete die Balkontüre und holte eine Packung Zigaretten aus der Brusttasche seines Hemds. Natürlich. Weglaufen war immer sein erster Instinkt. Ich schnaubte.

»Ach ja? Du warst arrogant und total herablassend. Du … *du kotzt mich so an!«* Ich riss ihm die Packung aus der Hand und ließ sie ins Spülbecken fallen. Robin knallte die Balkontüre wieder zu und schüttelte den Kopf.

»Sag mal, spinnst du jetzt total?«

»Das kannst du dich selbst fragen!«

»Das ganze scheiß Fest war doch ein Witz! Alles voll mit spießigen Scheißkerlen, die denken, sie sind die Meister ihrer Disziplin. Es ist lächerlich, wie du dir den Arsch für sie aufreißt und versuchst, es ihnen recht zu machen!«

»Jaah, klar, dass beruflicher Ehrgeiz für dich lächerlich ist!«

Er prallte mit dem Rücken hart gegen den Türrahmen, als ich ihn abermals von mir stieß und in der Küche stehen ließ.

Als er sehr viel später ins Schlafzimmer kam, starrte ich schon seit Ewigkeiten an die Decke. Ohne ein Wort legte er sich neben mich, drehte sich auf die Seite und kehrte mir den Rücken zu. Ich wollte etwas sagen, doch ich fand keine Worte. Es war, als sprächen wir längst nicht mehr dieselbe Sprache.

ZWEI

26. März, Kathmandu

Robin, Gegenwart

Als wir gegen 14 Uhr Ortszeit den Tribhuvan International Airport erreichten, zog ich mir das Sweatshirt über den Kopf, noch ehe wir die Schleuse erreicht hatten. Das T-Shirt klebte mir an Rücken und Brust. Die Hitze, die uns selbst innerhalb des Gebäudes wie eine Wand begegnete, erschlug mich förmlich. Die sommerlichen Temperaturen in Kathmandu unterschieden sich so sehr von den Regenschauern und Minusgraden, die wir in Friedrichshafen zurückgelassen hatten, dass mein Körper ein paar Minuten brauchte, um damit klarzukommen.

Der Flughafen war vollgestopft mit lärmenden Menschen aus aller Welt, sodass Alicia der altbewährten Methode nachkam und einen Finger im Gürtelriemen meiner Jeans einhakte, um mich auf dem Weg zu den Gepäckbändern nicht zu verlieren.

In der Schlange vor den Kontrollen entdeckte ich André, kurz darauf erschien auch Sebastians zur Glatze neigender, ergrauter Schopf neben ihm. Ich winkte und schob mich durch die wartenden Menschen auf die beiden zu, Alicia im Schlepptau. Als Sebastian mich näherkommen sah, strahlte er.

»Voss!«, dröhnte er und drückte mich kurz, aber herzlich an sich. »Guten Flug gehabt?«

»War okay.« Ich klopfte ihm auf die Schulter. »Schön dich zu sehen, Schmitti.«

»Gleichfalls, Junge. Schöne Sache, dass wir alle zusammen hier sind. Alicia, hallo!« Er riss auch Alicia in seine Arme, während ich André die Hand gab.

»Hey man, freut mich, dass du's doch noch geschafft hast.«

André, mit Ende Vierzig etwa im selben Alter wie Sebastian, war groß und so dürr, dass ich mich jedes Mal fragte, wie er die nötige Kraft zum Bergsteigen überhaupt aufbrachte. Zweifellos konnte er das, denn er hatte eine beträchtliche Liste an Erfolgen vorzuweisen. Unter anderem hatte er den Everest schon zwei Mal bestiegen.

Eine Falte erschien auf der Stirn des Holländers, halb verdeckt von einer angegrauten Locke, als ich den Konflikt mit Karin andeutete.

»Mich auch, Mann«, entgegnete er und ließ mir ein für ihn seltenes Lächeln zukommen. »Alle guten Dinge sind drei, oder?«

»Klar.« Ich zwinkerte ihm zu. Derweil legte Schmitti den Arm um die Schultern eines dritten, mir Unbekannten im Bunde, der sich während unserer Begrüßung im Hintergrund gehalten hatte. Er hatte leuchtend rotes Haar, war unglaublich sommersprossig und etwa einen Kopf kleiner als ich, wirkte aber kräftig und durchtrainiert. Auch er trug ein Sweatshirt, auf dessen Brust der steinerne *KOLOSS*-Riese prangte.

»Leute? Das hier ist Maik Bauhöfer, das neuste Mitglied in unserem kolossalen Bunde«, stellte Sebastian den Neuen vor.

»Er ist Naturfotograf und hat sich bereit erklärt, uns diese Saison zu begleiten. Außerdem ist er für den direkten Austausch mit den Social-Media-Leuten verantwortlich.«

Ich trat auf Maik zu, schüttelte ihm die Hand und stellte mich vor. Maik nickte mir mit einer lässigen, aufgeschlossenen Art zu, die ich bei anderen immer bewundert hatte, und drückte meine Hand angenehm fest. »Freut mich.« Er grinste. »Du bist also der Star der Show, hm?«

Ich lachte, hob aber bescheiden die Hände. »Wie man's nimmt. Aber wahrscheinlich wirst du meine Visage bald nicht mehr sehen können, so oft, wie du sie die nächste Zeit vor der Linse haben wirst.«

Maik schnaubte amüsiert. »Wir werden sehen.«

Ich merkte, wie sein Blick zu Alicia glitt, die soeben an meiner Seite aufgetaucht war und einige Worte mit André austauschte. Ich tippte sie an und sie wandte sich uns zu.

»Ja, und das hier ist Alicia Fischer, meine … äh, Partnerin«, stellte ich sie an Maik gewandt vor.

»Hat *KOLOSS* eigentlich im Vorfeld unsere Visa beantragt? Weiß da einer was?« André unterbrach die Begrüßungen und blickte fragend in die Runde.

Alicia runzelte die Stirn. »Das sollten wir doch erst vor Ort machen, oder?«

»Ja, deshalb frag ich. Das Visum vor Ort zu beantragen, geht viel schneller.« André warf einen skeptischen Blick auf die Schlange, die sich bereits vor dem Schalter gebildet hatte.

»Okay, gut.« Alicia lehnte sich gegen eine Säule einige Schritte entfernt. Dort stand sie, das dunkle Haar leicht zerzaust von der langen Reise, die rehbraunen Augen, die immer wirkten, als wäre ihnen einen Schuss Gold beigemischt worden, nachdenklich ins Leere gerichtet. Sie wirkte nervös und irgendwie traurig.

»Wie sieht's diese Saison eigentlich am Everest aus?«, fragte ich, um die Stimmung ein wenig aufzulockern. Sebastian zuckte mit den Schultern. »So geschäftig wie jedes Jahr, würde ich sagen. Auf um die tausend Bergsteiger im Basislager können wir uns schon einstellen. Nicht zu vergessen die ganzen kommerziellen Expeditionen. Aber *KOLOSS* hat uns einen guten Platz für unser Speise- und Kommunikationszelt gebucht. Ich hoffe wirklich auf eine ruhige Saison. Lawinen und Unwetter können mir gestohlen bleiben.«

Bei dem Gedanken an Naturkatastrophen breitete sich ein hässliches Gefühl in meiner Brust aus. Unwillkürlich nahm Lukas vor meinem geistigen Auge Gestalt an. Drei Jahre war er jetzt schon tot. Ich schluckte.

»Hast recht«, presste ich hervor und räusperte mich, um den Kloß in meinem Hals loszuwerden. »So 'ne Scheiße braucht keiner.«

Ich warf Alicia einen kurzen Seitenblick zu. Als wir damals von Lukas' Unfall erfahren hatten, hatte sie zwei Tage lang nur geweint. Kaum merklich zog sie auch jetzt die Schultern hoch, so wie sie es immer tat, wenn sie sich innerlich gegen eine Emotion wehrte. Ich wusste, dass sie ebenfalls an Lukas dachte. Trotzdem brachte sie ein dünnes Lächeln zustande, als sie merkte, dass ich sie beobachtete.

Die Zollformalitäten zu erledigen, dauerte eine Weile. Als wir dann endlich mitsamt unseres Gepäcks nach draußen kamen, war ich froh, das stickige Gebäude hinter mir zu lassen. Innerhalb von zwanzig Minuten, die wir in der feuchten Hitze auf die restlichen Mitglieder unserer Crew warteten, kaute Sebastian Alicia, Maik und mir ein Ohr ab und gab uns einen Abriss seiner neusten Kletteranekdoten, die er im letzten Jahr in den USA und Frankreich gesammelt hatte.

Mit dem nächsten Schwall an Touristen und Geschäftsleuten, die aus dem Flughafen strömten, trafen auch Alexander Herlinger, Basislagerleiter, und seine Freundin Isabell Adams, Camp-Ärztin, ein. Somit war unsere *KOLOSS*-Crew endlich vollständig.

Isa brach in Gelächter aus, als sie gegen das Sonnenlicht in mein Gesicht hinauf blinzelte.

»Was ist denn mit dir passiert?«, wollte die kleine Britin mit den kurzen, schwarzen Haaren wissen und schloss mich fest in die Arme. »Zweieinhalb Jahre reichen aus, um aus dir einen Hippie zu machen?«

Ich schnitt eine Grimasse. »Ey, das ist Winterfell.«

Schnaubend drehte sie sich einmal um die eigene Achse, bis sie Alicia zwischen den anderen entdeckte. »Alicia, Schatz, wieso erlaubst du so ein Theater? Er sieht aus wie einer von der Kelly Family!«

Alicias Mundwinkel zuckten in die Höhe. Scheinbar nahm sie es mit Humor. »Ach, ich bin dazu übergegangen, ihn nur noch Jesus zu nennen«, entgegnete sie trocken. Die beiden Frauen umarmten sich. »Gute Reise gehabt?«

Isa schnaubte. »Wohl eher nicht. Alex hat sich gestern im Flughafenrestaurant den Magen verdorben. Er musste ja *unbedingt* von den Shrimps essen.« Sie verdrehte die Augen. »Aber er wär' ja nicht mein Freund, wenn er einmal auf das hören würde, was ich –«

»Was du was?« Alex war an ihrer Seite erschienen, legte ihr die Hände auf die Schultern und strahlte uns an. »Robin! Alicia! Wahnsinn. Es ist so lange her!« Umständlich schob er sich an Isa vorbei und klopfte mir auf die Schulter, dann zog er Alicia an sich. Sein dunkles Haar, das er sonst immer in einem Zopf getragen hatte, war unter der Kappe mit dem Steinriesen inzwischen kurz rasiert.

»Seid ihr startklar? Gut vorbereitet?«

»Die Challenge wird super. Geht's dir wieder besser?«, erkundigte ich mich, denn tatsächlich wirkte er noch ein wenig blass um die Nase. Alex schnitt eine Grimasse. »Es wird, es wird. Bin nur noch ein bisschen wackelig auf den Beinen.« Er rückte seine Kappe zurecht und legte den Arm um Isas Schultern. »Wir haben euch letzten Juli am Mount Blanc echt vermisst. Hat was gefehlt ohne euch. Was war denn los?«

»Ehm …« Mein Inneres erstarrte zu Eis. Was zum Teufel sollte ich ihnen sagen? Jetzt war nicht der Moment, um mit der ernüchternden Wahrheit rauszurücken.

»Wir wollten uns richtig auf den Everest vorbereiten«, schaltete Alicia sich ein und schob sich halb vor mich, um mir aus der Patsche zu helfen. Sie unterstrich ihre Worte mit einem strahlenden Lächeln. »Der hatte für uns Priorität. Außerdem war mein Vater schlimm erkrankt, daher wollte ich in der Nähe bleiben. Aber den Mont Blanc holen wir nach. Vielleicht im nächsten Jahr, wenn *KOLOSS* uns das anbietet.«

»Das tut mir leid.« Isa runzelte mitfühlend die Stirn. »Geht es deinem Vater denn wieder besser?«

»Oh ja. Er hat sich wieder gefangen.« Alicia lächelte ihr zu. Es war verblüffend, wie leicht ihr die dicksten Lügen über die Lippen gingen.

Im stickigen Bus, der uns durch das überfüllte Kathmandu fuhr, kam ich mit Alex ins Gespräch.

»Später im Hotel wird Maik ein paar Fotos von dir und Alicia machen, wenn das okay für euch ist«, informierte er mich, als der Bus an einer provisorischen Haltestelle anhielt und von einer Schar australischer Backpacker förmlich überschwemmt wurde.

»Außerdem steht dann planmäßig noch ein kurzes, separates Interview an. Das kommt auf den Blog, damit die Leute vor Beginn eurer Challenge schon was zu lesen haben.«

Ich nickte. Diese Prozedur war nichts neues für mich.

»Okay. Irgendwas, was sonst noch ansteht, bevor wir hier aufbrechen?«

Alex kratzte sich mit seinem Stift nachdenklich am Kinn und zog sein Notizbuch zu Rate, schüttelte aber dann den Kopf. »Nee. Sonst ist alles wie immer, denke ich.«

Eine kurze Pause entstand, in der sein Blick zu Isa und Alicia wanderte, die sich einige Sitzreihen vor uns gedämpft unterhielten. Ich ahnte, was jetzt kommen würde. Dieses Thema war unausweichlich und ich hätte es wissen müssen.

»Alles okay zwischen dir und Ali?«, fragte Alex und packte seine Notizen zurück in den Rucksack. Ich wich seinem Blick aus. Kurz überlegte ich, ihn einfach anzulügen, doch er würde mir sowieso nicht glauben. Dafür kannte er mich einfach zu gut.

»Behalt das erst mal für dich, okay?«, murmelte ich meinen Knien zu. »Also … Das mit ihr und mir ist vorbei. Aber wir wollen das nicht an die Öffentlichkeit tragen. Nicht so kurz vor der Challenge, verstehst du? Ist mit *KOLOSS* so abgesprochen. Ich bin schon froh, dass Alicia ihren Vertrag doch noch neu aufgesetzt hat. Mit der Trennung hatte sie den alten aufgekündigt.«

»Oh … Okay. Gut zu wissen«, gab Alex zurück und ich sah ihm an, dass er nicht mit dieser Nachricht gerechnet hatte. Natürlich, keiner hatte das. Nicht mal ich. Alicia und ich waren ein verdammtes Traumpaar gewesen. Und ich liebte sie noch immer, da konnte ich mir vormachen, was ich wollte.

»Von mir erfährt es jedenfalls keiner«, setzte Alex nach, aber wir wussten beide, dass dies nicht Isa beinhaltete.

»Danke, Mann. Weiß ich zu schätzen.«

»Klar.« Alex' Blick traf den meinen. »Aber wenn du sagst, dass ihr mit *KOLOSS* abgesprochen habt, dass die Öffentlichkeit nichts von eurer Trennung erfahren soll, heißt das dann, dass sie euch einfach nicht mehr als Paar in den Vordergrund stellen, oder erwarten sie Schauspielerei?«

Ich schluckte. »Keine Ahnung. Ich hoffe auf ersteres.«

Wieder entstand eine Pause, die ich nutzte, um aus dem Fenster zu sehen. Der Bus zwängte sich durch die winzigen Straßen von Thamel, dem bunten Touristenviertel Kathmandus. Zwischen dem unmöglichen Verkehr wimmelte es nur so von Straßenhändlern, Fahrrad-Rikschas und Bettlern. Im staubigen Sonnenlicht wirkte die Stadt wie ein überdimensionaler Bienenstock, geschäftig und bunt. Ich hatte sie vermisst.

»Bin froh, wenn wir endlich auf dem Weg nach Lukla sind«, meinte Alex, bevor der Bus erneut hielt und Sebastian uns das Signal zum Aussteigen gab. Alex reichte mir bereits meinen Rucksack von der Gepäckablage über unseren Köpfen. »Ist mir viel zu eng hier.«

Alex hatte recht, Thamel war eng. Das *Sankata* Hotel, in das Tanja, unsere PR-Agentin, uns einquartiert hatte, lag in einer winzigen Seitenstraße in der Nähe des Marktplatzes. In der schillernden Lobby zwängten sich gut hundert Menschen dicht an dicht, als ich hinter Isa und Alicia eintrat.

»Hört mal zu, Leute«, bellte Sebastian über das Geschnatter der Touristen hinweg, als wir uns in der Schlange vor der Rezeption einreihten. »Tanja hat uns drei Doppelzimmer für Alicia und Robin, Isa und Alex sowie André und mich reserviert. Maik bekommt ein Einzelzimmer. André kümmert sich um die Schlüssel. Am besten warten wir draußen, hier drinnen ist die Hölle los.«

Für einen kurzen Augenblick erstarrte mein Herz. Ich hatte völlig vergessen, Tanja im Vorfeld um zwei Einzelzimmer für mich und Alicia zu bitten. Verdammt.

Nach einem kurzen Hin und Her folgte ich den anderen schließlich hinaus auf den kleinen Vorplatz. Dort kaufte ich mir einen Kaffee aus einem der Automaten, bereute es aber sofort. Er schmeckte abartig. Isa, die schon ein paar Saisons am Everest verbracht hatte, lächelte bei meiner Reaktion.

»In Nepal solltest du lieber auf Tee setzen«, sagte sie und setzte ihre Sonnenbrille auf, als die Wolken der knallenden Sonne wichen und einem strahlend blauen Himmel Platz machten. »Im Basislager gibt es den besten *Lasata*, danach wirst du keinen anderen mehr trinken wollen.«

»Eigentlich ist Tee nicht so mein Ding, aber wenn er besser ist als das hier, sollte ich ihn zumindest mal versuchen«, pflichtete ich ihr bei und schüttete die braune Flüssigkeit in die Grünanlage.

Es dauerte eine geschlagene halbe Stunde, bis André mit den Schlüsselkarten auftauchte. Er und Sebastian gönnten uns zwei Stunden zum Auspacken und Ankommen, ehe wir uns am frühen Abend in einem der Tagungsräume zur Vorbesprechung der Expedition treffen würden. Danach standen die Interviews mit Maik an. Alles in allem würden wir zwei Tage im *Sankata* verweilen.

Ich folgte Alicia die steile Treppe zum ersten Stock des Hotels hinauf. Die hölzerne Wandvertäflung war über und über mit Postern des Himalaya-Gebirges tapeziert und ich konnte mir ein Lachen nicht verkneifen, als ich in unserem Zimmer ein gerahmtes Foto mit dem zerzausten Profil von Reinhold Messner über der Minibar entdeckte. Sehr geschmackvoll. Ich stellte unser Gepäck ab, dann ließ ich mich auf das Doppelbett fallen, während Alicia im angrenzenden Badezimmer verschwand.

Ich zog die Schuhe aus und vergrub das Gesicht für einen Moment in den Kissen. Ich wusste, dass Alicia lieber ein Einzelzimmer gehabt hätte, auch wenn sie deswegen nie etwas sagen würde. Ich hatte Tanja wirklich darum bitten wollen, uns beiden Einzelzimmer zu buchen, doch zwischen all den Reisevorbereitungen war es irgendwie untergegangen.

Alicia schloss die quietschende Badezimmertür und setzte sich auf ihr Bett. Ich richtete mich auf, um irgendeine Reaktion von ihrem Gesicht abzulesen, doch es war blass und verschlossen. Trotzdem glitt mein Blick über die kleine Narbe auf ihrem linken Wangenknochen und die Sommersprossen auf ihrer Nase. Winzige, vertraute Male auf ihrer hellen Haut. Noch immer wirkte sie abwesend, als wäre sie mit ihren Gedanken weit weg. Ich musste den Impuls unterdrücken, einfach aufzustehen und sie in den Arm zu nehmen.

»Ich glaube, wir können die Betten auseinanderschieben.«

»Okay.« Mehr sagte sie nicht. Ohne mich anzusehen, zerrte Alicia das linke Bett und den Nachttisch einen halben Meter von mir weg, dann setzte sie sich auf die Matratze und machte sich mechanisch ans Auspacken.

»Wie ist dein Eindruck von Maik?«, fragte ich in die Stille hinein, nur um irgendetwas zu sagen. Alicia wechselte die Socken, ehe sie antwortete.

»Er scheint echt nett zu sein. Habe aber bisher kaum mit ihm gesprochen.«

»Ich auch nicht, aber ich glaube, er ist ein feiner Kerl. Und er ist mir jetzt schon lieber, als diese nervige Frau, die am Makalu den Fotografenjob gemacht hat. Die Dame hat uns ständig fotografiert. Bei einfach *allem*.«

Als Alicia beharrlich schwieg, fuhr ich fort, obwohl ich mir dabei wie ein Idiot vorkam. »Na ja. Jedenfalls glaube ich, dass wir eine gute Saison vor uns haben.«

Alicia nickte. Sie öffnete ihren Rucksack und beförderte ein Paar Schuhe zutage. Verdammt, wann hatten wir uns so weit voneinander entfernt?

»Willst du nicht auspacken?«, fragte sie.

»Doch, gleich.« Ich ließ mich wieder in die Kissen sinken und warf einen Blick auf Messner, der mich von der gegenüberliegenden Wand aus scharf ins Auge fasste.

»Bin gespannt, wie das Team mit Maik funktioniert.«

Alicia machte ein zustimmendes Geräusch und suchte eine Steckdose für ihr Ladekabel, da die am Nachttisch nun zugestellt war. Wieder war ich derjenige, der die Stille unterbrach. »Tut mir leid, dass wir ein Doppelzimmer haben«, sagte ich leise, als auch ich mich daran machte, das, was ich für die nächsten zwei Tage brauchen würde, aus meiner Reisetasche zusammenzusuchen. »Ich wollte eigentlich –«

»Schon gut.« Alicia unterbrach mich mit einer ungeduldigen Handbewegung. »Ist ja nur für zwei Nächte.«

»Ich kann auch Maik fragen, ob –«

»Ist schon gut, Robin.« Der Nachdruck in ihrer Stimme ließ mich verstummen.

Ich musste eingeschlafen sein, denn Alicia weckte mich, als die untergehende Sonne unser Zimmer in sattes Orangerot tauchte. Ich brauchte einen kurzen Moment, bis mir wieder einfiel, wo ich war.

Sie wartete draußen auf mich, während ich ins Badezimmer ging und mir eine Handvoll kaltes Wasser ins Gesicht spritzte. Der Jetlag hatte schon eingesetzt und ich fühlte mich seltsam körperlos, als ich in das Licht der nackten Halogenlampe blinzelte. Ich löste das Haargummi, sodass mir meine Haare verknotet über die Schultern fielen. Halbherzig kämmte ich sie mit den Fingern durch, dann verließ ich das Zimmer und folgte Alicia hinaus in den Flur, der schon im Halbdunkel lag.

Wir trafen die anderen im überfüllten Speisesaal, wo man uns ein üppiges Abendessen servierte. Mein Appetit hielt sich in Grenzen, aber angesichts der siebentägigen Trekking-Tour, die vor uns lag, hielt ich es für besser, mich noch gut zu ernähren. Schließlich würde mein Körper auf dem Everest alle Ressourcen brauchen.

Wie immer unterhielt Sebastian die Truppe mühelos. Er lachte, scherzte und redete ununterbrochen. Dabei achtete er immer genau darauf, jeden einzelnen in das Gespräch mit einzubeziehen, vor allem den Neuen. Er war einfach das geborene Organisationstalent und heiterte uns alle auf, auch wenn ich mich zurückhielt. Während des Abendessens entging mir jedoch nicht, dass Alicia sich von mir fernhielt, jetzt, wo wir nicht mehr unter uns waren. Ich respektierte das, trotzdem konnte ich nicht leugnen, dass mich ihre Entscheidung enttäuschte. Vielleicht hatte ich erwartet, dass alles wieder in Ordnung kommen würde, wenn wir zusammen nach Nepal reisten, vielleicht sogar, dass sie mir verzieh. Aber ihre reservierte Art mir gegenüber machte mir unmissverständlich klar, dass sie diese Reise nicht als einen Neuanfang betrachtete. Viel eher war die Everest-Challenge eine Art Abschluss für sie, eine Chance, hinterher endlich einen sauberen Strich zu ziehen. Ich verstand das. Aber es tat weh.

Nach dem Essen versammelten wir uns in einem der kleinen Tagungsräume im zweiten Stock. Sebastian stellte sich an den Kopf des Tisches und wartete, bis Ruhe eingekehrt war.

»Also, Leute«, sagte er, als er sicher war, unsere volle Aufmerksamkeit innezuhaben. »Übermorgen bringt uns ein Hubschrauber nach Lukla. Lukla liegt im Khumbu-Gebiet in circa in 2800 Metern Höhe. Von dort aus beginnt unser Marsch zum Everest Basislager. Der Weg windet sich durch den Khumbu immer höher, sodass wir langsam und schonend akklimatisieren können. Wir übernachten in Sherpa-Dörfern, also einfache Unterkünfte. Wenn wir unser geplantes Tempo beibehalten, erreichen wir das Basislager in circa einer Woche. Unser Sherpa-Team wird mit den Yaks vorgehen, sie brechen morgen Abend auf, sodass unsere Ausrüstung schon im Vorfeld hochgebracht wird. Packt einfach nur einen leichten Rucksack mit den Gegenständen, die ihr für den Marsch braucht. Hat jemand Fragen?«

Maik hob die Hand. »Ähm, wie lange werden die Tagesmärsche im Schnitt gehen?«

Sebastian kratzte sich am stoppeligen Kinn. »So lange wie möglich. Generell werden wir täglich vier bis sieben Stunden unterwegs sein, zwischendurch aber natürlich in Teehäusern und Klöstern Halt machen. Wird erstmal 'ne gemütliche Tour.« Er zog einen Edding aus der Tasche seiner Jeans und ging zum an der Wand befestigten Whiteboard. »Okay, also wenn die Eckdaten der Trekking-Tour klar sind, sollten wir, wie immer, über die Gefahren reden«, sagte er, während er *Alpine Risiken* in Großbuchstaben auf das Board kritzelte. »Wir, vorrangig Robin und Alicia, haben vor, den höchsten Berg der Erde zu besteigen. Mit 8848 Metern liegt die Spitze des Everest in der Höhe, in der normalerweise Flugzeuge fliegen. Das heißt, sobald wir uns in die sogenannte Todeszone des Bergs begeben, wird unser Körper ohne Flaschensauerstoff nicht lange durchhalten.« Er malte die Konturen des Gipfels auf und markierte die Todeszone mit einem horizontalen Strich, den er quer durch den Berg zog. »Der Luftdruck auf dem Everest entspricht ungefähr nur einem Drittel des Normaldrucks auf Meeresspiegelhöhe. Dazu kommen extreme Witterungsverhältnisse. Das Wetter kann sich innerhalb von Minuten ändern. Plötzliche Temperaturstürze und Schneefälle von drei bis vier Metern sind nicht ungewöhnlich, die Temperaturen können auf 62 Grad unter null sinken. Aber da wir uns mit der Gipfelbesteigung genau in den Fenstertagen bewegen, die wenigen Tage im Jahr, in denen das Wetter am stabilsten ist, haben wir die bestmöglichen Chancen. Trotzdem kann es zu Erfrierungen kommen, zu Anzeichen der Höhenkrankheit, zu Stürzen.« Er schrieb die Schlagworte beim Sprechen gleich mit. »Vergesst nicht, dass im Durchschnitt bis zu vier Todesfälle pro Saison gang und gäbe sind. Am Everest ist es Alltag, gefrorenen Leichen am Wegesrand zu begegnen, die nie geborgen werden konnten. Manche von ihnen dienen mittlerweile als Wegweiser. Der Tod ist also immer mit uns da oben. Alles klar?«

Als alle befangen nickten, fuhr er fort: »Gut, reden wir über die Akklimatisierung. Während der Trekking-Tour werdet ihr die ersten Anzeichen des abfallenden Luftdrucks spüren, aber vertraut darauf, dass euer Körper sich anpassen wird. Außerdem hat jeder von euch mindestens einmal mit großen Höhen zu tun gehabt, deswegen sehe ich da keine Probleme. Gut. Alex? Isa? André?« Sebastian wandte sich an seine drei Kollegen. »Habt ihr noch was hinzuzufügen?«

Isa richtete sich auf und blickte in die Runde. »Nur noch eine klitzekleine Sache: Bitte begegnet unseren Sherpas mit Respekt. Zwar werden wir erst im Basislager auf sie treffen, aber ich möchte euch im Vorfeld darum bitten, sie nicht zu unterschätzen und vor allem freundlich mit ihnen umzugehen. Sie sind in den Bergen zuhause und kennen die Gegend besser als jeder andere, noch dazu erledigen sie einen hochgefährlichen Job für katastrophale Bezahlung. Ohne die Sherpas hätte niemand von uns die geringste Chance, den Everest zu besteigen.«

»Klar, Isa. Wir achten darauf«, versicherte ich ihr mit einem Lächeln. Schon während der Expedition zum Makalu hatte ich mich auf die Hilfe der dort beheimateten Träger verlassen und wusste, wie trittsicher und enorm hilfreich sie auf ihrem Gebiet waren. Auch ohne Isas Hinweis hätten wir uns alle daran gehalten.

»Gut, dann ruht euch aus, übermorgen geht's los.« Sebastian entließ uns und wünschte allen eine gute Nacht. Er, André, Alex und Isa verließen den Raum, sodass nur Maik, Alicia und ich zurückblieben. Maik nickte uns beiden zu und klappte das MacBook auf, das vor ihm auf dem Tisch lag. »Wer von euch will anfangen?«, fragte er, die Augen auf den Bildschirm gerichtet. Alicia und ich wechselten einen kurzen Blick. Ich zuckte mit den Schultern.

»Ich«, meldete sich Alicia und stützte den Kopf in die Hände.

»Alles klar.« Maiks Finger flogen kurz über die Tastatur, dann beförderte er ein Aufnahmegerät zu Tage, schaltete es ein und wandte sich Alicia zu.

»Gut, also, ich werde jeden von euch etwa zwanzig Minuten interviewen. Die Fragen sind nicht von mir, die hat Tanja mir geschickt, nur so zur Info«, sagte er mit einem verlegenen Grinsen. Ich verdrehte innerlich die Augen, als ich daran dachte, was für absurde Dinge ich für dieses Interview würde preisgeben müssen. Solange der Content die Fans zufriedenstellte, vergaß Tanja manchmal jegliches Gespür für Takt und Höflichkeit. Ich erinnerte mich zu gut an die morbiden Fragen, ob ich noch alle Gliedmaßen besaß oder wie sich eine Erfrierung anfühlte, weil unsere männlichen Follower dies bestimmt interessant fänden.

»Bereit?«, fragte Maik und Alicia nickte. Ich lehnte mich in meinem Stuhl zurück und wandte den Blick ab, als Maik seine Prozedur begann. Auch wenn wir das hier vorher schon an die hundert Mal gemacht hatten, war es mir unangenehm, Alicia bei ihrem Interview zu belauschen. So viel hatte sich verändert, seit wir das letzte Mal zusammengesessen und den PR-Kram hinter uns gebracht hatten. Meine Brust schnürte sich zu, als mir einmal mehr bewusst wurde, dass ich es versaut hatte. Zwischen Alicia und mir war es endgültig aus. Und das war allein meine Schuld. Ich hatte unsere Beziehung über Jahre hinweg mit Sucht, Lügen und Vertrauensbrüchen zerstört.

Es war kaum auszuhalten, einfach dazusitzen und gute Miene zum bösen Spiel zu machen. Besonders, als Maiks Fragen allmählich das Beziehungsthema ansprachen. Also doch Schauspielerei. Und das alles nur für Marketingzwecke. Ich würde Tanja umbringen, wenn ich sie wiedersah.

»Alicia, ich glaube, wir sind uns alle einig, dass du und Robin ja wirklich *das* Traumpaar seid«, las Maik gerade die nächste Frage vor. »Aber wie viel Arbeit steckt hinter so einer besonderen Beziehung?«

Ich schluckte. In meiner Kehle brannte ein freudloses Lachen, doch ich biss mir fest auf die Lippe, um keinen verräterischen Laut zu machen. Alicia fing meinen Blick auf, fragend, fast ängstlich sogar, doch ich nickte ihr kaum merklich zu und ihre Schultern strafften sich. »Eine Menge sogar, würde ich sagen«, entgegnete sie und lächelte, als Maik ihren Blick kreuzte. Dabei wirkte sie so gelassen wie eh und je. »Wenn man zusammenarbeitet und deswegen täglich fast vierundzwanzig Stunden miteinander verbringt, muss man manchmal aufpassen, dass man sich nicht an die Gurgel geht.« Sie lachte, die Falschheit darin riss mir ein Loch ins Herz.

»Deshalb ist es wichtig, dem jeweils anderen genug Freiraum zu lassen. Aber wir sind mehr als dankbar, dass uns diese wunderbare Möglichkeit gegeben worden ist, unser Hobby zum Beruf zu machen und zusammen die Welt zu entdecken. Es ist verrückt, wenn man bedenkt, dass wir in Kiel als Amateure angefangen haben und mittlerweile in den Alpen leben.«

Für den Rest des Interviews schaltete ich ab. Was zum Teufel stimmte nur nicht mit mir? Was hatte ich mir dabei gedacht, Alicia zu einer letzten Challenge zu überreden? Was wir hier durchmachen mussten, nur um den Schein zu wahren, nur um diese verdammte Kohle zu kassieren, war widerlich und unmenschlich. In diesem Moment hasste ich mich selbst mehr als alles andere.

Als Maik mit Alicia fertig war, kam ich an die Reihe. Mechanisch beantwortete ich seine Fragen, den Blick dabei fest auf die Tischplatte geheftet. In mir schrien und tobten tausend Emotionen, meine Hände schwitzten und mein Herz pumpte wahnsinnig schnell, doch ich ließ mir nichts davon anmerken. Offensichtlich hatte sich Tanja dazu entschieden, die Fragen über unsere Fake-Beziehung zum Großteil Alicia zu überlassen, vermutlich weil sie wusste, dass ich nicht halb so gut mit Worten umgehen konnte wie meine vermeintliche Herzensdame. Trotzdem atmete ich hörbar auf, als Maik uns endlich erlöste. Er selbst wollte noch etwas bleiben, um das Interview abzutippen. Erleichtert ließen wir den Tagungsraum hinter uns.

Im dunklen Flur atmete ich erneut auf und nahm ein Päckchen Zigaretten aus der Brusttasche meines Flanellhemds. Alicias Gesicht lag im Schatten, doch als ich mir eine Zigarette in den Mundwinkel steckte, näherte sie sich mir.

»Kann ich auch eine haben?«, fragte sie mit dumpfer Stimme.

»Klar.« Ich reichte ihr die Packung und folgte ihr wortlos die Treppe hinab durch die menschenleere Lobby hinaus auf den Vorplatz des Hotels. Dort zündete ich erst ihre, dann meine Zigarette an und für einige Augenblicke standen wir einfach nur Schulter an Schulter da. Im Laufe des Abends hatten sich die Temperaturen kaum abgekühlt, doch ein lauer Wind ging und ließ die Blätter der Baumkronen über uns rascheln.

»Das war scheiße«, sagte Alicia irgendwann. Ihre Stimme zitterte leicht.

»Ja. Tut mir leid«, gab ich leise zurück. »Ich hätte nicht … das hier war eine beschissene Idee.«

Sie seufzte schwer und schnippte ihren glimmenden Zigarettenstummel zu Boden, um ihn auszutreten. »Ich hätte ja nicht einwilligen müssen«, entgegnete sie. »Und wir haben wohl beide nicht damit gerechnet, dass *KOLOSS* ernsthaft dieses Theater von uns erwartet.«

Ich schluckte. Die Zigarette hatte einen widerlichen Geschmack auf meiner Zunge hinterlassen. »Wir sollten es dem Team sagen«, schlug ich vor. »Dann müssen wir ihnen wenigstens nichts mehr vormachen.«

»Ja. Sollten wir. Falls sie es sowieso nicht schon alle wissen.« Mit diesen Worten wandte sie sich ab und ließ mich allein zurück.

Der nächste Tag im *Sankata* verging in Reisevorbereitungen, sodass wir uns am Morgen des 28. März erneut auf dem Weg zum Tribhuvan International Airport befanden. Es war ein bedeckter Tag und windig, als wir das Rollfeld des Flughafens überquerten und an Bord eines kleinen Hubschraubers gingen. In meinem Magen setzte sich ein mulmiges Gefühl fest. Jetzt, wo die Challenge unmittelbar bevorstand, packte auch mich die Nervosität.

Wir verteilten uns auf die freien Plätze und schnallten uns an, dann knatterte der Helikopter in Richtung Lukla und wir ließen Kathmandu rasch hinter uns. Die Aussicht war trotz allem überwältigend. Wohin man blickte, bohrten sich schneebedeckte Gipfel wie Haifischzähne in die Wolken, so hoch und massiv, dass einem die Winzigkeit seiner eigenen Existenz auf unangenehme Weise bewusst wurde. Zwischen felsigen Hügeln und sich windenden Pfaden, inmitten des blauen Himmels, hefteten sich kleine Dörfer an die Füße und Vorsprünge der Berge, teilweise so steil, dass es unmöglich schien, dort festen Halt zu finden. Mein Herz flatterte. Ich war genau dort, wo ich sein sollte.

In Lukla, einem winzigen, wolkenverhangenem Dorf zwischen massiven Felswänden, begann unsere Trekkingtour. Wir brachen in Richtung Norden auf und näherten uns der Schlucht des Dubh Kosi, einem Fluss, der über riesige Felsblöcke dahin raste. Ich hielt mich an Alex und Maik, während Alicia hinter mir zwischen Isa, Sebastian und André ging. Es fühlte sich fremd an, sie nicht an meiner Seite zu wissen, aber nach gestern Abend konnte ich ihren Wunsch nach Abstand verstehen.

Alles in allem war es ein angenehmer Marsch, noch war der langsam beginnende Anstieg kaum spürbar. Mit einer gewissen Genugtuung stellte ich fest, dass wir bisher kaum anderen Bergsteigern oder Touristen begegneten, denn wir waren ungewöhnlich früh dran. Je länger wir wanderten, desto ausgeglichener wurde ich. Die Trekking-Tour zum Basislager war die perfekte Gelegenheit, um wieder in den Rhythmus zu kommen. Den anderen schien es ähnlich zu ergehen, denn zwischen uns herrschte einvernehmliche Stille. Trotz all der Schuldgefühle Alicia gegenüber stellte sich allmählich ein befriedigendes, alle Fasern meines Körpers ausfüllendes Gefühl der Zufriedenheit ein. Hier oben würde alles gut werden.

4. September, Zermatt

Robin, fünfeinhalb Jahre zuvor

Sie lachte mich aus, als ich die Brille, die ich zum Autofahren brauchte, aus dem Rucksack nahm. Ich schnitt ihr eine Grimasse, ehe ich sie aufsetzte.

»Tja, früher hatte ich mal die Augen eines Adlers, aber jetzt …« Ich seufzte theatralisch, stellte den Motor an und ließ den Wagen aus der Parklücke der Autovermietung rollen. Es war kurz nach neun Uhr morgens und so kalt, dass wir bereits Eis kratzen mussten.

»… bist du alt«, beendete Alicia meinen Satz und lachte. »Dreiundzwanzig und schon blind. Meinst du, du schaffst das Weisshorn überhaupt, alter Mann?«

Sie legte eine Hand auf meinen Oberschenkel und beugte sich zu mir hinüber, als ich an der Ampel auf der Hauptstraße hielt und das Sonnenvisier herunterklappte. Die Schweiz begrüßte uns mit Sonnenschein an einem klirrend kalten Tag. Ich drehte den Kopf ein wenig, sodass sich unsere Lippen kurz berührten.

»Tz, das Weisshorn schaffe ich blind und mit Krücken. Vier Besteigungen. In zwei Tagen steht die fünfte an. Warst du vorher schon mal in den Schweizer Alpen? Dann können wir die Sightseeing-Touren streichen, die meine Tante sonst mit dir machen wird.«

Sie schüttelte den Kopf. »Nein. Ehrlich gesagt habe ich Niedersachsen erst einmal verlassen und da war ich in Berlin. Auf Klassenfahrt.«

Ich musste lachen, obwohl ich nicht gemein oder überheblich klingen wollte. »Du hast erst einmal das Bundesland verlassen? Was ist mit den anderen Klassenfahrten? Wart ihr nie irgendwo anders?«

»Nein. Meistens waren wir auf Amrum oder in St. Peter-Ording.«

»St. Peter-Ording.« Ich schnaubte. »Nicht zu fassen. Wird Zeit, dass du mehr von der Welt siehst.«

Alicia verdrehte die Augen. »Das mache ich ja gerade. Es war halt nicht jeder während des Studiums in Japan, Herr Angeber.« Sie verschränkte ihre Finger mit meinen, als ich nach ihrer Hand griff.

»Ja, und meine Tante wird dir alles in Zermatt zeigen, was es zu sehen gibt.« Jetzt rollte ich mit den Augen. »Und sie wird erst aufhören, wenn du *alles* gesehen hast.«

Alicia lächelte. »Dann müssen wir das Weisshorn wohl um noch einen Tag nach hinten schieben.«

Ich griff mir heftig an die Brust. »Himmel, nein! Eher drehe ich Sarah den Hals um. Das Hörnchen ist dein erster Berg! Außerdem müssen wir noch einen Kurs in der Kletterschule machen, damit du nicht abstürzt oder so, und der ist schon gebucht.«

Alicia runzelte die Stirn. »Ich stürze schon nicht ab.«

»Das hoffe ich.«

Sie lehnte sich zurück und klappte ebenfalls das Sonnenvisier auf ihrer Seite herunter. Die brandneue Funktionsjacke stand ihr gut, ebenso wie die Röte, in der sich die Aufregung auf ihren Wangen abzeichnete. Im Sonnenlicht glänzte ihr Haar in einem warmen Haselnussbraun.

»Also …«, begann sie dann. »Wie kommt es, dass das erste Mitglied deiner Familie, das du mir vorstellst, deine Tante ist?«

Ich warf ihr einen raschen Seitenblick zu, ehe ich antwortete. Wir hatten die Autobahn erreicht, links von uns erhob sich bereits die charakteristische Spitze des Matterhorns. »Na ja, es ist ja erst seit Kurzem was Festes und –«

»Wir kennen uns jetzt fast ein halbes Jahr, Robin.«

»Ja, aber es ist erst seit Kurzem was Festes, oder?«, beharrte ich und kam mir schlagartig wie ein Trottel vor.

Sie seufzte. »Ja, okay. Ich freu mich, deine Tante kennenzulernen.«

»Ehrlich gesagt ist meine Tante das Familienmitglied, mit dem ich gerne rede«, gab ich zu und überholte einen klapprigen Ford, der vor uns über die rechte Spur kroch. »Abgesehen vielleicht von Ben.«

»Ben ist dein Bruder, oder?«

Ich nickte. »Der ältere. Mit ihm bin ich das erste Mal auf das Weisshorn und das Matterhorn geklettert, das müsste 2006 gewesen sein. Meinen kleinen verhätschelten Halbbruder kannst du zusammen mit meiner Mutter und ihrem dämlichen Mann getrost in die Tonne hauen.«

»Wieso das?«

Das Klingeln meines Telefons bewahrte mich vor einer Antwort. Ich fischte es aus der Brusttasche meines Hemds und nahm den Anruf an, indem ich es mir zwischen Ohr und Brust klemmte. Es war Sarah.

»Robin? Hat alles geklappt? Seid ihr gut angekommen? Soll ich euch wirklich nicht abholen?«

»Sarah, hi. Nein, wir sind in circa einer halben Stunde da. Wir haben einen Mietwagen bekommen.«

»Oh, gut!« Ich konnte hören, wie Chico, ihr alter Schäferhund, im Hintergrund kläffte. *»Ich freu mich auf euch. Bis gleich!«*

»Ich freu mich auch. Ciao.« Ich legte auf und ließ das Telefon umständlich zurück in die Tasche gleiten. Als ich Alicias abwesenden Blick bemerkte, griff ich wieder nach ihrer Hand, um sie zu mir zurückzuholen. »Hey. Bist du nervös?«

Sie blickte auf. »Nein, es ist nur, äh. Wie hoch ist das Weisshorn nochmal?«

»4505 Meter. Du schaffst das schon. Außerdem ist der Gipfel ja gar nicht unser Ziel. Du sollst nur mal ein Gefühl für den Berg bekommen.«

Sie lächelte wieder. »Habe ich denn überhaupt eine Wahl?«

Ich tat, als würde ich nachdenken, dann schüttelte ich den Kopf. »Nein … nein, ich denke nicht.«

DREI

29. März, Khumbu-Tal, 2800 Meter

Alicia, Gegenwart

Der zweite Morgen unserer Trekking-Tour begann frostig. Die Sonne kroch allmählich hinter den Gipfeln des Khumbu-Tals hervor, als wir unsere Herberge im Gänsemarsch hinter uns ließen. Erst bei Einbruch der Dunkelheit hatten wir das kleine, kaum nennenswerte Sherpa-Dorf erreicht. In der von einem qualmenden Feuer erwärmten Hütte hatte ich kaum ein Auge zugetan und ich war froh über die frische, wenn auch schneidend kalte Bergluft.

Unser Marsch gestaltete sich schweigend und schwerfälliger als gestern. Wie André vorhergesagt hatte, war der zweite Morgen der härteste und ich benötigte gut eine halbe Stunde, um einen hartnäckigen, von der allmählich dünner werdenden Luft provozierten Hustenreiz zu unterdrücken.

Robin, der etwa zehn Meter vor mir zusammen mit André und Alex an der Spitze der Truppe ging, warf mir einen Blick über die Schulter zu. Ich streckte ihm die Zunge heraus, aber diese eigentlich so unbeschwerte Geste hatte einen bitteren Beigeschmack. Seit Beginn der Trekking-Tour war ich mir noch unsicherer, was unseren Umgang miteinander betraf. Auch die anderen stellten inzwischen sicher schon Vermutungen an. Immerhin waren Robin und ich bei den letzten Challenges praktisch nie von der Seite des anderen gewichen. Vielleicht hätten wir von Anfang an ehrlich sein sollen, doch für ein solches Geständnis schien es nie den richtigen Augenblick zu geben.

Wie schon am Tag zuvor hielt ich mich an Isa und Maik und behielt mein langsames, aber beständiges Tempo bei, mit dem ich mir meine Kräfte bei unseren letzten Trekking-Touren am besten eingeteilt hatte. Die Sonne kroch am Himmel immer höher, sodass es bald wärmer wurde.

Am späten Vormittag, wir hatten das Dorf schon weit hinter uns gelassen, schälte ich mich aus meiner Jacke und knotete sie mir um die Hüften. Mein Atem ging jetzt nur noch schwer, der von Rhododendronbüschen gesäumte Pfad, der sich im Zickzack das Tal hinaufwand, wurde immer steiler.

»Das da ist der Thamserku«, rief Sebastian uns über die Schulter hinweg zu und deutete auf den massiven Berg, der direkt vor uns mehr als drei Kilometer in die Höhe aufragte. Ich legte den Kopf in den Nacken und kniff die Augen zusammen, als der Gipfelgletscher das Sonnenlicht wie poliertes Glas reflektierte.

»Hübscher Ausblick, nicht wahr?«, sagte Maik neben mir. Ich nickte ihm lächelnd zu. Es stimmte, von allen Bergumgebungen, die ich in den letzten Jahren durchquert hatte, war das Khumbu-Tal bei Weitem das beeindruckendste. Der praktische Einfallsreichtum, mit dem die Menschen hier oben jeden freien Fleck zwischen den Felsen mit landwirtschaftlichen Terrassen, Yak-Weiden und Teegärten nutzten, faszinierte mich. Überall wuchsen Pinien, Wacholderbüsche, Gerste und andere duftende Süßgräser. Es war wunderschön.

Je weiter wir kamen, desto mehr andere Bergsteiger kreuzten unseren Weg. Einmal begegneten wir sogar einer kleinen Kolonne buddhistischer Mönche, deren dunkelrote Kutten um ihre Knöchel flatterten, als sie an uns vorbeischritten. Trotz all der Ruhe, die diese Schönheit um uns herum auslöste, verging die Zeit jedoch wie im Flug. Die zweite Nacht unserer Tour verbrachten wir in Namche Bazar, dem geschäftigen, 3450 Meter hoch gelegenem Sherpa-Zentrum. Hier heulte der Wind wie ein verletztes Tier um unsere Hütte und hielt mich fast bis in die Morgenstunden wach.

Am Morgen bat Maik um einige Partnerfotos für den Blog. Es

fühlte sich falsch an, mit Robin zu lachen und herumzualbern, ihn in den Arm zu nehmen und verliebt in die Augen zu sehen. Nachdem der erste Schock über *KOLOSS* eiserne Werbestrategie allmählich verflogen war, verspürte ich einfach nur noch Wut und Hass gegenüber dem Management. Für sie waren Robin und ich nichts weiter als ein Mittel zum Zweck, ein perfektes Traumpaar, deren romantische Verbindung dem Unternehmen in der Social-Media-Welt Follower, Klicks und Prestige einbrachte. Es interessierte sie nicht, wie wir uns fühlten. Doch trotz all diesen Emotionen, die in mir kochten, gab ich mein bestes, sie nicht an Maik auszulassen. Er ahnte schließlich nichts von der Lüge und konnte sowieso nichts dafür. So wie wir machte er nur seinen Job.

Nach der Fotosession frühstückten wir und schlenderten hinterher gemeinsam über den Tibetischen Markt, auf dem alle möglichen Ausrüstungsgegenstände angeboten wurden. Wie alle anderen war ich fasziniert von der kleinen, verwinkelten Stadt mit den blauen Dächern, doch ich war zu sehr mit meinen Gedanken beschäftigt, um Namches Schönheit richtig zu schätzen.

Am frühen Vormittag zogen wir weiter. Unser Weg wand sich immer höher das Khumbu-Tal hinauf, und dann, endlich, zeigte sich der eisige Gipfel des Everest in der Ferne. Es war ein klarer Tag, sodass man den Kondensstreifen aus Eis und Schnee, der hoch oben um den Gipfel flatterte, deutlich erkennen konnte. Für einige Minuten starrte jeder fasziniert zu unserem Ziel hinauf, völlig eingenommen von seinen eigenen Emotionen. Es war ein unglaublicher Anblick. Mein Herz krampfte sich beinahe schmerzhaft in meiner Brust zusammen, als ich die verschneite, so unerreichbar wirkende Gipfelpyramide betrachtete. Nicht umsonst nannten die Nepali den Berg ehrfürchtig *Sagarmatha. Die Göttin des Himmels.* Es erschien mir unmöglich, dass meine Beine mich in eine solch absurde Höhe tragen würden und für einen kurzen Moment verließ mich der Mut. Wie um alles in der Welt sollte ich das schaffen? Und was, wenn ich es nicht schaffte? Meine Kehle schnürte sich zu. Ich musste mich zwingen, tief ein- und auszuatmen. Mit wachsender Panik riss ich meinen Blick los.

»Seht ihr den Kondensstreifen?« Sebastian beschattete sich die Augen mit der Hand und blinzelte in den Himmel hinauf.

»Der sagt uns, dass der Jetstream ungefähr mit 300 km/h am Gipfel entlang rast. So ist es fast das ganze Jahr.«

Er drehte sich zu uns um und warf einen Achtung heischenden Blick in die Runde. Aber ich hörte ihn kaum. In meinem Kopf pulsierte es viel zu laut.

»Die Witterungsverhältnisse da oben sind nicht zu unterschätzen, daher ist es sehr, sehr wichtig, dass ihr mir vertraut, wenn ich eine Tour aus wettertechnischen Gründen abbreche, auch wenn es euch nicht gefällt, klar? Vergesst nie: Für einen guten Bergsteiger ist die Gipfelbesteigung optional, das was zählt, ist der sichere Abstieg.« Sein Blick blieb an mir hängen und er wartete, bis ich zu ihm aufgeschlossen hatte, als ich mich mit den anderen in Bewegung setzte.

»Alles klar, Alicia?«, wollte er wissen. Ich nickte. Zu mehr war ich nicht im Stande.

Von dem Moment an, an dem ich den Everest zum ersten Mal aus dieser Nähe erblickt hatte, fühlte ich mich wie in Watte gepackt. Die restlichen Tage des Anstiegs zogen immer schneller und unbewusster an mir vorbei. Etwas war anders, doch ich war mir nicht sicher was. So kurz vor dem Khumbu-Gletscher war die dünner werdende Luft deutlich spürbar. Ständig war ich außer Atem und fühlte mich matt und ausgelaugt. Den anderen erging es nicht besser, sodass Sebastian das Tempo am sechsten Tag drosselte und uns in einem der Teehäuser im Schatten eines imposanten Steinklosters einen halben Tag Pause gönnte, wofür ich ihm am liebsten die Füße geküsst hätte.

Nach zwei Litern stark gesüßtem Zitronentee ging es mir etwas besser. Die milde Luft duftete nach Pinien und Hibiskus und irgendwo in der Ferne rauschte ein Wasserfall. Während Isa und Alex mit einer Gruppe amerikanischer Touristen plauderten, lehnte ich den Kopf an meinen Rucksack und schloss für einen Moment die Augen. Die angenehme Wärme der Mittagssonne auf meiner Haut währte jedoch nicht lange, denn bald schob sich jemand zwischen mich und den Himmel. Ich blickte auf und mein Herz stolperte. Es war Robin.

»Willst du einen?« Er wedelte mit einem Müsliriegel vor meiner Nase herum und ließ sich dann auf den freien Platz neben mir fallen. Ich verzog das Gesicht und schob den Riegel von mir weg, als wäre er giftig. In zunehmenden Höhen wurde der Gedanke an Essen für uns alle schlichtweg ekelerregend, außer für Robin.

»Nein, danke.«

Er zuckte mit den Schultern und legte den Riegel auf den kleinen Terrassentisch zwischen uns.

»Geht's dir gut? Hast in den letzten Tagen nicht viel geredet.«

»Alles okay.«

Er runzelte die Stirn. »Hast du Schwierigkeiten mit der Akklimatisierung?«

»Nee.«

»Was ist es dann?«

Ich seufzte und drückte mir die Handwurzeln auf die Augen, um ihn nicht länger ansehen zu müssen. Die Wahrheit war, dass meine Nerven nun, da wir das Basislager fast erreicht hatten, völlig blank lagen. Der Gedanke an das, was auf dem Weg zum Gipfel alles passieren könnte, ließ mich nicht mehr los. Die Aussicht, den Fuß des Berges schon morgen zu erreichen, löste eine tiefe, lähmende Panik in mir aus, die mir bisher unbekannt gewesen war. Es machte keinen Sinn, mir jetzt, nach so vielen Gipfeln, solche Sorgen zu machen. Ich wusste auch, dass einige der Gipfel, die ich zuvor erfolgreich bestiegen hatte, ein viel höheres Maß an Klettererfahrung und Geschick erforderten als der Everest. Doch der Everest blieb nun einmal der Everest. Das Dach der Welt, der Thron des Planeten.

»Alicia? Hallo?« Robin ließ nicht locker. Am liebsten hätte ich ihn angeschnauzt, er solle verschwinden und sich um seine eigenen Angelegenheiten kümmern. Ich zuckte zusammen, als seine Hand meinen Arm berührte.

»Was ist denn los?« Die Sanftheit seiner Stimme riss meine Mauern ein.

»Ach. Es ist nur –« Doch weiter kam ich nicht, denn in diesem Moment erschien eine blonde, junge Frau an unserem Tisch. Sie trug eine knallgelbe Windjacke und schien zu der anderen Expedition zu gehören, die mit uns im Teehaus pausierte. Ihr Haar berührte fast Robins Schulter, als sie sich vorbeugte, um ihm ihre Hand zu reichen.

»Hi! Ähm, wahrscheinlich bin ich total unhöflich und ich will auch gar nicht stören oder so, aber sag mal, bist du nicht Robin Voss? Der Typ von *KOLOSS*? Dieser Energydrink-Marke?«

Ich konnte ihren leichten, österreichischen Akzent hören und rollte in Gedanken mit den Augen. Robin ergriff ihre Hand und schüttelte sie kurz. »Äh. Hi. Japp, der bin ich wohl.« Er lachte, wie immer, wenn er verlegen war. Das Mädchen strahlte jedoch. Sie musste Anfang zwanzig sein und war ziemlich hübsch. »Wahnsinn! Mega cool, dich kennenzulernen! Ich bin Zoe.«

Ich traute meinen Augen nicht, als Zoe beherzt nach einem freien Stuhl griff, ihn an sich zog und sich ungefragt setzte. Das alles tat sie, ohne mich auch nur eine Sekunde zu beachten.

»Darf ich?«, fragte sie dann fast herausfordernd, jetzt wo sie ohnehin niemand mehr wegschicken konnte. Robin zuckte leicht verwirrt mit den Schultern. »Äh. Klar.«

Zoe lächelte ihm zu, einen Moment länger, als es nötig gewesen wäre. »Danke. Wow, es ist total abgefahren, dich hier einfach so zu treffen! Ich bin gerade mit meiner Truppe auf dem Weg zum Mera Peak.« Sie schlug die Beine übereinander und wickelte sich tatsächlich eine verdammte Haarsträhne um den Finger. Ich musste mir ein entrüstetes Schnauben verkneifen.

»Und du willst zum Everest?«, fragte sie überflüssigerweise.

Robin nickte und grinste sie an. »Soweit der Plan.«

Sie machte große Augen. »Wahnsinn! Wirklich, das, was du machst ist *so* cool, ich meine, wie hast du es überhaupt geschafft, gesponsert zu werden? Das ist doch ein Traum!«

Robin grinste noch immer, sichtlich geschmeichelt von so viel

Aufmerksamkeit. »Na ja, das ist eigentlich keine lange Geschichte. Meine Freundin und ich sind ein Jahr auf Reisen gewesen. Wir haben das Vinson Massiv und den Puncak Jaya bestiegen. Am Puncak haben wir bei einem Wettbewerb von *KOLOSS* mitgemacht. Wir haben als erstes Team den Gipfel erreicht, das hat uns das Sponsoring eingebracht.«

Bei dem Wort *Freundin* wanderte Zoes Blick zu mir. Wenig begeistert nickte ich ihr zu.

»Oh, hi!« Als hätte sie meine Anwesenheit just in diesem Moment erst wahrgenommen, beugte sie sich vor und reichte mir ihre Hand. »Zoe.«

»Alicia.«

Eine kurze, unbehagliche Pause entstand. Zoe strich sich die tadellos frisierte Haarpracht aus dem Gesicht und schenkte Robin erneut ein unwiderstehliches Lächeln. Dann begann sie, ihn über seine Klettererfahrung auszuquetschen. Ich stand auf, denn ich hatte wenig Lust dabei zuzusehen. Doch ehe ich sie allein lassen konnte, griff Robin nach meinem Handgelenk.

»Wir reden später weiter«, beharrte er und warf mir einem durchdringenden Blick zu, der keine Widerrede duldete.

»Ja … klar.« Leicht verwirrt machte ich mich los und ging hinüber zu Maik und André, während mir Zoes Lachen in den Ohren klang. Ich schämte mich für die Wut, die es in mir auslöste.

Am frühen Abend erreichten wir das untere Ende des 20 Kilometer langen Khumbu-Gletschers und kamen in Lobuje an, dem letzten, eher trostlosen Dorf auf circa 5000 Metern Höhe.

Als wir die Baumgrenze passierten, bot sich uns nach der grünen Oase eine überraschend öde Landschaft. Ab hier machte die Vegetation unendlichen Weiten von grauem Felsen und Geröll Platz. Vollkommen erschöpft quetschten wir uns an einer Herde Yaks vorbei, die den Weg zu unserer Herberge blockierte, und schlugen unser Lager auf.

Lobuje war spärlicher besucht, als Sebastian erwartet hatte, wie er uns überrascht mitteilte. In dem großen, mit Feldbetten ausgestatteten Raum der Herberge fanden wir ohne Probleme freie Plätze. Sebastian und André boten uns an, einen zusätzlichen Tag hier oben zu akklimatisieren, doch niemand hatte große Lust, länger als nötig zu verweilen. Ohne große Diskussion beschlossen wir also, unseren ursprünglichen Plan beizubehalten.

Am Abend war mir nicht danach, mich an den Gesprächen der anderen zu beteiligen. Noch dazu brannte mir der Rauch des altersschwachen Heizofens so unangenehm in der Nase, dass ich bald das Weite suchte und mich auf einem Felsen vor der Hütte niederließ. Hier war die Luft zwar nicht viel besser, denn überall stank es nach Yakmist, trotzdem konnte ich durchatmen, sofern das in 5000 Höhenmetern überhaupt möglich war. Als der Schutt hinter mir knirschte, wusste ich, dass es Robin war, der sich zu mir nach draußen gesellte.

»Und? Wie gefällt dir Nepal bisher?«, fragte er, setzte sich vor mir auf den Boden und lehnte sich gegen den Felsen, auf dem ich kauerte. Ich warf ihm einen Blick zu, doch das spärliche Licht des königsblauen, allmählich in die Nacht übergehenden Himmels ließ mich seine Gesichtszüge nur erahnen.

»Abgesehen von diesem unglaublichen Gestank hier ist es bisher ganz schön«, sagte ich. Er lachte leise und ich stimme mit ein, doch es wurde schnell wieder still zwischen uns. Zu schnell. Ich griff nach der Cola, die er mir reichte, und nahm einen Schluck.

»Trotzdem ist es immer noch so surreal, oder?« Ich stellte die Flasche ab und vergrub meine Hände in den Jackentaschen. Aus der Hütte drangen ausgelassene Stimmen zu uns hinüber. »Dass wir wirklich hergekommen sind und uns am Everest versuchen. Wir müssen lebensmüde sein.«

Robin scharrte mit den Stiefelspitzen in der Erde. »Was unsere Kletterei angeht, waren wir doch noch nie sonderlich vernünftig, Ali.«

Ich schnaubte. »Kann man so sagen. Ich werde nie vergessen, wie du am Ruth-Gletscher kopfüber 30 Meter in diese Spalte gefallen bist, weil dir Sebastians Anweisungen zu lange gedauert haben.«

Ein Glucksen drang aus Robins Kehle. »Die Narbe an der Wade hab ich immer noch, so groß wie ein Zwei-Euro-Stück. Und den Eispickel, der drin steckte, auch. Das war echt eklig, mein Bein hat für den Rest der Expedition nur geeitert und –«

»Ich war dabei«, unterbrach ich ihn lachend, ehe er weiterreden konnte. »Ich hab den Eispickel aus deinem blöden Bein gezogen und die Wunde versorgt, bis wir wieder im Basislager waren. Falls du's vergessen hast.«

Robin verschränkte die Arme vor der Brust. Inzwischen hatte sich der Mond hinter einer Wolke hervorgeschoben, sodass ich sein Grinsen deutlich erkennen konnte.

»Schon, aber ich schätze, wir waren dann quitt, als du dich in Arkhyz so dermaßen besoffen hast, dass du einen Tag durchgekotzt hast.«

»Woher sollte ich denn wissen, dass ich russisches Bier nicht vertrage?«, entgegnete ich verdrießlich und nahm noch einen Schluck Cola.

»Ist doch nur die Wahrheit«, meinte er schulterzuckend und ging dazu über, mich so eindringlich zu mustern wie schon vorhin auf der Terrasse. »Also, wie ist die Lage?«

Ich dachte kurz über seine Frage nach und machte eine innerliche Bestandsaufnahme.

»Hm. Dafür, dass ich so lange pausiert habe, akklimatisiere ich, glaube ich, ganz gut. Aber das sehen wir erst, wenn wir die Challenge machen. Und bei dir?«

»Mir geht's gut. Großartig eher. Ich glaub, ich kann's schaffen.« Der Tatendrang, der in seinen Worten mitschwang, schien seinen ganzen Körper unter Strom zu setzen. Trotz des spärlichen Lichts konnte ich sein breites Lächeln sehen. »Denke, dieses Jahr wird ein gutes für uns. Schmitti und André werden auch hochkommen, jede Wette. Bei Maik bin ich mir da allerdings nicht so sicher.«

Robins Zweifel Maik gegenüber schienen berechtigt. Allein die Trekking-Tour ging dem Fotografen schon ziemlich an die Substanz. Er hustete auffällig oft und kam überall erst als letzter an.

»Na ja, aber wir haben ihn ja noch nicht klettern sehen. Wird sich zeigen, was er kann«, entgegnete ich schulterzuckend.

»Ja, klar. Ist nur wichtig, dass er's packt. Schließlich muss er die Fotos von uns auf dem Gipfel machen, oder?«

Ich nickte, denn mir fiel keine bessere Erwiderung ein. Wieder breitete sich Stille zwischen uns aus, doch diesmal hatte ich das Bedürfnis, das Gespräch mit Robin zu suchen.

»Weißt du, woran ich die ganze Zeit denken muss?«, murmelte ich meinen Stiefeln zu. Aus den Augenwinkeln sah ich, wie Robin aufblickte. »Mh?«

»Daran, dass das hier unsere letzte Station ist. Der letzte Gipfel, die letzte Challenge. Das letzte Mal, dass wir sowas zusammen machen. Schon komisch.«

»Ja. Ist schwer, sich das vorzustellen.«

In der Dunkelheit wirkte das Blau von Robins Augen so grau wie der Felsen hinter ihm.

»Und was denkst du darüber?«

»Keine Ahnung. In erster Linie fühlt es sich komisch an. Ich werde es vermissen. Zumindest glaube ich das«, entgegnete ich leise.

»Dann muss es nicht das letzte Mal sein. Ich meine … Es ist deine Entscheidung. *KOLOSS* wird sicher weiterhin mit uns zusammenarbeiten wollen.«

Ich gab ihm seine Cola zurück und stieß mich vom Felsen ab, um ein paar Schritte zu gehen. Er folgte mir. Das halb verfallene Dach einer Hütte verschluckte das Mondlicht über uns. Ich konnte Robins Wärme neben mir spüren. Ganz kurz berührte meine Schulter seinen Oberarm und mein Herz reagierte mit Sehnsucht. Trotzdem drehte ich mich weg.

»Ich weiß nicht, Robin. Ist das nicht albern? Dass wir uns nicht trauen, das hier wirklich loszulassen? Sollen wir uns weiter Jahr für Jahr etwas beweisen? Klar, wir verdienen gutes Geld damit, aber wir riskieren damit unser Leben. Und wofür? Nur damit hier oben für einen kurzen Moment alles gut ist?«

Meine Stimme wurde mit jedem Wort brüchiger. Es fühlte

sich an, als hätte sich meine Kehle mit Schmirgelpapier überzogen. »Das ist nicht, wie normale Leute leben. Deshalb müssen wir jetzt damit aufhören. Nach dem Everest muss Schluss damit sein.« Ich blieb stehen. Das Mondlicht sickerte zwischen den Felsen hervor und warf einen silbrigen Schleier über Robins Gesicht.

»Wir können nochmal drüber reden, wenn wir auf dem Gipfel waren«, begann er und ich hörte das Flehen in seiner Stimme, doch ich schüttelte heftig den Kopf.

»Nein. Ich will das nicht, okay? Der Everest wird ein Abschluss sein. *Unser* Abschluss. Danach läuft mein Vertrag aus ich werde ihn nicht verlängern. Nicht nochmal. Tut mir leid.«

Ich konnte hören, wie er schluckte. Für einen kurzen Augenblick suchte er nach den richtigen Worten.

»Ist es das, was du willst?«, fragte er dann. »Ich meine, wirklich? Das, was wir tun, ist doch nichts Schlechtes, oder? Im Gegenteil, es ist immer das Allerbeste gewesen, *immer,* das kannst du jetzt nicht leugnen oder so 'ne Scheiße. Irgendwie …« Sein Gesicht verzerrte sich. »Ach, scheiß drauf. Egal.« Er kehrte mir den Rücken zu, doch wie automatisiert schloss sich meine Hand um sein Handgelenk und ich hielt ihn zurück.

»Nein. Jetzt warte doch mal.« Ich zog ihn zu mir, sodass er sich wieder umdrehen musste. »Verdammt, lass uns einmal offen miteinander reden. Bitte.«

Er antwortete nicht, also schluckte ich das, was sich an verletztem Stolz in meiner Kehle zusammenballte herunter und versuchte es ein zweites Mal, diesmal sanfter: »Was wolltest du sagen? Komm schon. Rede mit mir.«

Schulter an Schulter kehrten wir zu meinem Felsen zurück. Als ich mir sicher genug war, dass er nicht mehr weglaufen würde, ließ ich sein Handgelenk wieder los. Der Wind pfiff durch die öde Berglandschaft und klang dabei fast wie ein fernes Wimmern. Es dauerte eine Weile, bis Robin antwortete, und als er es tat, presste er die Worte zwischen zusammengebissenen Zähnen hervor: »Ich wollte sagen, dass es nicht fair ist. Dass es beschissen ist, dass du …« Er machte eine Pause, um Luft zu holen. »Dass du schon für uns beide entschieden hast. Ich dachte, dass du nochmal mitkommst, hierher, das bedeutet irgendwas. Das war dumm.«

»Das war nicht dumm, aber –«

»Ja, genau. Es gibt immer ein aber, Alicia. Vergiss es einfach, okay? Ich hab das hier falsch verstanden, das ist alles.«

Der Felsen drückte sich hart und unnachgiebig in meinen Rücken. Hitze ballte sich in meinem Inneren zusammen. Ich verstand es jetzt. Er hatte diese Expedition als Neuanfang gedeutet, darauf gehofft.

»Robin, ich –« Sein Blick brachte mich zum Schweigen. Zorn und Enttäuschung brannten darin, so offen und ehrlich, dass es mir einen Stich Schuldgefühle versetzte.

»Es tut mir leid.« Die Worte kamen mir über die Lippen, ohne dass ich ihnen die Erlaubnis dazu erteilt hatte.

»Nee. Scheiß drauf. Mein Fehler.« Er leerte die Colaflasche mit einem letzten Zug und drehte sich um.

»Robin …« Meine Stimme zitterte. Er hielt inne, wandte mir den Rücken zu. »Ich wollte dir keine falschen Hoffnungen machen.«

Er schnaubte. »Jaah, wie auch immer. Ich geh wieder rein, ist beschissen kalt hier draußen.« Mit schnellen Schritten ließ er mich in der windigen Nacht zurück.

3. August, Kiel

Alicia, viereinhalb Jahre zuvor

Ich knipste das flackernde Licht des Badezimmers aus, trat zurück ins Schlafzimmer, das im grauen Dunst der Morgendämmerung lag, und schaltete den Wecker aus, der jeden Moment klingeln würde. Dann schlüpfte ich in eins von Robins Sweatshirts aus der Kommode, die sich zusammen mit seinem Bett in den viel zu kleinen Raum zwängte.

Das Bett selbst war bereits leer.

In der Wohnung war es kühl, seit Tagen regnete es in Strömen. Nebenan stritt ein Pärchen gedämpft auf Spanisch, irgendetwas ging zu Bruch. Ich fand Robin auf dem Sofa, den Blick starr auf die Regenwolken gerichtet, die den Himmel beschwerten.

»Wieso bist du schon wach?«, fragte ich und lehnte mich gegen den Türrahmen. Er rührte sich nicht. Ein seltsames Gefühl knotete sich in meinem Magen zusammen, als mein Blick auf die beiden Medikamentenschachteln fiel, die vor ihm auf dem Couchtisch lagen.

»Konnte nicht mehr liegen.« Robin löste sich aus seiner Starre und rieb sich mit der Hand über das Gesicht. Erst langsam schien er wieder zum Leben zu erwachen. Im Dämmerlicht wirkten die Schatten unter seinen Augen dunkler. Wie nebenbei griff er nach einer der Schachteln, nahm zwei Tabletten heraus und schluckte sie, einfach so, ohne Wasser.

»Was ist das?«, hörte ich mich fragen. Dabei kam ich mir vor wie ein Kind, naiv und nutzlos. Die Kälte der Fliesen kroch meine nackten Füße hoch und ließ mich schaudern.

»Das … das ist nichts.« Erst jetzt erwiderte er meinen Blick. »Nur was zur Beruhigung. Komm her.« Er streckte die Hand nach mir aus und ich kam der Aufforderung nach, mich zu ihm zu setzen. Trotz der Kälte im Raum war seine Haut angenehm warm. Seine großen Hände legten sich auf meine Knie. Ich lehnte den Kopf an seine Schulter und verschränkte meine Finger mit seinen.

»Soll ich Kaffee machen?«, murmelte ich.

»Wenn noch welcher da ist.« Er lachte entschuldigend gegen meinen Scheitel. »Ich muss echt dran denken einzukaufen, wenn du über Nacht bleibst. Tut mir leid.«

»Schon gut, ich kann mir auch auf dem Heimweg einen holen. Aber … hast du über das nachgedacht, was ich gestern gesagt habe?«

Er lächelte schwach. »Hab ich. Und ich glaube, es wäre wirklich das vernünftigste, oder? Ich meine, seit Monaten zwängen wir uns entweder bei mir oder bei dir in eine viel zu kleine Wohnung.«

Ich setzte mich auf und berührte seine Nasenspitze mit meinen

Lippen. »Also ist das gebongt? Wir kündigen beide, sobald wir Jobs haben und schauen uns dann nach was größerem um?«

Robin gluckste über meinen Enthusiasmus. »Ja. Aber …«

»Aber was?« Ich lehnte mich ein wenig zurück, sodass meine Füße jetzt auf seinem Schoß lagen. Er lehnte den Kopf an eines der Sofakissen und ging dazu über, meine Zehen zu reiben, bis sie warm waren.

»Bevor wir auf Wohnungssuche gehen und … Hast du auch über die andere Sache nachgedacht?«, fragte er. Draußen lugte die Sonne für einen kurzen Augenblick rötlich zwischen den Wolken hervor. Ich antwortete nicht sofort, also redete er weiter: »Wir sind beide gerade mit der Uni fertig, das ist der perfekte Zeitpunkt für eine Reise. Das Geld für den Flug kriegen wir leicht zusammen und wir können ja in Indonesien arbeiten, um etwas mehr für die Arktis anzusparen.« Ein verträumter, sehnsüchtiger Ausdruck trat in sein Gesicht, während er sprach. »Ein Jahr auf Reisen, zwei Gipfel. Zwei! Auf Wohnungssuche können wir immer noch gehen, wenn wir wiederkommen und dann kannst du dich immer noch für den Master einschreiben, wenn du ihn doch machen willst.« Er grinste. »Du kannst das Angebot praktisch nicht ablehnen.«

Ich entzog ihm meine Füße und setzte mich auf. »Also, nur, um das nochmal zusammenzufassen«, sagte ich und tippte mir an die Stirn. »Du willst, dass wir ein Jahr weggehen und nicht nur den Punkak Jaya, sondern auch gleich das Vinson Massiv besteigen? Das Massiv liegt in der *Arktis*, Robin! Ich habe viel zu wenig Bergerfahrung für die Arktis. Und was sollen wir überhaupt mit all unserem Zeug machen, wenn wir beide Wohnungen kündigen?«

»Du hast genug Erfahrung für die Arktis«, hielt Robin stur dagegen. »Du packst das. Du hast drei Viertausender gemeistert und irgendwo muss man ja anfangen. Unsere Sachen können wir bei meinem Bruder unterbringen. Er hat einen Schuppen im Garten, da ist genug Platz, Ali.«

Ich seufzte. »Willst du das echt machen? Wenn wir einmal damit anfangen, ist das wie eine Sucht, das weißt du.«

Wieder grinste er. »Das ist doch nichts Schlechtes, oder?«

Ich lachte, als er plötzlich einen Satz auf mich zu machte, sodass er über mir war und mich in die Kissen drückte.

»Komm schon, steh dir nicht selbst im Weg«, murmelte er dicht an meinen Hals und zog mich enger an sich. Ich schlang die Arme um seinen Nacken, als unsere Lippen sich fanden. Die Tabletten, was immer sie waren, hinterließen einen metallischen Geschmack auf meiner Zunge.

»Das ist der Anfang von etwas Großem, glaub mir«, hauchte er zwischen zwei Küssen, dann richtete er sich auf und zog mich mit sich.

»Oder von etwas total Bescheuertem«, entgegnete ich trocken. Er folgte mir ins Schlafzimmer, wo ich Jeans und Pullover aus der Reisetasche fischte, die ich für Übernachtungen bei ihm aufbewahrte. Als ich mich umdrehte, war er wieder ins Bett gekrochen. Ich rollte mit den Augen.

»Steh auf.« Ich zog ihm die Decke weg, doch er schnitt mir nur eine Grimasse und entriss sie meinem Griff. Ein resigniertes Murren löste sich aus seiner Kehle, als ich ihm ein frisches T-Shirt ins Gesicht schmiss.

»Mach schon, Robin.«

»Erst will ich 'ne Antwort.« Er schlüpfte dennoch in das T-Shirt.

»Du bist so kindisch!«

»Kann sein. Trotzdem will ich erst 'ne Antwort. Wir könnten einfach abhauen. Die Ausrüstung haben wir größtenteils schon und den Rest kaufen wir gebraucht.«

»Robin …«

»Sag einfach ja. Bitte, Alicia! Das wird das beste Jahr unseres Lebens!«

»Und was, wenn ich mich doch umentscheide und den Master zeitnah machen will?«

Robin setzte sich auf und legte mir die Hände auf die Schultern. »Guck mich an, Ali«, bat er, als ich den Blick niederschlug. Im letzten Jahr hatte der winzige, dunkle Punkt im Blau seiner linken Iris etwas so Vertrautes bekommen, dass jedes Mal, wenn ich in seine Augen schaute, es sich irgendwie nach heimkommen anfühlte.

»Du hast deinen Bachelor super abgeschlossen. Und du wolltest doch erstmal eine Pause machen, um dir klar zu werden, ob das Lehramt weiterhin das Richtige für dich ist. Das Jahr wäre deine Pause. Auf der Reise kannst du alles nochmal überdenken. Lass uns das machen, komm schon! Du hältst dich nur selber zurück.«

Als sein Lächeln mich ansteckte, wusste er schon, dass er gewonnen hatte. Ohne Vorwarnung riss er mich in eine so feste Umarmung, dass mir die Luft wegblieb.

»Das ist purer Wahnsinn und das Gegenteil von allen vernünftigen Entscheidungen, die wir hätten treffen können, aber okay, wir machen es«, keuchte ich, dann machte ich mich von ihm los und beugte mich vor, um meine Stirn gegen seine zu lehnen. Sein Grinsen hätte eine ganze Stadt erhellen können.

»Ich informiere mich über Expeditionsunternehmen«, sagte er eifrig, drückte mir einen flüchtigen Kuss auf die Lippen und sprang aus dem Bett. »Und dann –«

»Erstmal gehst du unter die Dusche, und zwar jetzt. Wir haben nur noch eine Stunde, bis wir meiner Mitbewohnerin beim Umzug helfen«, unterbrach ich seinen Tatendrang und bohrte ihm einen Finger in die Brust. »Wir recherchieren heute Abend.«

»Heute Abend, ja.« Einmal mehr küsste er mich auf den Haaransatz, dann verschwand er im Badezimmer. Als das Wasser hinter der dünnen Wand zu rauschen begann, hörte ich ihn lauthals *Don't stop believing* singen und musste grinsen.

Ich liebte diesen verrückten Kerl.

5. April, Lobuje, 4938 Meter

Alicia, Gegenwart

Gegen neun Uhr hatte jeder seine Sachen gepackt und wir brachen in Richtung Everest Basislager auf. Robin, der seit gestern Abend kein Wort mehr mit mir gesprochen hatte, hielt sich wieder an Sebastian und André, die im flotten Tempo den Pfad hoch wanderten. Einige Minuten lang starrte ich seinen Rücken an und wünschte, er würde sich zu mir umdrehen, doch das tat er natürlich nicht.

Es war überraschend mühsam, auf dem lockeren Geröll voranzukommen und als uns die Route schließlich auf den Khumbu-Gletscher führte, war ich völlig außer Atem. Steine, Schutt und grober Kies bedeckten hier das Eis, sodass man aufpassen musste, wohin man trat. Wie immer, wenn ich mich auf einem Gletscher bewegte, überkam mich das beklommene Gefühl, den Rücken eines riesenhaften, schlafenden Tieres zu überqueren. Irgendwo unter dem Eis plätscherte Schmelzwasser durch unzählige unterirdische Kanäle, ein geisterhaftes Rumpeln und Flüstern begleitete uns pausenlos. Trotz der Konzentration, die die Überquerung des Gletschers erforderte, versank ich tief in Gedanken und war froh, dass niemandem nach einer Unterhaltung zumute war.

Am frühen Vormittag passierten wir eine Gruppe Eistürme, die wie Monumente in den blauen Himmel hinaufragten.

»Das ist die Phantom Alley«, erklärte André, der neben mir stehen geblieben war und zur dreißig Meter hohen Spitze des höchsten Turms hinaufblinzelte. Beeindruckt schaute ich mich um. Über die Jahre hinweg hatte das Sonnenlicht auf den oberen Bereichen der Türme ein intensives Türkis freigelegt, sodass das Eis dort glitzerte wie das karibische Meer.

Einmal mehr kam ich mir unglaublich klein vor, wie ein Astronaut auf dem Weg zum Mond.

Der tief in das Eis eingegrabene Pfad führte uns immer weiter nach Osten, Schulter an Schulter stiegen André und ich einen Hang hinauf.

»Sieht so aus, als hätten Rob und du euch im Moment nicht sonderlich viel zu sagen«, stellte André nach einer Weile nüchtern fest. »Ist denn alles in Ordnung bei euch?«

Ich zuckte mit den Schultern und versuchte cool zu bleiben, auch wenn sich mir angesichts dieser Frage der Magen umdrehte.

»Irgendwie ja und gleichzeitig auch überhaupt nicht«, entgegnete ich und dankte ihm, als er mir die Hand reichte, um mir über eine breite Gletscherspalte zu helfen.

André kratzte sich am stoppeligen Kinn. »Verstehe.«

»Wir haben uns vor etwa einem Jahr getrennt, um bei der Wahrheit zu bleiben«, fuhr ich fort. Aus irgendeinem Grund fiel es mir unerwartet schwer, mein Ende mit Robin laut auszusprechen, auch wenn André zweifellos jemand war, dem ich blind vertrauen konnte. Nicht nur was das Bergsteigen betraf.

»Deshalb waren wir auch nicht mit euch auf dem Mont Blanc.«

»Oh.« André trat einen Stein zur Seite. »Das tut mir leid, Alicia.«

»Muss es nicht. Es war besser so.« Kurz spürte ich Andrés Hand auf meiner Schulter.

»Und trotzdem kommt ihr wieder zusammen her. Wieso?«

»Weil er mich gefragt hat und ich so dumm war, zuzustimmen. Ich habe meinen Vertrag neu aufgesetzt und hier sind wir. Keine Ahnung, wieso es dazu gekommen ist.« Ich warf die Arme in die Luft und für einen kurzen Augenblick verspürte ich das heftige Verlangen, einfach loszuheulen und André hier und jetzt mein Herz auszuschütten, doch ich riss mich zusammen.

Von der Anhöhe vor uns erklangen Jubelrufe und als wir zu den anderen aufschlossen, tat sich hinter dem Hügel in etwa zweihundert Meter Entfernung eine bunte Zeltstadt auf. Mein Herz machte einen aufgeregten Hüpfer. Wir waren da.

André wollte noch etwas hinzufügen, doch er wurde von Sebastian in Beschlag genommen, der seinem Bergführer völlig begeistert einen Arm um die Schulter legte.

»Willkommen im Basislager des Mount Everest!«, rief er und stimmte in die Jubelrufe der anderen ein.

Ich folgte meiner Expeditionstruppe im raschen Tempo die andere Seite des Abhangs hinunter. Etwa sechshundert bunte Zeltkuppeln klemmten sich hier in die felsige Gletscherlandschaft und bildeten das, was für die nächsten sechs Wochen unser Zuhause sein würde. Als wir die geschäftige Zeltstadt erreichten, fing ich

Robins Blick auf. Er lächelte, und auch wenn dieses Lächeln eher einer verzerrten Grimasse ähnelte, verstand ich es als Friedensangebot, oder zumindest als Akzeptanz seinerseits.

Es dauerte eine Weile, bis wir im Durcheinander der Siedlungen unser Lager ausfindig gemacht hatten. Sebastian erklärte uns, dass sich diese Saison etwa dreißig verschiedene kommerzielle wie auch private Expeditionen am Berg versuchen würden, uns miteingeschlossen. Unsere Truppe war eine der ersten, die eintraf.

Das Basislager lag in einer Mulde zwischen Bergwänden, die wie alte, in Stein erstarrte Götter in irrationale Höhen aufragten. Die eisblaue Ansicht der fernen Gipfel wie der des Nuptse oder des Pimori, die uns flankierten, hatte etwas Surreales. Das breite Tal im Südwesten ließ die Nachmittagssonne ins Lager fluten, sodass ich in meiner Windjacke unglaublich zu schwitzen begann.

Sebastian führte uns durch die schmalen Zeltreihen und winkte uns schließlich in ein großes Speisezelt, das unverkennbar mit einem giftgrünen Banner versehen war, auf dem der *KOLOSS*-Riese prangte.

»Wir haben hier alles, um uns den Aufenthalt im Basislager so angenehm wie möglich zu machen«, verkündete André, als wir uns an den großen Steintisch in der Mitte des Zelts setzten und uns ächzend aus unseren Jacken schälten.

»Drüben im Kommunikationszelt gibt es Solarstrom, Satellitentelefon und Internetzugang. Der kostet eine Rupie pro Minute, das Telefon vier Rupien. Oh, und wir haben sogar 'ne improvisierte Dusche. Außerdem gibt es ein Fax, falls jemand noch weiß, wie man sowas benutzt.«

Sebastian, der im Eingang des Zeltes kurz mit einer kleinen, untersetzten Nepalesin gesprochen hatte, vermutlich eine Sherpani, schlenderte zu uns hinüber.

»Genau, danke, Andi.« Er setzte sich zu uns und zog sich die rote Mütze vom Kopf. »Alle paar Tage bringen die Yaks frisches Gemüse und Obst hoch. Bitte achtet auf den Müll, den ihr hinterlasst, wir wollen den Berg schließlich nicht in eine Deponie verwandeln. Eure Zelte sind bereits aufgebaut, ihr findet sie gleich neben dem Kommunikationszelt, euer Gepäck müsste schon drin sein. Zieht euch ruhig ein bisschen zurück und packt in Ruhe aus.«

Froh über die zwei Stunden Ruhe kroch ich wenig später in mein von *KOLOSS* gestelltes Simond-Zelt und befreite meine Füße aus den Wanderschuhen und den Socken. Während ich Isomatte und Schlafsack im Zeltinneren ausbreitete, dachte ich an Robin und unser gestriges Gespräch. Es war albern, dass wir den ganzen Tag über kein Wort gewechselt hatten. Wir hatten das Basislager des Mount Everest erreicht, die erste Station unseres Ziels, doch alles, was er mir zugestanden hatte, war ein verfluchtes Lächeln.

Ich schwitzte noch immer, auch nachdem ich mich aus dem gefütterten Sweatshirt befreit hatte, wurde es nicht besser. Die Sonne heizte mein Zelt auf, also öffnete ich den Reißverschluss und krabbelte in die Schleuse des kleinen Vordachs, sodass meine nackten Zehen den Schutt berührten. Von meinem Zeltplatz aus starrte ich geradewegs auf eine Bergwand. Eine beinahe kindische Enttäuschung regte sich in mir, als ich realisierte, dass die Gipfelpyramide des Everest nicht einmal ansatzweise zu erkennen war. Bedrohlich und scheinbar unbezwingbar wuchtete sich der Berg in den Himmel hinauf und kleidete sich in Wolken, egal wie klar der Tag war.

Ich schloss die Augen und bettete die Stirn auf meine Knie. Die Trekking-Tour und der Aufstieg ins Lager hatten mich vollkommen erschöpft. Hier saß ich nun, bemüht, meinen schweren Atem zu kontrollieren und fragte mich, wie zum Teufel ich den eigentlichen Aufstieg schaffen sollte.

VIER

5. April, Everest Basislager, 5330 Meter

Robin, Gegenwart

Bis zum Abendessen vertrieb ich mir die Zeit damit, mich mit Maik im Basislager umzusehen, das sich jetzt stündlich füllte. Neben unserer Expedition hatten natürlich auch alle anderen Teams das windstille Zeitfenster im Mai als Aufstiegszeitpunkt angepeilt. Den Bannern und Flaggen auf und an den Zelten nach zu urteilen, gab es noch viele andere gesponserte Expeditionen. Im Herzen der Zeltstadt trafen wir auf drei Mitglieder eines niederländischen Teams, das die Saison für den Dreh einer Doku-Reihe ausgewählt hatte. Maik, der in Den Haag studiert hatte, sprach kurz mit ihnen, doch ich verstand nur die Hälfte ihres schnellen Holländisch.

Eine besonders interessante Expedition bestand aus drei japanischen Bergsteigern, die sich die Besteigung des Everest auf eigene Faust vorgenommen hatten, was mich tief beeindruckte. Den Auflistungen der Sponsoren auf ihren Zelten nach zu urteilen, handelte es sich bei den drei Männern um Profis. Ihr Team hatte nur einige wenige Sherpas angeheuert, auf Anhieb entdeckte ich nur drei, einen für jeden. Ich erwiderte ihren freundlichen Gruß in meinem eingerosteten Japanisch und sprach ihnen meinen Respekt für ihr Vorhaben aus. Nachdem wir einige Höflichkeiten ausgetauscht hatten, verabschiedeten wir uns mit einem Handschlag und wünschten einander viel Erfolg für den anstehenden Aufstieg.

Auf dem Rückweg unterhielten Maik und ich uns über unsere Gipfelchancen. Diese Saison würden etwa 1000 Bergsteiger im Basislager eintreffen, und durchschnittlich würde weniger als ein Drittel einen Gipfelversuch starten, geschweige denn diesen erreichen. Aufregung breitete sich als ein kribbelndes Gefühl in meiner Brust aus. Gipfelfieber, wie Alicia es immer genannt hatte. Einmal mehr ließ ich meinen Blick über die ausladenden Bergketten schweifen, die sich scharf vor dem Blau des Himmels abzeichneten und genoss die Gewissheit, endlich wieder genau am richtigen Ort zu sein.

Als wir das Speisezelt unserer Expedition erreichten, stand die Sonne schon tief und malte orange-rote Schatten auf die Felsen zwischen den farbenfrohen Nylonkuppeln. Die linke Flanke des Steintischs war bereits mit vier gut gelaunten Nepalesen besetzt, die allesamt grüne *KOLOSS*-Kappen trugen und sich in perfektem Englisch mit Alex und André unterhielten. Alicia, Isa und Sebastian hatten sich ebenfalls an den Tisch gesetzt, und als Maik und ich uns auf den letzten freien Stühlen niederließen, unterbrachen die Sherpas ihr Gespräch und schüttelten uns der Reihe nach die Hände; mit einer Herzlichkeit, die mich verblüffte.

»Das hier ist Ngawang Jangbu, unser Sirdar, der erste Sherpa«, erklärte Sebastian vergnügt und klopfte dem Ältesten, einem freundlich aussehenden Mann mit wettergegerbtem Gesicht, auf die Schulter.

»Drei Gipfelbesteigungen, Leute!«

Ngawang neigte den Kopf und nahm seine Kappe ab, bevor er sprach. »Namaste. Herzlich Willkommen im Everest Basislager.« Er grinste in die Runde und entblößte dabei einen goldenen Eckzahn.

»Ja, wie Schmitti schon vorweggenommen hat, mein Name ist Ngawang Jangbu und ich bin euer Ansprechpartner in allen Sherpa-Angelegenheiten. Mein Zelt liegt gleich neben dem Kommunikationszelt, ich bin also rund um die Uhr für euch zu erreichen.« Er setzte seine Kappe wieder auf und legte seinem Sitznachbar eine Hand auf die Schulter.

»Und das hier ist mein Sohn Tempa Lhamu.« Der hagere Mann mit langen, schwarzen Haaren, die er zu einem Pferdeschwanz zurückgebunden trug, lächelte uns zu und stellte seinerseits die beiden letzten im Bunde vor, Phurba Tsheri und Pempa Dorje. Dann informierte er uns mit seiner tiefen, melodischen Stimme, dass das *KOLOSS*-Team noch fünf weitere Sherpas miteinschloss, er diese jedoch heute Mittag zurück nach Lobuje geschickt habe, damit sie beim Lebensmitteltransport halfen.

»Wir vier sind direkt für euch zuständig«, sagte er und lächelte erneut. »Also scheut euch nicht, zu uns zu kommen, falls ihr Fragen habt.«

Sebastian nickte zufrieden, als sich alle wieder setzten und einer der Küchenjungen einen riesigen Topf Suppe in unsere Mitte wuchtete.

»Gut, Leute, nehmt die Anweisungen unserer Sherpas ernst«, sagte er, als Isa sich daran machte, allen Suppe auf die Teller zu schöpfen. »Unsere vier Freunde hier haben mehr Bergerfahrung als wir alle zusammen, sie können die Situation am besten einschätzen. Wenn es darauf ankommt, wiegt ihr Wort stets mehr, verstanden?«

Ein zustimmendes Murmeln ging durch die Runde und die Sherpas bedankten sich im Vorfeld für unsere Kooperation.

Nach dem Essen blieben wir noch eine Weile am Tisch sitzen und tauschten einige Geschichten mit den Sherpas aus. Die vier waren umgängliche und weltoffene Typen, mit denen man leicht ins Gespräch kam. Alicia hielt sich dabei jedoch die meiste Zeit zurück. Überhaupt hatte sie, seit wir im Basislager angekommen waren, kaum gesprochen. Einige Male trafen sich unsere Blicke, doch ich widerstand dem Drang, das Gespräch mit ihr zu suchen. Womöglich tat ich ihr einen Gefallen, wenn ich sie einfach in Ruhe ließ.

Vielleicht wäre ich einfach besser dran gewesen, wenn ich der Reise allein zugestimmt hätte. Doch auch wenn mich ihre abweisende Art verletzte, ich war trotz allem froh, die Chance zu haben, noch ein letztes Mal in ihrer Nähe zu sein.

Am Morgen weckte mich die unerwartete Wärme der aufgehenden Sonne, die mein Zelt in eine Sauna verwandelt hatte. Draußen waren schon Stimmen zu hören, und als ich den Reißverschluss meines Zeltes öffnete, kam einer der nepalesischen Küchenjungen zu mir hinübergelaufen und goss mir eine Tasse dampfenden Sherpa-Tee aus seiner Thermoskanne ein. Ich bedankte mich und ließ mir die Sonne ins Gesicht scheinen, während ich in meiner Zeltschleuse saß, meinen Tee trank und beobachtete, wie das Basislager allmählich zum Leben erwachte. Die Luft roch schwach nach Weihrauch, denn in einiger Entfernung kniete eine kleine Ansammlung von Sherpas, die vor einem aus Felsbrocken gebauten Altar bei der Himmelsgöttin für einen friedvollen Aufstieg beteten, ganz wie es der buddhistische Brauch war.

Ich streckte die Glieder und warf einen Blick auf die Uhr. Es war kurz nach acht. In einer halben Stunde würde sich unsere Truppe zum Frühstück treffen und danach würde Isa uns ihrem Fitnesscheck unterziehen, bevor es in ein paar Tagen das erste Mal an den Berg ging. Ich stellte den Teebecher ab und wischte das Glas meiner Armbanduhr mit meinem Ärmel sauber. Wie schon gestern Abend zeigte der Höhenmesser 5330 Meter an. Der Fuß des Everest lag höher als alle Berge Europas und ich hätte gelogen, wenn ich behauptet hätte, die Folgen des ärmeren Sauerstoffgehalts in der Luft nicht langsam zu spüren. Ich hatte den Aufstieg ins Basislager überraschend gut weggesteckt, meine Euphorie und das beginnende Gipfelfieber hatten mir keine Zeit gelassen für die anfänglichen Schwierigkeiten, mit denen jeder Bergsteiger bei der Akklimatisierung kämpfte. Doch jetzt, nachdem ich einen Moment zur Ruhe gekommen war, spürte ich die Enge in meiner Brust, die jeden Atemzug erschwerte.

Ich schwankte also ein bisschen, als ich mich zum Umziehen in mein Zelt zurückzog. Ich wechselte das verschwitzte T-Shirt, das ich zum Schlafen getragen hatte gegen ein frisches aus meinem Expeditionsrucksack und zog eine Jogginghose an, dann machte ich mich auf den Weg zum Speisezelt.

Alicia saß am anderen Ende des Tisches zwischen Maik und

André, die zusammen mit Ngawang und Tempa schon mit dem Frühstück begonnen hatten. Ihre Antwort auf mein »Guten Morgen« wirkte etwas steif. Sie war blasser als sonst und die Ringe unter ihren Augen waren mir schon in Lobuje aufgefallen. Doch auch heute bot sie mir keine Gelegenheit, für ein Gespräch. Sie unterhielt sich mit Maik, mied meinen Blick und lachte lauter über seine Witze, als sie es verdient hatten. Nach ein paar Minuten gab ich meine Versuche auf, zwang ein Stück Toast und noch mehr Tee in mich hinein und quatschte mit Sebastian und Alex, die sich zu uns gesellt hatten.

Als jeder sein Frühstück hinuntergewürgt hatte, stand Sebastian auf, sodass Ruhe am Tisch einkehrte. »Okay, Leute, hört mal zu«, sagte er und stützte die Hände auf die Tischplatte. »Wie geplant sind wir verhältnismäßig früh dran, was uns eine schöne, lange Akklimatisierung ermöglicht. Die weniger Erfahrenen unter uns werden uns das danken.« Er zwinkerte kurz in die Richtung von Maik, ehe er fortfuhr. »Lasst uns also kurz den Ablauf der nächsten Woche durchgehen, ehe Isa euch alle medizinischen Infos gibt. Insgesamt machen wir drei Touren von je sechshundert Höhenmetern. Dabei geht es nicht darum, so hoch oder weit wie möglich zu kommen. Dreimal werden wir vom Basislager aus aufbrechen und jeweils zu Camp Eins, Zwei und Drei der Südroute vorrücken. Wir steigen den Berg systematisch hoch und wieder runter, um uns an die Belastung zu gewöhnen. In fünf Tagen geht's los, bis dahin habt ihr Zeit, euch an das Lager zu gewöhnen und alles für den Aufstieg vorzubereiten. Noch Fragen?«

Als sich niemand meldete, ließ er sich wieder auf seinem Platz nieder und gab das Wort an Isa weiter, die schon aufgestanden war. »Alles klar.« Sie lächelte ein wenig unsicher in die Runde. »Äh, als Allgemeinmedizinerin mache ich das hier schon seit Jahren, also gibt es hier oben nichts, was ich nicht schon gesehen hätte. Hört daher bitte alle gut zu, damit wir die größten Risiken so gut es geht eindämmen können.« Sie stemmte die Hände in die Hüften und warf einen kurzen Blick auf ihre Notizen, die vor ihr auf dem Tisch lagen. »Okay. Sicher habt ihr schon von der Höhenkrankheit gehört, schlichtweg *die* Horrorgeschichte unter Bergsteigern. Sie charakterisiert sich durch einen Konvolut an Symptomen wie Kopfschmerzen, Appetitverlust, Übelkeit und Erbrechen, Schwäche, Atemnot, Schwindel, Benommenheit, Tinnitus, Schlafstörungen und so weiter. Die Liste ist lang. Wenn diese Symptome auftreten, ist die Gefahr groß, dass sich ein Hirn- oder Lungenödem gebildet hat, auch *HACE* und *HAPE* genannt, bei dem sich Flüssigkeit in Hirn oder Lunge ansammelt. Das führt dann fast sicher zum Tod. Ursache dafür ist der Luftdruck, der in großen Höhen zunehmend sinkt. Damit sinkt auch der Sauerstoff-Partialdruck, was zur Verengung der Blutgefäße führt. Die Sauerstoffaufnahme der Lunge verringert sich, sodass es zu einer Sauerstoffunterversorgung kommt. Diese sogenannte Hypoxie hat Sinnestäuschungen zur Folge, ihr habt sicher schon Geschichten von Bergsteigern in kritischen Lagen gehört, die die wildesten Halluzinationen hatten. Bei nicht akklimatisierten Bergsteigern ist die Wahrscheinlichkeit, dass solche Symptome auftreten, ziemlich hoch, ab 4000 Meter sogar fast sicher. Deshalb ist es so enorm wichtig, dass ihr euch richtig akklimatisiert. Es ist allerdings vollkommen normal, wenn ihr in den nächsten Tagen und während der ersten Touren Anzeichen der Höhenkrankheit feststellen solltet, aber die bekommen wir leicht in den Griff. Kommt also unbedingt zu mir, wenn ihr Kopfschmerzen habt oder euch sonst nicht gut fühlt. Vorbeugend spritze ich jedem heute Abend eine Dosis Azetazolamid.« Sie nickte in die Runde. »Gut, dann danke für eure Aufmerksamkeit.«

Auf Isas Vortrag folgte nur halbherziger Beifall. Auch wenn ich diese Sorte von Informationen vor Beginn einer Expedition schon unzählige Male gehört hatte, verpassten sie auch meiner Stimmung einen gehörigen Dämpfer. André, der sich gerade aus seinem Stuhl stemmte, schien das zu bemerken. »Hey, so trübselig ist das aber gar nicht«, sagte er. »Wenn alles gut läuft, stehen wir bald auf dem Gipfel des höchsten Bergs der Erde!«

Ein Jubeln ging durch die Runde, angeführt von den Sherpas, und ich fühlte mich gleich ein wenig besser.

Isa nahm sich viel Zeit für den Fitnesscheck. Nachdem ich an die achtzig Liegestütze gemacht hatte, maß sie meinen Blutdruck und kontrollierte meinen Puls, ehe sie mir erklärte, dass ich in Bestform sei. Ich hatte nichts anderes erwartet, schließlich hatte ich die letzten Monate hart an meiner Kondition gearbeitet, trotzdem tat es gut zu hören, dass sich meine Mühe ausgezahlt hatte.

Maik, der seit ein paar Tagen auffällig oft hustete, bekam Tabletten von Isa, die er morgens und abends schlucken sollte. Erst dann gab sie grünes Licht für unsere erste Akklimatisierungstour, die Sebastian und André für den 12. April angesetzt hatten.

Während unseres Aufenthalts im Basislager sprach ich kein einziges Mal mit Alicia. Auch bekam ich sie nur bei den Mahlzeiten zu Gesicht. Da sie ihre Meinung über unsere letzte gemeinsame Expedition scheinbar nicht geändert hatte, gab ich mein bestes, das zu akzeptieren. Ich würde wohl nach dieser Challenge ohne sie klarkommen müssen. In mir breitete sich eine trostlose Kälte aus, als ich daran dachte, dass mein Leben dann nur noch aus leeren, grauen Jahren bestehen würde. So wie das bereits vergangene.

Nach den primitiven Unterkünften in den Sherpa-Dörfern im Khumbu-Tal gewöhnte ich mich schnell an den verhältnismäßigen Komfort im Basislager. Die Aussicht war atemberaubend und die warmen Nachmittage, an denen man in einem Klappstuhl in der Sonne dösen konnte, eine Wohltat, doch an Schlaf war nicht zu denken. Fortwährend dachte ich an die surreale Tatsache, dass ich mich fünftausend Meter über dem Meeresspiegel befand. Jede Nacht wachte ich mindestens drei Mal auf und rang nach Atem, doch jeder von uns hatte mit der dünnen Luft zu kämpfen. Alex litt an zermürbenden Kopfschmerzen, die ihn für Stunden außer Gefecht setzten, und für niemanden war der Gedanke an Essen noch verlockend, jede Mahlzeit kam einer Bestrafung gleich. Isa erklärte uns, dass der Verdauungstrakt viel Sauerstoff für die Nahrungsverwertung benötigte, sodass er in großen Höhen nur schlecht funktionierte. Auch wenn ich diesen Vorgang schon von meinen letzten Bergtouren kannte, sah ich hilflos und mit wachsendem Unbehagen zu, wie ich praktisch jeden Tag an Muskelmasse verlor. Nicht nur deshalb wurde ich immer unruhiger, je mehr Zeit im Basislager verstrich. Während die anderen die freie Zeit am Fuß des Bergs nutzten, um Kraft für die erste Tour zu sammeln, fiel es mir von Minute zu Minute schwerer, mich zu entspannen. Meine Bergausrüstung lag schon bereit, Kleidung, Klettergurte, Sicherungsseile und Steigeisen hatte ich längst in meinem Expeditionsrucksack verstaut. Die Tage krochen dahin wie zäher Schleim und die Nächte, in denen ich ohnehin die meiste Zeit hellwach in meinem Schlafsack lag und an die Zeltdecke starrte, dachte ich darüber nach, was für ein Gefühl es wohl sein würde, bald auf dem Dach der Welt zu stehen. Natürlich, in den letzten Jahren meines Lebens hatte ich ein Dutzend Gipfel erreicht, ein Dutzend wunderschöne Ausblicke betrachtet, doch der Everest würde anders sein, das spürte ich.

Als Maik mich eines Nachmittags in einem zwanglosen Interview für den nächsten Blogeintrag nach der Motivation fragte, die hinter meiner Bergsteigerei steckte, erzählte ich ihm, dass es praktisch unmöglich wäre, einem Außenstehenden das Gefühl zu beschreiben, wenn man nach Stunden härtester körperlicher Anstrengung den Gipfel erreichte.

»Dieses Gefühl ist wie eine Droge, eine Entschädigung für alle Schmerzen der vorherigen Wochen und Monate. Wenn du so willst, ist es eine Transformation, ein Moment, der die Macht hat, den Rest deines Lebens für immer zu verändern. Von diesem Moment an, an dem du die letzten Schritte zum Gipfel hoch taumelst, völlig fertig und am Ende deiner Kräfte, bist du ein anderer Mensch als der, der du noch am Fuß des Berges gewesen bist. Du wächst über dich hinaus, zwingst Körper und Geist zu enormer Höchstleistung und plötzlich bist du jemand anderes, jemand, der zu einem kleinen, elitären Kreis der Menschen gehört, die ebenfalls bereit waren, über sich selbst hinauszuwachsen.«

»Wow«, sagte Mike, als er einen Punkt hinter meine letzten Worte setzte und von seinem Laptop aufsah. »Das klingt wahnsinnig cool.«

Wir hatten das Basislager ein Stück hinter uns gelassen, um

einen Blick auf die steinernen Gedenkstätten verstorbener Bergsteiger am Wegesrand zu werfen, die wir bei unserer Ankunft nur im Vorbeigehen gesehen hatten. Gerade saßen wir im Schatten von Scott Fischers Stein. Ich grinste Maik zu. »Das ist genau der Grund, warum ich hier bin.«

Maik wirkte ein wenig verlegen, lächelte aber. Seine Augen leuchteten. »Ich hoffe, ich schaff's auch. Der höchste Berg, den ich bisher verbuchen konnte, ist das Matterhorn. Aber der Everest …« Sehnsüchtig blickte er Richtung Gebirge. »Auf diesem Gipfel zu stehen, muss ein ganz anderes Gefühl sein.«

Ich nickte. »Das wirst du schon selbst erleben. Wir schaffen das, okay?«

Mein Grinsen steckte ihn an. »Okay.«

Das Wetter hätte für unsere erste Annäherung an den Berg nicht besser sein können. Der Morgen des 12. April war mild und windstill, und als sich die Sonne allmählich hinter einer der östlichen Gipfelpyramiden ankündigte, zeigte sich ein klarer, violetter Himmel.

Im Morgengrauen versammelten Sebastian, André, Maik, Alicia und ich uns vor dem Kommunikationszelt, verabschiedeten uns von Alex und Isa und brachen auf. Die Südsattel-Route des Everest führte über das sogenannte Western-Cwm oberhalb des Eisfalls, auch genannt das Tal des Schweigens, das höchstgelegene Tal der Erde. Die Aufstiegsroute verlief unausweichlich zwischen unzähligen, instabilen Türmen aus Eis, was hieß, dass wir auf sich bewegendem Gletscher gingen, der zahllose, gewaltige Spalten aufwies. Unter Bergsteigern galt das Tal als das gefährlichste und gefürchtetste Stück der Route, wie Sebastian noch einmal deutlich machte. Der einzige Lichtblick, der sich uns an diesem Morgen bot, war der im Zickzack verlaufende, mit Seilen und Aluminiumleitern fixierte Weg durch den Gletscher, den die Sherpas im Vorfeld mit vereinten Kräften angelegt hatten.

Ich ließ Maik, André und Sebastian vorausgehen und deutete auch Alicia, ihren Karabiner vor mir ins Fixseil zu hängen, doch sie schüttelte den Kopf. »Ich gehe hinter dir«, informierte sie mich und berührte für einen kurzen Moment meinen Arm, als sie zur Seite trat, ob Absicht oder Zufall konnte ich nicht sagen. Ich drehte mich zu ihr um, in der Hoffnung ihren Blick aufzufangen, doch sie schaute in die entgegensetzte Richtung.

»Okay«, murmelte ich. Irgendwo weit unter uns rumpelte es, als ich meinen Hüftgurt am Seil befestigte und Sebastian in den vom Dämmerlicht gespenstisch beleuchteten Gletscherbruch folgte.

»Hat jeder die Steigeisen richtig angeschnallt und den Eispickel zur Hand, nur zur Sicherheit?« Andrés Stimme hallte wie ein Echo zu uns hinüber, als er das Labyrinth aus Eis als erster betrat. Unser zustimmendes Gemurmel schien ihm zu genügen, denn er gab Sebastian ein Zeichen und wir setzten unseren von Fixseilen gesäumten Weg fort, der uns weiter in das Cwm hineinführte. Im gräulichen Licht der aufgehenden Sonne wirkte der Eisbruch wie die bizarre Oberfläche eines fremden Planeten. Innerhalb des Tals war es völlig windstill, und wahrscheinlich dachten wir alle in diesem Moment daran, wie passend der Name *Tal des Schweigens* für diesen Ort war. Unter dem Kragen meiner Jacke pumpte mein aufgeregtes Herz so schnell, dass ich jeden Schlag deutlich bis in den Hals spürte. Jetzt wurde es ernst.

Quälend langsam arbeiteten wir uns im Gänsemarsch voran, nur begleitet vom Knirschen unserer Steigeisen, deren Zacken sich mit jedem Schritt in das Eis bohrten. Der Anblick der ersten Gletscherspalte verursachte ein flaues Gefühl in meinem Magen. Die drei miteinander verzurrten Aluminiumleitern, die den Abgrund überbrückten, wirkten alles andere als stabil. Die Gletscherspalte zog sich wie ein riesiger Schlund durch das Eis, so tief, dass in ihrem Inneren nichts als Dunkelheit zu erkennen war. André ging als erster und tat sein Bestes, um die Sprossen der Leiter mit seinen klobigen Bergschuhen nicht zu verfehlen. Als der Holländer merkte, dass er mit einer Hand am Seil zu wenig Gleichgewicht hatte, klemmte er sich den Eispickel an den Hüftgurt und benutzte beide Hände. Die Leitern quietschten und ächzten, doch André kam schneller voran als erwartet, und ehe Sebastian Maik angewiesen hatte, seinerseits die erste Sprosse zu betreten, war er schon drüben und gab das Zeichen, ihm zu folgen.

Nacheinander balancierten wir über die Leitern, ein ziemlich beängstigendes Unterfangen, bei dem man auf keinen Fall nach unten sehen durfte. In der Totenstille des Eisfalls schärfte Sebastian uns noch einmal ein, dass wir uns spätestens um 10 Uhr auf den Rückweg ins Basislager machen würden, auch wenn bis dahin noch nicht alle Camp Eins erreicht hätten.

»Es ist wichtig, dass wir den Eisfall vor der Mittagssonne hinter uns haben«, pflichtete André ihm bei und half Maik über eine schmale, vertikale Spalte in der Nähe des Fixseils. »Wenn die Sonne auf den Gletscher knallt, bewegt er sich nur noch mehr.«

Nachdem Alicia, Maik und ich jeweils zwei Mal unter den prüfenden Augen der Bergführer erfolgreich eine Gletscherspalte überwunden hatten, stellte Sebastian uns frei, in unserem eigenen Tempo weiterzumachen. Ich behielt meinen langsamen, aber beständigen Marsch bei. Maik jedoch hastete los, um einige Aufnahmen von uns aus der Ferne zu machen.

Alicia, ich und die Bergführer blieben in einigem Abstand beieinander, doch jeder ging für sich allein. Am wolkenlosen Himmel kroch die Sonne allmählich höher und ihr Licht reflektierte sich in den polierten Eistürmen, sodass mir die Augen tränten und ich meine Sonnenbrille aus dem Rucksack kramte. Etwa fünf Meter vor mir konnte ich Bruchstücke aus Sebastians und Andrés leiser Unterhaltung hören, hinter mir knirschten Alicias rhythmische Schritte im Eis. Ich versuchte, den kurzen Stich zu ignorieren, ich vermisste die Gespräche mit ihr. Egal, wie viele Jahre wir zusammen gewesen waren und Tag ein, Tag aus miteinander verbracht hatten, mit Alicia hatte ich während der Akklimatisierungstouren über Stunden hinweg reden können. Es fühlte sich fremd und viel zu ernüchternd an, dass wir nun schweigend hintereinander hertrotteten, anstatt uns gegenseitig mit Gipfelfieber anzustecken und über unsere Albernheiten zu lachen.

Wohl oder übel setzte ich mich nun also allein mit der wilden Schönheit meiner Umgebung auseinander, die sich allmählich im

Licht der aufgehenden Sonne offenbarte. Jeder Quadratzentimeter meiner Umgebung war unglaublich. Das Eis um mich herum glitzerte in einem intensiven Blau, eingefangen in gezackten Séracs. Soweit das Auge reichte, ragten endlose Eismassen in die Höhe. Inmitten solcher Naturschauspiele versank ich völlig in meiner Faszination für die Bergwelt und vergaß für einige Zeit sogar mein Dilemma mit Alicia.

Etwa eine halbe Stunde vor Camp Eins machten wir eine kurze Pause. Schwer atmend ließ ich mich auf einem verschneiten Eisklotz nieder und bettete die Stirn für einen Moment auf meine Knie. Trotz des beständigen Tempos pfiff ich aus dem letzten Loch. Auch Alicia keuchte vor sich hin. André und Sebastian hielten ein wenig abseits von uns ebenfalls an und setzten sich in den Schnee. Ich spürte ihre Blicke auf mir, doch ich ignorierte sie. Meine Kehle brannte. Ich nahm meine isolierte Aluflasche aus meinem Rucksack und trank. Alicia rührte sich nicht, auch sie hatte den Kopf auf ihre Arme gelegt.

»Alles okay?«, fragte ich und streckte die Hand nach ihr aus. Sie nickte, sagte aber nichts.

»Willst du was trinken?«

»Nee.«

Ich zuckte mit den Schultern und versuchte vergeblich, ihren abweisenden Tonfall nicht zu sehr an mich heranzulassen.

Kurz nachdem wir unseren Weg fortgesetzt hatten, erreichten wir den Fuß eines riesigen Eisturms, der seltsam instabil und krumm in den Himmel hinauf ragte. Der Turm machte den Eindruck, als würde er jeden Moment einstürzen und alles in seiner Nähe unter sich begraben. Ich war daher nicht überrascht, als ich Maik entdeckte, der in der Nähe des Turms im Schnee saß und auf uns wartete. Als er uns erspähte, stand er auf und deutete auf die Eismasse über sich.

»Was zur Hölle ist das denn?«

»Das ist die Mausefalle«, entgegnete Sebastian schlicht und betrachtete den Turm einen Moment lang nachdenklich. »Führt kein Weg dran vorbei. André, gehst du wieder vor?«

Beklommen verfolgten wir, wie André sich ins Seil hängte und sich daran machte, auf den Eisturm zu klettern. Er bemühte sich, die unangenehme Aufgabe so schnell wie möglich hinter sich zu bringen, doch auch er war noch nicht vollständig akklimatisiert und es dauerte eine Ewigkeit, bis er endlich den Gipfel des Eisklotzes erreichte. Als er dann grünes Licht gab, schob ich Alicia vor, die wie gebannt neben mir stand, den Blick starr auf die Mausefalle geheftet.

»Geh du als nächste«, drängte ich sie, bevor Maik sich ins Seil hängen konnte. »Na los, je schneller das hinter einem liegt, desto besser.« Ich wusste, dass das Warten sie wahnsinnig machte, wenn sie eh schon nervös war. Nickend befestigte sie ihren Karabiner im Fixseil, dann folgte sie André die Eismassen hinauf, während Maik seine Kamera herausholte, um noch ein paar Fotos zu machen. Erst als Alicia die erste Hälfte hinter sich gelassen hatte, merkte ich, dass ich die ganze Zeit über die Luft angehalten hatte.

Als ich nach Maik schließlich an der Reihe war, kam mir ein zweites Mal an diesem Tag der Gedanke, wie schaurig passend die Namensgebung doch war. Tatsächlich fühlte ich mich wie eine Maus, die so schnell wie möglich über den Eisturm hastete, um der tödlichen Falle zu entgehen. Doch wie schon André, Maik und Alicia kam ich kaum voran. Alle paar Minuten musste ich anhalten und nach Luft schnappen, denn jede Bewegung schien mir den Sauerstoff aus der brennenden Lunge zu prügeln. Als ich nach Ewigkeiten endlich oben ankam, schlug mein Herz so schnell, dass es zu platzen drohte, das erste Mal seit meiner Ankunft in Nepal nicht vor Aufregung, sondern vor Angst.

Gegen neun Uhr erreichten wir das obere Ende des Eisfalls und kamen in Camp Eins an, einer Ansammlung von etwa sechzig Zelten in einer verschneiten Mulde. Der Höhenmesser meiner Armbanduhr zeigte 5950 Meter an, als ich mich völlig erschöpft neben Alicia und Maik zu Boden fallen ließ. Meine Lunge fühlte sich an wie der verkohlte Inhalt einer brennenden Mülltonne. Niemand war in der Lage, großartig zu kommunizieren.

Schon um kurz nach zehn Uhr ordnete Sebastian den Aufbruch zurück zum Basislager an. Die Aussicht, die Mausefalle erneut zu überqueren, entfachte einen Anflug von Übelkeit in meiner Magengegend. Überhaupt würden wir diese wackelige Angelegenheit auf dem Weg zum Gipfel noch circa acht Mal hinter uns bringen müssen, ein Gedanke, der mich schlagartig auf den Boden der Tatsachen zurückholte und allen verklärten Enthusiasmus in Ernüchterung erstickte. Langsam begann ich zu verstehen, dass uns diese Challenge viel mehr abverlangen würde als alle anderen zuvor.

Der Abstieg zurück zum Basislager dauerte circa eine Stunde. Maik, der durch sein schnelles Tempo viel Kraft verloren hatte, fiel im Eisbruch immer weiter zurück, bis er schließlich außer Sichtweite war und Sebastian André anwies, auf ihn zu warten. Es wunderte mich, dass Maik einen typischen Anfängerfehler gemacht hatte. Ich warf einen Blick über die Schulter auf den von Fixseilen gesäumten Weg, auf dem noch immer niemand zu sehen war. Vielleicht war er doch nicht so erfahren, wie er tat.

Mein Fachsimpeln über Maiks Bergerfahrung rief mir meine gemeinsamen Touren mit Alicia nur noch schmerzhafter in Erinnerung. Bei den vergangenen Expeditionen hatten wir Stunden damit verbracht, über das Können unserer Teammitglieder zu spekulieren, eine Angewohnheit, die scheinbar jedem Bergsteiger in den Knochen steckte.

Allerdings schien Alicia dasselbe zu denken, denn nach einem kurzen Räuspern schloss sie zu mir auf und sprach mich das erste Mal seit Tagen an: »Hätte nicht gedacht, dass Maik sich als ein Suppenhuhn herausstellt.«

Sie stimmte in mein Lachen ein, das eher nach einem hysterischen Gackern klang, und für einen kurzen Moment trafen sich unsere Blicke.

»Ja, verrückt.« Es war so verdammt schwer, sie anzusehen.

»Hätte ich auch nicht gedacht.«

Suppenhuhn hatte William, einer unserer Bergführer auf dem Mount Elbrus, einen jeden Bergsteiger genannt, der seine Belastbarkeit überschätzte, voller Tatendrang losrannte, vollkommen erschöpft zurückfiel und schließlich zusammenbrach. Fast jedes Jahr hatte es mehrere Expeditionsmitglieder dieser Sorte gegeben.

»Wie ein Suppenhuhn auf der Flucht vor'm Metzger«, hatte William zu sagen gepflegt und dabei die Augen verdreht. Er hatte Suppenhühner gehasst.

Der Anflug eines Lächelns lag auf Alicias Lippen, als sie mir an der letzten Gletscherspalte, die uns noch vom Basislager trennte, den Vortritt ließ. »Ich persönlich hätte ja auf dich getippt.«

Ich schnaubte. »Auf mich? Ist das dein Ernst? Ich bin kein Suppenhuhn, Mann. War nie eins. Werde nie eins sein.«

Sie gluckste belustigt in sich hinein. »Klar, du bist Profi.«

Ich zuckte mit den Schultern, ehe ich mich ins Fixseil einklinkte und die erste Sprosse der Leiter betrat. Die gähnende Leere unter mir schien nur darauf zu warten, mich zu verschlingen.

»Ich geb's ja auch nicht gerne zu«, murmelte ich, zu konzentriert, um laut zu sprechen, »aber das ist die Wahrheit. Du und ich, wir gehören zur Bergsteiger-Elite, Ali. Fünf große Gipfel.«

Die verzurrten Leitern ächzten, als ich vorsichtig das zweite Exemplar betrat. Mein Herz klatschte mit jedem Schlag unangenehm gegen meinen Brustkorb. Nicht zum ersten Mal an diesen Tag schlich sich das flüchtige Bild eines Absturzes vor mein geistiges Auge. Ich riss den Blick von der Schwärze unter mir los.

»Vier.« Das Quietschen verriet mir, dass auch Alicia die Leitern betreten hatte.

»Praktisch fünf.«

Mit einem letzten großen Schritt erreichte ich wieder festen Boden und atmete auf. Ich packte Alicias Hüftgurt, um sie vom Abgrund wegzuziehen, als auch sie kurz darauf die andere Seite erreichte, doch ich ließ sie schnell wieder los.

»Hast recht«, entgegnete sie atemlos und befestigte ihren Karabiner wieder am Wegseil. »Wir sind ja schon *praktisch* oben.« In ihren Augen stand noch immer dieselbe Unsicherheit wie zu Beginn unserer Reise, doch sie lächelte, als ich sie ansah, und das genügte mir.

10. Februar, Sonthofen

Robin, drei Jahre zuvor

Gerade ließ ich den abgewetzten Tennisball erneut gegen die Wand titschen, als es an der Tür klopfte. Sie stand im Halbdunkel des Flurs, das Gesicht blass wie das eines Geistes. Ihre Gestalt zeichnete sich unnatürlich hart vor dem Licht der Halogenlampen über meinem Bett ab. Sie wartete nicht darauf, dass ich sie hineinbat, sondern schob sich in den kahlen Raum und schlang die Arme um den Oberkörper, als sie befangen in der Nähe der Tür stehen blieb.

»Hi.«

In den letzten Wochen hatte ich den Klang ihrer Stimme beinahe vergessen.

»Hi.« Mit vorgetäuschter Konzentration setzte ich mein Spiel mit dem Tennisball fort. Meine Hände zitterten.

»Ich, ähm, wollte dich abholen.« Sie sprach zaghaft, vorsichtig. So als würde ich ihr Angst machen. Aus Glas sein. Als würde sie den Menschen, der ich in den letzten Monaten geworden war, nicht mehr kennen.

»Darf erst übermorgen gehen«, hörte ich mich sagen, wobei es mir vorkam, als würde ein Fremder an meiner Stelle antworten, während ich bloß machtlos in einer Ecke des Zimmers verharrte.

»Hab das falsch verstanden.« Etwas in meiner Stimme ließ sie zurückzucken. Vielleicht war es die Härte.

»Oh … okay. Dann komm ich übermorgen wieder, oder?«

Wieder sprach sie so verdammt sanft mit mir. Ich hasste es. Ich hasste *sie.* Zorn kochte über, viel zu schnell, viel zu viel. Mein Kopf ruckte in die Höhe und ich starrte sie an. Verloren umarmte sie sich selbst und zwang sich, den Blick nicht von mir abzuwenden. *Sie hat keine Ahnung, wie sie mit dir umgehen soll. Wie sie mit einem beschissenen Säuferarschloch umgehen soll.*

»Wie geht's dir?«

Als ob sie das interessierte. Das Schnauben, das zwischen meinen Lippen hervorbrach, ließ sich nicht zurückhalten. Ich war wie ein verletztes Tier, aggressiv und voller Panik, jemand könnte meine Schwäche ausnutzen.

»Großartig. Siehst du doch, oder?«

»Ich wollte nicht …«

»Schon klar.«

»Robin, was –«

Ich fuhr auf und schleuderte den Ball in die andere Ecke des Zimmers. Die Wut in mir kochte über, die vielen Emotionen, die seit Wochen unter der Oberfläche brodelten.

»Behandle mich nicht wie ein scheiß Kind, Alicia«, fuhr ich sie an und etwas Schreckliches in mir genoss die Art, wie sie vor mir zurückwich. »Hör auf so mit mir zu reden, ich kann die Scheiße nicht ertragen, okay? Ich pack's nicht. Ich pack's einfach nicht!«

Sie machte einen Schritt auf mich zu, zögerte und blieb, wo sie war.

»Ich bin für dich da, Robin. Okay? Bitte …«, fing sie an und jetzt flehte sie, doch es prallte einfach an mir ab. Sie war enttäuscht. Nach sechs Wochen Entzug in einer Spitzenklinik hatte sie damit gerechnet, dass alles wieder rosarot sein würde.

Ein falsches Lachen rasselte in meiner Kehle.

»So, wie du die letzten Monate für mich da gewesen bist? Einen Scheiß warst du!« Meine Stimme hallte gnadenlos und viel zu laut in der Leere des Raumes wider.

»Seit Ewigkeiten sitze ich in dieser verkackten Klinik fest, und was soll ich machen, wenn ich hier raus bin, huh? Den Job kann ich verdammt nochmal vergessen, wer will schon einen beschissenen Junkie sponsern!«

Ich brüllte jetzt, die Worte kratzten dabei gegen meine Stimmbänder. Alles brach aus mir heraus. Alles, was ich bei dieser gottverdammten Gruppentherapie niemals über die Lippen bekam.

»Davon muss doch keiner wissen«, entgegnete sie mit bebender Stimme. »Es wird dir bald besser gehen, du kommst wieder auf die Beine, und dann –«

»Was dann? Ist es nicht großartig, dass es überhaupt so weit gekommen ist? Und *oh jaaa,* du warst ja so für mich da, ich krieg mich kaum noch ein vor beschissener Dankbarkeit!«

Die darauffolgende Stille drückte auf meine Ohren. Alicia sagte kein Wort, sie starrte mich nur entgeistert an, als hätte ich sie angegriffen. Dann, nach einer halben Ewigkeit, ließ sie die Arme sinken und schüttelte den Kopf. Sie wirkte müde. Geschlagen.

»Du bist doch verrückt«, sagte sie leise. Ihre Stimme zitterte. »Du kennst doch die Besuchszeiten. Ich weiß, dass wir uns kaum gesehen haben, aber das lag nicht in meiner Hand! Wie kannst du mich für das hier verantwortlich machen? Ich habe alles getan, damit du –«

»Oh bitte, erspar mir das.« Ich kehrte ihr den Rücken zu. Schwer atmend starrte ich aus dem Fenster, hinter dem sich die Dämmerung langsam über die Gartenanlage der Klinik legte. Hinter mir schniefte sie.

»Du bist so unfair.«

»Jaah, klar, das ist alles meine Schuld. Ist schon klar.«

»Es ist immerhin nicht *meine* Schuld, dass du dein scheiß Leben nicht im Griff hast, Robin!« Nun ließ der Zorn ihre Stimme anschwellen, auch wenn sie dabei immer noch zitterte. Ich schloss die Augen. Ich hatte nicht die Kraft, mich zu ihr umzudrehen. Ich wollte ihre Tränen nicht sehen.

»Ich fass es nicht, dass du ernsthaft mir die Schuld für all das g-gibst!« Jetzt schluchzte sie wieder. Kalte Hände gruben sich in meine Eingeweide. Wieso tat ich ihr das an? Wieso tat ich uns das an?

»Wieso kannst du dich nicht *einmal* zusammenreißen?«

Ich schnaubte, doch das Geräusch hatte längst an Heftigkeit verloren. »Du denkst, das hat was mit Zusammenreißen zu tun?« Als ich doch einen Schritt auf sie zumachte, wich sie einen zurück. »Hat's nicht, okay? Hat's einfach nicht!«

»Aber wieso lässt du dir dann nicht he-helfen?«

»Ich brauch keine scheiß Hilfe!« Meine Hand hob sich und zielte mit einem Finger direkt auf ihre Stirn. Hass färbte mein

Sichtfeld zusehend schwarz. »Weder von dir noch von irgendwem sonst.«

Kurz herrschte wieder Stille. Dann wischte Alicia sich die Tränen von den Wangen und nickte, das weiße Gesicht wie aus Stein gemeißelt. »Weißt du was? Das muss ich mir nicht anhören.« Ihre Stimme überschlug sich. »So kann das alles nicht weiter gehen! Ich weiß nicht, was ich noch tun soll! Es ist, als hättest du einfach diesen Drang, dich immer wieder selbst zu zerstören. Das ist krank! *Du* bist krank, Robin!«

»Raus hier.«

»Rob –«

»RAUS HIER!«

Jemand kam. In der offenen Tür ertönten Stimmen. Man brachte sie weg. Dann war eine der Schwestern da und redete mit lautlosen Worten auf mich ein.

Ich blickte einfach durch sie hindurch.

16. April, Höhe Camp Zwei, 6500 Meter

Robin, Gegenwart

An diesem Morgen erschien mir Andrés heisere Stimme, die den Abstieg anordnete, wie eine Erlösung. Wieder hatte ich die ganze Nacht keuchend in meinem Zelt wachgelegen. Ein paar Mal hatte der Sturm so heftig an meinem Zelt gerissen, dass es klang, als würde er die Heringe aus dem Eis ziehen und mich samt Zeltplane einen Abgrund hinab wehen.

Meine Finger waren steif und schmerzten, als ich die Steigeisen an meine Bergschuhe schnallte. Ich fühlte mich vollkommen erschöpft und ausgelaugt. Der gestrige Tag saß mir merklich in den Knochen. Sebastian hatte uns auf einen erbarmungslosen Marsch von Camp Eins hoch zu Camp Zwei gescheucht, trotz des orkanartigen Sturms, der immer wieder kleine Lawinen aus Pulverschnee ausgelöst hatte.

Von Alicia und Maik war noch nichts zu sehen, nur Sebastian und André hockten schon auf einem Felsen und tranken Tee.

»Morgen.« Sebastian musterte mich so forschend, wie er es immer bei Expeditionen tat, und goss mir dampfenden Tee in den Deckel seiner Thermoskanne, als ich mich vor ihm in den Schnee sinken ließ.

»Morgen.«

»Gut geschlafen?«

Ich schnaubte und zog mir die Handschuhe über, ehe ich den Tee entgegennahm. Zwar war der Sturm längst abgeklungen, doch auf fast 7000 Metern Höhe schnitt der Wind erbarmungslos in jedes Stück ungeschützte Haut.

»Ich hab gar nicht geschlafen.« Ich hustete. Es tat höllisch weh.

»Ich auch nicht.« André nippte an seinem Tee. »Ich glaube sogar, ich hab ab Camp Zwei noch nie wirklich ein Auge zu getan. Aber daran gewöhnt man sich.«

Ich nickte. Hier oben schien man sich an alles zu gewöhnen. Eine kurze Pause entstand, in der jeder an seinem Tee nippte.

»Hey, Robin?« Es war Sebastian, der als erster wieder das Wort ergriff. Ich hob den Kopf und sah ihn an.

»Ja?«

»Was ist eigentlich los mit dir und –« Weiter kam er nicht, denn in diesem Moment wurde der Reißverschluss des Zeltes neben uns aufgerissen und Maik kämpfte sich ins Freie, leichenblass und offenbar einen starken Hustenreiz unterdrückend. Erst als er ausrutschte, bemerkte ich, dass er nur die profillosen Innenschuhe seiner Bergschuhe trug. Geistesgegenwärtig sprang ich auf. Tee spritzte in alle Richtungen, doch ich bekam den Fotografen gerade noch rechtzeitig am Arm zu fassen, bevor er erneut ausgleiten und die steile, mit Schnee bedeckte Rinne hinunter in seinen sicheren Tod rutschte. Mit rasendem Herzen klammerte ich mich an den Felsen und schubste ihn zurück in die Sicherheit seiner Zeltschleuse.

»Scheiße, Mann! Pass doch auf, Maik«, keuchte ich und ließ

mich zurück in den Schnee fallen. Die kurze Anstrengung hatte mich vollkommen ausgepowert.

»Oh.« Ungläubig stierte Maik auf seine Füße. »Hab gar nich' gemerkt, dass ich nur diese … Innendinger an hab.«

Sebastian runzelte die Stirn. »Geht's dir gut, Maik?«

Wieder unterdrückte Maik ein Husten. Er war puterrot im Gesicht. »Ja … ja, ich bin nur etwas benommen.«

Ich warf Sebastian einen zweifelnden Blick zu, doch der zuckte nur mit den Schultern. »Na schön, wir brechen auf. Ihm wird's schon besser gehen, wenn wir absteigen.« Er kniete sich vor Maiks Zeltschleuse, um ihm in seine Schuhe zu helfen. »Robin, du weckst Alicia. Na los.«

Ich nickte und wandte mich ab. Wie in Zeitlupe stapfte ich durch den Schnee auf Alicias Zelt zu. Jeder Atemzug war eine Tortur.

»Ali? Hey. Alicia?« Ungeschickt, wie mit hölzernen Fingern, nestelte ich am Reißverschluss ihres Zeltes herum, doch bald darauf öffnete er sich von innen und Alicias kalkweiße Miene erschien im Licht der aufgehenden Sonne. Sie kniff die Augen zusammen, um zu mir aufzuschauen. Der Schreck schien mir noch immer ins Gesicht geschrieben zu sein, denn sie hob fragend die Brauen. »Ist alles okay?«

Ich nickte ungeduldig. Mein Herz raste noch immer. Was geschehen wäre, wenn ich Maik nicht schnell genug zu fassen bekommen hätte, wollte ich mir gar nicht ausmalen.

»Jaja. Wir müssen los.«

Ihr Kopf verschwand wieder im Inneren des Zelts. »Ich komme sofort.«

Sobald wir uns an den Abstieg machten, spürte ich, dass meine Lebensgeister allmählich zurückkehrten. Auch Alicias Gesicht hatte wieder ein wenig Farbe angenommen. Insgesamt hatten wir beide die erste Akklimatisierungstour ziemlich gut weggesteckt und die zweite nun ebenfalls fast gemeistert.

Der einzige, der nach wie vor ernsthafte Schwierigkeiten mit der Höhenanpassung hatte, war Maik. Nach seinem Kollaps während der ersten Tour kam er nur sehr langsam voran und erreichte die Treffpunkte immer erst Stunden nach allen anderen. Auch an diesem Morgen entstand schnell wieder eine größer werdende Lücke zwischen uns und ihm, sodass André, der seit gestern Abend ebenfalls ziemlich übel hustete, erneut auf ihn warten würde.

»Hey, Andi.« Alicia legte ihre behandschuhte Hand auf seine, als er gerade dabei war, seinen Karabiner aus dem Fixseil auszuklinken. »Ich mache das, okay? Ich sehe nach Maik. Steig du ruhig weiter ab.«

Anstelle einer Antwort schnaufte André nur irgendetwas Unverständliches, doch Alicias Blick suchte schon den von Sebastian.

»Schmitti? Ist das okay? André hat die letzten Tage schon ewig auf Maik gewartet. Ihr solltet ihn mit runternehmen, sein Husten klingt nicht so toll.«

Sebastian runzelte die Stirn, sodass seine Augenbrauen fast unter dem Rand seiner Mütze verschwanden. »Ich kann auch bleiben«, schlug er schulterzuckend vor, doch Alicia schüttelte den Kopf. »Nein, ist schon gut, wirklich. Ich kann das machen.«

Sebastian schien kurz darüber nachzudenken, dann nickte er.

»Geht klar. Aber nimm Andrés Funkgerät mit. Nur für den Fall.«

»Okay.« Sie ließ sich das Funkgerät geben und steckte es ein, dann klinkte sie ihren Karabiner aus.

»Soll ich –«, begann ich automatisch, doch ihr Kopfschütteln schnitt mir das Wort ab. »Nee. Du bist doch Profi. Kannst unten schon mal Tee machen.« Sie grinste mich an und verdrehte die Augen, als ich keine Anstalten machte, den anderen zu folgen.

»Na geh schon.«

Ich seufzte und gab mich geschlagen. »Zu Befehl. Bis später dann.«

Es war ein seltsames Gefühl, Alicia einfach so hinter mir zu lassen. All die Jahre war ich immer Seite an Seite mit ihr geklettert, ich erinnerte mich an keinen einzigen Abstieg ohne sie. Unbewusst blickte ich mich deshalb immer wieder nach ihr um, bis ein Fels mir schließlich die Sicht versperrte. In meiner Brust verkeilte sich etwas, seit dem letzten Jahr hatte sich so viel zwischen uns verändert.

Ich beeilte mich, wieder zu den anderen aufzuschließen, und spürte, wie ein Lächeln auf meine vor Kälte tauben Lippen trat, so paradox es auch sein mochte. Manche Dinge änderten sich trotz allem nie. Es war typisch für Alicia, dass sie die Schwächsten der Gruppe unter ihre Fittiche nahm. Fürsorge war schon immer einer ihrer ausgeprägtesten Charakterzüge gewesen, eine Eigenschaft, die es zwischen uns nicht immer leicht gemacht hatte. Doch auch wenn ich mich mit Händen und Füßen dagegen wehrte; ich konnte diese kindische Enttäuschung nicht abschütteln, die seit unserer Ankunft in Kathmandu an mir nagte. Es war naiv und selbstsüchtig gewesen, ernsthaft darauf zu hoffen, dass ich ihr am Everest wieder näherkommen würde. Gemessen an allem, was Alicia in den letzten Jahren wegen mir hatte durchmachen müssen, konnte ich ihr ihre Entscheidung, mir endgültig den Rücken zu kehren, nicht verdenken.

Während ich so durch den Schnee stapfte, alle paar Minuten nach Atem ringend, kam es mir vor, als wäre meine Zeit mit Alicia schon tausend Jahre her, nichts weiter als eine schmerzende, noch viel zu präsente Erinnerung im Hinterkopf eines alten Menschen. Plötzlich widerte es mich an, dass ich allen Ernstes angenommen hatte, eine letzte Challenge würde unsere verkorkste Beziehung irgendwie retten. Als würde der Mount Everest unsere Probleme in Luft auflösen und alles besser machen. Oder das Geld, was *KOLOSS* uns für das Riskieren unserer Leben zahlte. Wie dumm ich doch gewesen war. Ein Schnauben löste sich aus meiner Kehle, es verwandelte sich in ein Husten.

FÜNF

18. April, Höhe Camp Drei, 7300 Meter

Alicia, Gegenwart

Die Mittagssonne verzog sich gerade hinter einer weißen Wolkenformation, als der Wind eine Stimme zu mir hinübertrug. Einer unserer Sherpas, unverkennbar durch die grüne Mütze, kämpfte sich ein ganzes Stück unter mir in verblüffender Geschwindigkeit durch den Graupel.

Robin, der mir etwa dreißig Meter vorausہatte und sich mit Sebastian einen Hang hinauf schleppte, hatte das Rufen des Sherpas ebenfalls gehört. Auch er blieb stehen. Es war etwa drei Stunden her, seit wir an diesem Morgen vom Camp Zwei aus aufgebrochen waren, um unsere letzte Etappe der Akklimatisierungstour in Angriff zu nehmen. Ich war durch meinen schlechten Start inzwischen völlig erschöpft und hatte den Anschluss zu Robin und Sebastian durch eine zusätzliche Pause vor etwas mehr als einer halben Stunde verloren.

Als der Sherpa zu mir aufschloss, erkannte ich, dass es Tempa war. Ich beugte mich vor, um ihm über ein besonders spitzes Stück Felsen zu helfen.

»Tempa!« Der immer stärker werdende Wind fraß meine Stimme, sodass ich mir fast die Seele aus dem Leib brüllen musste, bis der Nepalese meine Worte verstand. »Ist alles okay?«

»Ah, Alicia, du bist es.« Er wischte sich die Flocken aus den Augen, blieb kurz stehen und machte seinen Karabiner los, um ihn vor mir wieder ins Fixseil zu hängen. »Wie ist die Lage?«

»Geht so. Bin heute etwas langsamer unterwegs als sonst. Ist irgendwas passiert?«

Tempa schüttelte den Kopf, doch es war offensichtlich, dass er es eilig hatte. »Es geht nur um ein Fixseil weiter oben. Hör zu, ich muss mit Sebastian sprechen. Ist er das da?« Er wischte sich erneut das Wasser aus dem Gesicht, um etwas erkennen zu können. Der Graupel fiel jetzt noch dichter vom Himmel.

»Ja, links im blauen Schneeanzug. Was ist denn los?«

»Erkläre ich dir später, okay?«

»Jetzt warte doch mal!« Tempa hielt inne, als ich ihn am Jackenärmel zu fassen bekam. Der Sherpa drehte der Windrichtung den Rücken zu, um sein Gesicht zu schützen, sodass wir jetzt Schulter an Schulter standen.

»Alex hat sich vom Basislager aus gemeldet«, rief er mir über das Heulen des Windes hinweg zu. »An der nächsten Felsstufe hat sich wohl das Fixseil gelöst. Die Japaner haben Bescheid gegeben, aber die haben es nicht wieder befestigt. Ich würde das ja mit meinen Leuten erledigen, aber gerade bin nur ich verfügbar. Ich brauche dafür Robins und Sebastians Hilfe. Phurba und mein Vater steigen zu Camp Zwei ab, einer der Holländer ist in eine Gletscherspalte gestürzt, sieht übel aus …« Er warf mir einen ungeduldigen Blick zu. »Tut mir leid, Alicia, aber ich muss jetzt los. Knapp hinter uns nimmt eine andere Expedition denselben Pass. Wenn das Fixseil bis dahin nicht wieder fest ist, kommt es zu Staus und wir können unseren Plan, morgen früh zeitig wieder abzusteigen, vergessen.«

Mein Herz begann zu rasen, als Tempas Worte langsam, aber sicher zu mir durchdrangen. Die Vorstellung, dass Robin gleich außer Sichtweite sein und ohne Sicherung auf einem Felsen herumkraxeln würde, um ein gottverdammtes Fixseil zu befestigen, lähmte mich. Ich dachte an all die ungesagten Dinge zwischen uns und mir wurde schlecht. Tempa wand sich unter meinem Griff und ich ließ ihn los. Er nickte mir zu.

»Alles okay?«

Auch meine Zunge war wie gelähmt. Ich wusste nicht, wie ich die Worte verpacken sollte, die schon in meiner Kehle steckten, also nickte ich nur. Wie sollte ich ihm sagen, dass die Schuld so schwer auf mir lastete, dass ich von Zeit zu Zeit das Gefühl hatte, daran zu Grunde zu gehen? Das alles hier war falsch. So verdammt falsch. Robin und ich schwiegen uns beharrlich an. Er kletterte ohne mich und offenbar bereute er bereits, mich mitgenommen zu haben. Ich sollte nicht hier sein. Diese ganze Challenge war ein einziger, riesiger Fehler.

»Ja, alles okay«, murmelte ich geistesabwesend und entließ den Sherpa mit einer flüchtigen Handbewegung. Tempa setzte seinen Aufstieg rasch fort. Ich riss mich zusammen und beeilte mich, ihm zu folgen, doch meine Luftröhre schien auf die Größe eines Strohhalms geschrumpft zu sein. Schwerfällig schleppte ich mich das Fixseil entlang, während der Sherpa scheinbar mühelos zu den anderen aufschloss. Die Wolkendecke vor der Sonne verdunkelte sich jetzt, sodass ich meine Skibrille abnahm und mit wachsendem Unbehagen zusah, wie der Graupel allmählich in dickflockigen Schnee überging. Wie eine altersschwache Maschine setzte ich stur einen Fuß vor den anderen, den Blick starr auf die Männer weiter oben geheftet, doch der Abstand zu ihnen wollte sich einfach nicht verringern. Mit wachsender Panik sah ich zu, wie Sebastian, Robin und Tempa hinter der nächsten Felsformation verschwanden. Ich stieß einen Fluch aus und kämpfte mich weiter voran. Panik durchflutete völlig meine Gedanken. Ich spürte, wie ich langsam die Kontrolle verlor. Robin war ohne mich da oben. Er war noch nie ohne mich so weit oben gewesen.

16. November, Oberstdorf

Alicia, drei Jahre zuvor

Oberstdorf begrüßte mich mit der Stille einer frostigen Herbstnacht, als der Fernbus gegen 23 Uhr vom Hauptbahnhofgelände abfuhr und mich mit meinem Rucksack zurückließ. Zehn Tage hatte ich bei meiner Familie in Eckernförde verbracht. Es war toll gewesen, meine Eltern und meine Geschwister nach einem Jahr auf Reisen endlich wiederzusehen, doch die lange Rückfahrt hatte es in sich gehabt. Ich war hundemüde und freute mich auf mein Zuhause, das ich letzten Monat zusammen mit Robin bezogen hatte. Kurz überlegte ich, ob ich ihn anrufen sollte, damit er mich abholte, doch stattdessen nahm ich den Bus, drei Stationen würden sich mit der in der Nacht verkürzten Strecke schnell zurücklegen lassen.

Ich hatte Glück und erwischte den Bus noch, der zehn Meter von der Haltestelle an einer roten Ampel wartete. Während der kurzen Fahrt drückte mir die Müdigkeit auf die Augen. Erst die eisige Nachtluft belebte meinen Körper wieder ein wenig, als ich an der Schellenberger Straße ausstieg, um das letzte Stück zu unserer neuen Wohnung zu Fuß zurückzulegen. Auf Höhe des Kreisverkehrs vibrierte das Telefon in meiner Jackentasche. Ich kramte es hervor und nahm den Anruf an, in fester Erwartung, Robin am anderen Ende zu haben.

»Hey, ich bin fast da.«

»Guten Abend … Bitte entschuldigen Sie die späte Störung. Spreche ich mit Frau Alicia Fischer?«

Verwirrt blieb ich stehen und ließ den schweren Rucksack zu Boden gleiten. Das war nicht Robin. »Ehm … ja. Worum geht es denn?«

»Oberstdorfer Polizeirevier hier. Es geht um ihren Lebensgefährten …« In der Leitung raschelte Papier. »Herrn Robin Voss? Ist das korrekt?«

»Was …«

»Er wurde heute Abend gegen 21 Uhr in Gewahrsam genommen. Er ist in einer Kneipe stark alkoholisiert durch aggressives Verhalten aufgefallen und hat sich eines Bußgeldes schuldig gemacht. Er ist auf der Wache. Können Sie ihn abholen?«

Innerhalb von Sekunden brach meine tolle, neue Welt zusammen. Genauso gut hätte die Frau ihre Faust durch den Hörer schlagen können, es hätte dieselbe Wirkung gehabt.

»Stark alkoholisiert?«, hörte ich mich die Worte der Polizistin nachplappern, wie jemand, der sehr schwer von Begriff ist. Mein Herz schlug wild gegen meine Rippen. »Okay, danke für die Info. Ich … ich komme ihn abholen.«

Eine halbe Stunde später bog ich mit Robins Toyota auf dem Parkplatz der Polizeiwache ein. Mein Puls raste noch schlimmer als zuvor. Ohne auf die Markierungen der Parktaschen zu achten, würgte ich den Motor ab und stieg aus. Nach drei, vier hastigen Schritten in Richtung der Wache blieb ich stehen, denn jetzt erst realisierte ich, dass Robin schon unter der Markise des Gebäudes auf mich wartete. Irgendwo in der Ferne donnerte es. Ein kalter Windstoß zerrte an meinem Pullover. Ich fröstelte.

Robin schlich auf mich zu, die Hände in den Taschen seiner Jeans vergraben, die Kapuze seines Sweatshirts tief in die Stirn gezogen. Er machte Anstalten, mich in die Arme zu schließen, doch instinktiv riss ich die Faust hoch, die die Autoschlüssel umklammerte, sodass er auf Abstand blieb.

»Hey.« Seine unsichere Begrüßung begleitete die ersten Regentropfen. In meiner Kehle wurde es eng. Er hatte es wirklich getan. Er war sturzbetrunken, doch sein Stand war fest, ebenso wie seine Stimme. Natürlich, das hier war keine einmalige Sache, das wusste ich so gut wie er selbst. Mittlerweile musste er wahrscheinlich eine ganze Bar leer trinken, um sich überhaupt noch abzuschießen. Verdammt, das hier war ernst. Ich musste etwas tun.

»Was zum Teufel hast du dir dabei gedacht?« Die Innenseite meiner Hand brannte, so fest drückte ich das Metall der Schlüssel in meine Haut. Der Regen wurde jetzt schnell stärker. Er prasselte auf unsere Schultern nieder und verdunkelte das helle Grau von Robins Sweatshirt im Handumdrehen. Dabei war es doch viel zu kalt, um ohne Jacke rauszugehen.

Robin senkte den Kopf. »Ich … ja.«

»Was, *ja*?« In einer hilflosen Geste warf ich die Arme in die Luft. »Was hast du dir dabei gedacht, so dermaßen die Kontrolle zu verlieren, Robin? Und dann auch noch die Sache mit der Polizei! Hast du dir das Hirn inzwischen ganz weggesoffen?«

»Ich hatte gar nicht vor, heute zu trinken.« Seine Schultern sanken schuldbewusst in sich zusammen. »Aber … Keine Ahnung.«

Ich schnaubte und wandte mich ab, bevor ich die Fassung verlor. »Steig einfach in den verdammten Wagen.«

Vorsichtig schlurfte er hinter mir her, als ich auf das Auto zuging. Im Inneren war das Prasseln des Regens lauter, doch es war mir willkommen, so konnte wenigstens diese drückende Stille zwischen uns keine Überhand nehmen. Aus dem Fußraum stank es nach diesen ekelhaften Energy Drinks, und Robin selbst stank wie eine ganze Schnapsfabrik. Ich steckte die Schlüssel ins Zündschloss, ließ den Motor aber nicht an.

»Also.« Ich schluckte meine Verzweiflung mit aller Kraft herunter. Ich musste ruhig bleiben. »Was machen wir jetzt, Robin?«

»Nichts«, sagte er würdevoll. »Ich kriege das in den Griff. Wenn ich aufhören will, höre ich einfach auf.«

Ein undefinierbarer Laut entwich meinen Lippen. »Das glaubst du wirklich, ja?« Das hysterische Lachen, das folgte, klang ganz und gar nicht nach mir. »Ich glaube, über den Punkt bist du schon lange hinaus. Du brauchst Hilfe, Robin, und zwar sofort! Ich hätte viel früher handeln müssen, ich …«

Er schnaubte entrüstet, wich meinem Blick aus. »Misch dich da nicht ein.«

Meine Sicherungen knallten prompt durch. Ich packte seinen Arm.

»Ich soll mich da nicht einmischen?!«, schrie ich so laut, dass meine Kehle brannte. Noch nie zuvor hatte ich ihn so angeschrien, doch selbst auf diese Weise drang ich nicht zu ihm durch. Er saß nur zusammengesunken neben mir, den Blick wie hypnotisiert auf die Regentropfen gerichtet, die jetzt wie Tränen die Windschutzscheibe hinab rollten.

Plötzlich verspürte ich das heftige Verlangen ihn zu schlagen, jedem erreichbaren Zentimeter von ihm Schmerzen zuzufügen, doch ich beherrschte mich. Schließlich war ich in dieser Sache mindestens genauso schuldig wie er. Wieso hatte ich es nur so weit kommen lassen? Seit Monaten hatte ich tatenlos dabei zugesehen, wie er auf die Abhängigkeit zu schlitterte. Schon seit dem letzten Drittel unserer Reise verschloss ich die Augen vor dieser Wahrheit.

Ich nahm einen tiefen Atemzug, wischte mir mit der Hand über das Gesicht und begann von vorn: »Verstehst du überhaupt, was hier auf dem Spiel steht, Robin? Es ist nicht nur das Sponsoring, es …« Ich brach ab. Wieder stach mein Blick auf ihn ein, doch noch immer starrte er ins Nichts.

»Ich hab das unter Kontrolle.« Sein Murmeln war kaum zu verstehen.

Ich umklammerte das Lenkrad mit beiden Händen, um meine Emotionen irgendwie unter Kontrolle zu bekommen. »Nein, das hast du nicht!«, presste ich hervor und war fast erleichtert, als der Damm endlich brach und die Wut von hemmungsloser Verzweiflung abgelöst wurde. Ich wischte die Tränen fort und schniefte, bis ich meine Stimme wiederfand. »Wir müssen das wieder hinkriegen, Robin, wir müssen dich wieder in Ordnung bekommen. I-ich weiß nicht, was ich tun soll!«

Mein Schluchzen schien ihn wachzurütteln. »Es tut mir leid. Das war … dumm. Ein Fehler, 'ne einmalige Sache, okay? Wir –«

»Das geht doch schon seit Monaten so! Hast du echt gedacht, ich kriege davon nichts mit? Für wie dumm hältst du mich?«

Er schwieg. Ließ sich wieder in den Sitz zurückfallen. Unternahm nicht mal den Versuch, sich weiterhin zu rechtfertigen. Weil ich nicht wusste, was ich tun sollte, fuhr ich einfach los. Über der Stadt tobte das Gewitter.

»Ich weiß nicht, was ich tun soll«, wiederholte ich leise, als wir an einer Ampel standen, deren Licht das Wasser auf den Scheiben der Autos vor uns blutrot färbte. Ein Ächzen drang aus Robins Kehle. »Ich höre ab morgen einfach damit auf, Alicia, im Ernst. Ich kann das.« Seine Hand berührte mein Bein.

»Nein, das kannst du nicht.«

Er seufzte. »Ich krieg das hin, Ali. Bitte, okay? Mach dir keine Sorgen.«

Wieder lachte ich, diesmal nur noch halbherzig und so müde wie ein Spielzeug mit schwachen Batterien. »Ich soll mir keine Sorgen machen? Ich kann dich das nicht machen lassen, Robin. Das geht nicht. Wenn wir Zuhause sind, rufe ich Ben an und er wird dasselbe sagen. Das hätte ich schon längst tun sollen. Wir müssen was unternehmen, er wird wissen, was wir machen müssen.«

»Ich …«

»Du musst in einen Entzug oder sowas. Keine Ahnung!«

»Okay.«

»Vielleicht kann Ben auch herkommen.«

Sein letztes »Okay« fraß der Donner.

18. April, Höhe Camp Drei, 7300 Meter

Alicia, Gegenwart

Mittlerweile zitterte ich völlig unkontrolliert. Die Kälte war mörderisch. Ich konnte spüren, wie Wind und Schnee mir die Kraft aussaugten. Halb erwartete ich, dass Tempa oder Sebastian jeden Moment vor mir auftauchen würde, um mir von einem Sturz zu berichten. Doch die Minuten verstrichen und nichts passierte. Meine Panik tobte noch immer angesichts der Tatsache, dass Robin sich irgendwo da oben um ein loses Fixseil kümmerte und mein Gefühlsausbruch machte mir eines klar: Ich würde mit Robin reden müssen, und zwar bald.

Die Wetterbedingungen blieben ungünstig, und als ich Camp Drei nach einer Stunde endlich erreichte, war der Himmel in ein sanftes Rosa getaucht. Durch den heftigen Wind war ich nur langsam vorangekommen, war erschöpft und hustete viel. Jedoch war die Anspannung, die mich seit Robins Aufbruch mit Tempa und Sebastian gequält hatte, von mir abgefallen, als ich das wieder intakte Fixseil in der Nähe der Lhotse-Flanke passiert hatte. Nirgends waren Spuren eines Unfalls zu sehen gewesen.

Robin, Tempa und Sebastian saßen vor Robins Zelt versammelt und tranken Brühe aus einer Thermoskanne. Als Tempa mich bemerkte, stapfte er durch den tiefen Schnee auf mich zu.

Er bekam mit, wie sehnsüchtig ich auf seine Tasse schielte, denn mit einem flüchtigen Lächeln reichte er sie an mich weiter.

»Ist alles okay?«

Ich nahm die Tasse entgegen. »Ja«, log ich. »Danke.«

»Keine Ursache. Setz dich doch zu den anderen. Ich gehe noch etwas Schnee schaufeln. Für Tee.«

Die wenigen Meter zu Robins Zelt prügelten mir die Luft aus den Lungen, doch ich zwang mich weiterzugehen.

»Bist du okay?«, wollte auch Sebastian wissen und beugte sich zu mir hinüber, um mir den Rucksack abzunehmen. Ich nickte und ließ ich mich in den Klappstuhl neben ihn fallen.

»Tempa bringt euch gleich je eine volle Sauerstoffflasche für die Nacht, und morgen früh steigen wir wieder ab.«

Ich nippte vorsichtig an Tempas Brühe. Sie war herrlich warm. »Danke, Schmitti. Lieb von dir.«

»Keine Ursache. Okay, ich lasse euch zwei jetzt mal allein und bringe euch später eine Thermoskanne Tee vorbei.«

Die unglaubliche Anstrengung des Aufstiegs benebelte mich noch zu sehr, um Schlüsse aus seinem Verhalten zu ziehen. Außerdem fror ich erbärmlich. Hier oben war es so kalt, dass es sich anfühlte, als riss mir der Wind mit jeder Böe die Haut von den Knochen. Ich hob den Kopf und begegnete Robins Blick. Er zuckte nur hilflos die Achseln.

»Äh, die Sache ist die«, begann er, sichtlich verlegen, »irgendwie haben die Sherpas gestern nur ein Zelt für uns hochgebracht. Also für dich und mich.« Er zog sich die Mütze etwas tiefer in die Stirn. Der auf den Stoff genähte Riese war von Schnee bedeckt. »Aber ich kann auch bei Schmitti pennen, das ist gar kein Problem. Also –«

Ich winkte müde ab und er verstummte augenblicklich. Es war, als hätte er Angst vor meiner Ablehnung. »Ist mir völlig egal, mit wem ich in einem Zelt liege, ehrlich«, hustete ich. »Spielt keine Rolle.«

Er sah mich skeptisch an. »Wirklich?«

»Ja, wirklich. Mach dir keinen Kopf.«

Der Himmel färbte sich langsam zu einem dunkler werdenden Königsblau, die Sonne war fast hinter dem Pumori versunken. Zum ersten Mal realisierte ich, dass Camp Drei tatsächlich *über* den Wolken lag, die wie ein unebenes Meer aus endlosem Weiß über der Dämmerung hingen, einzig durchbrochen von den benachbarten Gipfeln des Everest. Der Ausblick über die Lhotse-Flanke zu unserer Linken glich dem eines Flugzeugpassagiers, der aus einem der Bullaugenfenster schaute.

»Wahnsinn, oder?« Ich konnte das Lächeln in Robins Stimme hören. Es wurde jetzt rasch dunkler.

»Ja. Echt schön.« Ich fing seinen Blick auf und schaffte ein halbes Lächeln, doch es währte nur für ein paar Sekunden. »Hör mal … können wir vielleicht reden?«

Die kleine, mir schmerzlich vertraute Falte über seinen Augenbrauen erschien, wie immer, wenn er sich um irgendetwas sorgte. »Klar.«

Er bot mir an, unser grünes Zelt zuerst zu betreten, also kniete ich mich in den Schnee und kroch schwerfällig in die Schleuse. Robin, peinlich genau darauf bedacht, mich nicht versehentlich zu berühren, folgte mir. Wir schwiegen, während wir unsere schmerzenden Füße aus den Bergschuhen befreiten und kurz nach Atem rangen. Zitternd vor Kälte saßen wir da, Schulter an Schulter.

»Hat vorhin alles geklappt? Beim Fixseil befestigen, meine ich«, fragte ich leise, als wir wenig später beide nebeneinander auf unseren Isomatten lagen und dem Wind lauschten, der draußen klagte.

»Oh, ja. Ich habe eigentlich nur unten gestanden und die anderen beiden gesichert. Also alles gut.«

Wir beide zitterten noch immer heftig und ich musste dem Drang widerstehen, näher an ihn zu rutschen. Schließlich wollte ich nicht noch einmal falsche Signale senden.

»Sind André und Maik noch da unten?«, fragte Robin.

Ich nickte, auch wenn er es nicht sehen konnte. »Ja, aber wahrscheinlich werden sie zu Camp Zwei zurückkehren müssen. Es ist schon dunkel und Maik schien echt am Ende zu sein, als ich ihn das letzte Mal gesehen habe.«

Robin machte ein zustimmendes Geräusch, dann breitete sich wieder diese gottverdammte Stille zwischen uns aus. Ich wollte mich ihm öffnen und dieses ständige Schweigen zwischen uns endlich aus der Welt schaffen, so wie ich es eben noch angekündigt hatte. Doch wie so oft fand ich einfach keine Worte für das, was in mir vorging.

Bald kam Sebastian mit einer Taschenlampe an unser Zelt und brachte uns Tee und Sauerstoffflaschen.

»Hast du was von André und Maik gehört?«, fragte ich ihn. Sebastian kniete sich in die Zeltschleuse, um noch einen Moment bei uns zu bleiben. »Ja, André hat mich eben angefunkt«, sagte er. »Die Dunkelheit hat sie überrascht, sie werden die Nacht in Camp Zwei verbringen. Wir sollten uns ausruhen, damit wir morgen früh für den Abstieg fit sind. Lasst uns nur hoffen, dass das Wetter besser wird.« Nachdenklich richtete er seinen Blick gen Himmel, an dem jetzt schon die Sterne standen. Das Funkgerät in seiner Tasche knackte. Er kramte es hervor. Ngawangs blecherne Stimme erklang, gefolgt von durchdringenden Knacklauten:

»Der Holländer ist auf dem Weg runter. Sieht aus, als wäre der Oberschenkel gebrochen. Hat eine Ewigkeit gedauert, bis wir ihn endlich bergen konnten. Meine Jungs und ich bleiben heute Nacht in Camp Zwei und treffen euch dann morgen früh beim Abstieg, geht das klar?«

Sebastian bestätigte ihm den Plan, wünschte uns eine gute Nacht und kroch aus dem Zelt, während er weiter mit Ngawang über Funk sprach.

»Brauchst du Sauerstoff?«, fragte Robin in die Dunkelheit hinein.

»Nein, danke. Es geht schon.«

Es raschelte und kurz darauf schaltete Robin seine Solarlampe ein, sodass ein kleiner Lichtkegel aufleuchtete. Draußen heulte noch immer der Wind.

»Also … über was wolltest du reden?«, fragte er und warf mir einen nervösen Seitenblick zu. Ich nahm all meinen Mut zusammen. Es war schwer, nach so langer Zeit wieder bedingungslos ehrlich zueinander zu sein.

»Offen gestanden mache ich mir Sorgen um dich, Robin«, gab ich widerwillig zu. »Ich hab keine Ahnung mehr, was in deinem Leben los ist, und als du heute mit Tempa und Sebastian losgezogen bist …« Ich zuckte mit den Schultern. »Keine Ahnung. Du bist es Sebastian nicht schuldig, solche Aufgaben für ihn –«

Er unterbrach mich. Das hatte er schon seit Ewigkeiten nicht mehr getan. »Es ist doch alles gut, Alicia«, versicherte er mir in leicht ungeduldigem Tonfall. »Ich bin kein Kind mehr.«

»Das weiß ich.« Der Schein der Lampe warf dunkle Schatten auf sein Gesicht. »Aber können wir … können wir uns auf ein ruhiges, vernünftiges Gespräch einigen? Bitte? Lass mich ausreden.«

Sein Kehlkopf machte einen Hüpfer, als er schluckte. »Na gut.«

»Ich möchte einfach nur wissen, was los ist. Zwischen uns. Du bist so weit weg. Außerdem … Der Gipfel war für uns all die Jahre immer nur eine Option, aber jetzt kommt es mir vor, als würdest du alles tun, um da hochzukommen. Früher wärst du nie ohne mich vorgegangen. Du hast immer auf mich gewartet.«

Die Falte über seinen Augenbrauen wurde tiefer. »Da ist doch nichts dabei, oder? Ich meine, du hast es doch nicht nötig, dass ich dir das Händchen halte und wir hatten immer noch Sichtkontakt, bis das mit dem Fixseil war …« Die Worte sprudelten immer schneller zwischen seinen Lippen hervor. Irgendetwas an der Art wie er sprach, wie er sich rechtfertigte, machte mich furchtbar traurig.

»Ich hätte gerne gewusst, was du vorhast«, beharrte ich und zwang seinen Blick wieder in meinen. »Schließlich sind wir hier oben immer noch sowas wie Partner, oder? Zumindest hab ich das bis heute noch gedacht.«

»Tempa hat dir doch gesagt, dass –«

»Ich wollte es aber nicht von Tempa wissen. Ich wollte es von *dir* wissen. Was ist denn los, Robin? Wieso hast du es so verdammt eilig?«

Ich hatte nie vergessen, wie es aussah, wenn Robin aufgab, und auch jetzt wusste ich, dass ich es geschafft hatte. Etwas in seinem

Blick änderte sich, die Schultern unter seinem Parka sanken in sich zusammen. Sein Blick verfing sich im Licht der Lampe zwischen uns. Ich schwieg und gab ihm die Zeit, die er brauchte, um sich die Worte zurechtzulegen. Allmählich breitete sich die Wärme unserer Körper im Zelt aus.

»Um ehrlich zu sein ist das letzte Jahr für mich nicht leicht gewesen. Ich glaub, ich hab's nur hinbekommen, weil ich mich auf die Expedition freuen konnte. Ich ... ja.« Unter dem Bart trat ein bitteres Lächeln auf seine Lippen.

»Du kannst es mir sagen, wenn du seit deinem letzten Entzug wieder –«

»Nein. Wirklich nicht, Alicia. Ich bin trocken.« Sein Blick war klar und fest.

»Okay. Gut.«

»Glaub mir das bitte.« Wie lange hatte er mir nicht mehr auf diese Weise in die Augen gesehen? Ich nickte. »Tu ich. Versprochen.«

»Okay.« Eine kurze Pause entstand, ehe er weitersprach.

»Aber mein Kopf ...« In seiner Kehle grummelte ein freudloses Lachen, aus dem ich Verzweiflung heraushörte. »Der ist einfach ein nutzloser Haufen Scheiße. Werde die Depressionen nicht los, egal, was ich mache. Nur hier oben ist es okay. Hier oben geht's mir gut.« Zur Demonstration schnippte er mit den Fingern. »Als wäre mir die ganze Scheiße nie passiert.«

»Ich weiß«, murmelte ich. So war es immer schon gewesen.

»Bist du in Therapie?«

Er nickte. »Ja, ich bin sporadisch bei einer Psychiaterin. Aber das ist okay. Ich komme klar.«

»Gut.« War es das wirklich? Ich gab mir Mühe, ihm zu glauben. Schweigen breitete sich zwischen uns aus, als er seinen von Schnee und Graupel feuchten Daunenparka gegen eine trockene Jacke aus seinem Gepäck eintauschte, ehe er in seinen Schlafsack kroch. Ich rutschte ein Stück zur Seite, um ihm Platz zu machen. Als er nach der Lampe griff, die er mit dem Knie umgestoßen hatte, rutschte der Ärmel seines Pullovers zurück und gab den Blick auf eine breite, vertikale Narbe auf der Innenseite seines linken Handgelenks frei. Ich erstarrte. Das Narbengewebe war perlweiß und verblasst, dennoch schnürte mir ihr Anblick die Luft ab. Es dauerte ein paar Sekunden, bis mich all das wirklich traf. So, wie ein kurzer Augenblick verstreicht, ehe das Schmerzzentrum des Körpers alarmiert wird und der Schmerz einen durchzuckt, wenn man sich verbrennt. Aber dann riss es meine Mauern ein.

»Ali –« Die letzten Silben meines Namens, den Robins verwunderte Stimme wie von selbst aussprach, wurde von meinem eigenen Schluchzen übertönt. »Was …?«

Worte brachten uns nicht weiter. Seine von Tränen verschleierte Silhouette näherte sich mir, und im nächsten Moment wurde meine Schläfe sanft, aber bestimmt gegen den kalten Stoff seiner Jacke gedrückt. Ich wollte ihn nach dem Grund fragen, doch stattdessen griff ich nach seinem Handgelenk und riss es erneut ins Licht, sodass die Narbe im Schein der Solarlampe unleugbar und vorwurfsvoll schimmerte. Als er begriff, zog er die Hand schnell zurück. Langsam gab sein rechter Arm mich frei.

»Das hättest du nicht sehen sollen«, gab er leise zu. Wieder stierten seine Augen abwesend in das Licht zwischen uns. Ich schniefte und wischte mir die Tränen von den Wangen. Sie brannten auf meiner von der Kälte geschundenen Haut wie Säure.

»Ich bin froh, dass ich's gesehen hab.« Ohne besonders über diese Geste nachzudenken, griff meine Hand nach der seinen, die noch immer in seinem Unterhandschuh steckte.

»Wann ist das passiert?« Wieder schüttelte mich ein Schluchzen. »Und wieso weiß ich's nicht? Du hättest doch anrufen können.«

Sein rechter Arm schlang sich wieder um meine Schulter. Die Hand, die ich hielt, drückte ich noch fester an mich.

»Im Juni.« Seine Stimme klang fern, losgelöst, so als kämen die Worte nicht aus seinem Mund, sondern schwebten irgendwo über uns in der dünnen Bergluft. »Also schon bevor wir uns auf Bens Geburtstag gesehen haben. An dem Tag war's besonders schlimm. Du musst wissen, dass ich nicht sterben wollte, das wollte ich wirklich nicht, okay? Aber ich wollte einfach, dass es aufhört, verstehst du? Nur sobald ich's getan hatte, hab ich Panik bekommen. Ab da lief alles automatisch ab. Ich hab die Finger auf den Schnitt gedrückt und meinen Mitbewohner geweckt. Und ja. Wir sind ins Krankenhaus. Sie haben's genäht.«

»Und was war dann?« Es kostete mich unglaubliche Überwindung, meine Stimme ruhig zu halten. Inzwischen klammerte ich mich so fest an seine Hand, als hinge mein Leben davon ab. Und vielleicht tat es das auch.

»Ich war wieder zwei Monate in einer Tagesklinik. Kurz vor Bennis Geburtstag kam ich raus.« Er kniff die rot geränderten Augen zusammen, als würde ihn das Licht der Lampe plötzlich blenden. »Dort haben sie mich medikamentös ziemlich gut eingestellt und es ging mir gut. Aber während den Vorbereitungen für die Expedition habe ich die Medikamente nach und nach reduziert und schließlich wieder abgesetzt. Ich wollte einen klaren Kopf haben.«

Die Schuld wuchtete ihr Gewicht auf meine Schultern, schien mich metertief im gefrorenen Schnee unter dem Zeltboden und dem Felsen darunter zu vergraben. Nun lag es nicht mehr an der dünnen Luft des Berges, dass ich nicht atmen konnte.

Es ist deine Schuld, du hast ihm sich selbst überlassen, dabei wusstest du, was passieren könnte … Diese Stimme, die so lange geschwiegen hatte, war nie wirklich fort gewesen. *Wenn du geblieben wärst …*

»Wieso?« Ich sprach lauter als nötig, um die Stimme zu übertönen. »Wieso hast du Panik bekommen?« Ich kannte die Antwort, noch bevor Robin mir sie mir gab.

»Ich habe an die Challenge gedacht.«

Ich reagierte nicht. All das hätte niemals passieren dürfen. Und vor allem nicht in meiner Abwesenheit. Ich ließ ihn los.

»Alicia …«

Es kostete mich alle Kraft, die Hand, die wieder nach meinem Arm griff, nicht abzuschütteln.

»Ich weiß nicht, was ich sagen soll«, hörte ich mich murmeln, während ich mit fahrigen Fingern an meinem Schlafsack zerrte, nur um irgendetwas zu tun. All das war meine Schuld. Allein meine Schuld.

Robin hielt mich nicht auf, als ich in den Schlafsack kroch und ihm den Rücken zukehrte, aber er knipste das Licht aus und überließ uns der Dunkelheit. Wie in Trance lag ich da und lauschte der stürmischen Nacht, die an den Zeltwänden rüttelte. Das Camp, das wie eine fremde Welt über den Wolken, über allen Regeln der Normalität thronte, lag still da.

»Es tut mir leid«, flüsterte er. »Ich hätte es dir früher sagen sollen. Ich hätte anrufen sollen. Das hätte ich wirklich.«

»Ist schon okay.« Das war gelogen, das was er getan oder fast getan hatte, war alles andere als okay, doch diese Worte hätte ich nicht über die Lippen gebracht. Ich drehte mich auf die andere Seite und tastete nach seiner Hand. Ich fand sie und drückte sie so fest, dass es wehtat.

SECHS

21. April, Everest Basislager, 5330 Meter.

Robin, Gegenwart

Erst am späten Nachmittag erwachte ich aus dem fast komatösen Schlaf, in den ich gefallen war, nachdem wir völlig fertig ins Basislager zurückgekehrt waren. Die letzten beiden Nächte waren eine Tortur gewesen, und auch jetzt noch fühlte ich mich eher wie ein erbärmlicher Haufen menschlichen Abfalls als jemand, der kurz davorstand, den eigentlichen Aufstieg in Angriff zu nehmen.

Die Akklimatisierung lag nun erfolgreich hinter uns. Sebastian hatte den 2. Mai als Gipfeltag angesetzt, und wenn alles klappte, würden wir den Gipfel früher erreichen als alle anderen Expeditionen.

Kraftlos schälte ich mich aus meinem Schlafsack, steckte meine schmerzenden Füße in das Paar ausgelatschte Sneaker, in denen ich schon in Kathmandu herumgelaufen war und schluckte zwei Ibuprofen gegen die Kopfschmerzen, die ich mit kaltem Tee wegspülte. Dann streckte ich die Glieder und schlüpfte in den sonnigen Nachmittag hinaus. Nach zehn Tagen oben am Berg erschien mir die Luft im Basislager herrlich dick und so reich an Sauerstoff, dass ich einige tiefe Atemzüge nahm, die bis in die äußersten Spitzen meiner Lungenflügel drangen.

Ich nahm mir einen der Klappstühle, die drüben gegen die Markise des Kommunikationszelts gelehnt waren, klappte ihn auf und platzierte ihn im Schutt am Wegesrand, dort, wo die Sonne die Felsen beschien, und setzte mich. Es war einer dieser warmen Nachmittage am Fuß des Berges, an denen die erbarmungslosen Temperaturen in 7000 Metern Höhe einfach unvorstellbar wirkten. Trotzdem stellten sich die Härchen auf meinen Armen auf, als ich an die erbärmliche Nacht oben in Camp Drei zurückdachte, in der ich zitternd vor Kälte in meinem Zelt gelegen und gebetet hatte, es nur irgendwie lebendig wieder herunter zu schaffen. Ich schloss die Augen, ließ die Sonne auf mein Gesicht scheinen und lauschte den entfernten Stimmen der anderen Bergsteiger um mich herum.

In nur fünf Tagen würden wir in Richtung Gipfel aufbrechen. Anfang Mai, wenn der Monsun sich allmählich aus der Bengalischen Bucht näherte, würde er, darauf hofften wir zumindest, den Jetstream Richtung Tibet drängen, weg vom Gipfel des Everest. Die Zeit zwischen dem Abzug des Sturms und dem Beginn des Monsuns bot die perfekten Bedingungen, um den Gipfel zu erreichen. Zumindest in der Theorie.

Wie ich so da saß und meinen geschundenen Körper mit etwas Sonnenlicht entschädigte, kam mir ein Gedanke: Es war der 21. April, mein 28. Geburtstag. Ein komisches Gefühl.

Ich kniff die Augen so fest zusammen, dass das Sonnenlicht kaum noch durch meine Lider drang, als mein nutzloses Hirn alle meine Geburtstage der letzten sechs Jahre Revue passieren ließ. Jeden einzelnen davon hatte ich mit Alicia verbracht. Aber egal, wie glücklich diese sechs Versionen des heutigen Tages auch gewesen waren, rückblickend schmerzten die Erinnerungen.

Es hatte nichts genützt, dass ich Alicia beim Wort genommen und die letzten zwei Tage immer in ihrer Nähe geblieben war, bis wir das Basislager erreicht hatten. Im Gegenteil, Alicia hatte sich nur noch mehr vor mir zurückgezogen, sofern das überhaupt möglich war. Noch immer hätte ich mich ohrfeigen können, dass sie es auf diese dumme Weise erfahren hatte. Die verheilte Narbe über meiner linken Pulsader juckte, so als wollte sie mir etwas sagen. *Du hättest es nicht vor ihr geheim halten dürfen. Nach allem was passiert ist, hätte sie ein Recht darauf gehabt, es zu erfahren. Von deinem feigen Selbstmordversuch zu erfahren, du Idiot. Du hättest anrufen müssen. Idiot, Idiot, Idiot.*

Selbstmordversuch. Noch nie hatte ich dieses Wort mit dem, was an diesem Abend im Juni geschehen war, in Verbindung gebracht. Wenn ich könnte, hätte ich längst alles getan, um diese verdammte Narbe, ein unverkennbares Zeichen von Schwäche und Scham, sofort verschwinden zu lassen. Ich hätte die Zeit zurückgedreht, alles anders gemacht. So anders.

Das leise Knirschen von Schutt in meiner Nähe ließ mich die Augen öffnen. Es war Sebastian, in der einen Hand ein Klappstuhl, in der anderen eine Flasche Scotch. Der Anblick der Flasche ließ mir das Herz in die Hose rutschen. Sebastian grinste breit, rammte den Stuhl neben mir in den Boden und ließ sich darauf nieder. Einen Moment lang blinzelte er zufrieden in die Sonne hinauf, dann reichte er mir die Flasche.

»Eigentlich sollten wir erst anstoßen, wenn wir auf dem Gipfel waren, aber heute ist immerhin dein Geburtstag, oder?« Er drehte die Flasche in der Hand, sodass ich das Etikett lesen konnte. Mein Herz raste.

»Oh, komm schon, Junge«, murrte Sebastian, als ich keine Anstalten machte, den Scotch an mich zu nehmen. »Trink schon.«

»Nein, ich … danke. Nett von dir, aber ich, äh, ich trinke nicht.« Meine Zunge war schwer wie Blei. In meiner Kehle brannte es. Oh Gott, wie gut ein kleiner Schluck jetzt tun würde … Nur ein winzig kleiner Schluck. Aber dieser Schluck würde mich ruinieren. Das wusste ich. Meine Hände ballten sich zu Fäusten.

Sebastian verdrehte die Augen. »Na schön. Also, auf dich, Robin.« Er prostete mir zu und trank.

»Danke, Mann.«

Sebastian seufzte genießerisch. »Weißt du noch, dein letzter Geburtstag vor vier Jahren in Indonesien? Als wir uns gerade kennengelernt hatten?«

»Das war vor fünf Jahren.«

Er schnalzte mit der Zunge. »Dann also dein Geburtstag vor *fünf* Jahren, als Alicia es irgendwie geschafft hat, auf die Schnelle noch ’ne Torte zu organisieren? Ach, das war großartig. Und die Indonesier hatten weiß Gott gutes Bier. War ’ne tolle Saison.« Er redete weiter, doch ich driftete ab. Wie in Trance starrte ich auf den vom Sonnenlicht beschienenen Weg. Ich wollte nicht über meine letzten Geburtstage reden, verdammt, ich wollte nicht mal an sie denken, nie wieder. Ich bemerkte erst, dass Sebastian verstummt war, als seine Faust sachte gegen meine Schulter schlug und mich zurück in die Realität holte.

»Hey … Tut mir leid.« Er nahm noch einen Schluck Scotch, ließ den Blick aber fest auf meine Augen gerichtet.

»Falsches Thema, ich merk schon.«

»Schon okay, Schmitti, ich …«

Doch Sebastian schüttelte den Kopf und unterbrach meinen kläglichen Versuch, irgendetwas zu erklären.

»Du musst nichts sagen, Junge. Ich weiß schon Bescheid. Über dich und Alicia, mein ich.«

Das Sonnenlicht schien plötzlich heiß auf meine Wangen. Sehr heiß. Das Blut in meinen Adern kochte munter vor sich hin.

»Hat sie es dir gesagt?« Ich schämte mich dafür, dass meine Stimme belegt und schwächlich klang. Ein paar Mal räusperte ich mich heftiger als nötig und verschluckte damit halb Sebastians Antwort. Scheiße, wie gut ein Schluck Scotch jetzt tun würde.

»Nee, aber dass mit euch Schluss ist, sieht ein Blinder.«

Ich musste den Blick abwenden, als sein Gesicht einen mitleidigen Ausdruck annahm. »Tut mir leid für euch, wirklich. Aber wenn ich ehrlich sein soll …« Er ersetzte das Ende seines Satzes durch ein tiefes Seufzen und stellte die Flasche vor uns in den Schutt. Dann begann er von Neuem: »Wenn ich ehrlich sein soll, kann ich mir nicht vorstellen, dass das wirklich das Ende ist. Ich meine, ihr seid zusammen hergekommen, oder nicht?«

Ein hohles, freudloses Lachen stolperte mir die Kehle hoch.

»Du denkst, Alicia gibt mir ’ne zweite Chance oder sowas?«

Sebastian zuckte mit den Schultern. »Sie ist nun mal mit dir hier. Wieso sonst sollte sie mitgekommen sein?«

»Um mit alldem abzuschließen«, presste ich hervor und musste mich wahnsinnig beherrschen, um nicht einfach nach dem Scotch zu greifen und die Flasche bis auf den letzten Tropfen leer zu trinken. »Das mit uns ist vorbei, ich mein, wir sind nicht mal mehr Freunde oder sowas. Wir sind nur zwei Idioten, die sich gegenseitig etwas vormachen.«

Sebastian zeigte sich unbeeindruckt. »Wenn ich du wäre«, sagte er und lehnte sich in seinem Stuhl zurück, »würde ich die Hoffnung nicht so leicht aufgeben. Wenn sie wirklich einen Neuanfang wollte, hätte sie dich hier oben allein draufgehen lassen.«

Kurz ließ ich seine Worte auf mich wirken, entschied aber dann, dass er völligen Blödsinn von sich gab. Ich wusste es besser. »Hoffnung ist ein scheiß Gefängnis, wenn du mich fragst«, entgegnete ich düster, den Blick fest auf den Scotch gerichtet.

7. Februar, Kiel

Robin, sechs Jahre zuvor

Die grauhaarige Sekretärin im Vorraum des Lehrerzimmers blickte von ihrem Computer auf, als ich an den Tresen trat.

»Morgen. Könnten Sie mir bitte sagen, wo ich Raum 32 finde?«

Die linke Augenbraue der Frau schoss in die Höhe. »Sicher. Wenn Sie mir sagen, wer *Sie* sind?«

»Oh, na klar.« Mein Lächeln erweichte die Züge der Alten ein wenig. Ich fischte mein Portemonnaie aus der Hosentasche und legte meinen Personalausweis auf den Tresen, so wie Herr Becker es mir gesagt hatte.

»Robin Voss. Ich bin vom Jugendamt. Eine Frau Krenzel hat gestern Nachmittag angerufen und für heute Morgen einen Sozialarbeiter angefordert.«

Die Sekretärin betrachtete meinen Ausweis eingehend, dann nickte sie und deutete auf den Gang links vom Lehrerzimmer.

»Raum 32 ist auf der rechten Seite den Flur runter.«

»Vielen Dank.«

Ich verließ das Büro und ging in die Richtung, in die die Sekretärin gedeutet hatte. Auf halbem Weg den Flur hinab ertönte der Pausengong. Die Türen der Klassenräume öffneten sich und die Schüler strömten schnatternd und lachend hinaus. Einige der Kinder, ich schätzte sie auf Dritt- oder Viertklässler, beäugten mich neugierig, als ich mir einen Weg durch den überfüllten Flur bahnte. In der Nähe der Toiletten blieb ich stehen und sah mich suchend nach einer Raummarkierung um, doch ehe ich in die Verlegenheit kam, einen der Schüler zu fragen, rief eine Stimme aus einem der offenen Klassenräume: »Herr Becker?«

Ich drehte mich um. In der Tür des Klassenzimmers stand eine junge Lehrerin, das lange, zu einem Pferdeschwanz gebundene Haar von einem weichen Braun. Mit schnellen Schritten trat ich auf sie zu und reichte ihr die Hand. »Hallo. Ähm … Nein, ich bin Robin Voss, Herr Beckers, äh, Assistent. Na ja, eigentlich bin ich Praktikant. Pflichtpraktikum von der Uni aus. Soziale Arbeit. Also, ich bin Student. Herr Becker hat was im Auto vergessen und kommt gleich nach. Sind Sie Frau Krenzel?« Wieso redete ich so viel?

Die Frau runzelte leicht verwirrt die Stirn. Mit einem Anflug von Scham nahm ich wahr, dass sie sehr hübsch war.

»Auch nicht. Ich bin Alicia Fischer, und ich mache hier ein Praxissemester. Grundschullehramt. Aber kommen Sie doch erst mal rein.« Sie bedeutete mir einzutreten und schloss die Tür hinter uns, was den Lärm auf dem Flur ein wenig dämpfte.

»Bitte, setzen Sie sich doch.« Sie deutete auf den Stuhlkreis, der vor dem Lehrerpult aufgestellt war. »Nehmen Sie sich ruhig meinen oder Frau Krenzels Stuhl«, fügte Frau Fischer hinzu, als sie sah, wie skeptisch ich die hölzernen Kinderstühle betrachtete.

»Ach, schon gut.« Ich zog einen der Miniaturstühle heran und setzte mich vor das Pult. Frau Fischer musterte mich mit einer Mischung aus Belustigung und Neugier, dann setzte sie neben mich und klappte die Mappe auf, die sie in den Händen hielt. Als unsere Blicke sich trafen, bemerkte ich absurder Weise, wie lang und geschwungen ihre Wimpern waren. Mein Herzschlag donnerte mir in den Ohren.

»Warten wir dann auf Ihren Betreuer?«, fragte sie ein wenig ratlos. Ehe ich es zu einer Antwort brachte, öffnete sich nach einem leisen Klopfen jedoch genau in diesem Moment die Tür und Herr Becker schlüpfte in den Raum. Seine buschigen Augenbrauen hoben sich, als er Frau Fischer sah.

»Ah, entschuldigen Sie die Verspätung, ich habe meine Unterlagen im Wagen liegen lassen, aber wie ich sehe, haben Sie schon Bekanntschaft mit Herr Voss gemacht, wie schön.« Frau Fischer sprang auf und während sie meinen Betreuer begrüßte, versuchte ich krampfhaft, wieder einen klaren Gedanken zu fassen.

»Also, Herr Becker, Herr Voss, kommen wir gleich zur Sache«, begann Frau Fischer in geschäftlichem Ton. »Danke, dass Sie gekommen sind. Frau Krenzel ist bis halb Zehn noch in der Pausenaufsicht. Sie hat mich gebeten, Sie vorher schon einmal über die Sache mit Hendrik zu informieren. Äh, entschuldigen Sie, Hendrik ist das Kind, weswegen wir Sie hergebeten haben.« Ihr Blick heftete sich an Herr Becker, doch der lehnte sich in seinem Stuhl zurück. »Erklären Sie den Sachverhalt gerne Herrn Voss«, sagte er mit seiner gewohnt heiseren Stimme und machte eine vage Kopfbewegung in meine Richtung. »Es ist sein erstes Gespräch dieser Art.«

»Okay …« Frau Fischer schluckte hörbar und wieder trafen sich unsere Blicke.

»Eins vorweg.« Ich nutzte die kurze Pause, die entstand, als sie die Mappe auffing, die ihr fast von den Knien gerutscht wäre. »Sie können mich ruhig Robin nennen.«

Ich spürte Herrn Beckers Blick auf mir, als ich das sagte, doch das kümmerte mich nicht. Irritiert hob Frau Fischer die Brauen, zeigte aber den Anflug eines Lächelns. »Schön, mein Name ist Alicia. Hören Sie, ähm, *Robin*, Frau Krenzel hat das Jugendamt verständigt, da sie seit einiger Zeit befürchtet, dass Hendrik unter häuslicher Gewalt leiden könnte«, begann sie und zog ihre Unterlagen zu Rate. »Sein Name ist Hendrik Käding, er ist acht Jahre alt.«

Obwohl das hier eine wichtige Übung für mich war, musste ich mich konzentrieren, dieses Mal bei der Sache zu bleiben

»Okay, und wieso genau hat Sie den Verdacht, dass Hendrik Zuhause misshandelt wird?«, fragte ich und zog ein Notizbuch aus meiner Umhängetasche. Alicia biss sich auf die Lippe, als sie kurz nachdachte. Ich ertappte mich dabei, dass ich plötzlich darüber philosophierte, wie gut ihr Lippenstift zu ihren Augen passte, sodass ich ihre Antwort beinahe nicht gehört hätte.

»Na ja, er hat ständig blaue Flecken auf den Armen und ist sehr still, dabei war er früher eine regelrechte Quasselstrippe. Sein Sportlehrer hat sie auch schon darauf angesprochen. Außerdem ist er gestern mit kurz rasierten Haaren in die Schule gekommen und auf die Nachfragen seiner Mitschüler reagierte er verschlossen. Zuvor hatte er Haare bis zu den Schultern.«

Ich nickte verständnisvoll und kniff mir in die Innenseite meiner Hand, um mich verdammt nochmal auf den Job zu konzentrieren. Alicia fuhr fort. »Frau Krenzel hat gestern eine Klassenarbeit in Deutsch zurückgegeben. Hendrik hatte eine 4-. Sie denkt, dass seine Eltern ihm die Haare möglicherweise zur Strafe abgeschnitten haben.«

»Hat denn schon versucht, mit ihm zu sprechen?« Kurz flatterte mein Blick in Herrn Beckers Richtung, der mir ermutigend zunickte.

»Ja, Frau Krenzel hat ihn gestern nach dem Unterricht zur Seite genommen, ehe sie Sie anrief. Sie hat ihn gefragt, ob ihm Zuhause manchmal jemand wehtut oder ihn bestraft, wenn er eine schlechte Note geschrieben hat, aber er hat nur immer wieder mit dem Kopf geschüttelt. Sie wusste nicht, wie sie an ihn herankommen sollte. Aber es sah aus, als hätte er Angst.«

Wenn ich mir vorstellte, dass nicht sie, sondern die Alte vom Sekretariat in diesem kleinen Klassenraum so dicht vor mir saß, und ich eisen in mein Notizbuch starrte, klappte es mit der Konzentration. »Hat Frau Krenzel schon mit seinen Eltern gesprochen? Sie angerufen?«

»Nein. Nichts dergleichen.« Alicia räusperte sich, sodass ich den Blick wieder hob. Plötzlich wirkte sie überhaupt nicht mehr so selbstsicher, wie noch zu Beginn unseres Gesprächs.

»Um ehrlich zu sein, macht Frau Krenzel diesen Job noch nicht lange. Ich bin erst seit acht Wochen hier und diese Klasse ist auch Frau Krenzels erste. Aber, ähm, ich glaube, sie ist ein bisschen überfordert, wenn ich das so offen sagen darf.« Sie lächelte. Es war ein unsicheres, entschuldigendes Lächeln, doch seine Schönheit haute mich um.

»Entschuldigen Sie bitte vielmals.«

»Ach nein, das ist … total nachvollziehbar«, hörte ich mich sagen und stimmte wie ein Vollidiot in ihr peinlich berührtes Lachen ein. »Nein, ehrlich, versteh ich. Voll und ganz. Ich würde sagen, wir warten auf Frau Krenzel und dann würden Herr Becker und ich gleich gerne mit dem Jungen … äh, mit Hendrik sprechen und dann überlegen, wie wir weiter vorgehen. In Ordnung?«

»In Ordnung.« Sie lächelte immer noch.

»Schön. Und machen Sie sich keine Sorgen. Ein solcher Fall kann verunsichern, das kann ich mir wirklich gut vorstellen.«

Halt die Klappe, verdammt, halt doch deine Klappe!

Doch Alicia wirkte sichtlich erleichtert. »Danke für Ihr Verständnis.« Sie wurde rot, doch dadurch schien sie nur noch schöner zu werden. Ich biss mir auf die Innenseite meiner Wange. *Reiß dich gefälligst zusammen! Das hier ist ernst und dieses Kind verdient deine volle Aufmerksamkeit. Du bist ein dämlicher Vollidiot.*

Der blumige Duft ihres Parfüms stieg mir in die Nase und ein Schaudern fuhr durch meinen Körper. Mittlerweile war ich fast sicher, dass mir ebenfalls der Scham auf den Wangen brannte. Mein Körper war ein verfluchter Verräter.

Bevor es zu weiteren Peinlichkeiten kommen konnte, öffnete sich die Tür und eine weitere junge Frau trat ein.

»Herr Becker!«, rief sie überschwänglich und kam auf meinen Betreuer zu, um erst ihm und dann mir die Hand zu schütteln.

»Gott sei Dank sind Sie da! Schön, Sie kennenzulernen. Krenzel, hallo.«

Frau Krenzel war eine üppige Frau Anfang dreißig, die ihre roten Locken in einem voluminösen Zopf trug. Ihr Gesicht war ein wenig blass, dafür voller Sommersprossen.

»Hat Alicia Sie schon mit der Situation vertraut gemacht?«, wollte sie wissen und Herr Becker versicherte ihr, alle nötigen Details bereits zu kennen.

»Gut, gut, dann hole ich Hendrik eben aus der Pause und Sie sprechen mit ihm?«

»Sehr gerne.« Herr Becker nickte und stand auf. Ich stolperte beinahe über meine Tasche, als auch ich mich erhob. Die Lehrerin lächelte strahlend. »Perfekt. Bin gleich zurück.«

Nachdem Herr Becker zwanzig Minuten damit verbracht hatte, einen sehr misstrauischen Hendrik Käding mit viel Geduld und Feingefühl davon zu überzeugen, ihm zu vertrauen, war die Sache klar. Der Junge galoppierte erleichtert davon, als er ihn schließlich entließ und wir Alicia und Frau Krenzel, die nervös auf dem Flur vor dem Klassenzimmer gewartet hatten, wieder hineinbaten. Selbst die Besorgnis, die in Alicias Gesicht geschrieben war, stand ihr gut. Mittlerweile zweifelte ich ernsthaft an meinem Verstand.

»Er hat erzählt, dass sein Vater manchmal sehr wütend wird«, informierte ich die beiden Frauen und steckte mein Notizbuch zurück in die Tasche. »Hendrik sagt, er hat ihm die Haare mit der Küchenschere abgeschnitten, weil er immer so schlechte Noten schreibt. Manchmal schlägt er ihn auch. Wir halten es für das Beste, wenn der Schultag für Hendrik erst mal ganz normal weiter geht, aber heute Nachmittag schickt Herr Becker einen Kollegen, der ihn abholt und ins Jugendzentrum am Rosenring bringt. Das ist immer unsere erste Station bei solchen Fällen. Wir verständigen auch gleich die Polizei, die sollen sich mal mit Herrn Käding unterhalten. Alles weitere klären die dann.«

»Okay.« Frau Krenzel wirkte sichtlich erleichtert.

»Und wie geht es dann weiter?«, fragte Alicia. Wir erhoben uns. Ich hängte mir die Tasche wieder um und irgendwie kam ich ihr dabei seltsam nahe. Ich überragte sie um beinahe einen Kopf und plötzlich malte ich mir aus, mich jetzt gleich zu ihr herunterzubeugen und sie zu küssen. Oh Gott. Ich musste vollkommen übergeschnappt sein.

»Ähm, Hendrik wird bis auf Weiteres vom Jugendamt betreut,

zumindest solange die Polizei klärt, ob es sich wirklich um Kindesmissbrauch handelt, aber der Fall scheint ziemlich eindeutig.«

Alicia nickte und meine Innereien schienen zu schmelzen, als ihr Blick den meinen auffing. Das Braun ihrer Augen hatte die Farbe von Bernstein. Wie aus weiter Ferne bekam ich mit, wie Herr Becker und die Lehrerin, weiterhin in das Gespräch vertieft, den Klassenraum verließen. Alicia machte keine Anstalten, ihnen zu folgen.

»Danke, Sie haben uns wirklich sehr weitergeholfen«, sagte sie und lächelte. Ich grinste sie an. »Oh bitte, wir machen doch nur unseren Job.«

Du wirkst wie ein Idiot, wie ein riesen Vollidiot, Voss. Wenn du weg bist, wird sie über dich lachen.

»Trotzdem, danke«, entgegnete Alicia mit Nachdruck und reichte mir die Hand.

Vollidiot, Vollidiot, Vollidiot.

»Keine Ursache, wirklich.«

Du bist ein dermaßen großer …

»Also dann.« Wir standen schon im Türrahmen. »Ich würde ja sagen, dass ich hoffe Sie wiederzusehen, aber unter diesen Umständen eher nicht.«

… VOLLIDIOT.

»Hören Sie.« Wie von selbst fischten meine Finger eine von Herrn Beckers Visitenkarten aus der Tasche, auf die auch meine Durchwahl gekritzelt war.

»Hier ist meine Nummer. Nur für alle Fälle. Rufen Sie mich an, wenn Sie etwas brauchen.«

Sie nahm die Karte entgegen und steckte sie ein. »Werden wir. Danke.«

Ich verabschiedete mich, schnappte mir meinen Betreuer und verließ das Gebäude so schnell ich konnte. Auf dem Weg zum Wagen kam mir der Gedanke, diesen Tag auf jeden Fall unter den peinlichsten meines Lebens zu verbuchen.

Mein Herz machte sich lächerlich und pumpte viel stärker als nötig gegen meinen Brustkorb, als wir nur zehn Tage später wieder den Weg zur Astrid-Lindgren-Grundschule einschlugen. Natürlich hatte Alicia nicht angerufen, und wahrscheinlich hätte ich sie auch nie wiedergesehen, wenn das Jugendamt nicht eine Präventionsveranstaltung in eben jener Schule veranstaltet und Herrn Becker für diese Arbeit eingeteilt hätte. Es war einer der ersten richtigen Frühlingstage und wieder kniff mir ein heftiges Schamgefühl in die Wangen, als ich an meine letzte Begegnung mit Alicia Fischer dachte.

Als wir die Aula betraten, waren unsere Kollegen schon dabei, die kleine Bühne für das Programm herzurichten. Ich griff ihnen unter die Arme und Herr Becker führte ein kurzes Gespräch mit der Schulleiterin, ehe es zur zweiten Stunde läutete und die Aula sich nach und nach mit Schülern füllte. Ich beobachtete die Lehrer, die ihre Klassen verschiedenen Sitzreihen zuordneten und stellte fest, dass ich Alicia nirgendwo entdecken konnte. Trotz der Erleichterung, einem peinlichen Wiedersehen zu entkommen, war da ein Anflug von irrationaler Enttäuschung, der mich ernsthaft an meiner geistigen Reife zweifeln ließ.

Das Programm, welches meine Betreuer und ich in den letzten Tagen vorbereitet hatten, dauerte den gesamten Vormittag. Gerade als ich die Pappplakate über gegenseitiges Helfen und Vertrauen von der Bühnenwand nahm, ertönte eine flüchtig vertraute Stimme zwischen dem Geschnatter der Lehrer, die zusammen mit meinen Kollegen die vergangenen Stunden reflektierten. Ich drehte mich um und entdeckte Alicia Fischer am Fuß der Bühne. Als sie meinen Blick bemerkte, lächelte sie und kam zu mir hinauf.

»Ein tolles Programm, was Sie und Ihre Kollegen da auf die Beine gestellt haben«, sagte sie und blieb ein paar Schritte vor mir stehen, die Arme vor dem schlanken Körper verschränkt. »Die Schüler hatten wirklich Spaß, besonders bei den praktischen Teilen.«

Ich hob die Brauen. »Sie haben zugesehen?«

Sie nickte. »Letzte Reihe.« Hatte sie mir gerade zugezwinkert? Mit fahrigen Fingern knibbelte ich die Klebestreifen von den Plakaten, ohne sie dabei aus den Augen zu lassen. Nein, sie hatte sicher nur geblinzelt. Sie musste geblinzelt haben.

»Wie geht es Hendrik?«, hörte ich Alicia über das Wummern meines Herzens hinweg fragen und ich nahm einen tiefen Atemzug, ehe ich antwortete. »Äh, gut. Den Umständen entsprechend. Ihre und Frau Krenzels Befürchtung hat sich leider bewahrheitet, wie es aussieht. Wahrscheinlich kommt er bald in eine Pflegefamilie.«

Alicia nickte, setzte sich auf den Tisch, den ich für das Programm zur Seite geschoben hatte und schlug die Beine übereinander. »Das ist gut.«

Eine kurze Pause entstand, ehe Alicia wieder das Wort ergriff: »Sie können wirklich gut mit Kindern«, sagte sie und bohrte ihren Blick förmlich in meinen. Wieder fielen mir ihre leicht getuschten Wimpern auf. Ich schluckte. Wie konnte ein Mensch so schöne Wimpern haben? »Haben Sie selbst welche?«

Eins der Plakate klatschte zu Boden. »Was?«

»Ich habe gefragt, ob Sie selbst Kinder haben.«

Oh Gott, sie flirtete mit mir. »Ich, äh, nein. Ich studiere doch noch, das wäre … na ja, ich bin Junggeselle. Oder sowas ähnliches zumindest. Und Sie?« Mein Mund war fürchterlich trocken. Junggeselle, im Ernst? Ich hob das Plakat auf und legte es wieder zu den anderen. Sie lachte. Es war ein melodisches, wunderschönes Lachen, dass ich mir viel zu gut in meinem Schlafzimmer vorstellen konnte.

»Nein. Mit zwanzig kann sich da aber in den nächsten Jahren noch einiges ändern, würde ich sagen.«

Nervös knetete ich die zusammengeknüllten Klebestreifen zwischen den Fingern und lehnte mich an die andere Seite des Tisches. Sie war zwanzig. Nur zwei Jahre jünger als ich. *Bingo.* Zu all den irrationalen Emotionen in meinem Brustkorb mischte sich Erleichterung. Sie hatte keine Kinder, womöglich nicht mal einen Freund …

»Schon möglich.« Ich versuchte ein Lächeln und mein Herz tickte kurzzeitig aus, als sie es tatsächlich erwiderte.

»Haben Sie denn konkrete Pläne?«

Sie schüttelte den Kopf. »Nein, dafür fehlt mir die nötige Beziehung.«

Bingo.

»Mir auch«, rutschte es mir heraus. Alicia zuckte mit den Schultern und rutschte von der Tischplatte. »So ist das Leben, oder nicht?«

Bingo. Bingo. Bingo.

Sie wandte sich zum Gehen. Ein paar Sekunden lang haderte ich mit mir selbst, doch als sie schon die unterste Stufe der Treppe erreicht hatte, rief ich sie zurück. »Alicia?«

Sie blieb stehen und warf mir einen Blick über die Schulter zu. »Mhm?«

»Gehen Sie mal einen Kaffee mit mir trinken?«

Sie lächelte. Überlegte nicht. »Ja, klar.« Sogleich zog sie einen kleinen Kalender aus der Tasche ihrer Jeans und strahlte mich an. *Bingo.*

27. April, Everest Basislager, 5330 Meter

Robin, Gegenwart

Am Vorabend des Aufstiegs traf sich unser Expeditionsteam im Kommunikationszelt. Sebastian gab uns die letzten Anweisungen, die zum Großteil aus Ermahnungen bestanden, oben am Berg auf ihn, André und die Sherpas zu hören.

Alicia saß am anderen Ende des Steintischs. Wenn ich ehrlich war, hatte ich mich schon fast daran gewöhnt, dass sie mir nach unserer kurzen Annäherung in Camp Drei wieder aus dem Weg ging. So gerne ich Sebastians Meinung auch geteilt hätte, inzwischen glaubte ich einfach nicht mehr daran, dass sich zwischen uns langfristig noch irgendetwas ändern würde. Die Runde löste sich auf, ohne dass sich eine Gelegenheit bot, sie direkt anzusprechen.

Später am Abend fanden überall im Basislager kleine Partys statt, denn die *KOLOSS*-Expedition war nicht die einzige, die am Morgen aufbrechen würde. Das Zeitfenster Anfang Mai war unter Bergsteigern, die sich am Everest versuchten, allgemein bekannt. Soweit ich wusste, würden in den Morgenstunden die Japaner, die Holländer und ein amerikanisches Team ebenfalls in den Startlöchern stehen.

Isa und Alex hatten das Kommunikationszelt mit einigen bunten Lichterketten geschmückt und es lief Musik, die sich mit den undeutlichen Melodien aus den umliegenden Zelten vermischte. Anstelle des abendlichen Tees floss eine erstaunliche Menge an Alkohol, womit ich wohl oder übel leben musste.

Wie immer zwang ich Alicia meine Gesellschaft nicht auf. Trotzdem zuckte mein Blick im Laufe des Abends ein paar Mal in ihre Richtung, wenn ihr Lachen an mein Ohr drang.

»Ey, Voss! Das hier sind Neil und Jackson, die Bergführer der britischen Kommerziellen«, röhrte Sebastian sichtlich angeheitert, als er mich in einer Zeltecke entdeckte und stieß mir seinen Ellbogen schmerzhaft in die Seite. Ich brachte meine Cola vor ihm in Sicherheit und beugte mich vor, um Neil und Jackson die Hand zu schütteln. Beide rochen schwach nach Alkohol und mein Herz boxte mir in regelmäßigen Schlägen heftig gegen die Brust.

»Schön euch kennenzulernen«, rief ich über die wummernde Musik hinweg. »Brecht ihr auch morgen auf?«

»Jap. Wollen kurz nach euch los«, entgegnete Neil gut gelaunt in feinstem Oxford Englisch und grinste mir zu. Er war ein breitschultriger Mann Ende dreißig und sein Haar war von einem fast so leuchtenden Rot wie das von Maik.

»Trinkst du was mit uns?«, wollte Jackson wissen und klopfte mir freundschaftlich auf die Schulter. Wie immer, wenn mir jemand unwissentlich Alkohol anbot, wurde mir furchtbar heiß. Dieser verdammte Suchtdruck würde nie ganz verschwinden.

»Nein, danke. Ich trinke nicht.«

»Ach, komm schon! Unser Zelt ist gleich da drüben und wir haben Brandy und Bier. Hab dich nicht so! Smithy meint, du bist Russe, also verträgst du sicher 'ne Menge.« Er lachte schallend und sein Kollege stimmte mit ein. Meine Hände zitterten bei dem Gedanken, wie furchtbar gut jetzt ein Bier wäre. Nur eins. Nervös blickte ich mich nach Sebastian um, doch der war längst außer Sichtweite.

»Nee, ehrlich nicht. Ich will nicht unhöflich sein, aber ich bleibe bei Cola. Sorry.«

Die Briten wechselten einen verständnislosen Blick und Jackson verdrehte die Augen, doch Neil zuckte nur mit den Schultern. »Na schön, dann setz dich wenigstens zu uns.«

Wir ließen uns an dem Steintisch nieder und ich umklammerte mein Glas mit beiden Händen. Es fiel mir immer noch so verdammt schwer, die Abstinenz durchzuhalten, wenn andere vor meiner Nase tranken. Es war zum Kotzen.

»Wie viele Kunden habt ihr?«, fragte ich, um mich irgendwie abzulenken.

»Dieses Jahr sind es acht«, entgegnete Jackson und strich sich das lange Blondhaar aus den Augen. »Fünf Männer und drei Frauen. Ich hoffe, wir können sie alle hochbringen, bei der Akklimatisierung haben sie sich echt gut geschlagen.«

»Dann viel Glück dabei.« Es tat fast körperlich weh, ihm zuzusehen, wie er seine Bierflasche an die Lippen setzte. Mein Mund war wahnsinnig trocken und ich kippte den Rest meiner Cola hinunter, ohne auch nur irgendwas davon zu schmecken. Jackson neigte den Kopf. »Danke, danke. Das wünsche ich euch natürlich auch, aber ihr habt ja den alten Smithy dabei. Wir kennen ihn schon seit Jahren, der Typ ist einfach der Hammer.« Der Brite lachte schallend und Neil fiel mit ein.

»Jaah, Schmitti wird uns schon hochbringen«, entgegnete ich und zwang mich meinerseits zu einem Lachen. »Meint ihr, das Wetter wird sich halten?«

»Ich hoffe doch.« Neil klopfte mit den Knöcheln auf die Tischplatte, auch wenn sie nicht aus Holz war. »Bisher sieht der Wetterradar ziemlich gut aus.«

Ich nickte. »Hey, wie heißt euer Unternehmen? Ich kann in

Deutschland ein bisschen Werbung für euch machen, wenn ihr wollt.«

»*Alpine Dreams*«, erklärte Jackson stolz. »Wir machen Himalaya Expeditionen seit 2001. Unser Sitz ist in Manchester. Nett von dir! Danke, Mann.« Die beiden prosteten mir zu.

»Na klar, ich sag's weiter.« Ich grinste ihnen zu. Inzwischen hatte das fürchterliche Verlangen nach Alkohol ein wenig nachgelassen, doch noch immer war der Druck enorm. Wir plauderten noch etwa eine halbe Stunde über die bevorstehende Expedition, dann entschuldigte mich für einen Moment.

Die Zigarette, die ich draußen in lächerlicher Geschwindigkeit rauchte, beruhigte mich ein wenig, doch meine Hände zitterten noch immer unkontrolliert. Als ich in das Zelt zurückkehrte, stellte ich mit einer gewissen Erleichterung fest, dass Jackson und Neil ihre Plätze am Tisch verlassen hatten und sich nun in einer anderen Ecke mit Alicia unterhielten.

Für den Rest des Abends hielt ich mich an Maik und Sebastian, und ich war beinahe froh, als André die Runde recht früh auflöste und alle in ihre Zelte schickte. Ich spürte, wie mich die unmittelbare Nähe von Alkohol sentimental machte und ich konnte es kaum abwarten, ein letztes Mal gut schlafen zu können, ehe die Teufelsreise beginnen würde.

Der Himmel war bereits pechschwarz über dem Lager, als ich in die kühle Nacht hinaustrat. Auch wenn ich in den letzten Wochen nichts anderes gesehen hatte, raubte mir der unglaubliche Anblick der Sterne noch immer den Atem. Wie tausend winzige Löcher in einem dicken, schwarzen Samtmantel funkelten sie am Himmel. Hier, so fernab von der Zivilisation, war die Nacht wahrhaftig schwarz und irgendwie mächtig.

Während die anderen noch draußen vor dem hell erleuchteten Kommunikationszelt miteinander redeten und lachten, ging ich in Richtung meines kanariengelben Zeltes. Vor meiner bescheidenen Heimstätte ließ ich mich auf die Knie nieder, um den Reißverschluss zu öffnen. Die Hand, die sich wenig später auf meine Schulter legte, legte mein Herz für ein, zwei Sekunden lahm. Vor

Schreck sprang ich auf und schlug mir dabei schmerzhaft einen Stein gegen den Knöchel.

»Au! Scheiße!«

Der Kegel einer Taschenlampe schnitt mir in die Augen, ehe ihr Besitzer die Höflichkeit besaß, mir nicht länger mitten ins Gesicht zu leuchten. Grüne Sterne tanzten vor meinen Augen.

»Sorry.« Alicia knipste die Taschenlampe aus, sodass die Dunkelheit uns wieder umhüllte.

»Du hast mich zu Tode erschreckt«, entgegnete ich und machte mich wieder daran, mein Zelt zu öffnen, wobei ich die Frage herunterschluckte, was sie hier wollte.

»Sorry«, wiederholte sie und ich hörte, wie sie die Taschenlampe in ihrer Jacke verschwinden ließ. »Ich hab dich gesucht.«

»Tja, hast mich gefunden«, gab ich zurück, schroffer als eigentlich beabsichtigt.

»Kann ich dich kurz sprechen?«

Der Reißverschluss öffnete sich mit einem Ratschen und ich krabbelte kurz in die Schleuse, um nach meiner Solarlampe zu tasten. Als ich sie fand, knipste ich sie an, sodass mein Zelt jetzt einem übergroßen Lampion ähnelte.

»Was gibt's?« Ich vergrub die Hände in den Taschen meiner Jeans.

»Können wir drinnen reden?« Ihr Kopf ruckte in Richtung des Zelts. Meine Zähne gruben sich in meine Unterlippe. Unwillkürlich überkamen mich die Erinnerungen an das letzte Mal, als wir in meinem Zelt gesessen hatten, doch ich riss mich zusammen. Schließlich war ich nicht derjenige, der hier ständig dicht machte.

»Nach dir.«

Alicia schlüpfte in die Schleuse. Ihr Schatten zeichnete sich scharf auf dem gelben Nylonstoff ab. Ich folgte ihr, wobei ich ein erneutes Bedauern verspürte, nicht einfach ein oder zwei Bier getrunken zu haben. Das hätte das, was immer jetzt kam, sicherlich leichter gemacht.

Sie wartete, bis ich es mir im Schneidersitz auf meiner Isomatte bequem gemacht hatte, dann begann sie zu sprechen, wobei sie nervös die Hände rang.

»Ich, ähm, um es kurz zu machen: Ich fühl mich bescheuert, dass ich dir nicht zum Geburtstag gratuliert habe.«

Erst als sie die Stirn runzelte, bemerkte ich, dass sich ein hohles Lachen aus meiner Kehle zwängte.

»*Das* beschäftigt dich?« Ich schnaubte über so viel Kleinlichkeit. »Du weißt doch, dass mir meine Geburtstage herzlich egal sind.«

Sie wischte meinen Einwand mit einer Handbewegung beiseite.

»Ja. Aber ich hab was für dich. Ich wollte es dir eigentlich schon letzte Woche geben, aber … Ich war dumm.« Sie zuckte mit den Schultern, griff in die Innentasche ihrer Jacke und zog ein kleines Päckchen hervor. »Also, Happy Birthday, Robin.«

Ich nahm das Päckchen entgegen. Es war in silbernes Papier eingeschlagen, verschnürt mit einem schmalen, gelben Band. »Du musst mir nichts schenken, Alicia.«

Auf ihren Lippen zeigte sich der Anflug eines Lächelns. »Ich weiß. Aber ich wollte es so. Mach es auf.«

Ich zog die gelbe Schnur ab und löste das Papier. Zum Vorschein kam ein schwarzes Kästchen. Als ich es öffnete, lag darin eine feingliedrige Silberkette, an der ein quadratischer Anhänger befestigt war. Ich nahm ihn heraus und drehte ihn um. Auf der Rückseite waren in mehreren Reihen kleine, feine Zahlenkombinationen eingraviert.

»Was ist das?«, fragte ich, ohne den Blick von der Kette abzuwenden.

Alicia lachte leise. »Es ist total kitschiger Scheiß. Das sind die Koordinaten aller Gipfel, auf denen wir zusammen gewesen sind. Ich fand die Idee schön.«

»Wow. Danke.« Wie von selbst trat ein Grinsen auf meine Lippen. »Und es ist nur ein bisschen kitschig.«

Ich öffnete den Verschluss und legte mir die Kette um den Hals. Das Silber fühlte sich kalt auf meiner Haut an. Als ich wieder zu Alicia blickte, waren ihre Wangen gerötet.

»Ein bisschen zu nostalgisch, wenn ich jetzt darüber nachdenke«, sagte sie.

»Es ist klasse. Wirklich.« Meine Finger berührten den quadratischen Anhänger. »Ist 'ne schöne Idee.«

»Danke.«

»Danke dir.«

Das Zelt hatte die meiste Zeit des Tages im Sonnenlicht gestanden und sonderte noch immer seine Wärme ab. Allmählich begann ich, unter meinem Sweatshirt zu schwitzen. Alicia, die ihre Skijacke trug, sah aus als würde sie darin gekocht werden. Ich hob eine Braue. »Kommst du nicht um vor Hitze?«

Sie schnaubte. »Es ist mörderisch.«

Ein wenig unbeholfen öffnete sie den Verschluss ihrer Jacke und zog sie aus. Darunter trug sie einen dicken Pullover, der ihr einmal gepasst haben musste, nun jedoch eine Nummer zu groß wirkte.

Sie ist dünner geworden, ging es mir durch den Kopf, als ich flüchtig einen Blick auf ihre hervortretenden Schlüsselbeine über dem Kragen warf. Im kalten Licht der Solarlampe wirkte sie beinahe mager. Sie schob die Ärmel ihres Pullovers hoch, dabei fiel mir die Tinte unter ihrer Haut auf, etwa zehn Zentimeter von ihrem Handgelenk entfernt. Es war dieselbe, kleine Bergformation, die ich auf dem linken inneren Oberarm trug. Zweieinhalb Jahre war es her, seitdem wir uns in Russland, kurz nach der Besteigung des Mount Elbrus, spontan für ein kitschiges Partner Tattoo entschieden hatten. Mein Magen drehte sich um. Ein Gedanke, der mich die letzten Monate immer begleitet hatte, kristallisierte sich plötzlich klarer denn je heraus: *Hiernach wird es vorbei sein.*

Ohne dass ich wirklich wusste, was ich tat, griff ich nach ihrem Arm, diesem Arm, der dasselbe Zeichen trug wie meiner. Ich zog sie an mich, so dicht, dass unsere Lippen sich um ein Haar berührt hätten. Ihr Oberkörper schob sich nach hinten, doch ihr Gesicht war noch immer so nah vor mir, dass ich ihren Atem wie einen längst vergangenen Traum auf meinen Lippen spürte. Das viel zu vertraute Braun ihrer Iris starrte mich an, halb verwundert, halb erschrocken. Die Welt schien still zu stehen.

»Mach das nicht, Robin«, stieß sie hervor, befreite sich aus meinem Griff und wich zurück. Der Moment war vorbei. Ich wollte sie zurückhalten, wollte einmal die richtigen Worte finden, aber sie entglitt mir, genau wie damals. Hilflos sah ich zu, wie sie völlig kopflos am Reißverschluss der Schleuse riss.

»Alicia, bitte!«, rief ich und meine Stimme bebte.

Sie war schon fort.

SIEBEN

28. April, Everest Basislager, 5330 Meter

Alicia, Gegenwart

Am 28. April brachen wir um halb Fünf morgens in windstiller Dunkelheit vom Basislager auf. Während ich mein leichtes Gepäck schulterte und den anderen in den Schlund des Eisbruchs folgte, stand ich vollkommen neben mir. Eine lähmende Todesangst hatte von mir Besitz ergriffen. Die Aussicht, nach wochenlangen Vorbereitungen tatsächlich den Gipfel zu erreichen, machte mich mürbe. Immer wieder sagte ich mir, dass sich die erste Etappe nicht von den Akklimatisierungstouren unterschied, schließlich war unser Tagesziel lediglich Camp Zwei zu erreichen, doch es half nichts. Den anderen schien es ähnlich zu gehen, denn niemand sprach mehr als nötig.

Im Schein unserer Stirnlampen arbeiteten wir uns vorsichtig durch den Gletscher voran, und als das erste Sonnenlicht die Eistürme berührte, hatten wir den Eisbruch schon hinter uns gelassen. Erleichtert stellte ich fest, dass ich nur noch einmal durch ihn hindurch musste, und zwar auf dem Weg nach unten. Ein kurzes Hochgefühl durchzuckte mich, dann begann der Aufstieg durch das Western Cwm im Licht der aufgehenden Sonne. Wie immer staute sich die Hitze viel zu schnell zwischen den Eistürmen und schon bald hätte ich mir am liebsten den Parka vom Leib gerissen.

Ich ging mit Maik am Ende der Gruppe, während uns die sengende Sonne, die munter immer weiter den Himmel hinaufkletterte, bei lebendigem Leib kochte. Ich sehnte mich nach dem

Schatten der Zelte in Camp Zwei, doch wie so oft hier oben hatte ich längst jegliches Zeitgefühl verloren. Alle paar Minuten klatschte ich mir eine Handvoll Schnee ins Gesicht und betete, dass das Camp bald vor uns auftauchen würde. Robins blauer Overall setzte sich kaum vom Türkis der blanken Eiswelt ab, und manchmal sah es auf groteske Weise für einen Moment so aus, als würde bloß seine schwarze Mütze im Schnee fünf Meter auf und ab hüpfen. Ich konnte kaum noch klar denken.

Gegen elf Uhr schleppten Maik und ich uns in Camp Zwei. Bei den Zelten angekommen ließ ich mich völlig kraftlos neben Robin und die Bergführer in den Schatten sinken und kippte besinnungslos zwei Liter Zitronentee in mich hinein, bis ich mich wieder einigermaßen menschlich fühlte.

»Ist schon ein krasses Gefühl, jetzt wirklich auf dem Weg zum Gipfel zu sein, oder?«, fragte Maik leise, lehnte sich gegen eine rote Zeltwand und verrenkte sich den Hals, um zum Gipfel hinauf zu blinzeln. Ich antwortete nicht, denn ich befürchtete, den Nussriegel, zu dem ich mich am Morgen gezwungen hatte, sofort wieder auszukotzen. Stattdessen nickte ich nur und umklammerte meine leere Teekanne, bis die Übelkeit wieder etwas abflaute. Ich musste so aussehen wie ich mich fühlte, denn Robin hob eine Braue, als er mich ansah.

»Ist mit dir alles okay?«, wollte er wissen und ich nahm einen tiefen Atemzug, ehe ich mich im Stande sah, Worte zu gebrauchen.

»Ja. Bin nur platt. War mit Maik hinten.«

Maik verzog schuldbewusst das Gesicht. »Sorry, Alicia.«

»Was? Nein, ist doch gar kein Problem. Ein bisschen langsamer unterwegs zu sein, schadet mir auch nicht.« Ich lächelte ihm aufmunternd zu. »Im Ernst. Sag mal, hast du schon ein paar gute Aufnahmen gemacht?«

Maik nickte. »Ein paar Fotos von den Akklimatisierungstouren sind wirklich gut geworden. Ich habe sie zusammen mit meinen Texten für die Blogeinträge an Tanja geschickt, ehe wir heute Morgen los sind.« Während er sprach, zog er einen Stift und einen Block aus der Tasche seines Parkas. Ich unterdrückte ein Stöhnen.

»Übrigens, wenn ich euch beide mal zusammen erwische, würdet ihr mir noch ein paar kurze Fragen für den Blog beantworten?«, fragte er hoffnungsvoll. »Tanja ist da unermüdlich.«

Robin zuckte gleichgültig mit den Schultern. »Klar, leg los.«

Maik beugte sich ein wenig näher zu uns. »Okay, lass mal sehen …« Kurz blätterte er in seinem Block herum. »Ah, genau. Wie ist das für euch als Paar, zusammen hier oben zu sein und die Möglichkeit zu haben, diese einzigartige Challenge gemeinsam zu meistern?«

Meine Eingeweide krampften sich zusammen. Für den Bruchteil einer Sekunde begegnete ich Robins Blick. Ehe ich wirklich wusste, was ich tat, war ich schon auf den Beinen. Ich musste hier weg.

»Entschuldigt mich mal eben …«, nuschelte ich zerstreut. Maiks Frage hatte sich wie ein Schlag in die Magengegend angefühlt. »Ich muss zu Seb, hab total vergessen, ihn was Wichtiges zu fragen.« Ich stapfte durch den Schnee davon, ohne mich noch einmal umzudrehen. Das gleißend weiße Sonnenlicht biss mir in die Augen. Einen resignierten Moment lang fragte ich mich, ob der Rest meines Lebens daraus bestehen würde, vor Robin davonzulaufen.

Ich war Maik nicht böse. Er konnte nichts dafür, schließlich hatte er keine Ahnung, dass Robin und ich schon lange getrennt waren. Er wusste nicht mehr als der Rest der Leute, die den verdammten *KOLOSS*-Blog lasen und unsere Expeditionen auf unseren Social-Media-Accounts verfolgten, die Tanja in unserer Abwesenheit mit scheinheiligen Lügen fütterte. Für unsere Leser waren Robin und ich ein Traumpaar, das perfekte Beispiel der großen Liebe. Aber die Realität sah anders aus.

Ich fand Sebastian bei André und den Sherpas, die gerade dabei waren, die letzten Infos auszutauschen, bevor unser Gepäck schon hoch zu Camp Drei gebracht werden würde. Ich wartete, bis sie fertig waren, dann verabschiedete ich mich von Ngawang, Tempa, Phurba und Pempa, die gleich aufbrechen würden, und setzte mich zu Sebastian und André. Wir tranken noch etwas Tee, dann entschuldigte André sich, um nach den anderen zu sehen. Ich blieb mit Sebastian allein. Im Sonnenlicht wirkte er blass und angespannt.

»Was ist los, Schmitti?«, fragte ich, nachdem wir einen kurzen Blick gewechselt hatten. Mein Bergführer seufzte und kippte seinen letzten Schluck Tee vor sich in den Schnee, ehe er zu einer Antwort ansetzte.

»Um ehrlich zu sein, mache ich mir Sorgen um Maik«, sagte er. »Er hustet wieder schlimmer, seit wir von der letzten Tour zurück sind. Trotz Isas Medikamente ist es nicht besser geworden und hier oben wird sich sein Zustand auch nicht gerade verbessern. Ohne 'ne Spontanheilung wird er den Aufstieg nicht schaffen.« Er verzog das Gesicht. »Jammerschade. Ich hätte eine Saison, in der es alle schaffen, verdammt gut gebrauchen können.«

»Ja, ist mir auch aufgefallen«, entgegnete ich. »Aber mit zusätzlichem Sauerstoff wird er das schon schaukeln. André hustet doch auch die ganze Zeit, ohne dass das seine Kondition beeinträchtigt.« Als das Sebastian nicht aufmunterte, fuhr ich fort. »Und weißt du noch, als Robin am Elbrus diesen heftigen Husten hatte? Das gehört einfach dazu, oder? Das muss noch nicht sein Aus bedeuten.«

Sebastian nickte, offenbar ließ er sich meine Worte durch den Kopf gehen. »Das Dumme ist nur, dass wenn Maik es nicht schafft, André oder ich die Fotos von euch auf dem Gipfel machen müssen. Ich meine, wir werden das schon hinkriegen, aber wahrscheinlich werden sie nicht so aussehen, wie wenn Maik sie macht und *KOLOSS* wird wieder schön was zu mäkeln haben.«

Ich biss mir auf die Lippe. Einen niedergeschlagenen Bergführer konnten wir uns hier oben, jetzt, wo der Ernst begonnen hatte, nicht leisten. Also klopfte ich ihm auf die Schulter und zog meine letzte Karte: »Okay, hör zu. Ich verspreche dir, dass ich ein Auge auf Maik habe, alles klar? Ich bin heute Morgen schon mit ihm am Ende gegangen, und das mache ich einfach weiterhin. Ich greif ihm etwas unter die Arme und nehme ihn sogar ans kurze Seil, wenn es sein muss, aber er packt das, da bin ich sicher.« Ich gab ihm einen sanften Stoß in die Rippen. »Hey, ist das nicht 'ne Maßnahme? Er wird die besten Fotos von uns machen, die du dir nur vorstellen kannst.«

»Du musst das nicht machen, Alicia.« Sebastian tätschelte mir die Hand. Trotz der Wärme der Sonne war sie kalt. »Du bist der Star dieser Challenge. Ich will und kann sowas nicht von dir verlangen. Außerdem ist das mit der Versicherung –«

»Ach, scheiß doch auf die Versicherung. Ich weiß doch was ich tue. Und außerdem verlangst du es ja gar nicht von mir. Ich biete es dir an«, widersprach ich. »Ich mache das gerne.« Ich zwinkerte ihm zu und Sebastian lächelte.

»Na schön. Danke, Mädchen. Du bist ein guter Mensch.«

Er lehnte seinen Kopf an meine Schulter und eine Weile saßen wir so da, während die Sonne uns die Gesichter wärmte.

»Gibst du ihm eine zweite Chance?«, fragte er irgendwann ins Blaue hinein. Ich hob den Kopf und sah ihn verständnislos an. »Wem? Maik?«

»Nein, Robin natürlich. Der Junge ist total durch den Wind wegen der Sache mit euch.«

Meine Schultern verkrampften sich. »Hat er mit dir darüber gesprochen?«, fragte ich leise, fast zaghaft.

Sebastian warf mir einen forschenden Blick zu. »Nein, aber ich sehe doch, was mit euch los ist. Auch wenn keiner von euch beiden den Mund deswegen aufmachen will. Aber ihr seid toll zusammen, Ali, das weißt du. Ich bin sicher, ihr kriegt das wieder hin.«

»Ja … vielleicht«, murmelte ich. Meine Wangen glühten. Wenn er nur wüsste.

»Rede einfach mit ihm«, riet Sebastian mir und drückte freundschaftlich meine Schulter. »Das hilft, versprochen.«

Ich nickte, auch wenn ich genau wusste, dass Reden noch nie Robins und meine Stärke gewesen war.

Sebastian und André erklärten den 29. April zu einem Ruhetag, sodass jeder noch einmal die Chance hatte, sich vor der alles entscheidenden Etappe zu sammeln. Das Wetter war perfekt. Wie schon gestern war es verhältnismäßig windstill und wolkenlos, das Zeitfenster schien seine Versprechungen zu halten. Ich stand spät auf und nahm meinen Sonnenplatz vor den Zelten wieder ein, meine alte Kodak im Schlepptau. Die nervöse Vorfreude im Lager war beinahe greifbar, alle saßen ruhelos herum und nach dem Ausdruck auf den Gesichtern der anderen war der Aufstieg auch alles, woran sie denken konnten.

Ich schoss ein paar Fotos von Maik und Robin und nutzte die Zeit und das gute Wetter für ein paar zusätzliche Aufnahmen von der Aussicht.

Über den Tag hinweg ergab sich keine Gelegenheit, mit Robin alleine zu sprechen, und da die letzten beiden Male allein in seinem Zelt so gehörig schiefgegangen waren, ließ ich es lieber bleiben. Ein feiger Teil von mir war sogar erleichtert, dass mir eine weitere Konfrontation mit ihm vor dem Aufstieg erspart blieb. Ich hätte so oder so nicht die richtigen Worte gefunden, denn was sollte ich ihm schon sagen, wenn ich nicht einmal selbst wusste, was ich wollte?

Ich gab also mein Bestes, meine Gedanken zu klären, während des Aufstiegs würde ich mir so oder so keine Grübeleien leisten können.

Am 30. April brach unser Team von Camp Zwei auf und begann den Aufstieg an den Seilen durch die Lhotse-Flanke. Wie schon während der letzten Akklimatisierungstour hatte es die Strecke in sich. Noch dazu kam ein plötzlicher Wind auf und brachte eine brutale Kälte mit sich, die mich fast besinnungslos machte. Wie versprochen kletterte ich hinten mit Maik, der wieder das Schlusslicht unserer Truppe bildete. Er kam nur sehr langsam voran, die Lhotse-Flanke erledigte ihn völlig. Mehr als einmal befürchtete ich, er würde gleich abrutschen und ins Fixseil stürzen, doch nichts dergleichen geschah. Der Wind wurde stärker und wehte eine kleine Lawine in unsere Richtung, sodass wir stehenbleiben und vor Felsbrocken in Deckung gingen mussten, die sich mit einem unheilverkündenden Rumpeln unter der Schneedecke lösten.

Unterhalb von Camp Drei brach Maik schließlich zusammen. Ich konnte ihn gerade noch stützen, ehe er den Halt verlor und ins Seil stürzte.

»Du hast es gleich geschafft«, brüllte ich ihm über das Getöse des Winds hinweg zu und stellte ihn wieder auf die Beine, die jedoch wieder wegknickten. »Komm schon Maik, wir haben Camp Drei fast erreicht!« Er nickte, obwohl er meine Worte kaum zu hören schien.

»Soll ich dich für das letzte Stück an's Seil nehmen?«, fragte ich, doch er hob abwehrend die Hände.

»Nein, mir geht's gut!« Maik war so außer Atem, dass ich ihn kaum verstand. »Wirklich!«

Also kletterten wir in Zeitlupe weiter. Inzwischen lagen gut hundert Meter zwischen uns, Robin und den Bergführern. Maik entschuldigte sich immer wieder bei mir, doch es machte mir wirklich nichts aus, auf ihn zu warten. Mich um Maik zu kümmern, lenkte mich von der lähmenden Gewissheit ab, dass ich mich tatsächlich immer weiter auf den Gipfel zubewegte. Schon während der Trekking-Tour zum Basislager war diese Angst allgegenwärtig gewesen, doch mit den Akklimatisierungstouren hatte ich bemerkt, dass der Everest nicht anders funktionierte als die Gipfel, die ich bisher bestiegen hatte. Jetzt allerdings war die Angst wieder da und ich ahnte auch warum.

Auch wenn ich mir das Grübeln während des Aufstiegs verboten hatte, war es leicht, über mich und Robin zu sinnieren, während Maik sich alle fünf Minuten hustend ins Seil hängte. Der Grund für meine Angst kristallisierte sich plötzlich so klar und deutlich aus meinen wirren Gedanken heraus, es war beinahe absurd: Ich hatte Angst, weil der Everest mein erster Berg war, den ich allein anging. Natürlich nicht völlig allein, schließlich waren Sebastian und die anderen immer in meiner Nähe, aber ohne Robin. Er hatte mir immer den Rücken freigehalten, auf mich geachtet, sich meinem Tempo angepasst und mir das Gefühl gegeben, genau das Richtige zu tun. Kein Zweifel, er war immer der bessere Bergsteiger von uns beiden gewesen, doch seine Gegenwart hatte die Gewissheit in mir geweckt, alles schaffen zu können. Jetzt, wo die Entfernung zwischen uns weiter nicht sein könnte, war diese Gewissheit verschwunden. Ich wusste nicht mehr, ob ich das Richtige tat, wusste nicht, wie mein Leben nach diesem Berg weitergehen sollte. Und das war gefährlich.

Maiks Husten holte mich zurück in die Realität. Ich drehte mich zu ihm um. »Alles okay?«

Er verzog das Gesicht. »Ja … Mir ist nur mordsmäßig kalt und dieses Schneckentempo bringt mich noch um, aber schneller kann ich einfach nicht.«

»Du schaffst das.«

Er verfiel wieder in seinen Entschuldigungswall, doch ich unterbrach ihn. »Hör auf, dich zu entschuldigen«, rief ich gegen den Wind an und schob ihn vor mir her. Er war so schwer und unhandlich wie ein nasser Sack.

»Klettere einfach weiter, okay? Du kannst das.«

Eine halbe Stunde später erreichten auch wir den schmalen Absatz von Camp Drei auf circa 7300 Metern. Robin, Sebastian und André waren bereits dabei Eis zu hacken, um für unser Trinkwasser zu sorgen. In Camp Drei war zu wenig Platz, als dass wir es mit den Sherpas hätten teilen können, sodass wir für unsere Verpflegung selbst verantwortlich waren. Wobei Verpflegung nichts weiter als Tee und Müsliriegel bedeutete; alles, was darüber hinausging, konnte in solchen Höhen unmöglich verdaut werden.

Im Camp riss der Wind mit circa minus 20 Grad Celsius so wütend an meinem Parka, dass ich ein paar Mal beinahe das Gleichgewicht verloren hätte. Ich schaffte es trotzdem, Maik in das Zelt zu bringen, was er sich mit den Bergführern teilte, und half ihm aus seinen Schuhen.

»Willst du dich noch ein bisschen zu mir setzen?«, japste er, als ich ihn in seinen Schlafsack verfrachtet hatte und Anstalten machte, das Zelt wieder zu verlassen. Er schenkte mir ein erschöpftes Lächeln. »Dann entgehst du der Eishackerei.«

»Na schön.« Ich erwiderte sein Lächeln und ließ mich auf

Sebastians Schlafsack nieder. Inzwischen taten mir alle Knochen weh und mein Inneres fühlte sich an wie Eiswasser.

»Danke nochmal, dass du mich hochgebracht hast«, sagte Maik und unterdrückte einen erneuten Hustenanfall. Ich reichte ihm seine Thermoskanne aus dem Rucksack.

»Keine Ursache. Ich helfe gerne.«

Die nächsten Minuten verbrachten wir schweigend, jeder an seinem eigenen Thermobecher nippend. Irgendwann warf Maik mir einen forschenden Blick zu. »Was führt dich hier hoch, Alicia?«, fragte er unvermittelt. Ich wartete, bis sein der darauffolgende Hustenanfall abgeklungen war.

»Eigentlich dieser verrückte Kerl da draußen«, entgegnete ich, ohne dass ich das Lächeln, was dabei auf meine Lippen trat, unterdrücken konnte. »Und die Herausforderung, würde ich sagen. So ein Angebot kann man unmöglich ausschlagen, oder? Aus eigener Tasche würde ich mir eine Everest-Expedition niemals leisten können.«

Doch Maik interessierte sich nur für den ersten Teil meiner Antwort. »Seid ihr noch zusammen? Du und Robin?«, wollte er wissen, und strich sich das rote Haar aus der Stirn.

Ich schüttelte den Kopf. »Nein, aber ich hab ihm versprochen, mit hierherzukommen. Rückblickend hätte ich das wahrscheinlich nicht tun sollen. Aber genug von mir, warum bist du hier?«

Er richtete den Blick auf seine Knie, ehe er antwortete.

»Meine Antwort besteht auch aus zwei Teilen. Ich wurde als euer Fotograf engagiert, obwohl ich Felswandkletterer bin und von Höhen keine Ahnung habe.« Ein nervöses Lachen rutschte über seine Lippen. »In Wahrheit mache ich es aber für meine Mutter.«

»Klettert sie auch?«

Der schmerzliche Ausdruck, der in Maiks Gesicht trat, ließ mich meine Frage sofort bereuten.

»Nein«, entgegnete er gefasst und umklammerte den Thermobecher fester. »Sie ist vor sechs Jahren auf dem McKinley gestorben. Hirnödem.«

»Oh … Das tut mir leid«, murmelte ich und senkte den Blick, doch Maik schüttelte den Kopf.

»Das muss es nicht. Bergsteigen ist eine der wenigen Sportarten, mit denen man in der heutigen Zeit noch sein Leben zu riskieren kann. Meine Mutter wusste das, so wie jeder andere Bergsteiger auch. Der McKinley war sozusagen ihre Generalprobe für den Everest. Die Berge sind immer ihr Leben gewesen … Ich will den Everest für sie begehen, glaube ich. Also habe ich mich beworben, als ich die Stellenausschreibung im Internet gesehen habe. Mein Partner hält mich deshalb für total bescheuert.« Er lachte leise.

»Na ja, aber es ist doch schön, dass Zuhause jemand auf dich wartet und sich sorgt, oder?«

Er lächelte. »Auf jeden Fall.« Wieder blickte er mich an. »Weißt du, wahrscheinlich braucht man für etwas so Verrücktes immer einem ganz bestimmten Grund. Für wen tust du's also? Für dich, oder für Robin?«

»Für mich«, antwortete ich intuitiv.

Maik lachte, sodass ein erneuter Hustenanfall ihn schüttelte. »Das glaube ich dir nicht. Ich kenne dich zwar kaum, aber ich sehe dir an, dass du lügst.«

Ich spürte, wie mir die Röte ins Gesicht stieg. Es fiel mir schwer, ehrlich zu Maik zu sein, obwohl er auch ehrlich zu mir war.

»Das mit euch ist nicht wirklich vorbei, oder?«, fragte er.

»Wenn ich das nur wüsste.« Hinter meinen Augen brannten plötzlich Tränen. Das Verlangen, sich endlich jemandem anzuvertrauen, war heftiger denn je. »Weißt du, ich denke, Robin und ich klettern aus zwei völlig unterschiedlichen Gründen. Das war schon immer so.« Ich hob den Kopf zum Zeltdach, so, als würde ich dort Antworten finden. »Manchmal habe ich das Gefühl, er macht all das nur, weil …«

»Weil was?«, fragte Maik zaghaft.

»Weil er sterben will«, entgegnete ich mit erstickter Stimme und wischte mir die erste Träne von der Wange.

»Er ist hier oben, weil er sterben will, und ich folge ihm immer wieder, seit Jahren, weil ich genau das nicht will. Ich weiß nicht mehr … wie das weitergehen soll.« Ich schniefte und wischte mir die Nase an meinem Jackenärmel ab. »Manchmal habe ich das Gefühl, dass das Sponsoring das Schlimmste ist, was uns passieren konnte.«

Maik nickte, als wüsste er, was ich meinte. »Bist du durch ihn zum Klettern gekommen?«

Ich wischte noch mehr Tränen fort und nickte. »Ja. 2012 hat er mich das erste Mal mitgenommen. Wir waren in der Schweiz, um seine Tante zu besuchen, und da haben wir an einem Kletterkurs teilgenommen.« Das Reden half mir. Maik schien das auch zu bemerken, denn er nickte mir aufmunternd zu, sodass ich weitererzählte.

»Unser Lehrer war ein richtiger Idiot. Er hat ständig damit geprahlt, dass er halb Cherokee ist und Robin total angepisst, weil er die ganze Zeit an mir geklebt hat.« Trotz der Tränen entwich mir ein heiseres Lachen. »Aber der Kurs war wunderbar. Dann hat Robin die Uni beendet und wir sind für ein Jahr verreist. In der Zeit habe ich schon mit dem Gedanken gespielt, mein Studium abzubrechen. Lehramt, weißt du? Ich hatte den Bachelor zwar fertig, war mir aber nicht mehr sicher, ob der Master und das Referendariat weiterhin das richtige für mich sind. Na ja, in Indonesien haben wir den Puncak Jaya bestiegen, dann ging es weiter in die Arktis zum Vinson Massiv. Dort haben wir Sebastian kennengelernt und das Sponsoring gewonnen. Das war der letzte Wink mit dem Zaunpfahl für mich und ich habe das Studium abgebrochen.«

»Wow.« Maik schien ehrlich beeindruckt. »Zwei Gipfel in einem Jahr!«

Ich nickte. »Von da an waren wir jede Saison am Berg und wurden in der Szene immer bekannter.«

»Und wie habt ihr euch kennengelernt?«

Der Gedanke an unsere erste Begegnung entlockte mir ein Lachen, doch auch weitere Tränen. Es tat weh, an die alten, unbeschwerten Zeiten zu denken.

»Robin war Praktikant beim Jugendamt und ich in einer

Grundschule.« Meine Kehle schnürte sich mit jedem Wort enger zu. »Einer meiner Schüler wurde Zuhause misshandelt, Robin und sein Betreuer haben sich darum gekümmert. Und als das Jugendamt ein bisschen später eine Anti-Gewaltkampagne an der Schule veranstaltet hat, hat er mich um ein Date gebeten.« Ich zog ein Taschentuch aus meiner Jackentasche und putzte mir die Nase. Ich merkte, wie befreiend es war, mir alles von der Seele zu reden, also fuhr ich fort: »Von da an hatten wir etwa ein halbes Jahr lang Dates, doch ich war mir nicht sicher, ob sein Lebensstil wirklich zu mir passt, damals konnte ich mit den Bergen noch wenig anfangen. Robin machte das schon seit Jahren, nur nicht wirklich professionell. Ich wusste nicht, ob ich eine Beziehung mit ihm führen konnte, die meinen Vorstellungen entsprach. Gleichzeitig war ich aber völlig von seinem Freigeist und dieser Ausstrahlung eingenommen, ohne dass ich es überhaupt gemerkt habe. Robin gibt nur selten Dinge über sich Preis, aber irgendwie habe ich einen Draht zu ihm gefunden.« Ich nahm einen zitternden Atemzug. Das leere, aber irgendwie doch tröstliche Gefühl nach den Tränen setzte ein.

»Auch wenn es am Ende nicht mehr ging, wirklich nicht mehr ging, habe ich viel mehr verloren als nur meinen Partner.«

Als ich zu Maik aufblickte, lächelte er traurig. »Und wieso zur Hölle versucht ihr es nicht nochmal miteinander? Selbst ich merke, wie viel noch zwischen euch existiert.«

Ich schüttelte den Kopf. »Robin ist krank. Episodenhaft sehr krank sogar. Natürlich erfährt die Öffentlichkeit davon kein bisschen. Um ehrlich zu sein, weiß ich nicht, ob ich das alles nochmal durchmachen kann.«

»Dann find's raus«, entgegnete Maik, ohne locker zu lassen. »Das Leben ist verdammt kurz. Du kannst nie wissen, was die Zukunft bringt, weshalb man mal ab und an was riskieren kann.« Er beugte sich vor und legte seine sommersprossige Hand auf meinen Arm. »Du kannst auf das Dach der Welt klettern, aber hast Angst, dem Kerl, den du liebst, 'ne zweite Chance zu geben? Das ist absurd.«

»Er hat schon so viele zweite Chancen von mir bekommen. Es –« Ich verstummte, als von draußen eine Stimme aus einiger Entfernung an mein Ohr drang. Es war Robin.

»Alicia? Hat hier irgendjemand Alicia gesehen? Sind sie und Maik schon angekommen? Weiß das jemand?«

»Ich bin hier!«, rief ich und öffnete den Reißverschluss von Maiks Zelt. Als er angelaufen kam, die Sorge unverkennbar ins Gesicht geschrieben, lächelte ich ihn entgegen aller Vernunft an. Mein Herz wummerte in meiner Brust. »Kein Grund, so auszuticken, Voss. Ich lebe noch.«

Außer Atem blieb er vor dem Zelt stehen und stützte die Hände auf die Knie. »Nicht cool, einfach nicht Bescheid zu sagen, dass du da bist«, japste er. »Nicht cool.«

Maik und ich wechselten einen Blick. Er grinste.

»Also dann, Maik«, sagte ich, jetzt ein wenig peinlich berührt, und kletterte aus der Zeltschleuse. »Danke für das nette Gespräch.«

Er zwinkerte mir zu. »Jederzeit.«

Robin blickte leicht verlegen von mir zu ihm, dann half er mir auf die Füße.

»Willst du etwas Brühe?«, fragte er, während er den blauen Zeltstoff neben uns eingehend betrachtete. »Ich hab gerade welche gemacht, bevor –«

»Bevor du bemerkt hast, dass ich wie vom Erdboden verschluckt bin?« Ich lachte über den vorwurfsvollen Blick, den er mir zuwarf. »Nur Spaß, krieg dich ein. Ich hätte gern was von der Brühe.«

Ich folgte Robin hinüber zu einem Platz in der Sonne, wo ein kleiner Topf auf einem Gasherd kochte und Sebastian mit André über den morgigen Tag sprach. Ich setzte mich auf einen der freien Klappstühle und fühlte kurzzeitig so etwas wie inneren Frieden.

Als es dunkel wurde, zogen wir uns in unsere Zelte zurück. André verteilte Sauerstoffbehälter, Regler und Atemmasken; für den Rest der Expedition würden wir zusätzlichen Sauerstoff atmen. Inzwischen waren auch die Japaner und Südafrikaner angekommen und schlugen ihr Lager etwa 300 Meter oberhalb unseres Camps auf. Ich wünschte André eine gute Nacht, legte mich in meinen Schlafsack und stülpte mir die Maske über Mund und Nase. Trotz der unangenehmem, klaustrophobischen Enge darunter fiel mir das Atmen mit Kompressionsluft so herrlich einfach, dass ich sofort einschlief.

Im Dämmerlicht des Morgens brachen wir nach Camp Vier auf. Wie immer musste ich mich erst daran gewöhnen, mit Sauerstoffflasche zu klettern. Das zusätzliche Gewicht auf meinen Schultern belastete mich, und einige Male musste ich mir die beengende Maske vom Gesicht reißen, um wirklich sicherzugehen, dass ich ohne sie nur noch schlechter atmen konnte.

Nach etwa einer Stunde tauchte das Gelbe Band vor uns auf, ein steiler, brüchiger Absatz, der seinen Namen seinem gelblichen Kalkstein verdankte. Das Band zu überwinden, war zermürbend. Maik, der heute in viel besserer Form zu sein schien als gestern, kletterte munter vor mir und Sebastian her und die beiden versicherten mir, dass es okay war, wenn ich ein paar Stunden in meinem eigenen Tempo weitergehen würde. Ich klinkte meinen Karabiner also aus, um sie zu überholen und arbeitete mich dann in rascherer Geschwindigkeit voran. Die Mitte unserer Truppe, die nur aus André bestand, war gut eine Stunde vor mir. Robin, der wieder die Spitze bildete, war längst aus meinem Sichtfeld verschwunden.

Ich ließ Maik und Sebastian immer weiter hinter mir und kletterte zum ersten Mal völlig allein, was ein befreiendes Gefühl war. Ich erreichte den oberen Teil der Lhotse-Flanke und überquerte den Genfer Sporn, einen Vorsprung aus dunklem Schiefer. Gegen Mittag legte ich eine Pause ein, um etwas zu trinken. Der Abstand zu mir und dem Bergführer vor mir hatte sich jetzt etwa um die Hälfte verringert. Ich nahm die Kamera aus meinem Rucksack und machte ein Paar Aufnahmen von der Gipfelpyramide, die im goldenen Licht der Mittagssonne wie ein Götterthron schimmerte. Auch wenn ich wusste, dass Maik die Fotos unserer Challenge lieferte, die *KOLOSS* auf unserem Blog in Szene setzen würde, war es schön, einige persönliche Aufnahmen zu haben.

Mein Kopf war herrlich leer. Allein hier oben zu sein, hatte etwas von Meditation, etwas Reinigendes. Endlich beruhigten sich meine Gedanken. *Vielleicht*, dachte ich munter, *ist den Sorgen hier oben einfach zu kalt.*

Gegen 13:30 Uhr erreichte ich den Südsattel auf knapp 8000 Höhenmetern, unsere letzte, trostlose Station vor der finalen Etappe zum Gipfel. Der Wind, der so hoch oben die Stärke eines Orkans hatte, fühlte sich an, als schlüge er mit Fäusten auf mich ein. Unsere zwei dicht aneinandergereihten Zelte in der verschneiten Mulde am Westrand, die sich unser Team hier oben teilen würde, flatterten hilflos im Wind. André steckte seinen Kopf aus dem linken Zelt, als ich mich rufend gegen den Sturm ins Camp kämpfte, und winkte mich zu sich. Ich stolperte in die Zeltschleuse, riss mir die Sauerstoffmaske vom Gesicht und hustete mir die Seele aus dem Leib. André richtete mich auf, half mir aus meinen Schuhen und in den Schlafsack. Robin, der in der anderen Ecke des Zeltes kauerte, nahm mir behutsam die Handschuhe ab und drückte mir einen Becher Tee in die steif gefrorenen Hände. Ich war zu erschöpft, um mich richtig zu bedanken. Draußen heulte der Wind so laut, dass eine Unterhaltung fast unmöglich war.

Völlig kraftlos lehnte ich mich an Robin, der auf den Platz neben mir gerutscht war. Er fing meinen Blick auf. *Was für ein Höllentrip,* schienen seine Augen zu sagen. Ich nickte ihm zu, stellte den Becher auf dem Boden ab und ließ mich auf die Isomatte fallen. Mein Atem ging nur noch unter Zwang, ich brauchte bald die Sauerstoffmaske. Das Hochlager war kein Ort für Menschen. Und den Sorgen war hier oben auch nicht mehr zu kalt. Im Gegenteil. Die Gedanken, die sich wie sterbende, kleine Tiere in meinem Kopf wanden, schienen sich zu zersetzten, mein Hirn pulverisierte. Ich schloss die Augen. Mein Körper schien sich aufzulösen. Wie spät war es? Wie viel Zeit blieb mir noch, mich zu erholen, bis Sebastian uns wieder in diese Hölle scheuchen würde? Würde ich mich hier oben überhaupt erholen? Woher um alles in der

Welt sollte ich die Kraft nehmen, den Gipfel zu erreichen und dann wieder umzukehren? Ich würde einfach hierbleiben, einfach … Panik knallte durch meine Synapsen, als mich ein neuerlicher Hustenanfall überkam und mich wie eine Ertrinkende nach Luft ringen ließ. Robin reichte mir die Sauerstoffmaske und ich zwängte meinen Kopf hinein. Der Husten ließ nach, doch was blieb, war ein reißender Schmerz in meinem Brustkorb, der jeden Atemzug begleitete.

»Schon gut.« Robin tätschelte meine Schulter. Seine Stimme schwebte irgendwo dicht an meinem Ohr. »Wir haben noch Zeit, bis es losgeht. Ruh dich aus.«

Ich rollte mich in meinem Schlafsack zusammen und atmete den komprimierten Sauerstoff möglichst regelmäßig ein, auch wenn der Schmerz mir dabei die Tränen in die Augen trieb. *Todeszone*, dachte ich. *Diesen Abschnitt des Berges nennt man Todeszone.* Ich konnte hier nicht bleiben. Sich in der Todeszone aufzuhalten, war ein Wettlauf gegen die Zeit. Früher oder später würde ich hoch oder runter müssen. Der Gedanke aufzustehen, meine Ausrüstung zusammenzusuchen und wieder da rauszugehen war unerträglich. Selbst liegend schien mein Körper Tonnen zu wiegen … Vielleicht würde das Hochlager auch meine Todeszone sein. Ich wäre nicht der erste erfrorene Körper, der halb von Eis und Schnee begraben hier oben zu einem Teil der Natur würde. Ich dachte an all die kleinen Hügel am Wegesrand jenseits der Fixseile, die Andeutungen bunter Jacken und Schuhe unter endlosem, endgültigem Weiß. Wegweiser. Sie würden für immer hier liegen.

Aus weiter Ferne bekam ich mit, wie jemand aufstand. Das Brüllen des Windes drang ins Zeltinnere. Ich rührte mich nicht. *Todeszone. Diesen Abschnitt des Berges nennt man … Wegweiser, zu Eis gewordene … Todeszone.*

Robin legte sich neben mich, nahm meine Hand, die unter dem Schlafsack bebte. Drückte sie an sich. Ich zwang mich die Augen zu öffnen. Er hatte seinen Schlafsack neben meinen geschoben und lag jetzt dicht neben mir. Draußen brüllte jemand gegen den Sturm an, doch ich verstand nicht, was er sagte. Vermutlich hatten Sebastian und Maik das Lager endlich erreicht. Trotz der Taubheit in meinen Fingern konnte ich Robins Herz spüren, das unter seiner Jacke so angestrengt pumpte wie mein eigenes.

»Hast du Angst?«, fragte ich ihn leise. Die Maske hatte meine Worte bestimmt geschluckt. Doch er nickte.

Ich auch. Verdammte Scheiße, ich auch.

Robin rutschte noch ein wenig näher, lehnte den Kopf gegen meinen. So lagen wir da und warteten.

Gegen halb Zwölf hörte der Sturm abrupt auf und ließ eine perfekt klare Nacht zurück. Sebastian, der am späten Nachmittag mit Maik im Schlepptau zu uns gestoßen war, mobilisierte das Team. Das Wetter war jetzt ideal für den Gipfelanstieg.

»Macht euch fertig, Leute!«, hörten wir ihn vom Nebenzelt rufen. »Um Mitternacht ist Abmarsch!«

Wir setzten unsere Sauerstoffmasken ab und tranken den kalt gewordenen Tee. Wie so oft sagte niemand etwas, als wir unsere Ausrüstung startklar machten. Mein Brustkorb schmerzte noch immer so sehr, dass ich bei jedem tieferen Atemzug die Zähne zusammenbeißen musste. Zurück im Basislager würde Isa einen Blick darauf werfen müssen, vielleicht hatte ich mir bei der ganzen Husterei eine Rippe angeknackst. Aber das Basislager erschien mir jetzt wie eine ferne, unerreichbare Welt.

Kurz vor Mitternacht stülpten wir uns unsere Sauerstoffmasken über und schalteten unsere Stirnlampen ein. Ich verließ hinter Robin als letzte das Zelt. Meine leichte Ausrüstung schien plötzlich das Vierfache zu wiegen. In der Dunkelheit warteten die anderen bereits auf uns. Ein Gefühl von Erleichterung überkam mich, als ich Maik wohlauf zwischen den Sherpas erkannte. Ohne viel zu sprechen, brachen wir auf und ließen den Südsattel langsam hinter uns.

Die Nacht war still, klar und wunderschön. In dieser Höhe leuchteten die Sterne so dicht über uns, als wären sie zum Greifen nahe. Ein beinahe runder Mond beleuchtete die Szenerie und tauchte den Gipfel des Makalu vor uns in seinen silbrigen Schein. Im Licht unserer Stirnlampen schimmerte das Eis unter unseren Steigeisen wie Glas, blank und türkis.

Ich reihte mich in der vorderen Hälfte der Schlange hinter André, den Sherpas Tempa und Phurba und Robin ein.

Langsam, aber stetig kamen wir dem Kamm des Südostgrats näher. Bis wir den Vorsprung auf 8400 Metern erreicht hätten, würden wir alle dicht zusammenbleiben, so wie Sebastian es uns noch im Basislager eingeschärft hatte.

»Es wird dunkel sein, wenn wir aufsteigen und ich will, dass die Bergführer und Sherpas immer wissen, wo ihr seid«, hatte er erklärt und dabei nachdrücklich mit den Knöcheln auf den Steintisch geklopft. »Bis wir den Balkon erreicht haben, sollte die Sonne aufgegangen sein. Ab da stelle ich euch euer Tempo frei.«

Also waren wir in dieser Nacht gezwungen, einige Male anzuhalten, um in der klirrenden Kälte auf Maik, Sebastian und die übrigen Sherpas zu warten. Robin, der gleich hinter mir in der Schlange kletterte, fluchte deswegen ununterbrochen, doch selbst wenn ich gewollt hätte, hätte mir die Kraft dazu gefehlt, es ihm gleichzutun. Tempa und Phurba, die die Spitze unserer Truppe bildeten, traten von einem Bein auf das andere, um nicht auszukühlen. Ich folgte ihrem Beispiel und versuchte, mich an den Schmerz zu gewöhnen, den jeder meiner Atemzüge verursachte.

10. März, Kiel

Alicia, fünf Jahre zuvor

Die geschlossene Badezimmertür presste sich hart und unnachgiebig gegen meinen Rücken.

»Lässt du mich jetzt rein?«, fragte ich, dabei kannte ich die Antwort schon.

»Nein«, entgegnete Robin von der anderen Seite der Tür aus mit erstickter Stimme. Enttäuschung regte sich in mir, dass er sich nach einem Jahr Beziehung noch immer für seine Schwächen schämte.

»Es ist in Ordnung, Robin«, versuchte ich es erneut und betrachtete die Scherben des zerbrochenen Glases in der Nähe der Küchentür. Von meinem Platz auf dem Boden aus sah ich eine von Robins Medikamentenschachteln, die unter den Schuhschrank gerutscht sein musste. Ich unterdrückte den Impuls, ihn zu fragen, was geschehen war. Das würde ihn nur unter Druck setzten. Trotzdem gab ich noch nicht auf.

»Können wir nicht drüber reden?«

»Will ich nicht. Lass einfach«, antwortete er und seine Stimme klang so nah, dass er auf der anderen Seite der Tür sitzen musste. »Lass es bitte einfach gut sein, Alicia. Bitte. Ich komm klar.«

Ich biss mir auf die Lippe. Die Wahrheit war, dass ich Angst hatte, ihn allein zu lassen. Die Depression, die er all die Zeit immer kleingeredet und heruntergespielt hatte, hatte in den letzten Wochen ihren Höhepunkt erreicht. Ich machte mir Sorgen. Sein Zustand war ernst, viel ernster, als er selbst wahrhaben wollte.

»Ich gehe nirgendwo hin«, stellte ich klar und erhob mich. Zum hundertsten Mal klopfte ich an die Tür. »Lass mich doch bitte rein. Ich kann dir helfen, ich … Bitte komm raus, Robin.«

Er antwortete nicht. Ich lehnte die Stirn gegen das Holz des Türrahmens und hielt die aufkommenden Tränen mit aller Kraft zurück. *Hör auf zu heulen, damit machst du es ihm nur noch schwerer.*

Nachdem ich mich wieder einigermaßen unter Kontrolle hatte, versuchte ich es anders: »Lass uns irgendwo hinfahren. Nur wir beide, ja?«

»Nein.« Etwas klirrte und ich zuckte zusammen.

»Komm schon. Wir könnten doch ein paar Tage zu deiner Familie fahren. Du wolltest mir doch schon ewig deinen Bruder vorstellen. Und bevor wir zurückfahren, können wir noch kurz in Eckernförde bei meinen Eltern vorbeischauen. Bitte sag ja. Damit wird's dir besser gehen.«

»Ich will meine Familie nicht sehen.«

»Nicht mal Ben?«

Der Schlüssel im Schloss drehte sich um, die Tür öffnete sich und Robin erschien im Türrahmen. Er war blass, unter seinen Augen zeichneten sich violette Schatten ab. Seine Haare standen wirr in alle Richtungen ab und er hatte sich seit geraumer Zeit nicht mehr rasiert. Er hielt den Blick gesenkt.

»Ben hat viel um die Ohren. Bin sicher, keiner da will mich sehen, also –«

»Das ist doch Blödsinn«, unterbrach ich ihn sanft und machte einen Schritt auf ihn zu. Er ließ es geschehen, also legte ich eine Hand an seinem Arm. Unter meinen Fingern fühlte seine Haut sich kalt, hart und unnachgiebig an.

»Hey«, flüsterte ich und berührte mit der anderen seine Wange. »Lass uns fahren. Ich bin sicher, deine Familie wird sich freuen.«

Anstelle einer Antwort schloss er die Augen und lehnte sein Gesicht gegen meine Hand. Vorsichtig zog ich ihn zu mir hinab und schloss ihn in die Arme. Er krallte seine Finger in meinen Rücken und atmete zitternd aus.

»Schon gut«, murmelte ich in sein Ohr und schwankte leicht unter seinem Gewicht, ehe ich meine Balance wiederfand. Aus den Augenwinkeln sah ich, dass der Spiegel über dem Waschbecken gesprungen war.

Am nächsten Tag hatte ich Robin endlich so weit, dass er sich nicht mehr gegen meinen Vorschlag wehrte. Ich packte unsere Sachen und bugsierte ihn ins Auto. Der Tag war neblig und nass und ich folgte den Ansagen des Navigationssystems blind die Autobahn hinab, nicht sicher, den Wetterbedingungen wirklich gewachsen zu sein.

Als wir weiterfuhren, setzte ein heftiger Regen ein, der Robins alten Toyota nur so über die Fahrbahn schlittern ließ. Wir sprachen nicht viel miteinander und Robin erwachte erst ein wenig zum Leben, als ich mich in der Dämmerung hoffnungslos verfuhr. Er schaltete das Navi aus, ließ mich rechts ranfahren und übernahm selbst das Steuer. Es war längst dunkel, als wir das neblige Geesthacht erreichten.

Robins Elternhaus, das nun von seiner Mutter, ihrem neuen Mann und deren Sohn bewohnt wurde, lag in einer ruhigen Siedlung. Es war ein rotes, zweistöckiges Holzhaus, das letzte vor einem ausladenden Kleefeld. Robin betrachtete es mit ausdrucksloser Miene, als er den Motor abstellte.

»Wie lange warst du nicht mehr hier?«, fragte ich und musterte kurz sein von der Straßenlaterne angestrahltes Profil.

»Lange genug«, entgegnete er kurz angebunden und stieg ohne ein weiteres Wort aus.

Zwei ausladende Eichen nahmen den Vorgarten ein. Die Fenster der unteren Etage waren hell erleuchtet. Als wir den mit Kies ausgelegten Zufahrtsweg überquerten, öffnete sich die Haustür und ein Mann erschien. Ich erkannte sofort, dass es sich um Robins älteren Bruder Ben handeln musste. Zwar war sein Haar ein wenig heller und er schien stämmiger gebaut zu sein als Robin, doch die Ähnlichkeit war nicht zu übersehen.

»Ah, da seid ihr ja.« Lächelnd breitete er die Arme aus, als sein Bruder auf ihn zutrat. »Schön, dich zu sehen, Mann.« Die beiden umarmten sich. Robin murmelte ihm etwas zu, was ich nicht verstand, ehe sie sich voneinander lösten und Ben sich mir zuwendete.

»Ali, das ist mein Bruder Ben«, sagte Robin tonlos.

Ben reichte mir die Hand. »Freut mich, dich endlich kennenzulernen, Alicia.«

»Freut mich auch«, entgegnete ich und bedankte mich, als er Anstalten machte, mir die Reisetasche abzunehmen.

Wir betraten das Haus und Ben schloss die Tür hinter uns.

Ben deutete mit einer Kopfbewegung den Flur entlang. »Lasst uns in die Küche gehen. Mama freut sich schon den ganzen Tag auf dich, Rob. Und Anna, Alena und Sophie sind auch hier. Meine Frau und meine Töchter«, fügte er erklärend hinzu.

»Oh, okay. Wie schön. Dann los.« Ich nahm Robin bei der Hand und folgte Ben den Flur entlang. Mein Herz klopfte einige Takte schneller als üblich. Robin sagte noch immer keinen Ton.

Die geräumige Wohnküche war mit Leuten gefüllt. In der Nähe der Kochinsel rauchte eine große, spindeldürre Frau eine Zigarette, während sie die Töpfe auf dem Herd im Auge behielt. Auf der anderen Seite des Raumes stand ein gedeckter Holztisch, an dem eine Frau, vermutlich Anna, ein Mann und ein Junge von etwa neun Jahren saßen. Schnell blies die Frau an der Kochinsel den Zigarettenqualm aus der offenen Terrassentür, drückte die Zigarette in einem Aschenbecher auf der Theke aus und kam zu uns hinüber. Wie auch schon bei Ben stellte ich fest, dass ihre Augen dasselbe, stechende Blau wie Robins besaßen. Ihr dunkles, an einigen Stellen bereits grau meliertes Haar war zu einem strengen Knoten zurückgebunden und tiefgreifende Falten zogen sich über ihr Gesicht.

»Robin.« Sie umfasste seine Oberarme mit beiden Händen. Robin überragte sie um wenige Zentimeter. »Schön, dich zu sehen, mein Schatz. Du warst ewig nicht hier.« Trotz der warmen Worte blieb ihre Stimme kalt.

»Hi«, sagte Robin, ohne dass sein Gesicht auch nur die kleinste Regung zeigte. Er rührte sich nicht, als seine Mutter sich vorbeugte, um ihn auf die Wange zu küssen. Mechanisch umarmte sie ihn, dann ließ sie von ihm ab und ihr Blick flatterte zu mir hinüber. Ich streckte ihr die Hand entgegen. »Alicia Fischer. Schön, Sie endlich kennenzulernen, Frau Voss.«

Robins Mutter lachte über meine förmliche Anrede, ergriff meine Hand jedoch und drückte fester zu, als ich erwartet hatte. »Ich bin schon ein paar Jahre Frau Hennings, Süße. Aber nenn mich doch Katia«, verlangte sie und beugte sich vor, um mir ebenfalls einen Kuss auf die Wange zu geben.

»Willkommen in der Familie.«

»Danke.« Ich lächelte meine Unsicherheit weg und schob Robin sanft auf die Theke zu. Anna und der Mann waren schon aufgestanden.

»Sieh an, der verlorene Sohn kehrt heim«, verkündete dieser mit unnötig lauter Stimme und umrundete den Tisch, um auf Robin zuzutreten. »Was ist denn in dich gefahren, Junge?« Er klopfte

Robin fest auf die Schulter. Robin nickte nur befangen, ließ ihn stehen und trat auf Anna zu, die ihn flüchtig in die Arme schloss.

»Robert Hennings. Robins Stiefvater«, stellte der Mann sich mir vor und zerquetschte meine Hand dabei beinahe. Er war ein fülliger, zur Glatze neigender Mann Ende fünfzig, der in Flanellhemd und schmutziger Jeans wie ein wettergegerbter Farmer wirkte. »Ihr habt sicher Hunger nach der langen Fahrt?«, dröhnte er. »Das Essen ist gleich fertig, wir haben extra gewartet. Möchtest du ein Bier, Schätzchen, oder –«

»Lass sie doch erstmal ankommen, Robert«, sagte die jüngere Frau freundlich, aber bestimmt, schob sich an ihm vorbei und streckte mir ebenfalls die Hand entgegen.

»Hi, Alicia. Schön, dass du da bist. Ich bin Anna, Bens Frau.« Ihre blonden Locken wippten sachte auf und ab, als sie einen Blick über die Schulter ins offene Wohnzimmer warf, wo zwei schlafende Kleinkinder auf einer Krabbeldecke lagen. »Das da drüben sind Sophie und Alena, unsere Kleinen.«

Ich reckte den Hals, um mehr von den Babys zu sehen. »Wie süß. Wie alt sind sie denn?«, fragte ich. Robin begrüßte den Jungen am Tisch mit einer kurzen Handbewegung und folgte Ben dann auf die Terrasse.

»Zehn Monate. Zweieiige«, sagte Anna stolz. Sie lächelte und nahm sich eine Cola vom Tisch. »Möchtest du auch was?«

Ich schüttelte den Kopf. »Danke, ich –«

»Tee?«, rief Katia von der Kochinsel aus und schwenkte eine halb volle Kanne in der Hand. »Das Essen dauert noch ein paar Minuten.«

»Äh, ja, gerne.«

Ein wenig hilflos blickte ich mich nach Robin um, doch der unterhielt sich mit Ben auf der dunklen Terrasse. Na wunderbar. Der Junge, der sich mir noch nicht vorgestellt hatte, beugte sich nun über den Tisch.

»Ich bin Jonathan.« Ein wenig unsicher gab er mir seine schlaksige Hand. »Der Halbbruder.«

Ich lächelte ihm zu. »Hi, ich bin Alicia. Schön, dich kennenzulernen.«

Jonathans Haare waren so dunkel wie die von Robin. Er trug eine blaue Fußballmontur, Stulpen und Sportschuhe, scheinbar war er vor Kurzem vom Training gekommen. Sein Vater bot mir den Stuhl neben sich an und deutete mit seiner Bierdose grinsend in Richtung Terrasse. »Wundert mich, dass du ihn überreden konntest, den alten Miesepeter.«

»Habt ihr eine gute Fahrt gehabt? Wir haben uns so gefreut, als Robin angerufen hat und meinte, dass ihr herkommt«, schaltete Anna sich ein, sodass mir eine Antwort erspart blieb. »Das letzte Mal hat er die Mädchen kurz nach ihrer Geburt gesehen.«

Katia stellte mir eine Tasse hin und schenkte Tee ein. Dann setzte sie sich auf den Platz neben Jonathan und warf Robins Silhouette in der Dunkelheit einen kurzen Blick zu. Mit einem unbehaglichen Gefühl in der Magengegend wurde mir klar, dass dieser Besuch vielleicht doch keine so gute Idee gewesen war.

Katia betrachtete mich mit einem nicht zu deutenden Gesichtsausdruck. »Du musst ihn quasi gezwungen haben herzukommen«, wiederholte sie die Worte ihres Mannes. Auch wenn ihr faltiger Mund den Anflug eines Lächelns zeigte, machte sie nicht den Eindruck, als würde sie scherzen.

Ich lachte. Lauter als nötig. »Na ja, es ging eigentlich, wir –«

»Hat er denn jetzt endlich sein Studium fertig?«, fiel Robert mir ins Wort und drückte seine Bierdose, sodass sie knirschte.

»Er, ähm … er ist fast fertig. Er hat seine Abschlussarbeit geschoben. Momentan geht es ihm nicht so gut«, entgegnete ich. Mein Unbehagen wuchs mit jeder Minute.

»Was hat er denn?«, fragte Katia. Die Schärfe in ihrer Stimme brachte einen unterschwelligen, russischen Akzent zum Vorschein.

»Na ja, er …« Ich wurde erlöst, denn in diesem Moment betraten Robin und Ben wieder die Küche. Robert pfiff durch die Zähne. »Die Abschlussarbeit geschoben, ja?«, fragte er an Robin gewandt und lachte. »Wow. Immer noch der alte Hypochonder.« Die Feindseligkeit in seiner Stimme jagte mir eine Gänsehaut über die Arme. Robin sah ihn an, als hätte er ihm eine Ohrfeige gegeben. Stocksteif ließ er sich auf den freien Platz neben Ben nieder.

Katia seufzte schwer und langte über den Tisch hinweg, um Robin eine krallenartige Hand auf den Arm zu legen. »Ich dachte, über diesen Unsinn wärst du endlich hinweg.«

Robin zog seine Hand ruckartig weg. »Was? Nein, lass es einfach sein, okay?«

Doch Katia dachte gar nicht daran, es sein zu lassen. »Ich bin deine Mutter, du kannst mir sagen, was los ist«, beharrte sie, auch wenn ihr Tonfall das Gegenteil suggerierte. Robin schnaubte leise und schwieg beharrlich. Katia schüttelte den Kopf und murmelte etwas auf Russisch.

»Mama …«, begann Ben und wechselte einen raschen Blick mit Anna, doch Katia brachte ihn mit einem Seitenblick zum Schweigen. Dann hefteten sich ihre Augen wieder fest auf Robin. »Ich weiß nicht, wie oft du diesen Zirkus noch aufführen willst, Junge«, sagte sie nachdenklich, doch ehe sie weiterreden konnte, klingelte irgendwo hinter der Theke eine Eieruhr und sie erhob sich.

Das Essen begann schweigend, wofür ich dankbar war. Inzwischen war ich mir ziemlich sicher, dass ich Robin mit diesem Besuch keinen Gefallen getan hatte. Als Katia das Gespräch schließlich wieder aufnahm, wünschte ich mir sehnlichst, ihn irgendwo anders hingebracht zu haben. Meine Eltern hätten sich Robin gegenüber niemals so abweisend verhalten, auch wenn sie ihn bislang kaum kannten.

»Der Kinderpsychologe in der Schule hat damals gesagt, es sei die *Familiensituation.*« Katia schnaubte. »Aber was konnte ich daran ändern, dass euer nutzloser Vater sich davongemacht hat?«

»Mama …«, begann Ben wieder, jetzt in drängenderem Ton, doch Katia warf ihm erneut einen säuerlichen Blick zu.

»Wenn er schon hier ist, darf ich doch wohl auch darüber sprechen, oder nicht? Er ist immer noch mein Sohn! Auch wenn er das wohl nicht so sieht.«

Robins Gabel klirrte, als er sie auf den Teller fallen ließ. Ich wollte ihn berühren, doch sie hatten ihn an das andere Ende des Tisches gesetzt. Er war unerreichbar.

»Du musst nicht über mich reden, als wäre ich nicht hier, ich kann dich hören«, presste er zwischen zusammengebissenen Zähnen hervor. Inzwischen schäumte er vor Zorn. Ben legte ihm eine Hand auf den Arm, doch er schüttelte ihn ab.

»Tut mir leid«, murmelte er, doch weder Robin noch Katia beachteten ihn. Von den anderen sprach niemand ein Wort. Katia setzte eine geringschätzige Miene auf und fuhr fort: »Jedenfalls war es lächerlich, alles auf euren Vater zu schieben. Er wohnt im Nachbarort, du hättest ihn einfach besuchen können.«

»Papa hat doch nichts damit –«

»Und dass ich, bis ich Robert hatte, Tag und Nacht gearbeitet habe, um euch Jungs irgendwie ernähren zu können, kann mir wohl auch keiner vorwerfen, schließlich hat euer Vater nie auch nur einen Cent Unterhalt gezahlt!«

»Das wirft dir doch auch keiner vor«, sagte Ben scharf.

»Vielleicht nicht laut«, beharrte Katia. Ihr Blick ruhte immer noch angriffslustig auf Robin. »Robin, ich habe immer alles getan, dass ihr Jungs es guthabt, und Ben und Jonathan sind normal, nur du …« Sie stockte und drückte sich ihre Serviette gegen den Mund. »Diese halsbrecherische Kletterei, der Alkohol, die *Depressionen,* all das ist lächerlich! Reiß dich doch einfach zusammen!«

»Mama!« Besteck und Teller klirrten, als Ben mit der Faust auf den Tisch schlug. »Und du wunderst dich, dass er nie herkommt?«

Katia erwiderte etwas in blitzschnellem Russisch, woraufhin Robin plötzlich aufsprang und in der für mich fremden Sprache heftig und laut konterte, den Blick voller Zorn auf seine Mutter gerichtet.

»Halt den Ball flach, Junge, und sprich nicht so mit deiner Mutter«, knurrte Robert, der scheinbar alles verstanden hatte. »Und setz dich hin, verdammt nochmal!«

Mein Herz schlug jetzt schmerzhaft in meiner Kehle. Das hier war das Gegenteil einer guten Idee gewesen. Verdammt.

»Könnt ihr das nicht nach dem Essen besprechen?«, bat Anna mit einem Seitenblick auf ihre Töchter, die auf ihrer Decke leise zu jammern begonnen hatten. »Alicia muss ja sonst was über uns denken.«

Auch Jonathan hatte den Kopf eingezogen und piekte stur auf seinem Teller herum.

»Genau, beruhigt euch alle mal wieder«, pflichtete Robert seiner Schwiegertochter bei und beäugte mich herausfordernd. »Also, Alicia. Erzähl uns doch mal von dir. Was machst du so?«

Mechanisch begann ich, von meinem Studium zu berichten. Als das Abendessen endlich beendet war, stand Robin ohne ein weiteres Wort auf und verschwand im Badezimmer. Während Anna und Katia den Tisch abräumten und Robert sich mit Jonathan über sein bevorstehendes Turnier zu unterhalten begann, folgte ich Ben auf die dunkle Terrasse, auf der er sich gerade eine Zigarette anzündete.

»Schätze, das war ein ziemlich realistischer Einblick, den du da in unser Familienleben bekommen hast«, bemerkte er zwischen zwei Zügen und schüttelte den Kopf. »Mama kam noch nie sonderlich gut mit Robin klar. Die beiden eskalieren immer. Deshalb kommt er so selten her. Kann's ihm nicht verdenken.«

Ich schluckte. Ein Teil von mir wollte zu Robin gehen, doch ich wusste, dass es besser war, ihn jetzt allein zu lassen.

»Ich hätte den Vorschlag nie machen sollen.«

»Du konntest ja nicht wissen, was hier abgehen würde.« Ben blies den Zigarettenqualm in die Nacht hinaus und musterte mich aufmerksam. »Und er hätte ja immer noch nein sagen können.«

Ich zuckte resigniert mit den Schultern. »Ich dachte, es würde ihm guttun, wegzufahren.«

»Ihm geht's wieder schlechter, oder?«

Ich nickte, zu mehr war ich nicht im Stande. Meine Kehle wurde immer enger.

»Ja, dachte ich mir schon. Wie kommst du damit klar?«

Ich seufzte. »Ich versuche ihn zu verstehen. Ich hab keine Erfahrungen mit so etwas. Aber ich tue, was ich kann. Nur manchmal macht sein Zustand mir echt Angst …«

Ben schnippte den glimmenden Zigarettenstummel ins feuchte Gras.

»Trinkt er?«, fragte er unvermittelt.

»Nein«, entgegnete ich, verwundert über diese Frage. »Seit ich ihn kenne, rührt er nichts Alkoholisches an.«

Ben nickte und schien besänftigt. »Gut. Er redet nicht gern darüber, wie es ihm geht. Hat das immer als Schwäche angesehen, was natürlich völliger Schwachsinn ist.« Er vergrub die Hände in den Hosentaschen und ließ sich auf einer alten Holzbank nieder. Ich kam seiner Aufforderung nach und setzte mich neben ihn.

»Er hat sich nie wirklich helfen lassen, nicht mal von mir, und wir standen uns sehr nahe, als er noch hier gelebt hat«, begann er und streckte die Beine aus, genauso, wie Robin es immer tat, wenn wir nach dem Joggen im Park eine Pause machten.

»Unser Vater ist abgehauen, als ich fünfzehn war, Robin war zwölf. Ihn hat das ziemlich mitgenommen, auch wenn er es nie zugeben würde. Als unsere Mutter dann zwei Jahre später Robert geheiratet hat und noch Jonathan bekam, hat Robin sich immer mehr zurückgezogen, er hat kaum noch gesprochen. Er kam von Anfang an überhaupt nicht mit Robert klar und konnte sich nur schwer mit der neuen Situation arrangieren. Er war das stille Kind, was immer am wenigsten Aufmerksamkeit bekommen hat. Seine Depressionen fingen schon auf der weiterführenden Schule an, aber so richtig schlimm wurde es erst an der Uni. Es kam immer in Etappen sozusagen. Es gab Zeiten, in denen er sagte, dass es ihm gut ginge und ich ihm das auch geglaubt habe, aber es gab auch Momente, in denen ich mir ernsthaft Sorgen gemacht habe, dass er sich etwas antut.«

»Hat er jemals …«, fragte ich, konnte den Satz aber nicht zu Ende bringen. Ben schüttelte den Kopf.

»Nee. Ist Gott sei Dank nie dazu gekommen. Aber dann hat er ein Auslandssemester in Japan gemacht, Kyoto. Ich dachte das könnte ihm helfen, die Welt vielleicht mit anderen Augen zu sehen, weißt du, aber als er wiederkam …« Er hielt kurz inne, wie um sich zu sammeln.

»Als er wiederkam, war alles viel schlimmer.«

»Was ist denn passiert?«, fragte ich, als Ben keine Anstalten machte, von sich aus weiterzuerzählen. Er seufzte.

»Anstatt sein Leben dort umzukrempeln und neue Perspektiven zu bekommen, ist er abgerutscht. Ich meine, richtig abgerutscht. Als er aus Kyoto zurückkam, hatte er ein ziemlich ernstes Alkoholproblem, und das mit zwanzig.«

Bens Worte boxten mir die Luft aus der Lunge. Ich wollte etwas sagen, doch ich brachte keinen Ton heraus. *Das habe ich nicht gewusst. Das hat er mir nie erzählt.*

»Ich hab ihn dann sozusagen gezwungen, sein Leben wieder in den Griff zu bekommen«, erzählte Ben weiter und zündete sich eine neue Zigarette an. »Ich lebte ein paar Wochen mit ihm in Kiel. Und er hat's gepackt. Aber Mama und er geraten deswegen immer noch aneinander. Sie kann's einfach nicht lassen, ihn unter Druck zu setzen, hast du eben ja gemerkt. Depressionen und Sucht sind für sie ein Hirngespinst, bloße Einbildung. Totaler Scheiß.« Er ließ ein freudloses Lachen vernehmen. »Und sie vergleicht Robin gerne mit Jona und mir, was auch nicht hilfreich ist. Bei mir läuft es beruflich gerade sehr gut und Jona ist sowieso ihr ganzer Stolz. Er spielt Fußball in der Junior-Bundesliga und sowas. Sie drängt Robin ständig, auch endlich etwas Sinnvolles zu machen oder eine Familie zu gründen. Wahrscheinlich wird sie ihn gleich als nächstes fragen, wann er dir denn einen Antrag macht.«

Ich schnaubte leise. »Charmant.«

»Kann man so sagen.« Ben lächelte mir zu. »Jedenfalls versteh ich ihn. Mama kann ätzend sein. Sie versteht ihn nicht und gibt sich auch keine Mühe, das zu ändern. Aber solange es andere Leute gibt, die das tun, ist das okay, schätze ich.«

Ich nickte. »Ich gebe mein Bestes.«

Auf Bens Lippen lag der Anflug eines Grinsens. »Ja, das glaub ich auch.«

ACHT

2. Mai, Südostgrat, 8400 Meter

Robin, Gegenwart

Der Nachthimmel über dem Berg war surreal. Die Sterne leuchteten so hell, dass wir unsere Stirnlampen kaum brauchten. Sie wirkten so nah, als müsste man die Hand nach ihnen ausstrecken, um sie zu berühren.

Trotz meiner Erschöpfung und der endlosen Warterei auf die anderen fühlte ich mich so lebendig wie schon lange nicht mehr. In der Dunkelheit war es still, niemand sprach, um diese intensive, beinahe traumähnliche Atmosphäre zu wahren. Nur das Knirschen unserer Steigeisen auf dem Eis war zu hören. Alicia kletterte dicht hinter mir. Der Menge an Stirnlampen nach zu urteilen, die irgendwo hinter uns über die Felsen tanzten, schien sich eine weitere Expedition unserer Schlange angeschlossen zu haben.

Etwa zwanzig Minuten später verkündete André, dessen Funkgerät knackte und pfiff, dass wir zu weit voraus seien. Wir kauerten uns vor einen breiten Felsbrocken, um dem schneidenden Wind zu entgehen. Dabei bewegten wir uns so viel wie möglich, denn niemand wollte so kurz vor dem Ziel wegen Erfrierungserscheinungen umkehren.

»Die Zeit, die hierbei draufgeht, könnten wir gut gebrauchen«, sagte Alicia nachdenklich. Sie hatte ihre Maske abgenommen und befreite die Sichtfenster vom Eis. André seufzte.

»Das ist nun mal der Job. Jeder von uns hat hier oben Jobs zu tun, sonst funktioniert's nicht. Unserer ist jetzt das Warten.«

Alicia nickte betreten und lehnte sich gegen die verschneite Felsnase.

Gegen halb Zwei morgens gab Sebastian per Funk endlich grünes Licht, unseren Aufstieg fortzusetzen. Starker Wind wehte aus Westen und machte uns zu schaffen, doch wir kletterten weiter so schnell wir konnten, um uns irgendwie aufzuwärmen. Die Zeit kroch dahin und zehrte mehr und mehr an unseren Kräften.

Als die Sonne sich im Osten durch einen hellgrauen Fleck im Schwarz der Nacht ankündigte, ließen wir das felsige Gelände allmählich hinter uns und erreichten eine breite, mit lockerem Schnee bedeckte Mulde, die an eine Straße erinnerte. Tempa ging voran und sank bis zu den Knien in Schnee ein. Wir folgten seiner Spur und bahnten uns einen mühseligen Weg durch die Rinne.

28. November, Naltschik

Robin, zweieinhalb Jahre zuvor

»Lass deine Hand bloß im Wasser«, ermahnte sie mich zum tausendsten Male, als sie aus dem angrenzenden Badezimmer heraustrat. Dabei besah Alicia mich so ernst, dass ich losprustete, aber tat was sie sagte.

»Ich meine das ernst, nachher nehmen sie dir die Finger ab.« Alicia frottierte sich die nassen Haare mit einem Handtuch, warf es über die voll aufgedrehte Heizung des Hotelzimmers und kroch wieder neben mir ins Bett, wo ich, die linke Hand in eine Tupperdose voll heißem Wasser getaucht, auf einem Berg von Kissen lag und langsam auftaute. Alicia schmiegte sich an mich und ihr Körper strahlte eine so angenehme Wärme aus, dass ich sie mit der gesunden Hand näher an mich zog.

»Selbst wenn«, murmelte ich und schloss die Augen, während sie ihren Kopf vorsichtig an meine Schulter lehnte, um das Wasser in meiner Dose nicht zu verschütten.

»Sieben Finger sind auch okay. Damit kann ich immer noch klettern.«

Sie schnaubte über so viel Unvernunft. Unter der Decke berührten sich unsere Zehen, die allesamt glücklicherweise unbeschadet geblieben waren. Alicia seufzte genüsslich und streckte sich. »Oh Mann. Die erste Dusche nach der Expedition ist immer die beste«, murmelte sie und ihre Haare kitzelten mein Kinn. »Du solltest auch gehen. Du stinkst.«

»Darf ich erstmal meine alarmierend grauen Fingerspitzen wieder auftauen, ja?«, neckte ich sie und legte ihr den Arm um die Schultern. »Hat mir meine persönliche Ärztin aufgetragen.«

Sie stimmte in mein Lachen ein und ich drückte ihr einen Kuss auf den nassen Haaransatz. Nach einer Expedition war es immer so herrlich einfach zwischen uns.

»Wenn du deinen Handschuh auf dem Gipfel verlierst, bist du selbst schuld«, meinte sie und richtete sich auf, um die nassen Haare zu einem Zopf zusammenzubinden.

»Hab ihn nicht verloren. Ist weggeweht worden.«

»Das ist genauso dämlich.«

»Ach, du hast doch keine Ahnung. Ich bin den Mount Elbrus hochgestiegen, okay? Und den Makalu mache ich im Frühjahr auch noch. Ich bin ein beschissener Held. Total elitär und so.«

Alicia verdrehte die Augen, lächelte aber über meine Albernheit. »Und ich kotz gleich über so viel Eigenlob. Hey«, sie streckte die Arme und gähnte. »Was machen wir an unserem letzten Abend hier? Morgen früh geht schon der Flieger.«

Ich zuckte mit den Schultern, ehe ich einen weiteren Hustenanfall unterdrückte. »In diesem Bett bleiben, packen, Essen bestellen. Zu mehr bin ich nicht in der Lage.«

Sie lachte. »Hoffentlich erstickst du Held nicht an deinem Essen, weil du immer noch die ganze Zeit husten musst. Und jetzt ab unter die Dusche.«

Murrend erhob ich mich und goss das Wasser aus der Dose in eine der Kunstblumen auf dem Fenstersims.

»Ich kann's nicht haben, wenn du mich so rumkommandierst«,

schmollte ich, zog mir aber den Sweater über den Kopf, den ich seit vorgestern trug. Dabei pulsierten meine Finger schmerzhaft. Alicia stand auf, um mir aus meinem T-Shirt zu helfen. »Bist du dir da sicher?«

Ich grinste. »Nee.« Unsere von der Bergkälte aufgerauten Lippen berührten sich kurz, dann ging ich ins Bad und gönnte meinem geschundenen Körper eine heiße Dusche. Danach rief ich den Zimmerservice an und wir bestellten uns ein verfrühtes Abendessen.

Später am Abend, als die Dämmerung das Hotelzimmer in bläuliches Licht tauchte, lagen wir dicht an dicht auf dem Bett und starrten an die Decke. Die Heizung gluckerte leise, während das Nachtleben der Stadt unter uns langsam erwachte. Alicias Kopf auf meinem Arm wurde allmählich schwer, sodass ich ihn vorsichtig zurückzog und mich auf die Seite drehte.

»Du hast da noch etwas Erdnusssoße am Kinn«, sagte ich und unterdrückte ein Lachen, als sie sich peinlich berührt aufsetzte, um sich das Gesicht abzuwischen.

»Kleines Ferkel.«

Alicia ließ sich wieder neben mir in die Kissen sinken und schnitt mir eine Grimasse. »Selber Ferkel. Normalerweise bist du derjenige, der nicht essen kann, Herr Voss.«

»Wenn ich's mir recht überlege«, sagte ich, ohne auf ihre Bemerkung einzugehen, »klingt deine Stimme sogar ein bisschen wie die von Ferkel. Du weißt schon, das kleine Schweinchen bei Winnie Puuh.« Ich musste lachen, stöhnte jedoch sogleich schmerzerfüllt auf, denn Alicia hatte mir blitzschnell in die Seite geboxt.

»Wenn ich Ferkel bin, dann bist du wohl Tigger«, bemerkte sie und gluckste. »Du titschst genauso nervtötend durch die Gegend wie er.«

»Alles klar, Ferkel.«

Wir lachten, und wenn die Zeit stehengeblieben wäre und wir diesen Moment für immer hätten erleben können, wäre ich der glücklichste Mann der Welt gewesen.

Irgendwann beugte Alicia sich vor und schaltete das kleine Radio auf dem Nachttisch an. Unsere Blicke trafen sich, als wir den Song zeitgleich erkannten, und wieder brachen wir in Gelächter aus.

»Was für ein bescheuerter Zufall«, japste ich, als Bobby Kimball von *Toto* gerade in den von Trommeln begleiteten Refrain von *Africa* einsetzte. Seit wir den Song in einem Taxi auf dem Weg zum Flughafen gehört hatten, hatte er uns die ganze Challenge über als Dauerohrwurm begleitet. Alicias Schultern bebten vor lautlosem Lachen. Sie schlang die Arme um mich und ihre Finger trommelten im Rhythmus auf meine Arme.

»I know that I must do what's right, as sure as Kilimandscharo rises like Olympus above the Serengeti / I seek to cure what's deep inside, frightened of this thing that I've become!«, sang ich, und als der Refrain erneut einsetzte, stimmten wir beide aus vollen Hals mit ein.

»It's gonna take a lot to drag me away from you / there's nothing that a hundred men or more could ever do / I bless the rains down in Africa / gonna take some time to do the things we never haaaaad!«

Den Rest des Songs lauschten wir andächtig nebeneinander liegend, und als die letzten Töne verklangen und russische Reklame einsetzte, zog Alicia eine Schnute.

»Schade, ich würde ihn gerne nochmal hören«, sagte sie und drehte sich auf den Bauch, sodass sie mir jetzt näher war.

»Ich bin sicher, es gibt den ein oder anderen Zehn-Stunden-Loop davon auf YouTube«, entgegnete ich zuversichtlich und lächelte, als sich unsere Nasenspitzen berührten. »Soll ich den suchen?«

Sie schüttelte den Kopf. »Jetzt nicht.«

Die Stimmung zwischen uns hatte sich innerhalb weniger Augenblicke verändert. Ich spürte Alicias Atem sanft auf meinen Lippen. Meine erfrorenen Fingerspitzen schmerzten höllisch, als ich meine Hände langsam unter ihr T-Shirt gleiten ließ, doch das kümmerte mich momentan nicht.

»Wir dürfen nicht vergessen, heute noch ein Foto auf Instagram zu posten«, hauchte sie und beugte sich zu mir herunter, sodass ihre Lippen meinen Hals berührten und eine Gänsehaut auf meinem ganzen Körper entfachten.

»Jeder von uns. Sonst reißt Tanja uns persönlich den Kopf ab.«

»Scheiß auf Tanja«, murmelte ich, packte Alicia an der Taille und wirbelte sie herum, sodass ich nun über ihr war und sie in die Kissen drückte. Unsere Lippen berührten sich und ich küsste sie, erst langsam, dann immer drängender. Sie schlang ihre Arme um meinen Nacken und unter stechenden Schmerzen gelang es mir, ihr ihre Jogginghose mitsamt Unterwäsche von den Hüften zu ziehen. Ihre langen Beine waren über und über mit blauen, violetten und gelben Flecken übersät. Die Expedition zum Mount Elbrus war reinste Knochenarbeit gewesen, mein eigener Körper sah nicht anders aus. Trotzdem war sie schön, so wunderschön. Das Licht der untergehenden Sonne fiel auf ihren flachen Bauch und ließ ihre Haut wie Elfenbein schimmern. In meinem Unterleib zuckte es und ich spürte, wie es enger in meiner Hose wurde.

Während der russische Nachrichtensprecher seine Sendung beendete und die ersten Töne eines neuen Songs spielten, zog Alicia mir das T-Shirt über den Kopf und warf es an das Fußende der Matratze, dann entledigte sie sich ihres eigenen. Ihre Finger glitten vorsichtig über die empfindliche Stelle unterhalb meines Brustbeins, die vom vielen Husten dunkel und geschwollen war.

»Geht es?«, flüsterte sie.

»Klar.« Ich biss die Zähne zusammen, meine Finger bewerkstelligten es sogar, ihren BH zu öffnen. Kurz darauf landete meine Hose auf dem Fußboden neben dem Bett.

Wieder küsste ich sie. In einer fließenden Bewegung kam ihr Körper dem meinen entgegen, sodass sich unsere Hüftknochen sanft und weich berührten. Alicia machte ein leises, seufzendes Geräusch und legte die Hände an meinen Rücken. Ich krallte meine Finger fest in ihr volles, schwach nach Minze duftendes Haar. Dabei spürte ich den Schmerz kaum noch. Wenn ich in ihr war, tat mir nichts mehr weh. Ich spürte nur noch sie, den Rhythmus unserer Körper und das Gefühl lustvoller Ekstase, das jede

Faser meiner Existenz ausfüllte. Unter mir schien Alicias Körper flüssig zu werden, die Grenze zwischen uns verschwamm, löste sich auf, wurde unwichtig und inexistent. Sie richtete sich auf, schob mich in die Vertikale, doch dann landete ich auf meinem Rücken und sie erschien über mir, eine schwarze Silhouette voller Schönheit vor dem königsblauen Himmel hinter dem Fenster. Ich schloss die Augen, meine Hände schlossen sich fest um ihre Hüfte. Ich drückte mich tiefer in sie hinein. Mein Atem stockte. E war, als würde mein, *unser* Körper zerspringen wollen. Unsere Finger krallten sich ineinander. Ich hoffte, dass sie jede Sekunde ihres Lebens wusste, wie sehr ich sie liebte.

2. Mai, Südostgrat, 8400 Meter

Robin, Gegenwart

Gegen halb Sechs erreichten wir den Kamm des Südostgrats. Gerade ging die Sonne auf, die Silhouetten der Berge um uns herum zeichneten sich dunkel und hart vom rosafarbenen Himmel ab. Ich war erschöpft, der Weg durch den lockeren Schnee hatte mich völlig ausgelaugt. Ab hier würden wir wieder warten müssen, bis auch der Rest unserer Truppe den Balkon erreichte. Wir setzten uns, was trotz der Kälte eine Wohltat war. Meine Schultern schmerzten von der drei Kilo schweren Sauerstoffflasche auf meinem Rücken und kurzzeitig fühlte es sich so an, als müsste ich mich auf der Stelle übergeben. Alicia neben mir keuchte ebenfalls leise in ihre Maske.

»Seid ihr okay?«, vergewisserte André sich, ganz seiner Pflicht als Bergführer nachkommend, und blickte uns forschend an. Wir reckten die Daumen. Mehr war nicht möglich. Er nickte uns zu.

»Wir könnten doch schon die Fixseile befestigen«, sagte ich irgendwann zu André, als der Gedanke, untätig hier herumzusitzen und unsere Kräfte zu verschenken, unerträglich wurde. »Schmitti will doch die ganze Route ab dem Balkon mit Fixseilen versehen haben und wir sind die ersten, die dieses Jahr hochgehen ...«

Das Sprechen fiel mir unglaublich schwer, meine Zunge schien Tonnen zu wiegen, doch ich zwang mich dazu. »Die Überreste der alten Seile können wir vergessen und wenn wir nicht aufpassen, kommt es noch zu Staus, das können wir am Gipfeltag echt nicht gebrauchen.«

»Wir warten«, beharrte André. »Wir tun, was Sebastian sagt.«

»Funk ihn an«, drängte ich ihn. »Bin sicher, ihm ist's lieber, wenn wir uns nützlich machen, als dass unsere Ärsche hier einfrieren.«

André seufzte, holte aber das Funkgerät aus der Tasche und besah mich mit einem kühlen Blick. »Wenn überhaupt, kümmern sich die Sherpas um die Seile.« Er stand auf und kehrte uns den Rücken zu, um Sebastian anzufunken.

»Hey, Schmitti, wie sieht's da unten aus? Wann seid ihr circa am Balkon?« Es rauschte und knirschte, ehe Sebastian antwortete.

»Gib uns 40 Minuten. Der lockere Schnee hat uns ziemlich aufgehalten. Bisher hat uns aber noch niemand überholt.«

Alicia neben mir riss sich die Sauerstoffmaske vom Gesicht. *»40 Minuten?!«*

André beachtete sie nicht. »Okay. Sag mal, soll ich die Sherpas vorausschicken? Fixseile anbringen? Die anderen warten mit mir hier.«

»Shit, ja. Hätte ich fast vergessen. Schick sie los.«

Fünf Minuten später brachen Tempa und Purba auf, um die restliche Route mit Seilen zu versehen. Frustriert sah ich ihnen nach. Die Zeit kroch dahin und mit jeder Minute, die ich hier herumsaß, schienen sich meine Chancen auf den Gipfel zu verkleinern. Aber wir brauchten nun mal unseren verdammten Fotografen.

Als Sebastian und Maik gegen 7:15 Uhr endlich den Balkon erreichten, hielten Alicia und ich uns nicht mit Smalltalk auf, wir brachen sofort auf. Wieder zu klettern, war ein himmlisches Gefühl und ich wärmte schneller auf, als ich gehofft hatte. Das

Gipfelfieber setzte ein, doch trotz meiner Eile vergewisserte ich mich ein paar Mal, dass Alicia nicht zurückfiel. Immerhin hatte ich es ihr versprochen.

Je weiter wir kamen, desto mehr Erleichterung empfand ich, dass André Tempa und Purba rechtzeitig losgeschickt hatte. Die ausladenden Felsstufen hier oben wären ohne Fixseile eine heikle Angelegenheit geworden. Die Route führte steil aufwärts über einen verschneiten Grat unterhalb der Stelle, an der früher einmal der Hillary Step gewesen war, bevor ihn ein Erdbeben 2015 zerstört hatte. Und dahinter, so nah, dass mein Herz einen Schlag auszusetzen schien, war der Gipfel.

Ich blieb stehen, betrachtete dieses atemberaubende Panorama und versuchte mir diesen Anblick für den Rest meines Lebens genau einzuprägen. Ich stand tatsächlich auf dem Mount Everest, in 8750 Metern Höhe, und betrachtete den Gipfel, der jetzt so greifbar war, dass meine Entschlossenheit keinen Platz mehr für Zweifel ließ. Alicia und ich verharrten vor dem Gipfelgrat und schossen ein Paar Fotos. André, der uns inzwischen eingeholt hatte, lachte hinter seiner Maske wie ein Verrückter. Der Himmel, so nah über uns, dass es absurd war, strahlte in einem wunderschönen, intensiven Blau. Meine Augen tränten.

Wir kletterten weiter, jeder Schritt mühsamer. Trotz des komprimierten Sauerstoffs stellte sich die vertraute, aber ernüchternde Gewissheit ein, dass ein Mensch unter normalen Umständen hier oben nicht überleben konnte. Das hier hatte nichts mehr mit der irdischen Welt zu tun. Hier oben waren wir losgelöst, abgekapselt, mehr purer Wille als Mensch.

Etwa dreißig Minuten später erreichten wir die ehemalige Stelle des Hillary Step, die den End-Gipfelgrat markierte. Der Hillary Step hatte als das schwerste Hindernis zum Gipfel gegolten. Heute waren von der zwölf Meter hohen Felsstufe nur noch ein paar kantige Bruchstellen übrig, die mithilfe der Fixseile, die Tempa und Phurba schon angebracht hatten, ohne große Schwierigkeiten zu überqueren waren. Am oberen Ende der ehemaligen Stufe warf ich einen Blick über die Schulter; Sebastian und Maik waren dicht hinter uns. Sebastian reckte die Daumen, als er meinen Blick bemerkte und schloss zu mir auf.

»Was ist los, Voss, willst du jetzt schlapp machen? Geh schon!« Seine behandschuhte Hand klopfte auf meine Schulter, doch durch den dicken Daunenanzug spürte ich kaum etwas von seiner Berührung. Trotzdem war das breite Grinsen ansteckend, das sich zweifellos unter seiner Sauerstoffmaske zeigte.

Als ich mich die letzten Meter zum Gipfel hoch schleppte, war es unglaublich schwer, noch einen Fuß vor den anderen zu setzen. Es war, als bewegte ich mich in einer zähen, schnell fester werdenden Masse, die mich mit zunehmender Kraft zu Boden drückte. Ich war am Ende. Völlig am Ende, doch plötzlich stand ich auf einem schmalen, verschneiten Grat, bedeckt mit leeren Sauerstoffflaschen, vom Wind zerfetzten Gebetsfahnen und Flaggen. Ab hier ging es nicht mehr weiter. Ich hatte den Gipfel erreicht.

Wie in Trance hob ich den Kopf und blinzelte in den von feinen, weißen Wolken bedeckten Himmel unter mir. Ich befand mich über der Welt, jenseits aller Dinge. So weit das Auge reichte, erstreckte sich das Weiß, Grau und Blau der wunderschönen Bergwelt vor mir. Die felsigen Gipfel ragten zwischen den Wolken empor wie heilige Statuen einer längst vergessenen Religion.

Alicia griff nach meinem Arm. Völlig überwältigt drückte ich sie an mich. Wir hatten es geschafft, *ich* hatte es geschafft, das Ziel erreicht, von dem ich seit meiner Kindheit geträumt hatte. Hier oben war ich Zuhause, sicher vor den Härten des Lebens, fernab aller Probleme, die sich auf Meeresspiegelhöhe an mir festbissen. Hier oben konnten sie nicht mithalten.

Tempa und Phurba, die auf dem Gipfel auf uns gewartet hatten, gratulierten uns. Ein paar Minuten später holte Sebastian uns ein, der am letzten Vorsprung auf Maik gewartet hatte. Wir umarmten uns. Niemand sagte mehr als ein, zwei Worte, Konversationen waren hier oben nicht nötig. Maik schoss eine Menge Fotos. Vor dem windschiefen Vermessungspfahl, zwischen den Gebetsfahnen. Alicia und ich steckten die giftgrüne *KOLOSS*-Fahne in den Schnee, die sie in ihrem Rucksack getragen hatte, und wir ließen uns auch mit ihr ungefähr tausend Mal ablichten. Dann tauchte jeder von uns für einen Augenblick in seine eigenen, schwindelerregenden Glücksgefühle ein, bis André auf die dunkle Wolkenfront zeigte, die sich in der Ferne über dem südlichen Tal zusammenballte.

»Ist das ein Gewitter?«, fragte Alicia, die jetzt zwischen den weggeworfenen Sauerstoffflaschen kauerte, den Kopf völlig erschöpft auf die Hände gestützt. Sie klang eher resigniert als besorgt. Sebastian nickte und wischte sich das Eis von der Maske. »Sieht ganz so aus. Wir liegen zwar gut in der Zeit, aber wir sollten mit dem Abstieg beginnen. Ich muss Alex anfunken, was der Wetterbericht sagt. Wenn wirklich ein Gewitter aufzieht, sollten wir kein Risiko eingehen.«

Wir machten kehrt und ließen den höchsten Punkt der Erde hinter uns. Kaum zehn Minuten hatten wir dort oben verbracht.

Sebastian berichtete Isa und Alex per Funk von unserer Gipfelbesteigung. In Fetzen bekam ich mit, wie sie ihn überschwänglich beglückwünschten, doch ich hörte nicht hin. In dem Moment, in dem ich dem Gipfel den Rücken gekehrt hatte, war mein Hochgefühl schlagartig verschwunden. Der Gedanke an das, was uns die nächsten Stunden noch bevorstand – ein gefährlicher, mühsamer Abstieg, der uns möglicherweise geradewegs in die Arme eines Gewitters trieb – überschattete meinen Erfolg.

»… aber was anderes. Was sagt das Wetter, Alex? Das südliche Tal ist rabenschwarz.« Selbst unter der Sauerstoffmaske sah ich die Besorgnis in Sebastians Augen. Er hielt an und gab uns ein Zeichen, es ihm gleichzutun. Ich spürte, wie meine Sauerstoffreserven allmählich nachließen. Das Gefühl, in einer zähen Masse zu treiben verstärkte sich. Ich konnte meinen rasenden Herzschlag in meinem gesamten Körper fühlen.

Die Leitung rauschte.

»Das Wetter schwingt um. Könnte ein Gewitter werden, auch wenn der Wetterbericht sich bisher noch nicht aktualisiert hat. Wenn's da oben so dunkel ist, solltet ihr besser umkehren. Seht zu, dass ihr das Hochlager erreicht.«

»Sollen wir die anderen Expeditionen also lieber zurückpfeifen? Die ersten hinter uns müssten etwa zwanzig Minuten vom Gipfel entfernt sein, wir treffen gleich auf sie.«

»So wie der Radar aussieht? Ja. Sicher ist sicher.«

Sebastian beendete das Funkgespräch und scheuchte uns weiter den Grat hinab.

Wir begegneten den Japanern erst am ehemaligen Hillary Step, wo sie sich gerade mühsam die Felskante hinaufarbeiteten. Hinter ihnen hatte sich bereits eine Schlange von etwa zwanzig Bergsteigern gebildet. Sie gratulierten uns flüchtig, als sie uns erkannten, scheinbar völlig unbeeindruckt von der Wetterfront, die jetzt wie ein dunkler Schatten über unseren Köpfen aufzog. Sebastian aber hielt sie zurück. Für ein paar Minuten versuchte er es umständlich mit einer Mischung aus Englisch und Zeichensprache.

»Kannst du denen bitte sagen, was Sache ist?«, wandte er sich fluchend an mich.

Ich trat vor, nahm widerwillig meine Sauerstoffmaske ab und legte mir die richtigen Worte im Kopf zurecht.

»Sehen Sie diese Wolken dort drüben?«, fragte ich langsam und deutlich, um Missverständnisse vorzubeugen. Ich hatte seit Jahren kein Japanisch mehr gesprochen. »Ein Gewitter zieht auf. Sie kehren besser um und versuchen es morgen wieder.«

Einer der drei Bergsteiger, Yuko, wenn ich mich richtig erinnerte, lachte auf. »Schon gut, Junge«, entgegnete er. »Das da ist nur ein laues Lüftchen.« Er wandte sich kurzerhand ab und machte Anstalten, seinen Weg fortzusetzen. Die beiden anderen taten es ihm gleich.

»Aber …« Mir fiel keine passende Antwort ein. Mein Blick schweifte hinüber zu den drei Sherpas der Japaner, die die Meinung ihrer Kunden, die schwarzen Wolken wären *ein laues Lüftchen* ganz und gar nicht zu teilen schienen. Doch auch ihnen war offensichtlich kein Gehör geschenkt worden.

»Was sagt er?«, wollte Sebastian wissen, der sich zu mir hinüberbeugte.

»Er nimmt mich nicht ernst …« Keuchend stülpte ich mir die Maske wieder über. Alles drehte sich und ich schwankte, sodass André mich für einen Moment stützen musste.

»Dann zum Teufel mit diesen Idioten«, knurrte Sebastian. Ratlos sahen wir zu, wie die kleine Expedition ihren Weg zum Gipfel unbeirrt fortsetzte.

»Hier scheinen die Wolken generell niemanden zu interessieren«, meinte Alicia kopfschüttelnd und betrachtete den Stau vor uns.

»So kurz vor dem Ziel kehrt niemand mehr freiwillig um«, entgegnete André düster und warf einen besorgten Blick auf den Pulk, der wie bei einer Sale-Aktion vor den geschlossenen Kaufhaustüren wartete.

»Jeder dieser Expeditionen hat eigene Basislagermanager. Sie wissen also, was ihnen blüht, oder?« Er klang nicht ganz überzeugt. Sebastian, der immer noch ohne Maske dastand, verzog das Gesicht. »Trotzdem müssen wir es ihnen sagen. Jedem.«

Also blieben wir am Fuße der Felsstufe stehen und Sebastian übernahm die Rolle des Märtyrers, indem er jede Truppe, die langsam über die Stufe gekrochen kam, über das aufziehende Gewitter unterrichtete. Eine Handvoll Leute blieb tatsächlich bei uns, um es morgen wieder zu versuchen, der Großteil schlug allerdings seine Warnungen in den Wind.

Es dauerte eine halbe Ewigkeit bis die Bergsteiger, die unten warteten, nach und nach die Stufe überquerten. Und es würde noch länger dauern, bis der Weg nach unten frei war. Meine anfängliche Beunruhigung angesichts meines schwindenden Sauerstoffvorrats war inzwischen in helle Panik übergegangen. Ich setzte den Rucksack ab und drehte den Regler der Flasche runter, um wenigstens das letzte bisschen Sauerstoff zu sparen, ehe ich auf dem Südgipfel eine neue bekommen konnte. André und Alicia folgten meinem Beispiel. Keiner von beiden sagte etwas, doch sicherlich plagten sie dieselben Sorgen wie mich. André schwankte leicht, als er sich wieder aufrichtete.

Sebastian trat auf die nächste Truppe zu, als diese uns erreichte.

Ihr Bergführer, ein rothaariger Riese, den ich sofort als Neil erkannte, hob defensiv die Hände, noch bevor Sebastian das Wort ergriff.

»Ich weiß, was du sagen willst. Das Wetter ist scheiße. Aber wir sind so kurz vor'm Ziel! Wir wissen eure Sorge zu schätzen, echt. Wir gehen nur kurz hoch, kehren sofort wieder um und schließen dann zu euch auf.«

Ich ließ den Blick über seine Kunden schweifen. Der Großteil von ihnen konnte kaum noch aufrecht stehen und auch Jackson sah nicht mehr allzu fit aus. Ein junger Mann stützte seine Freundin, beide pfiffen aus dem letzten Loch.

Sebastian schüttelte den Kopf. »Habt ihr den Stau etwa nicht mitbekommen? Alle da oben«, er deutete auf die Schlange, die sich jetzt den Gipfel hinaufschob, »wollen es heute noch auf den Gipfel schaffen. Wenn das Gewitter losgeht, kann es hier oben gewaltig ins Auge gehen, das weißt du!« Er spießte den anderen Bergführer mit einem ernsten Blick auf. »Es tut mir leid, aber ihr solltet euren Gipfelversuch für heute abbrechen. Versucht es morgen wieder.«

Seinen Worten folgte Stille, in der ich immer wieder nervös die nur allmählich kleiner werdende Schlange betrachtete und betete, so schnell wie möglich absteigen zu können. Ich konnte förmlich spüren, wie meine Gehirnzellen durch den Sauerstoffmangel abstarben.

»Hör mal zu«, schaltete sich jetzt auch Jackson ein und kratzte mit dem Handschuh das Eis von seiner Maske. »In zehn Minuten sind wir oben. Wir machen ein Foto, dann steigen wir sofort wieder ab. Das Gewitter ist noch eine gute Stunde entfernt, mindestens.«

Am liebsten hätte ich ihn darauf hingewiesen, dass seine Kunden nicht den Eindruck erweckten, schneller als die anderen Expeditionen absteigen zu können, hielt jedoch lieber meinen Mund. Sebastian stieß einen gemurmelten Fluch aus, dann warf er einen letzten, abschätzenden Blick auf die dunklen Wolken. »Wie ihr meint, ich kann euch nicht zwingen. Aber wir bleiben über Funk in Kontakt. Wenn ihr Probleme kriegt, meldet ihr euch.«

»Machen wir«, versprach Neil. Er und Sebastian gaben sich die Hand, dann mobilisierte der Brite entgegen jeglicher Vernunft sein Team.

Die restlichen Bergsteiger, die unseren Weg kreuzten, sprach Sebastian nicht mehr an. Etwa zehn Minuten später war der Weg endlich frei. Erleichtert drehte ich meinen Sauerstoffregler wieder auf, auch wenn ich fürchtete, dass die Flasche auf meinem Rücken längst leer war, und folgte Tempa am Fixseil den Steig hinab. Die wenigen Bergsteiger, die Sebastian hatte überreden können, folgten uns in einiger Entfernung. Langsam arbeiteten wir uns den Grat hinunter, Alicia, Maik und die Bergführer dicht hinter mir. In mühseliger Kleinstarbeit arbeitete ich mich am Fixseil entlang auf das Vorratslager zu, und als wir den Südgipfel endlich erreichten, sank ich in dem knöcheltiefen Schnee auf die Knie und freute mich wie noch nie in meinem Leben, als Tempa mir eine frische Sauerstoffflasche reichte. Ich setzte meinen Rucksack ab, schraubte den neuen Behälter an den Regler und richtete mich wieder auf, während mir kurzzeitig schwarz vor Augen wurde, als neuer Sauerstoff in meine Lunge strömte. Dann, als ich wieder klar sehen konnte, half ich Alicia mit ihrer Sauerstoffflasche.

Maik, der inzwischen so schwach war, dass Pempa ihm seine Sauerstoffflasche austauschen musste, schlug dessen Hand weg, als dieser ihm auf die Füße helfen wollte. Alicia klinkte sich aus dem Fixseil aus, um mehr Bewegungsfreiheit zu haben und kniete sich neben ihn. Er keuchte inzwischen wie ein Fisch auf dem Trockenen.

»Hey, du musst gleichmäßig atmen«, sagte sie umsichtig und legte ihm die Hände auf die Schultern, doch er stieß auch sie von sich, so heftig, dass sie zurücktaumelte und das Gleichgewicht verlor. Wie in Zeitlupe stürzte sie rücklings über einen schneebedeckten Felsbrocken und rutschte den Abhang hinab. Ihren Namen brüllend stürzte ich vor, doch sie war längst in einer Wolke aus Schneestaub verschwunden. Jemand packte mich am Kragen und zerrte mich zurück, ehe ich ihr den steilen Hang hinab folgen konnte.

»Alicia!«, schrie ich, doch mir antwortete nur Stille. Ich riss mich von Sebastian los, der mich noch immer im Klammergriff hielt und stolperte auf den Hang zu. Der feine Schnee legte sich, sodass ich ihre Gestalt etwa zehn Meter unterhalb in einer flachen Mulde entdeckte, die erst etwa drei Meter weiter in den Abgrund mündete. Ein leises, erleichtertes Stöhnen drang zwischen meinen Lippen hervor und ich packte das Seil, welches Tempa mir in die Hand drückte. Als ich Alicia erreichte, lag sie noch immer schwer atmend auf der Seite. Sie hatte es irgendwie geschafft, ihren Eispickel im Sturz aus dem Gürtel zu lösen und in die Eisdecke der Mulde zu schlagen – eine Geistesgegenwart, die ihr das Leben gerettet hatte. In meinen Ohren rauschte das Blut. Um ein Haar wäre sie in den Tod gestürzt.

»Ich hab dich, ich hab dich … Bist du okay?«, keuchte ich und zog sie unter enormer Anstrengung auf die Füße. Sie nickte, doch ihre Augen waren weit aufgerissen und Tränen standen darin. In meinen Ohren rauschte das Blut. Um ein Haar wäre sie in den Tod gestürzt.

»Ich … scheiße.« Sie klammerte sich an mich und warf einen Blick über die Schulter, wo sich der Abgrund auftat. Ich riss ihren Eispickel aus dem Eis und drückte sie für einen kurzen Augenblick so fest an mich wie ich konnte, dann hielt ich sie auf Armeslänge von mir. »Kannst du gehen? Bist du verletzt?«, stammelte ich und wischte hastig den Schnee von ihrer Maske. Sie schüttelte den Kopf und ergriff das Seil. »Ich bin okay, glaube ich.« Ihre Stimme zitterte wie verrückt.

»Schaffst du's hoch?«

»Ich denke schon. Danke, dass du … mich geholt hast.«

Kurz lehnte sie den Kopf an meine Schulter, dann wandte sie sich ab und kletterte das Seil hinauf auf Tempa zu, der nach sie sogleich hochzog. Kaum, dass ich wieder auf dem Pfad angekommen war, war ich mit drei großen Schritten bei Maik, der noch immer am Boden kauerte. Ich packte ihn am Kragen und riss ihn hoch, doch ehe ich meine Faust in seiner Magengrube versenken konnte, stürzten Sebastian und Pempa auf mich zu.

»Du scheiß Wichser!«, keuchte ich in blinder Wut und stieß Sebastian abermals von mir. »Sie hätte den Abgrund –«

»Ist sie aber nicht«, unterbrach Pempa mich scharf, doch ich beachtete ihn nicht.

Maik, dessen Augen glasig und starr waren, stieß ein zittriges Keuchen aus. »Es tut mir leid, ich …«

»Sie hätte draufgehen können!« Wieder wollte ich auf ihn losgehen, doch der Sherpa stieß mich abermals zurück.

»Robin, hör auf damit!« Sebastians Stimme klang scharf wie ein Peitschenknall. »Es war ein Unfall und es ist nichts passiert. Alicia geht es gut.« Er machte einen Schritt auf mich zu und packte mich vorne an meinem Parka. »Beruhige dich! Wir müssen weiter absteigen, wenn wir vor dem Unwetter im Camp sein wollen. Also los, ab zum Balkon.« Er gab mir einen Stoß und ich stapfte auf die Felsstufen des Südostgrats zu, immer noch kochend vor Wut und Angst.

Wir erreichten den Balkon gegen 16 Uhr. Allmählich kündigte sich die verfrühte Dämmerung an und der Wind pfiff uns in orkanartigen Böen um die Ohren. Maik, der mit André das Schlusslicht unserer Truppe bildete, fiel immer weiter zurück und auch von der kleinen Gruppe Abbrecher war nichts mehr zu sehen. Inzwischen war mein Ärger auf den Fotografen verpufft, schließlich ging es Alicia gut und Maik hatte sie nicht mit Absicht in Gefahr bringen wollen. Stattdessen begann ich mir Sorgen zu machen, ob er es noch aus eigener Kraft ins Camp schaffen würde.

Wir stiegen in der breiten Schneerinne ab, die wir schon am Morgen durchquert hatten. Der Wind machte es mittlerweile unmöglich, sich zu verständigen. Tempa, der vorausging, mahnte mich mit einem Handzeichen zur Vorsicht. Wind, Kälte und Benommenheit machten es mir zunehmend schwerer, in einem solch unsicheren Gelände voranzukommen und auch ich wurde langsamer. Irgendwo in der Ferne krachte der erste Donner. Ich zwang mich zur Konzentration und achtete darauf, immer genau in Tempas Fußspuren zu treten. Gerade stieg ich hinter ihm über eine schmale, vom Schnee halb verborgene Felsspalte, als hinter mir ein erstickter Schrei ertönte. Ich wirbelte herum. Alicias war mit den Beinen in einem der Felsrisse ein paar Schritte links von mir verschwunden. Ich stolperte auf sie zu und zog sie mit Sebastians Hilfe wieder hoch. Alicia zitterte am ganzen Körper. Unter ihrer Maske ertönte ein trockenes Schluchzen.

»Lasst uns kurz Pause machen«, brüllte Sebastian, nachdem er sich versichert hatte, dass sie unverletzt war, und gab den anderen ein Zeichen. »Nur zum Durchatmen.«

Wir setzten uns auf einen Felsen in der Nähe. Ich legte Alicia einen Arm um die Schultern. Sie zitterte noch immer.

»Bleib besser in meinen und Tempas Fußspuren«, sagte ich leise und drückte sie enger an mich. »Dann passiert dir nichts.«

Maik, der mit den anderen in einiger Entfernung neben uns mehr im Schnee lag als saß, hustete keuchend. Alicia nickte und richtete sich ein wenig auf.

»Robin?« Sie schluchzte erneut.

»Ja?«

»Es tut m-mir leid.« Der Wind wehte uns eine Handvoll Schnee entgehen und zerrte pfeifend an unseren Daunenanzügen, doch ich verstand sie trotzdem.

»Was tut dir leid?«, fragte ich, auch wenn ich schon ahnte, was sie meinte.

»Dass ich dich im Stich g-gelassen habe.«

Ich ächzte. Ihre Worte kamen einem gezielten Schlag in die Eingeweide gleich. »So war das doch gar nicht …«, begann ich, doch meine Stimme erstarb. Anstelle einer Antwort riss Alicia sich die Maske vom Gesicht. Ihre Wangen waren tränenüberströmt. Ohne dass sie mich darum bitten musste, tat ich es ihr gleich. Ihr Blick war flehend. »Weißt du …« Sie schniefte und wischte sich die Nase an ihrem Ärmel ab. »Du hast recht. Wenn wir wieder Zuhause sind, sollten wir neu anfangen. Wenn wir wieder in Oberstdorf sind, können wir –«

»Whoah, Moment mal. Ganz ruhig, okay?«

Sie bebte, das Gesicht leichenblass.

»Ali, ich glaube, du hast vielleicht gerade eine kleine –« Ich kam nicht dazu meinen Satz zu beenden, denn Alicia beugte sich plötzlich vor und küsste mich. Strom durchzuckte meinen Körper, als ihre eiskalten Lippen die meinen berührten. Strom und unfassbares Glück. Aber das hier war nicht fair, weder für sie noch für mich. Sanft löste sie sich von mir.

»Wir haben Zeit«, sagte ich und drückte ihre in zwei Handschuhen steckende Hand. »Alle Zeit der Welt, okay?«

Sie nickte.

Ich konnte nicht anders, als zu lächeln.

NEUN

2. Mai, Südostgrat, 8400 Meter

Alicia, Gegenwart

Gegen 17:30 Uhr erreichte uns das Gewitter mit der Wucht eines Blizzards. Der eiskalte Wind wirbelte den Schnee auf, sodass sich unser Sichtfeld in endloses Weiß hüllte. Maik wurde immer schwächer. Trotz seiner Proteste hatte Sebastian ihn vor etwa zwanzig Minuten ans kurze Seil genommen; anders ging es nicht, wir hätten ihn im dichten Nebel aus den Augen verloren. Ohne das Fixseil, dem wir jetzt blind im Gänsemarsch folgten, wären auch wir verloren gewesen.

Ich war am Ende meiner Kräfte und spürte, wie meine kognitiven Fähigkeiten langsam nachließen, das absurde Gefühl, sich auf dem Mond oder dem Grund des Meeres fortzubewegen, entfachte eine klamme Angst in mir. Ich drehte mich halb zu André um, doch er gab mir nur einen sanften Stoß zwischen die Schulterblätter, sodass ich das Fixseil fester umklammerte und weiter vorwärts stolperte. Immer wieder wurden die Fetzen des violett verfärbten Himmels von grellen Blitzen durchzuckt, dicht gefolgt von krachenden, apokalyptischen Donnerschlägen, die in meinem Inneren nachhallten. Die Sicht wurde immer schlechter, inzwischen war das Blau von Robins Kapuze vor mir alles, was ich noch erkennen konnte. Ich dachte an die Menschen, die noch dort oben waren. Wie hatten wir das zulassen können? Wie hatten die Leute der anderen Expeditionen im Basislager ihnen nicht zur Umkehr raten können? Vermutlich hatten sie das, dachte ich, doch ihre

Warnungen waren ebenfalls ignoriert worden. War die Gipfelbesteigung wichtiger als das eigene Leben?

Abscheu griff mit glitschigen Fingern nach mir. Sicher, jeder hier oben musste Züge des Wahnsinns in seinem Wesen haben, um den Everest überhaupt angehen zu wollen, doch dass dieser Wahnsinn so weit reichte, erfüllte mich mit einer Wut, die mich krank machte. Wir hätten handeln sollen, die anderen Bergsteiger, wenn nötig an den Haaren mit uns zerren, weg von der Todeszone, weg von dem Sturm, der dort oben jetzt mit der Geschwindigkeit eines Schnellzugs wütete.

Ein hysterisches Kichern machte sich unter meiner Maske selbstständig, als mein unterversorgtes Hirn ein viel zu deutliches Bild von Lukas vor meinem geistigen Auge heraufbeschwor. Wieder einmal hatten wir die Macht der Berge maßlos unterschätzt, die falschen Entscheidungen getroffen. Wir lernten es einfach nie.

Ich war es leid, Freunde und Wegbegleiter an diesen Wahnsinn zu verlieren, es leid, mir ihren Tod als den Preis für das zu verkaufen, was wir hier taten. Denn die Wahrheit war, dass niemand wusste, was er tat, wenn er eine Expedition anging. Niemand kam ernsthaft auf den Gedanken, dass vielleicht er es sein würde, der diesmal einen Platz neben den anderen, nie geborgenen Leichen unter Schnee und Eis einnahm. Hier oben waren wir keine vernünftigen Menschen. Wir waren Träumer, Meister im Verdrängen und Leugnen. Der Grund, warum wir jede Saison in die Bergwelt zurückkehrten, all die Strapazen und Schmerzen des Aufstiegs immer und immer auf uns nahmen, war simpel: Wir wollten uns lebendig fühlen.

»Hey!« Sebastians Stimme irgendwo hinter mir fuhr mir durch Mark und Bein. Ich wirbelte herum und eilte zurück zu unserem Bergführer, Robin, André und die Sherpas dicht hinter mir. Maik lag hustend und keuchend am Boden, das Gesicht halb im Schnee begraben. Sebastian war neben ihm auf die Knie gesunken und riss ihm die Maske vom Gesicht. Mit wachsendem Entsetzen sah ich zu, wie der Fotograf Blut in den Schnee spuckte.

»Er muss so schnell wie möglich runter vom Berg«, brüllte Sebastian gegen den Sturm an. Sein Blick wanderte unruhig von mir zu den anderen. Tempa reagierte sofort. Auch er kniete sich hin und beugte sich über die Gestalt am Boden.

»Ist er ansprechbar? Hey. *Muda*, hey.« Er rüttelte kräftig an Maiks Schulter, doch dieser lag mit halb geschlossenen Augen da und wand sich wie unter heftigen Schmerzen. Tempa wechselte einen schnellen Blick mit Sebastian.

»Helft mir, ihn hochzuheben!« André, die gedämpfte Stimme getränkt mit Panik, drängte sich an mir vorbei, doch Sebastian beugte sich vor und griff nach seinem Ärmel. »Sieh ihn dir doch an, Andi«, rief er. »In diesem Zustand schafft er den Abstieg auf keinen Fall!«

»Und was machen wir jetzt?« Andrés Stimme klang schrill, als stünde der kurz davor, die Nerven zu verlieren. Robin, der sich wie ich bisher im Hintergrund gehalten hatte, schien das ebenfalls zu spüren. »Hey, beruhige dich, Mann.« Er berührte Andrés Schulter und zog ihn sanft, aber bestimmt von Maik fort.

»Wir können nur warten, bis es ihm besser geht.«

»Und wenn es ihm nicht besser geht und er uns hier oben unter den Händen wegstirbt? Außerdem geht uns der Sauerstoff aus, wir können nicht einfach hierbleiben!«

»André hat recht«, schaltete ich mich ein und hielt Sebastians Blick stand. »Wenn wir länger hier oben bleiben, geht es uns bald genauso schlecht wie Maik. Wir müssen absteigen.«

»Dann bleibe ich bei ihm«, sagte Robin sofort.

»Nein!« Sebastian hob drohend eine zitternde Hand. »Du wirst tun, was ich sage, Voss. Ich bin dein Bergführer, ich bin für dich verantwortlich und ich lasse nicht zu, dass du hier oben draufgehst. Du steigst ab, Ende der Diskussion!«

»Und was ist mit ihm?« Ich konnte den wachsenden Zorn in Robins Stimme hören, als er eine ausladende Geste in Maiks Richtung machte. »Sollen wir ihn einfach hier liegenlassen, oder was?«

»Niemand wird einfach liegengelassen!«

Während die beiden eine hitzige Diskussion begannen, in die sich jetzt auch André und die Sherpas einmischten, entfernte ich mich ein paar Schritte und ging neben Maik in die Hocke. Seine Krämpfe schienen nachgelassen zu haben. Ein feines Rinnsal Blut hatte sein Kinn verfärbt. Ich streckte die Hand aus und wischte ihm vorsichtig den Schnee vom Gesicht.

»Maik?« Ich war mir der Sinnlosigkeit meines Vorhabens bewusst, doch eine andere Möglichkeit blieb mir nicht.

»Du musst aufstehen, bitte. Es ist nicht mehr weit bis Camp Vier und da können wir dir helfen.« Meine Stimme zitterte, doch ich zwang mich weiterzureden. »Ich bin sicher, dass du das packst, okay? Du musst nur aufstehen … Bitte.«

Beinahe hätte ich vor Schreck einen Schrei ausgestoßen, als Maik tatsächlich die Augen aufschlug.

»Mir ist heiß«, krächzte er und schnappte nach Luft, griff jedoch wie ein Ertrinkender nach meinem Arm, um sich an mir hochzuziehen. Mit jedem seiner flachen Atemzüge rasselte es besorgniserregend in seiner Lunge.

»Heiß …«

Ich warf einen hilfesuchenden Blick über die Schulter, doch Robin und die anderen stritten noch immer über unsere Vorgehensweise. Maik hatte sich jetzt in eine halbwegs sitzende Position gebracht und nestelte an dem Verschluss seines Daunenanzugs herum.

»Maik, du kannst das jetzt nicht ausziehen!«, protestierte ich und versuchte, ihn daran zu hindern, sich den Overall vom Leib zu reißen. Er war völlig manisch und trotz der bitteren Kälte war sein Gesicht schweißnass und gerötet. Inzwischen war ich mir fast sicher, dass er nicht bis Camp Vier durchhalten würde.

»Hey!«, brüllte ich über die Schulter, das reißende Gefühl in Lunge und Brust ignorierend. Robin und André erreichten mich als erste. Sie packten Maik, der unglaubliche Kräfte entwickelt hatte, und stopften ihn zurück in den Daunenanzug.

»Hey, Maiki.« Robins Hände zitterten, als er Maiks schweißnasses Gesicht mit beiden Händen fest umklammerte.

»Schaffst du's noch ein Stück weiter? Du musst, okay?«

Irgendwie zogen wir Maik auf die Füße. Das letzte Tageslicht schwand und bald hüllte uns Dunkelheit ein. Wir schalteten unsere Stirnlampen ein, doch es half nichts, heftiges Schneegestöber nahm uns die Sicht und peitschte schmerzhaft gegen alle ungeschützten Stellen. Stetig näherten wir uns der Sicherheit von Camp Vier.

Unfassbare Erleichterung durchflutete mich, als wir endlich den steilen Eishang erreichten, der uns noch vom Camp trennte. Ich half André, das Fixseil aus dem Neuschnee zu graben, dann befestigten wir Maiks Karabiner daran und ließen ihn herunter. Wie ein nasser Sack hing er im Seil und es kostete uns alle noch verbliebene Energie, ihn nicht abstürzen zu lassen. Sebastian beeilte sich, ihm zu folgen und nacheinander kletterten wir alle den Eisfall hinab.

Wie Untote taumelten wir auf die Lichter von Camp Vier zu. Jeder Schritt war eine Qual und es dauerte eine Ewigkeit, bis wir die Zelte endlich erreichten. Dort angekommen fielen wir alle zusammen in eins der zwei Zelte unserer Expedition, die Steigeisen noch an den Füßen. Nur Tempa und Pempa verzogen sich in ihre eigenen Zelte, doch ich hörte, wie Tempa versprach, Hilfe für Maik zu organisieren. Niemand konnte noch mehr als ein paar Worte sprechen, geschweige denn in den Schlafsack klettern. Keuchend lagen wir da, kreuz und quer auf dem Zeltboden verteilt. Wir hatten es geschafft. Ich war so erschöpft wie noch nie in meinem Leben. Unter normalen Umständen wäre ich sicher sofort eingeschlafen, doch der Gedanke an die anderen Expeditionen, die todsicher auf dem Berg festsaßen, ließ mich nicht los. Außerdem brauchte Maik dringend Hilfe.

»Seb … Du muss Alex anfunken«, keuchte ich und sank gegen einen Rücken, der hinter mir lag. Vermutlich war es Robin.

»Maik braucht Hilfe.«

»Bis der Sturm nachlässt, können wir nichts für ihn tun«, entgegnete Sebastian düster griff aber nach dem Funkgerät in seiner Tasche. Im Licht der flackernden Solarlampe, die irgendjemand eingeschaltet hatte, wirkte sein Gesicht grau und leblos.

»Ich hätte diese dämliche Scheiße einfach nicht erlauben dürfen. Er hätte nicht mitkommen dürfen. Er war von Anfang an nicht fit genug für den Gipfel.«

»Du konntest ja nicht wissen –«, begann ich, unterbrach mich aber, als das Funkgerät knackte.

»Alex? Alex! Bitte kommen.«

Stille. Ich zuckte zusammen, als ein Windstoß ins Zelt wehte. Einer der Sherpas von der niederländischen Expedition begrüßte uns mit einem Nicken und wir deuteten auf Maik, der sich in einer Ecke des Zeltes zusammengerollt hatte. Wortlos näherte er sich seinem Patienten und öffnete den Medikamentenkasten, den er bei sich trug. In der Leitung rauschte es noch immer.

»Alex! Bitte kommen! Verdammte –«

»Seb? Ich bin da.«

Mein Herz machte einen erleichterten Hüpfer. Robin neben mir richtete sich auf. Ich griff nach seiner Hand. Auf Sebastians Wangen hatten sich hektische rote Flecken gebildet. Er umklammerte das Funkgerät, als hinge sein Leben davon ab.

»Wo seid ihr?«, fragte Alex. Er klang sichtlich nervös.

»Wir …« Sebastians Stimme zitterte. »Wir sind in Camp Vier. Der Sturm hat uns auf Höhe des Südsattels voll erwischt. Maik muss so schnell wie möglich runter, ich glaub, er hat einen Höhenkoller … ein Lungenödem.«

Kurz rauschte es in der Leitung, ehe Alex' Stimme wieder erklang: *»Verstehe. Scheiße. Gebt ihm eine Steroidspritze, wenn es nicht besser wird.«*

Sebastian warf einen flüchtigen Blick über die Schulter, wo der fremde Sherpa sich noch immer über Maik beugte.

»Ja … er wird gerade versorgt. Wo ist Isa? Kann ich sie sprechen?«

»Isa ist gerade nicht hier. Im Basislager geht ein ziemlich heftiger Magen-Darm-Virus um, sie hat alle Hände voll zu tun.« Auch Alex schien zu merken, dass Sebastian langsam die Nerven verlor.

»Morgen Früh wird das Wetter wieder ruhiger. Dann steigt ihr ab, okay? Ihr packt das. Und Maik wird wieder. Und wenn nicht … wenn er komatös wird, dann müsst ihr ihn zurücklassen.«

Ich spürte, wie Robin für einen kurzen Moment meine Hand drückte, doch er sagte nichts. Maiks Möglichkeiten schwanden mit jeder Minute, die wir hier oben weiter mit Ratlosigkeit verschwendeten. Ich lehnte mich gegen Robins Schulter, um Halt zu finden. Derweil setzte Sebastian wieder zum Sprechen an: »Okay, Alex. Alles klar.« Seine Stimme klang mechanisch, doch seine Augen waren gläsern. Niemand von uns hatte ihn je mit der Fassung ringen sehen.

»Er kann es schaffen. Aber ihr dürft keine Zeit verlieren. Je früher er unten ist, desto besser. Ich sage den Leuten in Camp Drei Bescheid. Dort wird ihm dann geholfen, alles klar?«

»Alles klar.«

Das Funkgerät piepte einmal, dann war das Gespräch beendet und das Brüllen des Sturms hatte uns wieder. Ohne ein weiteres Wort zu sprechen, krochen wir in unsere Schlafsäcke. Robin drehte sich zu mir, sodass sich unsere Arme berührten. Ich schloss die Augen und versuchte, alle Emotionen in mir auszuschalten.

Das Piepen des Funkgeräts riss mich aus meinem Dämmerzustand. Es rauschte, knackte und fiepte. Jemand sprach mit blecherner Stimme, doch ich verstand kein Wort. Ich hatte keine Ahnung, wie viel Zeit vergangen war, ob ich geschlafen oder nur nachgedacht hatte. Vielleicht träumte ich ja auch. Doch das Funkgerät fiepte immer noch.

Sebastian, der dem Gerät am nächsten war, fuhr auf. Jemand knipste die Solarlampe an. Erst jetzt ergaben die Worte einen Sinn.

»Sebastian? Bitte kommen.«

War das Neil? Robin, ebenfalls wach, zog mich in eine aufrechte Position, auch wenn mir dadurch schwindelig wurde. Andrés Gesicht tauchte auf der anderen Seite der Lampe auf. Es war kalkweiß.

»Neil?« Sebastian umklammerte das Funkgerät mit zitternden Fingern. »Wo seid ihr?«

»Wir … oberhalb des Südsattels … Der Sturm hat uns überrascht … … in einer Mulde …«

Das Funkgerät übertrug nur einzelne Fetzen von Neils Worten, doch es genügte, um uns allen klar zu machen, dass er und seine Truppe in ernsten Schwierigkeiten steckten. André fluchte leise.

»Seid ihr alle okay?«, fragte Sebastian.

»… Kundin … nicht ansprechbar. Zwei unserer Sherpas fehlen … brauchen Hilfe. Ich weiß nicht … tun soll.«

Die immense Kälte von draußen kroch unter meine Haut und ließ mein Blut gefrieren. Ich kniff die Augen zusammen und bettete den Kopf auf meine Knie. Dieses Gefühl der Machtlosigkeit war grauenhaft.

Sebastian ächzte leise. Im Licht der Solarlampe schimmerte seine blasse Haut wie Marmor. »Wie viele von euch sind noch fit genug, dass sie absteigen können?«, fragte er. Ich fand Robins Hand und drückte sie so fest ich konnte. Ich wusste, was Sebastian vorhatte. Und auch Neil wusste es.

»Verlang das nicht von mir«, bat er tonlos und das leise Rauschen, das erneut einsetzte, übertönte die Geräusche der anderen im Hintergrund. *»Sie sterben hier oben, ehe …«*

Sebastians Lippen zuckten. »Okay, okay, lass mich nachdenken!« Er schlug sich mit der Hand ein paar Mal hart gegen die Stirn. »Kannst du eure Position abschätzen? Zumindest ungefähr?«

»Circa 350 Meter oberhalb des Südsattels …«

Sebastian kniff die Augen zusammen, um sich zu konzentrieren. »Okay, gut. Neil? Ich möchte, dass du das Stück zum Vorratslager absteigst und Sauerstoff für die Leute holst, denen es am schlechtesten geht. Lass Jackson bei den anderen. Vielleicht können sie es mit Sauerstoff schaffen. Was meinst du?«

»Jackson ist weg.«

Sebastians Blick schoss zu uns hinüber. »Was meinst du damit?«, fragte er scharf. Seine Schultern bebten und er zwang sich zu einem tiefen Atemzug, um nicht die Fassung zu verlieren.

»… nicht finden. Der Sturm … zu stark.«

»Scheiße. Also … denkst du, du schaffst es zum Vorratslager, Neil?«

»Ich kann es versuchen.«

Kurz suchte Sebastian erneut unseren Blick, doch dann entschied er für sich selbst. »Ja … musst du. Wünschte es wäre anders. Wir bleiben in Kontakt, ja? Melde dich, wenn du das Vorratslager erreicht hast, alles klar?«

»Jaah … Alles klar.«

18. September, Eckernförde

Alicia, zweieinhalb Jahre zuvor

Die Sommersonne knallte vom wolkenlosen Himmel und versengte mir die Kopfhaut, während ich mit meiner Mutter durch den tadellos gepflegten Garten hinter meinem Elternhaus schlenderte. Mama ging vor den ausladenden Tomatenpflanzen in die Hocke und streifte die Blätter zur Seite, um einen fachmännischen Blick auf das Reifestadium der Früchte zu werfen.

»Die brauchen noch ein paar Tage Sonne«, entschied sie und rückte sich die Kappe meines Vaters zurecht, die sie sich als Sonnenschutz von der Terrasse mitgenommen hatte. Als sie sich wiederaufrichtete, lächelte sie mich an, die Hände in die schmalen Seiten gestemmt. »Ach, es ist schön, dass ihr vor eurer Reise noch vorbeischaut, Schatz.« Sie berührte meine Schulter, ehe sie sich den Zucchinis zuwandte. »Und du hast auch alles an Ausrüstung beisammen, die du für Russland und Nepal brauchst?«

Ich konnte die leise Missbilligung in ihrer Stimme hören, mit der sie unsere bevorstehende Reise erwähnte. Ich legte den Kopf in den Nacken, atmete aus und ließ die Sonne einen Moment auf mein Gesicht scheinen. Von der Terrasse her drang Janas Lachen an mein Ohr. Ich öffnete die Augen und blickte hinüber zu meinen Geschwistern, die zusammen mit Robin, Papa und Clarissa auf der beschatteten Terrasse saßen und sich angeregt unterhielten.

»Japp«, sagte ich, meiner Mutter immer noch den Rücken zugekehrt. »Alles vorbereitet. Keine Sorge, Mama.«

»Russland.« Sie richtete sich auf und kräuselte die Nase, so, als hätte dieses Wort einen fauligen Beigeschmack. »Da ist es doch wahnsinnig kalt.«

»Es ist Robins Heimatland«, sagte ich schulterzuckend. »Und außerdem gibt es auch in Russland ein paar warme Monate, ob du es glaubst oder nicht.«

»Weißt du«, sagte meine Mutter und knickte ein gelbliches Blatt vom Strauch der Tomaten ab. »Ich verstehe wirklich nicht, wieso ihr mit diesem Wahnsinn euer Geld verdient. Erst das Jahr in Indonesien und der Arktis, dann Asien und jetzt Russland und Nepal? Und dann auch gleich wieder ein halbes Jahr? Wollt ihr euer Geld nicht lieber in ein Häuschen investieren?«

»Mama.« Gegen meinen Willen musste ich über die tiefe Sorgenfalte auf ihrer Stirn lachen.

Sie seufzte. »Tut mir leid, Alicia. Ich kann's einfach nur nicht lassen, dir mütterliche Ratschläge zu erteilen. Du bist so selten hier.« Sie legte mir ihren Arm um die Schultern, als wir weiter zum hinteren Teil des Gartens schlenderten. Hier beschatteten drei hochgewachsene Tannen das Gras und am Teich in der Nähe des Zauns zirpten die Grillen im Schilf.

»Ich weiß, ich verstehe die Motivation hinter dieser Bergsteigerei nicht«, fuhr sie fort und wischte sich eine kleine, notgelandete Fliege vom Glas ihrer Sonnenbrille.

»Aber die Ästhetik verstehe ich schon – irgendwie.«

Wieder drang Lachen von der Terrasse herüber, diesmal von Nik, Robin und Papa, begleitet von einem empörten Wortschwall seitens Clarissa. Meine Mutter setzte sich auf einen der schmiedeeisernen Stühle vor dem Schuppen, nahm die Kappe ab und legte sie auf den runden Tisch, an dem sie und Papa an warmen Sonntagen frühstückten. Ich ließ mich auf dem freien Platz nieder und genoss das Gefühl meiner nackten Zehen im Gras.

»Robin hat abgenommen«, stellte Mama unvermittelt fest, den Blick prüfend auf die Veranda geheftet.

»Das sind die Medikamente.« Ich spürte, wie sie mich jetzt ansah, starrte aber angestrengt auf den Teich. »Aber wenigstens nimmt er sie. Anfangs hat er sich dagegen gewehrt – zu viele Nebenwirkungen.« Plötzlich war meine Kehle unangenehm trocken. Mamas Stuhl quietschte leise, als sie ihr Gewicht verlagerte, doch sie sagte nichts. Auch wenn ich nicht wusste, woher dieser plötzliche Drang zu reden kam, fuhr ich fort: »Aber es ist jetzt besser. Nach dem zweiten Entzug bei Sarah in der Schweiz ist er wirklich trocken und wir arbeiten an unserer Beziehung.« Die Hände in meinem Schoß krallten sich ineinander. »Ich habe mich bestimmt nicht immer richtig verhalten, wenn er … wenn es ihm nicht gut ging und ich glaube, ich habe die Dinge damit meist noch schwerer gemacht.«

»Niemand hat sich das ausgesucht, Schatz.« Mama nahm ihre Sonnenbrille ab, um sie zu putzen. Kleine Fältchen gruben sich in die Haut um ihre Augen, als sie diese vor der Sonne zusammenkniff. »Aber deswegen lernt man trotzdem, sich mit den Dingen zu arrangieren, so wie sie sind. Denkst du nicht, dass es ihm schon hilft, wenn du nur einfach bei ihm bist?«

Ich zuckte mit den Schultern. »Die meiste Zeit hält er mich auf Abstand, wenn es schlimm ist.«

Meine Mutter nickte, die Stirn in nachdenkliche Falten gelegt. »Hilfe anzunehmen, ist für manche Menschen ein Zeichen von Schwäche, da können Robin und dein Vater sich die Hand geben. Aber mit der Zeit wird es einfacher. Wenn er medikamentös gut eingestellt ist, wird es mit der Zeit besser werden.«

»Ja. Ich denke schon.«

Ein kurzes Schweigen entstand, in dem ich das, was ich fühlte, in Worte zu verpacken versuchte, doch es gelang mir nicht. Meine Mutter lenkte das Thema zaghaft in eine andere Richtung: »Kommt ihr im März denn zu Niks Abschlussfeier?«

Wie auf's Stichwort kam mein Bruder über den Rasen auf uns zu und ließ sich auf einem Fleckchen Sonne zu unseren Füßen nieder. Ich lächelte bei dem Gedanken daran, dass das ewige Nesthäkchen der Familie in ein paar Monaten seinen Ingenieur in der Tasche haben würde.

»Klar, bis dahin sind wir von den Expeditionen zurück«, sagte ich und wandte mich dann Nik zu. »Und? Machst du deiner Freundin dann einen Antrag?«

Nik beschattete sich die grünen Augen mit der Hand und schnitt mir eine Grimasse. »Ich würde vielleicht noch ein bisschen lauter darüber reden, damit sie es auch ja mitbekommt«, tadelte er mich und warf einen raschen Blick zur Terrasse, wo Clarissa in ein Gespräch mit Robin vertieft war. Beruhigt wandte er sich wieder mir zu.

»Aber ja. So ist der Plan.« Er grinste.

»Oh, Niki!« Ich beugte mich vor und strubbelte ihn durch das haselnussbraune Haar. Seine Wangen nahmen dabei einen zarten Rosaton an. Mama räusperte sich und setzte ihre gründlich geputzte Sonnenbrille wieder auf. »Letzte Woche war Jana nach der Arbeit hier und hat Papas Taschentuchvorrat in einem Heulkrampf vernichtet. Sie und Adrian haben sich getrennt. Diesmal endgültig, wie es aussieht.«

»Besser für sie«, entschied Nik naserümpfend. Ich warf Jana einen kurzen Blick zu, die mit ihrem kurzen blonden Haar und dem aufbrausenden Temperament viel mehr nach Papa kam, während Nik und ich in Aussehen und Charakter eher unserer Mutter glichen.

»Er war doch sowieso für nichts zu gebrauchen.« Mein Bruder schnaubte und ich beschloss, ihm beizupflichten: »Ja! Ich meine, wer arbeitet denn mit Ende zwanzig noch bei Starbucks? Ich bitte euch.«

Die Mundwinkel meiner Mutter zuckten bei dem Seitenhieb auf Janas Verflossenen. »Sag das deiner Schwester, aber sie wird es bestimmt nicht hilfreich finden.« Wir lachten und Nik stützte sein Kinn auf mein Knie, um der blendenden Sonne zu entgehen.

»Und ihr fangt in Russland und Nepal wieder so eine Challenge an?«, fragte er, die Brauen leicht erhoben. Ich schnaubte. »Als ob du nicht schon auf dem *KOLOSS*-Blog alles darüber gelesen hättest, du alter Heuchler.«

Nik grinste. »Und dich bei Instagram gestalkt. Immer, wenn ich mir diese irren Fotos und deine lächerlich hohe Followerzahl sehe, denke ich nur: Bäm! Das ist meine Schwester! Wie machst du das eigentlich, wenn ihr auf Expedition seid?«

Ich lachte in mich hinein. »Das Management kümmert sich um unsere Accounts, wenn wir unterwegs sind.«

»Na kommt, ihr beiden. Ich glaube, euer Vater hat die Würstchen fertig.« Mama erhob sich und Nik und ich ließen sich von ihr auf die Füße ziehen. Gemächlich schlenderten wir zurück zu den anderen.

»Du solltest auch noch etwas Sonne tanken, ehe du und Robin in diese Eishölle fahrt«, meinte Mama an mich gewandt und blieb vor den Stufen der Terrasse stehen. Nachdenklich strich sie mir eine Haarsträhne aus der Stirn. »Ihr müsst verrückt sein.«

»Sind wir«, versicherte ich ihr. Ich lächelte in mich hinein, denn so kurz vor dem Mount Elbrus kam das der Wahrheit näher, als meine Mutter ahnte.

2. Mai, Camp Vier, 8400 Meter

Alicia, Gegenwart

Die Nacht kam, doch das schien den Sturm nur noch mehr anzuheizen. Bis auf das schwerfällige Rasseln unserer Atemzüge herrschte Stille im Zelt, jeder hing seinen eigenen Gedanken nach.

Wir warteten. Darauf, dass Neil sich melden würde. Er musste einfach. Doch je länger ich darüber nachdachte, desto mehr lösten sich meine Hoffnungen in Luft auf. Wir hatten in der Dämmerung kaum unsere Hände vor den Augen erkennen können, in der Dunkelheit und dem seither nur noch heftiger gewordenen Sturm würde die Sicht des Bergführers praktisch bei null liegen. Auch der Nebel musste noch viel dichter geworden sein, sodass das Licht seiner Stirnlampe nur nutzloses Weiß reflektieren würde.

Neil würde die Orientierung verlieren und schließlich über einen Abhang oder in eine Gletscherspalte stürzen.

Ich setzte mich auf, zog die Knie an meinen Körper und bettete meine Stirn darauf. Ich durfte jetzt nicht in Panik verfallen und mir solche Szenarien ausmalen. So schlimm es sich auch anfühlte, im Moment konnten wir nichts für die anderen tun. Soweit wir wussten, waren nur wir, ein Paar von den Briten und die Holländer rechtzeitig in Camp Vier angekommen.

Menschen werden sterben oder sind es schon längst, dachte ich mit einer seltsamen Ruhe und war fast überrascht, als ich spürte, wie Tränen meine Wangen benetzten. Seit George Mallory als erster vor fast hundert Jahren hier oben sein Leben gelassen hatte, wiederholte sich die Geschichte stets. Durchschnittlich forderte der Everest fünf Todesfälle pro Saison ein, das hatte Sebastian oft genug erwähnt. Wir alle wussten das und waren trotzdem hier.

Ich krabbelte auf allen vieren zu Maik. Der Sherpa der Holländer war längst gegangen und ich hoffte, dass das Nifedipin half. Maik lag mit geschlossenen Augen da, sein Atem ging flach und rasselnd. Ich streifte die Handschuhe von meinen steifen Fingern und berührte sein Gesicht. Er reagierte nicht, doch die Hitze, die seine Haut am Südostgrat zum Glühen gebracht hatte, schien abgeklungen zu sein. Wenn Maik wirklich ein Lungenödem hatte, und seine Atmung klang genau danach, musste er so schnell wie möglich in geringere Höhen gebracht werden. Hier oben könnte ihn die Flüssigkeit in seiner Lunge umbringen.

Ich warf einen Blick über die Schulter. »Sebastian?«

Mein Bergführer zuckte zusammen, als ich ihn ansprach. Noch immer hielt er das Funkgerät in der Hand, so als wollte er die Tatsache Lügen strafen, dass sie seit fast zwei Stunden weder von Neil gehört noch ihn erreichen konnten.

»Wir müssen Isa noch mal anfunken. Maik geht es schlecht. Vielleicht können wir noch was tun.«

In Sebastians Gesicht zeigte sich keine Regung. Er sah aus, als hätte er in einer Schlacht gekämpft, seine Haut war bleich und wächsern. Kurz dachte ich, er würde protestieren, wenn ich die Leitung für den Fall, dass Neil sich melden würde, belegte, doch er sagte nichts. Ich nahm ihm das Gerät aus der Hand und funkte ins Basislager. Dieses Mal war Isa sofort zur Stelle. Ich beschrieb ihr den Werdegang von Maiks Symptomen so genau wie möglich. Danach schwieg sie einen Augenblick.

»Okay, hör zu, Alicia«, sagte sie und kurz knackte es so heftig in der Leitung, dass ich dachte, das Funkgerät würde in tausend Teile zerspringen. Draußen heulte der Wind so laut, dass ich mir das Funkgerät dicht an das Ohr pressen musste, um die Ärztin zu verstehen.

»Er muss so schnell wie möglich in geringere Höhen gebracht werden. Am besten unter 2500 Meter. Aber ich weiß, dass das gerade unmöglich für euch ist«, setzte sie schnell nach, als ich schon den Mund öffnete, um zu antworten. *»Selbst hier unten reißt der Sturm uns das Lager fast ab.«*

Nicht zum ersten Mal an diesem Tag spürte ich den heftigen Drang, einfach hysterisch loszulachen.

»Aber was, wenn sein Zustand sich bis dahin nicht verbessert?« Die Verzweiflung trieb meine Stimme ein paar Oktaven höher, sodass ich sie selbst kaum wiedererkannte.

»Über den Gletscher bekommen wir ihn in diesem Zustand niemals. Entweder er berappelt sich wieder und schafft es selbst zum Basislager oder …« Den Rest meines Satzes ließ ich in der Luft hängen. Ich schmeckte Blut. Meine Zähne hatten sich tief in meiner Zungenspitze vergraben.

»Das werden wir sehen, wenn es soweit ist.« Isas Stimme klang zuversichtlich, doch ich wusste, dass auch sie mit ihrer Fassung rang. *»Für's Erste könnt ihr nur etwas Schlaf bekommen, damit ihr morgen selbst fit genug für den Abstieg seid. Hat Maik schon die Höchstdosis an Nifedipin bekommen?«*

»Ja, der Sherpa hat ihm 30mg und einen Vitamincocktail gegeben und in ein paar Stunden bekommt er dieselbe Dosis nochmal.«

»Dann habt ihr vorerst alles in eurer Macht Stehende für ihn getan.«

»Aber Isa, wir können hier nicht einfach weg.« In meinen Augen standen jetzt Tränen, ich wischte sie fort.

»Das müsst ihr davon abhängig machen, wie die Lage ist.« Es war nun wieder Alex, der sprach. Isa hatte wortlos an ihn abgegeben. *»Ihr seid selbst ganz schön in die Mangel geraten und bevor euch auch noch etwas Schlimmeres zustößt, müsst ihr absteigen.«*

Es wurde eine harte Nacht. Trotz all der Gedanken, die in meinem Kopf schrien, glitt ich irgendwann in einen erschöpften Dämmerzustand.

Gegen sechs Uhr weckte uns Pempa. Während die anderen ihre Schuhe anzogen, krabbelte ich noch einmal zu Maik. Er war nach wie vor nicht ansprechbar, murmelte jedoch ständig unverständliche Worte vor sich hin; eine beunruhigende Tatsache, denn offenbar litt er inzwischen wieder an Hypoxie. Noch nie in meinem Leben hatte ich mich so nutzlos gefühlt.

Der Sturm hatte sich verzogen, auch wenn die brutale Kälte geblieben war. Einzig ein paar windzerfetzte Schneewolken hingen noch an den Felsen, dahinter zeigte sich ein provozierend blauer Himmel. Sebastian verzog sich an den Rand des Sattels, das Funkgerät umklammert. Ich wandte den Blick rasch ab, um seine Verzweiflung nicht mit ansehen zu müssen.

Im Hochlager herrschte angespannte Notfallstimmung. Die wenigen Bergsteiger, die sich mit uns hier aufhielten, setzten alles daran, ihre vermissten Kollegen zu erreichen oder führten hitzige Diskussionen per Funk mit ihren Managern im Basislager. Von den Gesprächen um mich herum erfuhr ich, dass die Japaner am Gipfelgrat feststeckten. Zwei Texaner wurden irgendwo im Gipfelbereich vermisst, ein Däne und ein Ire, so wie Neil, Jackson und ihr Team. Insgesamt waren noch zehn Menschen da oben. Alle anderen hatten es zurück ins Camp Vier geschafft oder waren vor dem Sturm in Camp Drei geblieben.

Nach einer orkangepeitschten Nacht mit Temperaturen bis zu minus 20 Grad und schwindendem Sauerstoff würde keiner der Vermissten in der Lage sein, aus eigener Kraft abzusteigen. Übelkeit verknotete meine Eingeweide, gemischt mit Panik. Die hier Anwesenden waren die einzigen Rettungskräfte.

Ein Aufschrei von Sebastian irgendwo hinter mir ließ mich herumwirbeln. Neil war am anderen Ende der Leitung, verwirrt und irrational zwar, aber am Leben. Er sprach mit seinem Manager im Basislager. In der Dunkelheit hatte er die Orientierung verloren, doch als sein Manager ihn antrieb, weiter in Bewegung zu bleiben, lachte er nur leise.

»Ich sitze seit dem Morgengrauen in einer Schneegrube und lass mich einschneien. Meine Beine tun's nicht mehr«, sagte er und die Resignation in seiner Stimme trieb mir einen eisigen Schauer über den Rücken. *»Ist Jackson bei euch? Ich glaube, heute Nacht kam er hier vorbei. Ihm ging's gut … Er trug gar keinen Parka.«*

»Nein, Neil. Du hattest Halluzinationen. Deshalb musst du jetzt aufstehen, okay? Ich möchte, dass du jetzt aufstehst.« Doch Neil war bereits so verwirrt, dass er die Situation kaum richtig erfasste. Plötzlich wurde es still in der Leitung.

Sebastian schüttelte das Funkgerät wie wild, ohne Erfolg. André sprang auf und funkte seinerseits ans Basislager, um mit Isa Rücksprache zu halten. Sebastian folgte ihm wortlos, die Augen glasig.

Während die beiden Bergführer mit Isa und Alex die nächsten Schritte planten, drehte ich mich wie eine Schlafwandlerin zu Robin um und lehnte den Kopf kraftlos an seine Brust. In meinem Hinterkopf blitzte kurz der nervöse Gedanke auf, dass wir über den Kuss reden mussten.

»Wir hätten nie hierherkommen sollen«, murmelte ich mit erstickter Stimme. Die Tränen in meinen Augen brannten.

Robin sagte nichts, er drückte mich einfach nur an sich, während André und Sebastian sich im Laufschritt durch den Schnee auf uns zubewegten.

ZEHN

3. Mai, Camp Vier, 8400 Meter

Robin, Gegenwart

»Phurba, Ngawang und Tempa bringen Maik zu Camp Drei«, informierte Sebastian uns. Sein Blick wanderte abwechselnd von Alicia zu André und blieb schließlich an mir hängen. Er wirkte angespannt, aber in seinen Augen stand eine wilde Entschlossenheit, die an Wahnsinn grenzte.

»André, du gehst ihnen voraus und kümmerst dich darum, dass in Camp Drei alles für Maik vorbereitet ist. Ngawang und Phurba warten dort auf dich. Du nimmst Alicia mit. Robin und ich gehen Neil suchen, er kann nicht weit vom Vorratslager sein und Alex sagt, der Wetterradar sieht im Moment gut aus.«

»Ich gehe auch mit«, stellte Alicia klar und fixierte Sebastian mit einer Mischung aus Überraschung und Zorn. »Wenn Robin geht, gehe ich auch.«

»Du gehst mit André«, beharrte Sebastian und seine Miene ließ keine Widerrede zu. »Wir stoßen zu euch, ehe die Sonne untergeht. Und wir bleiben per Funk in Kontakt, vielleicht ist es nötig, dass noch mehr helfen, je nach dem in welchem Zustand die Briten sind. Aber wir müssen jetzt gehen und ihr auch!«

»Aber …« André nahm Alicia beim Arm und wollte sie kurzerhand mit sich ziehen, doch sie riss sich los und machte ein paar Schritte auf Sebastian zu.

»Wieso nimmst du Robin mit da hoch, noch dazu ohne einen einzigen Sherpa? André ist dein Bergführer, er sollte mitkommen!«

Für einen kurzen Moment sah Sebastian aus, als hätte er nicht übel Lust, Alicia zu schlagen. »André steigt ab und kümmert sich in Camp Drei um alles«, knurrte er und warf ihr einen finsteren Blick zu. »Ich brauche einen Bergführer weiter unten, der eine zweite Rettungsaktion veranlassen kann, falls es nötig ist. Außerdem begleiten uns die Sherpa der Holländer, verdammt nochmal. Und jetzt los. Du bist seit Jahren dabei, Alicia, du weißt genau, dass du hier oben zu tun hast, was ich sage!«

Noch nie hatte er auf diese Weise mit ihr gesprochen, doch anders als ich befürchtet hatte, erwiderte Alicia nichts mehr. Sie starrte ihn nur wortlos an, bis er sich abwandte und sich schnellen Schrittes entfernte.

»Komm, Alicia.« André griff erneut nach ihrem Arm, vorsichtiger jetzt, doch sie hielt sich an mir fest und blickte sorgenvoll in mein Gesicht hinauf.

»Pass auf dich auf«, bat sie. »Okay?« Ehe ich etwas erwidern konnte, warf sie sich in meine Arme.

»Ja, klar«, murmelte ich, überrumpelt, aber glücklich, trotz des Horrors, in dem wir mittendrin steckten. »Wir sehen uns unten. Versprochen.«

Ein letztes Mal drückte ich ihre Hand, dann folgte sie André und verschwand zwischen den Zelten, um ihre Ausrüstung zu holen.

Sebastian und ich schnallten wortlos unsere Steigeisen an. Ich war nervös, wollte ihm das aber nicht zeigen.

Wir stießen zu den sechs Bergsteigern der holländischen Expedition, die uns begleiten würden, und brachen auf, ohne dass wir groß sprachen.

Ich versuchte, meine Gedanken nicht zu sehr auf meine eigene Erschöpfung zu lenken und mich stattdessen einzig darauf zu konzentrieren, Neil zu finden. Er hatte gesagt, dass er in einer Schneemulde saß, es blieb also keine Zeit mehr zu verlieren. Würden wir ihn nicht bald finden, würde er erfrieren.

Es war ein seltsames Gefühl, sich ohne unsere Sherpas wieder auf den Weg Richtung Gipfel zu machen, doch Sebastian hatte nicht gelogen, drei der holländischen Sherpas begleiteten uns. Ehe wir unsere Sauerstoffmasken überzogen, stellten die Holländer sich vor und Sebastian besprach sich kurz mit ihnen, doch ich hörte nur mit halbem Ohr zu. Ich dachte an Alicia und wie froh ich war, dass Sebastian auf ihren Abstieg bestanden hatte. Sie hatte mich geküsst. Doch so gern ich meine Konzentration darauf gelenkt hätte, fiel es mir unglaublich schwer, meine Gedanken über die Rettungsaktion hinaus zu richten. Vielleicht würden wir zu spät kommen und sie alle waren schon tot, erfroren, allein und ohne Hoffnung. Bei diesem Gedanken drehte sich mir der Magen um und ich bereute die kleine Menge Tee, die ich am Morgen auf Tempas Drängen hin heruntergewürgt hatte.

Unsere Rettungsaktion war ein Wettlauf gegen die Zeit. Ohne ein Wort zu sprechen, kletterten wir im schnellstmöglichen Tempo auf den Südsattel zu. Die Spuren, die wir am Abend zuvor im Schnee hinterlassen hatten, waren vom Sturm fortgeweht worden und immer wieder mussten wir die Fixseile mithilfe unserer Eispickel aus einer knietiefen Schneeschicht graben.

In regelmäßigen Abständen unternahm Sebastian den Versuch, Neil per Funk zu erreichen, doch seit seinem Gespräch mit dem Manager hatte ihn niemand mehr erreicht. Vielleicht waren die Batterien seines Funkgeräts leer, das versuchte ich mir jedenfalls einzureden.

Als wir das Areal um das eingeschneite Vorratslager am Südsattel erreichten, es war jetzt zehn Uhr morgens, trennten wir uns von den Holländern, die weiter aufsteigen würden, um auf dem Gipfelgrat nach den anderen Vermissten zu suchen. Kaum wateten die Holländer mit ihren Sherpas weiter durch den knietiefen Neuschnee, zog Sebastian sich die Sauerstoffmaske vom Gesicht.

»Wir finden ihn«, sagte er und seine Hand krallte sich in den Stoff meines Parkas. »Er hat gesagt, er sitzt in einer Mulde, er kann nicht weit sein …«

Ohne auf mich zu warten, hievte er sich weiter am Fixseil hoch. Vor uns tauchte das trostlose Lager für den frischen Sauerstoff auf.

»Es ist unmöglich zu sagen, ob er hier war«, meinte ich, die Stimme gedämpft von der Maske. Ich verfluchte die unberührte Schneedecke, die der Sturm nach seinem Abzug hinterlassen hatte.

»Ich glaube nicht, dass er hier war«, sagte Sebastian düster und schob eine leere, halb vom Schnee begrabene Sauerstoffflasche mit dem Fuß zur Seite. »Bei den Sichtverhältnissen wird er kaum mehr als 100 Meter weit gekommen sein, ehe er die Orientierung verloren hat. Es war wirklich eine Scheißidee, ihn bei dem Blizzard wieder da rauszuschicken. Das ist alles meine Schuld.«

Ich erwiderte nichts. Es würde Sebastian so oder so nichts nützen, wenn ich ihm meine Meinung darüber mitteilte, ob seine Entscheidung richtig oder falsch gewesen war. All das spielte jetzt keine Rolle mehr.

Mit wachsender Nervosität beobachtete ich die Schneewolken, die sich jetzt im Westen zusammenballten. Vielleicht zogen sie vorbei. Alex hatte gesagt, das Wetter sähe gut aus, doch was für eine Wahl war ihm auch geblieben? Wir hätten aufbrechen müssen, auch wenn wieder ein Sturm aufgezogen wäre, und vielleicht wollte er uns nur beruhigen, uns das, was uns so oder so bevorstand, einfacher machen.

Ich folgte Sebastian in eine schmale Rinne zwischen hoch aufragenden Felsformationen. Immer wieder rief er Neils Namen, also streifte auch ich mir die Sauerstoffmaske ab und stimmte in sein Rufen mit ein, doch niemand antwortete. Je länger wir den Südsattel absuchten, desto sinnloser kam mir dieses Unterfangen vor. Die Sichtverhältnisse wurden immer schlechter und obwohl es erst Mittag war, verdunkelte sich der Himmel über uns erneut. Irgendwo von Westen her donnerte es.

»Seb!« Ein Windstoß wehte mir Schnee ins Gesicht, der augenblicklich auf meiner Haut gefror. Sebastian hörte mich nicht. Sein roter Daunenparka etwa zehn Schritte vor mir war nur ein undeutlicher Fleck in endlosem Weiß. Ich brüllte mir fast die Seele aus dem Leib, ehe er auf mich aufmerksam wurde.

»Seb! Wir müssen umkehren! Es hat keinen Sinn!«, keuchte ich, als er endlich in Hörweite kam.

»Er muss hier irgendwo sein!« Sebastians stapfte durch den Schnee auf mich zu und sank dabei etwa knietief ein. Der nächste Windstoß fegte ihm die Mütze vom Kopf, doch er konnte sie gerade noch auffangen, ehe sie über den Abgrund gerissen wurde. »Wir können jetzt nicht einfach aufhören! Neil! *Neil!*« Wieder ging er dazu über, nach seinem Freund zu rufen, doch der Wind fraß jede einzelne Silbe von seinen Lippen. Hilflos ließ ich die Arme hängen und sah ihm dabei zu, wie er gegen den Wind ankämpfte. Das hier war Selbstmord. Ich dachte an Alicia, die Camp Drei inzwischen sicher erreicht hatte. Ich dachte an Neils Leute, die hoffentlich irgendwo über uns in einer Felsnische verharrten. Ich dachte an Neil selbst, der sich irgendwo auf unserer Höhe zwischen den Schneemassen verbarg. Sie alle verließen sich auf uns.

»Na schön«, knurrte ich in den Kragen meines Parkas und setzte meinen unterkühlten Körper in Bewegung, um Sebastian zu folgen.

Wir suchten das gesamte Areal des Südsattels ab, ohne auch nur die geringste Spur von Neil oder irgendeiner anderen Menschenseele zu finden. Das Gewitter zog immer weiter in unsere Richtung. Gestern hatten wir Glück gehabt, vielleicht würde es dieses Mal nicht so leicht sein, sich in Sicherheit zu bringen, würde der Sturm erst einmal in Fahrt kommen.

Das Funkgerät in Sebastians Tasche knackte unablässig. Es war Alex, der uns drängte, in Richtung Camp Vier abzusteigen, doch Sebastian hielt ihn so lange hin, bis der erste Blitz über uns den Himmel zerriss. Inzwischen lag die Vermutung, dass mein Bergführer langsam den Verstand verlor, durchaus im Bereich des Möglichen. Seit über zwei Stunden waren wir hier oben, es wurde höchste Zeit. Dieses Mal hielt ich mich nicht mit vielen Worten auf. Ich packte Sebastian am Arm, als ich ihn zu fassen bekam und zog ihn näher an mich heran, sodass er mich im Tosen des Sturms verstehen konnte.

»WIR! MÜSSEN! JETZT! ABSTEIGEN!«, brüllte ich und festigte meinen Griff, wie um meinen Worten Nachdruck zu verleihen.

Sebastian erwiderte nichts, er starrte mich einfach nur an, doch sein wut- und schmerzverzerrtes Gesicht sprach Bände. Wir beide wussten, was es bedeuten würde, wenn wir die Rettungsaktion jetzt abbrachen. Doch meine innere Stimme, die sich nur selten zu Wort meldete, war längst dazu übergegangen, hysterische Schreianfälle zum Besten zu geben. So grausam und unmenschlich diese Entscheidung auch war, wir mussten so schnell wie möglich zurück zu Camp Vier, oder man würde uns obendrein auch noch bergen. Die Zeit arbeitete erbarmungslos gegen uns.

»Willst du auch hier oben sterben?«, rief ich und stieß Sebastian in einem plötzlichen Wutimpuls von mir. Immer noch brachte er kein Wort heraus.

WHOOOM.

Im nächsten Moment traf mich etwas sehr Hartes und sehr Großes seitlich am Kopf und riss mich von den Füßen. Ich fiel, rutschte, verlor das Bewusstsein für oben und unten. Die Welt wurde aus ihren Angeln gerissen, wie eine Strohpuppe wurde ich durch weißes Nichts geschleudert und gleich, gleich musste der Aufprall oder der Sturz in Leere kommen, doch dann war da nur noch Schwärze, die alles auslöschte.

2. April, Oberstdorf

Robin, drei Jahre zuvor

Draußen goss es in Strömen und ich war nass bis auf die Haut, als ich die Haustür aufschloss und das knappe »Morgen« einer Nachbarin nur mit einem kehligen Geräusch erwiderte. Dabei hätte es auch genauso gut Abend sein können. Das Konzept verstreichender Zeit war wie aus meinem Hirn geschwemmt.

Meine Hände zitterten schon wieder, so sehr, dass ich den richtigen Schlüssel für die Wohnungstür nicht zu fassen bekam. Das passierte immer, sobald sich der Nebel in meinem Kopf nach einer Nacht wie dieser allmählich lichtete. Mit jedem Herzschlag pulsierte es schmerzhaft hinter meinen Augen.

Oh Gott, du musst was verändern, Robin. So kannst du nicht weiter machen … Wie konnte es wieder soweit kommen? Wie … Ah, nein, das ist nur die Kälte. Ich bin nass und es ist arschkalt. Scheiß dich nicht ein, … Aber eigentlich weißt du genau, dass es die verdammten Entzugserscheinungen sind. Weil du ein beschissener Säufer bist. Ein scheiß Versagersäufer. Du hast versagt, schon wieder, du hattest einen Rückfall. Einen scheiß Rückfall. Du hast verloren.

Alicia kam mir erst in den Sinn, als ich schon im Flur unserer Wohnung stand, die Schulter gegen den Türrahmen gelehnt, um in der Vertikalen zu bleiben. Ihre Schuhe waren ordentlich unter der Garderobe aufgereiht, ihr Rucksack lehnte an der Kommode. Ich hörte ihre Stimme aus dem Wohnzimmer und irgendwo in meinem versoffenen Hirn besaß ich noch genug Geistesgegenwart, um die Tür möglichst leise zu schließen.

Sie telefonierte, und an der Heiserkeit ihrer Stimme erkannte ich sofort, dass sie geweint hatte. So betrunken konnte ich gar nicht sein, um das nicht zu hören. Natürlich hatte sie geweint. Scheiße, ich würde auch weinen, wenn ich mit so einem Versagerarschloch wie mir feststecken würde. Plötzlich schämte ich mich so sehr, dass jede Faser meines Körpers unter dem enormen Gewicht der Schuld ächzte.

Alicia schniefte und verneinte eine Frage. Sicher sprach sie mit Nik, er hatte immer ein offenes Ohr für sie. Ihr Bruder war ein guter Kerl. So viel besser als ich.

Auf der Kommode lagen ein Stapel Briefe, das grüne *KOLOSS*-Logo stach mir anklagend ins Auge. Neben der Garderobe stand ein Paket, noch nicht angerührt. Wahrscheinlich die tausendste Palette Energy Drinks. Erst jetzt nahm ich den unterschwelligen Geruch von Alkohol war, der neben der schweren Zitronennote des Raumsprays auszumachen war. Natürlich. Sie hatte mein Zeug weggekippt. Schon wieder. Wut knallte mir durch die Synapsen, ebbte aber rasch wieder ab. Ich war zu nüchtern, um irgendetwas richtiges zu empfinden. Abgesehen von der Schuld. Die blieb immer.

Im Wohnzimmer begann Alicia wieder zu weinen. Wie gern

wäre ich zu ihr gegangen, hätte sie in den Arm genommen und sie getröstet. Dabei war ich doch der Auslöser für ihre Tränen, der Grund für die Hölle, die sie Tag für Tag durchmachte. Wenn sie mich sehen würde, schwankend, nass und todmüde, nach Rauch und Whiskey stinkend, würde sie die Nerven verlieren, mich anschreien, ihre Drohung wahr machen und mich irgendwo zwangseinweisen lassen. Möglicherweise sogar Ben hierher bestellen. Die Geschichte würde sich wiederholen. Deshalb war es besser, wenn ich einfach wegblieb, mein Telefon ausschaltete und wartete, bis …

Bis was? Du schaffst es doch nicht mal mehr, einen halben Tag nüchtern zu bleiben, du scheiß Säufer. Dich wieder einweisen zu lassen wäre das Beste, was du –

»Robin?«

Sie hatte mich gehört. Vielleicht hatte ich die Gedanken, die wie Messerstiche auf mich niederhagelten, laut ausgesprochen, vielleicht nach Luft geschnappt. Ich wusste es nicht. Aber es war zu spät, ihre Schritte näherten sich. Ich überlegte nicht, sondern riss die Tür auf und stürzte in den dunklen Flur. Ich rannte, stolperte die Treppen herunter so schnell ich konnte. Alicias Stimme hallte wie die eines Geistes durch das Treppenhaus. Sie flehte mich an, zurückzukommen. Aber dafür war ich viel zu feige.

3. Mai, Südostgrat, 8400 Meter

Robin, Gegenwart

Als ich wieder zu mir kam, hatte ich kurz das sehr merkwürdige Gefühl, ich würde mich in Alicias altem Appartement an der Neptunstraße in Kiel aufhalten, wo die klapprigen Fensterläden mit voller Wucht gegen die Hausfassade zu schlagen pflegten, wann immer es windig war. Doch dieser kurze Eindruck verflüchtigte sich ziemlich schnell, als ich die Augen öffnete und feststellte, dass ich, bäuchlings und halb unter Schnee begraben, etwa vier

Schritte von einem Abgrund entfernt lag. Ein erstickter Entsetzenslaut drang aus meiner Kehle.

Unter größter Anstrengung wälzte ich mich auf die Knie und krabbelte auf allen vieren vom Abgrund weg. Dabei hämmerte mein Herz panisch gegen meinen Brustkorb: Wo war Sebastian? Was war das hier? Wieso … Mein Kopf schmerzte höllisch. Ein paar Meter weiter fand ich meine Sauerstoffmaske, die ich während des Sturzes verloren hatte. Sie war halb im Schnee verborgen. Zitternd ließ ich mich gegen einen Eisklotz sinken und berührte die pochende Schmerzquelle an meiner Stirn. Die Finger meiner Polypropylen-Handschuhe waren blutig, als ich sie wieder zurückzog. Halb realisierte ich, dass ich meine Überhandschuhe nicht mehr trug. Vorsichtig streckte ich Arme und Beine, doch bis auf den Riss in meiner Kopfhaut war ich unverletzt.

Orientierungslos blickte ich mich um, während die Erinnerungen an meinen Sturz langsam auf mich eintröpfelten. Seb … Ich war mit Sebastian oben am Südsattel gewesen und etwas hatte mich von den Füßen gerissen. Ich warf einen langen Blick auf die im aufgewirbelten Schnee liegenden Felsbrocken, von denen jeder etwa die Größe eines Baseballs hatte und konnte mein Glück kaum fassen. Dennoch schüttelte ich dieses überwältigende Gefühl schnell wieder ab. Ich hatte keine Ahnung, wo ich war, geschweige denn wie tief ich den Abhang hinuntergerutscht war. Über mir brüllte immer noch der Himmel, Blitze brannten sich in meine Netzhaut ein. Ich musste hier weg, so schnell wie möglich. Ich durfte nicht zu lange an einer Stelle verharren, sonst würde ich auskühlen und diesen verfluchten Vorsprung nie wieder verlassen.

Während ich mich auf die schwachen Beine kämpfte, versuchte ich krampfhaft, mir Sebastians Vorträge in Erinnerung zu rufen. Was war bei einem Unfall zu tun? Was, wenn man bei schlechten Sichtverhältnissen von anderen getrennt worden war? Jahr für Jahr hatte ich seine Infoveranstaltungen über mich ergehen lassen und jetzt verfluchte ich mich, jedes Mal abgeschaltet zu haben. Damals war es mir absurd vorgekommen, dass ich mich jemals selbst in einer solchen Situation wiederfinden würde. Natürlich, schließlich war das zu einer Zeit gewesen, in der Alicia und ich noch wie zwei Kaugummis aneinandergeklebt hatten. Ich hätte wenigstens dieses Jahr zuhören sollen.

Mit mechanischen Handgriffen befreite ich das Sichtfenster meiner Sauerstoffmaske vom Eis und setzte sie wieder auf, auch wenn ich wusste, dass der Inhalt der Flasche fast aufgebraucht war. Dann stapfte ich durch den Schnee auf die zerfurchte Felswand zu. Der Sturm hatte nachgelassen, stattdessen schien der Nebel noch dichter geworden zu sein. Ich zwang mich, ruhig zu bleiben, und betrachtete die Wand vor mir. Mit zitternden Fingern schaltete ich meine Stirnlampe an, die den Sturz ebenfalls wie durch ein Wunder heil überstanden hatte. Eigentlich war es ganz einfach; ich würde die Felswand hinaufklettern. Rein theoretisch würde ich die Route meines Sturzes dann nachvollziehen können, auch wenn ich keine Ahnung hatte, wie lang mein Fall tatsächlich gewesen war. Jedenfalls hatte Sebastian mich nicht gefunden und ich hörte ihn auch nicht nach mir rufen. Also führte die Felswand nicht schnurstracks zum Südsattel und ich war eine ganze Weile bewusstlos gewesen.

Ich nahm einen tiefen Atemzug, der in meinen Atemwegen brannte. Mir blieb keine Wahl, um diese Wand kam ich nicht herum. Ich schluckte. Die Aussicht, ohne Fixseil und Sicherung gute vier, fünf Meter aufwärts zu klettern, war alles andere als rosig. Meine innere Stimme begann wieder zu schreien.

»Okay …« murmelte ich, um mich zu sammeln.

»Okay.« Meine Finger umschlossen den Eispickel, den ich Gott sei Dank während meiner Rutschpartie nicht verloren hatte. Erneut betrachtete ich die Wand vor mir im Kegel meiner Stirnlampe und studierte ihre Beschaffenheit. Sie war gar nicht ganz so steil, wie sie auf den ersten Blick gewirkt hatte. Schätzungsweise neigte sie sich sogar um etwa 75 Grad von mir weg. Ihre Oberfläche bestand zum Großteil aus gefrorenem Eis, was gut für die Arbeit mit dem Eispickel war, der jetzt meine einzige Stabilität bedeutete. Immerhin, es war nicht das erste Mal, dass ich eine Wand ohne Sicherung in Angriff nahm. Damals mit Ben in der

Schweiz hatte ich so etwas an die hundert Mal gemacht, allerdings bei sommerlichen Temperaturen und mit Sauerstoff im Überfluss.

Ich schlug den Blick nieder und bemühte mich, an nichts zu denken, aber natürlich klappte das nicht. Alicia war diejenige, die in brenzligen Situationen einen kühlen Kopf bewahrte. Wäre sie jetzt hier, würde sie mir sagen, dass ich mich verdammt nochmal zusammenreißen musste.

Ich straffte die Schultern und wünschte, meinen Rucksack zurücklassen zu können, um zusätzliches Gewicht einzusparen, doch auf den letzten Rest zusätzlichen Sauerstoff wollte ich während meines Aufstiegs auf keinen Fall verzichten. Seltsamerweise wurde ich viel ruhiger, als ich beide Hände an die Wand legte, um die richtige Stelle für meinen Eispickel zu finden.

Während ich die Spitze des Pickels ins Eis trieb, dachte ich daran, dass ich Sarah besuchen würde. Bei meinem letzten Rückfall hatte sie sich großartig um mich gekümmert und wieder einen Menschen aus mir gemacht. Vielleicht würde Alicia mitkommen und Sarah würde Ben überreden, sich ein paar Tage aus dem Familienleben auszuklinken. Wir würden uns eine Auszeit nehmen, bouldern und Wände wie diese hier erklettern. Vielleicht würde ich in einem stillen Moment an diese vereiste Stelle unterhalb des Südsattels denken und lachen. Ja, ich würde lachen. Aber dafür musste ich zurückkommen.

Als ich das nächste Mal innehielt, hatte ich etwa zwei Meter hinter mich gebracht. Ich riskierte einen Blick über die Schulter und sah, wie sich das Unwetter mit seinen dunklen Wolken auf das Khumbu-Tal zuschob – weg von mir. Doch der Nebel blieb und hüllte mich in weißes Nichts. Ich kletterte weiter. Jeder Griff und jeder Schritt waren ein Risiko, doch ich hatte das Gefühl für die Wand nicht verloren. Trotz meiner Erschöpfung kam ich schnell voran und ich empfand ich eine Art Glücksgefühl, als der Vorsprung über mir näher und näher kam. Vielleicht hatte Sebastian Neil in der Zwischenzeit gefunden.

Gerade, als ich mich an einer vereisten Flanke hochziehen wollte, brach diese unter meinem Gewicht ab. Kurz hatte ich das

Gefühl zu fallen, doch meine Füße steckten sicher in einer Nische und der Halt des Eispickels in meiner anderen Hand rettete mir das Leben. Ich hielt kurz inne, um mich zu sammeln, dann zog ich den Pickel vorsichtig aus dem Eis und arbeitete mich weiter voran. Bestimmt war es mittlerweile früher Nachmittag, was bedeutete, mir blieben etwa noch zwei, drei Stunden Sonnenlicht. Ich musste mich beeilen.

6. Februar, Oberstdorf

Robin, ein Jahr zuvor

Sie kam erst zurück, als sich zwischen den Hochhäusern der Stadt schon das erste Sonnenlicht zeigte. Die Haustür fiel leise ins Schloss, ganz so, als hoffte sie, dass sie mich nicht wecken würde. Der Morgen war frostig, doch die Taubheit der Nacht hatte noch nicht von mir abgelassen. Ich trug immer noch die Sportsachen, mit in denen ich mich am Abend zuvor besinnungslos gelaufen hatte. Der getrocknete Schweiß auf meiner Haut war kalt. Ich spürte kaum, wie die Asche des Joints zwischen meinen Fingern auf meinen Oberschenkel rieselte. Unter mir erwachte die Stadt allmählich zum Leben, aber es kam mir vor, als passierte in mir das Gegenteil.

Es vergingen ein paar Minuten, dann trat Alicia zu mir auf den Balkon hinaus. Sie trug eine Reisetasche bei sich, trotzdem setzte sie sich auf den zweiten Stuhl. Wir schwiegen uns an, während die aufgehende Sonne unsere Gesichter in dickflüssiges Gold tauchte. Irgendwann drehte ich den Kopf. Sie weinte. Stumme Tränen flossen ihr über die Wangen, doch sie gab kein einziges Geräusch von sich. Meine Finger zuckten kurz, doch ich zog ein letztes Mal an dem Joint, ehe ich ihn zwischen den Eisenstangen des Balkongeländers in die Tiefe schnippte. Kurz erfüllte mich der Drang, ihm einfach hinterher zu springen.

»Ich kann das nicht mehr, Robin. Ich werden den Vertrag mit *KOLOSS* kündigen. Ich bin raus.«

Ich beugte mich nach vorn, stützte die Ellbogen auf die aufgeschlagenen Knie und krallte die Hände so fest in meine Haare, dass es endlich wehtat. Ich wusste, wohin ihre Worte uns führen würden und das wollte ich nicht, konnte ich nicht, nicht jetzt, nicht irgendwann, nie. *Bitte, nie.* Aber mir kam kein Laut über die Lippen. Völlig machtlos ließ ich zu, dass sie nach einem zitternden Atemzug weitersprach.

»Ich habe jetzt eine feste Stelle und ich muss Verantwortung übernehmen. Das hier, das tut keinem von uns mehr gut, das weißt du selbst. Das müssen wir jetzt endlich einsehen.«

Sie wirkte beinahe gefasst, ihre Worte klangen lächerlich einstudiert, so als hätte sie es vor dem Spiegel geübt. Vermutlich hatte sie das.

»Ich glaube, es ist besser, wenn wir uns nicht mehr sehen. Wenn wir Schluss machen.«

Wenn wir Schluss machen.

Der Schorf auf meinen Knöcheln platzte auf, als ich die Fäuste zusammenballte, nur um irgendetwas zu tun, um einen Gegendruck zu erzeugen, um nicht auseinanderzufallen, mich nicht aufzulösen.

Wenn wir Schluss machen. Schluss machen. Schluss.

»Ich kann ausziehen. Du kannst die Wohnung behalten, das ist in Ordnung für mich.«

»Nein«, murmelte ich, ohne dass ich den Worten meine Erlaubnis erteilt hätte. »Nein, ich …«

Im nächsten Moment war ich auf den Füßen, stürzte durch die Balkontür ins kalte Halbdunkel. Ich hätte mit ihr sprechen sollen, sie überzeugen zu bleiben, flehen, betteln, *irgendetwas* tun, doch ich war nicht mehr Herr meiner Sinne. Hinter mir hörte ich sie weiterreden, ihre verdammte, unechte Begründung weiterführen, doch wir sprachen schon längst nicht mehr dieselbe Sprache. Mit ein, zwei stockenden Schritten war ich bei der Küchentheke und stützte mich mit den Händen ab. Ich bekam keine Luft. Panik überflutete meine Gedanken, ertränkte alles in meinem Kopf. Der Lärm, der Alicias Stimme übertönte, als ich mit einer jähen Bewegung Gläser, Briefe, Bücher, Schlüssel und all den anderen Scheiß von der Theke wischte, war erlösend.

Ihre Stimme wurde lauter, schriller, was mich nur dazu trieb, herumzuwirbeln und mit dem Wohnzimmertisch weiterzumachen. Die Glasplatte zersplitterte auf dem Steinboden, Scherben gruben sich mit jedem Schritt in die Sohlen meiner nackten Füße, doch es kümmerte mich nicht. Alicia schrie und für den Bruchteil einer absurden Sekunde wurde mir bewusst, was ich hier eigentlich tat, doch die verdammte Wohnung zu zerlegen war alles, was mir in meiner Hilflosigkeit noch blieb.

»Robin!« Alicias Stimme, die ich vielleicht nie wieder hören würde, zerschnitt das Chaos. »Hör auf damit! *HÖR AUF!*« Ihre Finger krallten sich in den Stoff meines T-Shirts. Die Naht riss auf. In meiner Taubheit stieß ich sie von mir. Sie taumelte gegen die Theke, das Gesicht tränennass. »Hör mir doch zu!«

»Nein, du hörst mir jetzt zu!«, brüllte ich und schlagartig herrschte Stille in der Wohnung. Ihr Gesicht schien nur noch aus riesigen, fassungslosen Augen zu bestehen, doch das gab meinem blinden Zorn nur eine perverse Genugtuung. Wie automatisiert griff ich nach der Obstschale, das einzige Objekt, was noch auf der Theke stand, und schleuderte es quer durch den Raum. Die Schale krachte gegen die Wand, zersprang in tausend Teile und hinterließ eine tiefe Kerbe in der Tapete. Äpfel kullerten über den Teppich.

»Du gehst nirgendwo hin! Du kannst nicht einfach verschwinden, du …« Sie wich mir aus, als ich nach ihrem Arm greifen wollte, doch im Flur holte ich sie wieder ein.

»Alicia!«

Mein linker Arm drückte sie gegen die Wand, vielleicht tat ich ihr weh, doch das war mir egal. Sie hatte es verdient, vielleicht würde sie dann wissen, wie sich das, was sie mir antat, anfühlte.

Wenn wir Schluss machen.

Die nackte Angst in ihren Augen weckte mich auf, riss mich zurück. Ich taumelte rückwärts, stieß mit dem Rücken gegen die Kommode und schnappte nach Atem. Ich drehte den Kopf, blickte auf das Chaos im Wohnzimmer, die blutigen Fußabdrücke auf dem Boden. Es war, als drückte jemand den Pause-Knopf.

Alicia hielt mich nicht auf, als ich an ihr vorbei ins Schlafzimmer stürzte, den Kleiderschrank aufriss und meine Sporttasche aus einem der Fächer zerrte, ich ein paar Klamotten hineinstopfte und mich in meine Schuhe kämpfte. Wie in Trance eilte ich ins Bad, leerte meine Seite des Spiegelschranks aus und zog mir eins meiner Sweatshirts über den Kopf. Ich musste hier weg. Weg von ihr, weg von dem, was ich getan hatte.

Alicia machte mir Platz, als ich mit meiner Tasche an ihr vorbei hastete. Kurz bevor ich die Tür öffnete, sah ich sie noch einmal an, aber in ihrem Blick stand keine Angst oder Bestürzung mehr. Es war Erleichterung.

3. Mai, Südostgrat, 8400 Meter

Robin, Gegenwart

Die Finger in meinen Handschuhen waren steif und schmerzten, als die Kante des Vorsprungs endlich in Reichweite kam. Mit letzter Kraft rammte ich den Eispickel in die lockere Schneeschicht und zog mich daran hoch. Keuchend wuchtete ich erst ein Bein, dann das andere über den Vorsprung, bohrte die Zacken der Steigeisen in das Eis und arbeitete mich Zentimeter für Zentimeter weiter voran.

Hustend lag ich eine Weile im Schnee.

Mit einem Anflug von Panik riss ich mir die Sauerstoffmaske vom Gesicht, setzte mich auf und streifte meinen Rucksack ab, in der irren Hoffnung, der Regler wäre nur vereist, doch natürlich war die Flasche restlos leer. Ich schluckte und zwang mich, möglichst ruhig zu atmen. Ich wollte aufstehen, weitergehen und nach Sebastian suchen, doch es war so viel einfacher, hier sitzen zu bleiben und mich auszuruhen. Der Nebel war ohnehin so undurchlässig, dass ich sogar Schwierigkeiten hatte, die giftgrünen Spitzen meiner Bergschuhe zu erkennen.

Die Beunruhigung darüber, dass mir die lähmende Kälte, je länger ich hier saß, immer weniger auszumachen schien, schob ich entschlossen beiseite. Die Anstrengung des Aufstiegs hatte mich erhitzt, das war alles.

Ich ließ mich wieder auf die Ellbogen fallen und bettete den Kopf für einen Moment auf die Arme. Ich würde mich ein paar Minuten ausruhen und dann nach Sebastian suchen. Wenn ich ihn nicht fand, würde ich den Weg zurück zum Camp allein suchen und Alicia schon morgen wiedersehen. Ja, so würde ich es machen. Wenn ich mich nur ein paar Minuten …

Mein Körper warnte mich mit einem Zucken, das wie ein elektrischer Schlag durch meine Muskeln peitschte. Ich hob den Kopf und schüttelte den Schnee ab, der mich inzwischen bedeckt hatte.

»Fuck …«, murmelte ich, nicht sicher, tatsächlich laut gesprochen zu haben. Orientierungslos kämpfte ich mich auf die Beine, ein einziger Kraftakt, der fast körperliche Schmerzen bedeutete. Ich hatte keine Ahnung wie viel Zeit vergangen war, aber ich musste jetzt weiter. Ich drehte mich dem schneidenden Wind entgegen und ging los. Auch wenn ich stetig einen Fuß vor den anderen setzte, hatte ich das Gefühl, mich kaum vorwärts zu bewegen. Ich hatte längst die Orientierung verloren, wusste nicht mehr, ob ich überhaupt noch in die richtige Richtung lief oder wie viel Zeit mir noch bis zur Nacht blieb. Um mich herum war nichts als Weiß.

Ich spürte kaum, wie mein linker Fuß beim nächsten Schritt in einer Felsspalte stecken blieb und ich fiel. Der Schmerz, der dabei irgendwo in meiner linken Körperhälfte aufflammte, wurde so schnell von der alles einnehmenden Taubheit fortgespült. Hatte ich ihn wirklich gespürt? Halb bemerkte ich, dass mein Eispickel nicht mehr in meiner Hand war. Mit dem Gesicht nach unten blieb ich liegen, zu schwach, um mich zu rühren. Allein der

Gedanke an das Aufstehen war eine Tortur. Ich würde einfach hierbleiben, warten, bis es mir besser ging … War das Wärme, die sich in meinem Körper ausbreitete?

Meine Gedanken verflüchtigten sich, doch ein letzter blieb: Ich hätte mit Alicia absteigen sollen, als ich noch konnte.

ELF

3. Mai, Camp Drei, 7150 Meter

Alicia, Gegenwart

»Wir müssen jetzt was unternehmen André, jetzt!«, wiederholte ich zum dritten Mal, doch mein Bergführer lehnte nur den Kopf auf die Arme. Zu fünft saßen wir eng zusammengepfercht in einem der Zelte, André, Tempa, Ngawang, Phurba und ich, völlig erschöpft von Maiks Abtransport. Pempa fehlte. Er war bei unserem Patienten geblieben.

Kurz nach unserer Ankunft hatte man Maik zur Behandlung in ein separates Zelt gebracht. Soweit wir wussten, war er in eine Überdruckkammer gesteckt worden, ein luftdicht verschlossener Sack, in dessen Inneren man den Luftdruck erhöhen konnte. Die Kammer war hier oben die einzige Überbrückungsmaßnahme, die seine Symptome mit etwas Glück abschwächen würde. Doch bis der Sturm sich legte, saßen wir hier fest, ein Déjà-vu, das mich krank machte.

»Wir können nichts tun«, entgegnete Ngawang düster und hielt meinem vorwurfsvollen Blick mit seinen dunklen, ehrlichen Augen stand. »Nur warten.«

Warten darauf, dass unsere Leute da oben sterben, hätte ich ihm am liebsten entgegen geschrien, doch irgendwie beherrschte ich mich. Ich sah zu, wie die Finger des Sirdars über die Stelle an seiner Brust strichen, an der er ein religiöses Amulett unter seinem Parka trug und wünschte, nur ansatzweise so viel Trost im Glauben zu finden wie die Nepalesen.

Resignierend rollte ich mich in der Enge zusammen und ließ zu, dass Phurba mich in eine der Dampfsperrfolien wickelte, damit ich endlich aufhörte zu zittern. Den Kopf auf seinen Oberschenkel gebettet, lag ich da, schwankte zwischen Schlaf, Panik und Ohnmacht. Sebastian, Robin und die Holländer hatten bestimmt Camp Vier erreicht, bevor der Sturm erneut losgebrochen war. Was das für Neil, seine Leute und die anderen Menschen dort oben bedeutete, wollte und konnte ich mir nicht ausmalen. Der Funk war komplett zusammengebrochen, daher lag Robin vielleicht wohlbehalten in seinem Zelt und wartete auf das Ende des Unwetters, sodass er am Morgen zu mir absteigen konnte. Alles würde sich zum Guten wenden. Morgen früh würde wieder Normalität einkehren, die Expedition würde enden und wir würden nach Kathmandu zurückkehren. Leider weigerte sich mein Kopf, das zu glauben.

»Wenn wir nichts von ihnen hören, schicken Isa und Alex einen Rettungstrupp vom Basiscamp aus hoch«, murmelte André, als habe er meine Gedanken gelesen. »Sobald der Funkverkehr wieder funktioniert.«

»Okay«, flüsterte ich, jetzt erst feststellend, dass ich weinte.

Als der Morgen dämmerte, tauchte ich aus meinem unruhigen Schlaf auf und entriss Tempa, dessen Kopf auf seine Brust gesunken war, das Funkgerät. Die Leitungen waren immer noch tot. Vorsichtshalber wechselte ich erneut die Batterien, doch noch immer gab das Gerät keinen Ton von sich. Mit einer Bitterkeit, die alle anderen Emotionen in mir auslöschte, ließ ich das Funkgerät auf meinen Schlafsack fallen und wandte mich von den anderen ab.

Auch wenn mir die Kälte der Nacht noch merklich in den Knochen saß, beeilte ich mich, meine Bergschuhe anzuziehen, um im benachbarten Zelt nach Maik zu sehen.

Pempa war in einer Ecke von Maiks Zelt zusammengesunken und schlief, als ich eintrat. Ich nickte dem anderen, mir unbekannten Sherpa zu und ging neben Maiks reglosem Körper in die Hocke. Die Überdruckkammer lag zusammengefaltet am

Fußende der Schaumstoffmatte, die jetzt als Krankenlager fungierte. Man hatte den Fotografen mit mehreren Schlafsäcken gestützt, sodass sein Oberkörper aufrecht gehalten wurde, denn eine liegende Position, das hatte Isa uns tausendmal eingeschärft, würde die Symptome nur verschlimmern.

Maiks Mund stand leicht offen, seine Augenlider zuckten im Schlaf. Seine Haut wirkte dünn und weiß wie Papier, Netze von bläulichen Venen zeichneten sich darunter ab.

»Hat es was gebracht?«, fragte ich den Sherpa und blickte ihm in die Augen, nur um Maiks totenbleiches Gesicht nicht länger ansehen zu müssen.

Die Schultern des Mannes zuckten kurz in die Höhe. »Schwer zu sagen, aber mit der Zeit ist er ruhiger geworden«, antwortete er in fast akzentfreiem Englisch. »Am Anfang hatte er da drin Panikanfälle. Dann ist es besser geworden.« Der Mann machte eine kurze Sprechpause und fuhr sich mit der Hand über das müde Gesicht. »Gleich kommt er wieder rein, und dann müssen wir ihn abtransportieren. Wenn er komatös wird, hat er keine Chance.«

»Kann ich noch irgendetwas tun?«, fragte ich. In meiner Kehle war es so eng, dass ich kaum atmen konnte. Ich wollte mich nützlich machen, mich beschäftigen, um der zermürbenden Sorge um Robin und die anderen nicht noch mehr Raum zu geben. Aber der Nepalese schürzte nur die Lippen. »Ich glaube nicht. Tut mir leid.«

Ich blieb noch einige Minuten bei Maik, dann verließ ich das Zelt und trat zurück ins Freie. Der kurze Weg ins Zentrum des Lagers verlangte mir alles ab. Alle zwei Schritte musste ich innehalten, um mit rasselnden Lauten nach Luft zu ringen. Ich dachte an Robin und daran, dass er schleunigst absteigen musste. Ihm blieb nicht mehr viel Zeit, er war schon viel zu lange in der Todeszone. Trotz der schneidenden Kälte hier oben ballte sich ein kurzer Anflug von Hitze in meinem Inneren zusammen. Ich hatte Robin tatsächlich dort oben zurückgelassen zu. Wie hatte ich das tun können? Was, wenn …

Dass meine Beine nachgegeben hatten, merkte ich erst, als André neben mir auftauchte und mich wieder in eine aufrechte Position zog.

»Hoch mit dir«, keuchte er und schaffte es, mich auf einen Klappstuhl in der Nähe zu bugsieren, ohne, dass ich dabei große Mitarbeit geleistet hätte. Dann kniete er sich vor mir in den Schnee und stützte seine Hände auf meine Beine.

»Hör zu, Alicia«, sagte er, doch ich konnte seinem eindringlichen Blick nicht standhalten. Das Blau seiner Augen erinnerte mich zu sehr an Robin.

»Wir müssen Maik jetzt runterbringen. Hörst du mich? Das hat jetzt Priorität. Wir alle müssen unsere –«

»Komm mir jetzt nicht mit deinen scheiß Jobs, Andi«, unterbrach ich ihn mit brüchiger Stimme und sein blasses Gesicht verschwamm hinter Tränen. »Ich kann hier nicht weg. Robin ist noch da oben. *Er* ist mein Job, wieso versteht das keiner?« Ich schniefte und wischte die Tränen mit dem Ärmel weg. »Er ist mein beschissener Job.«

»Ich werde dich nicht hier oben lassen, Alicia«, sagte André ernst und es klang nicht wie eine Drohung, eher wie eine Feststellung. Ich wusste, dass ich nicht vom ihm verlangen konnte, als Bergführer ein solches Risiko einzugehen. Er würde mich heute zu Camp Zwei bringen, auch wenn er mich Huckepack trug. Das wusste ich. Aber vielleicht konnte ich mir und Robin noch etwas Zeit verschaffen. Ich griff nach Andrés Handgelenken.

»Andi, bitte. Lass die Sherpas Maik runterbringen, wir warten auf die anderen!«

André fuhr auf und machte sich von mir los. Alles an seiner Haltung strahlte jetzt Ablehnung aus. »Es ist Zeit, Alicia«, sagte er und seine Stimme klang hart und unnachgiebig. Noch nie hatte ich den Ausdruck solcher Fassungslosigkeit auf seinem Gesicht gesehen. Ich wollte ihn aufhalten, doch er hob nur die Stimme, auch wenn er dafür einen Hustenanfall unterdrücken musste. »Wenn man es realistisch betrachtet, sind Neil und seine Leute längst tot! Jemand muss das endlich mal aussprechen, verdammt!

Und wenn Robin, Seb und die Holländer bei der Suche nach ihnen in den Sturm geraten sind, was zwangsläufig der Fall sein muss, heißt das …«, wieder wurde er lauter, denn ich war dazu übergegangen, heftig den Kopf zu schütteln, »heißt das, dass sie eine ganze Nacht in dieser Mordskälte waren und somit –«

»Hör endlich auf!«, schrie ich, sprang auf und stieß ihn so heftig von mir, dass er rücklings im Schnee landete. »Halt den Mund, HALT DEN MUND!«

Ich ertrug es einfach nicht, meine schlimmsten Gedanken laut ausgesprochen zu hören. Blindlinks taumelte ich von André weg, doch er kämpfte sich hoch und hielt mich fest.

»Alicia! Du musst jetzt mit uns absteigen. Hörst du mich? Du kannst hier nicht bleiben, das macht überhaupt keinen Sinn!« Seine Stimme klang jetzt sanfter. Während er sprach, legte er seine Hand auf meine Schulter, doch ich schüttelte sie ab. Da waren keine Tränen mehr, die ich vergießen konnte, nur noch Leere, endlose, kalte Leere in mir. André verharrte noch einen Moment in meiner Nähe, so als hoffte er, ich würde endlich zur Vernunft kommen. Als das nicht passierte, seufzte er leise und wandte sich ab.

»Sei in zehn Minuten startklar. Keine Diskussionen mehr.«

Er ging. Ich starrte ihm nach, unfähig, irgendetwas anderes als Verzweiflung zu fühlen. Dann ließ ich mich wieder auf den Klappstuhl sinken, stützte den Kopf in die Hände und blickte zum Gipfelpfad hinüber. Camp Drei jetzt zu verlassen, hieß, Robin gänzlich im Stich zu lassen. Wie sollte ich das mit mir selbst vereinbaren? Ich hatte ihn schon einmal im Stich gelassen, mich der Illusion hingegeben, ich würde ihm so oder so nicht helfen können. Und das war der größte Fehler meines Lebens gewesen. Ich wusste, dass es unmöglich war, in meiner Verfassung wieder nach Camp Vier aufzusteigen, doch dann würde ich wenigstens in Camp Drei auf ihn warten. Ich würde bleiben, wenigstens dieses Mal. Egal, was André sagte.

Irgendwo hinter mir hörte ich jemanden meinen Namen rufen. Ich wusste nicht, ob es André oder einer der Sherpas war, doch es kümmerte mich auch nicht. Sie brauchten meine Hilfe nicht, um Maik zu Camp Zwei zu bringen. Mir war auch bewusst, dass meine Gleichgültigkeit Maik und den anderen gegenüber schrecklich war, doch ich dachte nur noch an Robin und daran, dass ich ihn nie wieder loslassen würde, wenn das hier endlich vorbei war.

Jemand hatte eine Schnur mit buddhistischen Gebetsfahnen an den Zelten in meiner Nähe befestigt, die stetig im Wind flatterten. Das Licht der aufgehenden Sonne ließ den Schnee um mich herum glitzern und blendete mich. Ich beschattete die Augen mit einer Hand und blickte zum Gipfelgrat hinauf. Von der überwältigenden Schönheit, die ihn die Wochen zuvor umgeben hatte, war nichts mehr übrig. Inzwischen empfand ich nur noch blanken Hass für diesen Berg.

Mein Atem ging nach wie vor schwer und unbeständig, doch all das fiel jetzt von mir ab, alles, was keine Rolle spielte, blendete ich aus. Ohne wirklich zu wissen was ich tat, befreite ich meine Finger erst aus den Überhandschuhen, dann aus dem Polypropylen-Stoff. Die bläulich verfärbte Haut an meinen Fingergelenken war aufgesprungen, getrocknetes Blut klebte an ihnen. Doch dieser beunruhigende Anblick rückte kaum in den Bereich meiner Wahrnehmung. Die geschundene Haut brannte, als die Kälte sie erfasste. Wie in Trance starrte ich meine Hände an. Das hier war noch nicht zu Ende. Das war nicht das Ende, das Robin und ich verdient hatten. Wie ein Mantra sagte ich mir das immer und immer wieder. Reue durchflutete meine Gedanken in regelmäßigen Abständen. Hätte ich gewusst, dass es mit ihm und mir so weit kommen würde, hätte ich so viele Dinge anders gemacht. Das alles, die Challenge, die Tatsache, dass wir uns noch immer so fest aneinanderklammerten, hätte mir viel früher zu denken geben müssen. Möglicherweise brauchte ich ihn so sehr, wie er mich brauchte.

Eine Bewegung auf dem nebligen Pfad vor mir ließ mich den Kopf heben. Für einen kurzen Moment dachte ich, das Sonnenlicht hätte mir einen Streich gespielt, doch dann löste sich tatsächlich eine Gestalt aus dem dichten Weiß der Felsen und kam näher, humpelnd, aber zielstrebig. Ich stand auf und starrte sie an, während sie langsam näherte, noch immer gesichtslos und anonym. Auch als eine zweite Silhouette hinter der ersten auftauchte, war ich noch immer ganz ruhig, bis André und Pempa plötzlich laut rufend an mir vorbeieilten und auf die Rückkehrer zurannten, die vor Erschöpfung in den Schnee sanken. Ich erwachte aus meiner Starre und setzte ihnen nach.

Das sind Robin und Seb. Sie müssen es sein. Oh Gott, bitte.

Atemlos und mit Feuer in den Lungen erreichte ich die Stelle, an der sich André und Pempa über die zwei Bergsteiger beugten. Lautes Rufen drang von hinten an meine Ohren, doch all das verstummte in dem Moment, als mein Verstand realisierte, dass Robin sich nicht unter den Rückkehrern befand. Vor mir im Schnee kauerten ausgezehrte und verfrorene Versionen von Sebastian und Neil, letzterer mit grässlichen Erfrierungen im Gesicht. Ich wich zurück, während sich weitere Helfer an mir vorbeidrängten und mich und meine Untätigkeit zur Seite schoben. Ich blickte auf die Szene zu meinen Füßen, unfähig, auch nur einen klaren Gedanken zu fassen.

Robin war nicht zurückgekommen.

Sebastian und Neil wurden in ein Zelt gebracht und die Sherpas bellten den Anwesenden Befehle zu, um schnell Erste Hilfe zu leisten. All das nahm ich nur am Rande war, doch als mir jemand Eispickel und Eimer in die Hand drückte und mir auftrug, Eis zum Erhitzen zu hacken, suchte ich eine geeignete Stelle und rammte den Pickel immer wieder mechanisch in den Boden.

Derweil zogen vier Sherpas los, die Maik endlich in einem Tragekorb nach Camp Zwei bringen würden, während die anderen sich um die Rückkehrer kümmerten. Ich blickte der kleinen Gruppe nach, wie sie das Camp verließ. Das selbstsüchtige Gefühl von Ungerechtigkeit, was mich bei diesem Anblick ergriff, entfachte einen bisher nie gekannten Selbsthass in mir.

Der Schock saß tief, doch nach einigen Minuten Eishacken setzte meine rationale Denkweise allmählich wieder ein. Robin war nicht unter den Rückkehrern gewesen, was hieß, dass er noch dort oben war. Weder die Holländer noch deren Sherpas hatten Camp Drei zusammen mit Sebastian und Neil erreicht. Vielleicht bedeutete das, dass es noch Hoffnung gab. Robin konnte sich mit den Holländern noch immer in Camp Vier aufhalten. Ich musste herausfinden, was Sache war, jetzt sofort. Meine Gedanken überschlugen sich. Ich griff nach dem halbvollen Eimer, drehte mich um und stapfte auf das Zelt zu, in dem man Sebastian und Neil behandelte.

Im vollgestopften Zelt war es beinahe warm. In einer Ecke dampfte ein Kessel Wasser auf dem Gaskocher. Man machte mir Platz, als ich mich zwischen den Ersthelfern hindurchquetschte. Sebastian und Neil saßen auf Schlafsäcken gestützt, in mehrere Dampfsperrfolien und Decken gehüllt. Ihre Hände und Füße steckten in Behältern mit heißem Wasser. Neil wirkte ziemlich weggetreten; zwei Sherpas halfen ihm gerade, die Sauerstoffmaske anzuziehen. Sebastian, der eher erschüttert als verletzt wirkte, hatte mein Eintreten bemerkt. Unsere Blicke trafen sich.

»Seb …« Sein Name kam mir als ein Wimmern über die Lippen.

»Wo ist er?«

Einer der Sherpas wollte mich zur Seite drängen, doch ich bewegte mich nicht und kniete mich neben das Krankenlager. Sebastians Augen waren nass, doch vielleicht war das nur die Erschöpfung.

»Robin ist noch da oben«, sprach er das Offensichtliche aus. Seine Stimme klang heiser und so fremd, dass ich sie kaum wiedererkannte. Ihm fiel das Sprechen schwer, doch er fuhr fort: »Er ist gestürzt, ich habe nach ihm gesucht, aber er ist einfach verschwunden … Es tut mir so leid, Alicia. Ich konnte nichts für ihn tun. Nachdem ich Neil gefunden hatte, wurde der Sturm nur schlimmer. Wir haben es gerade so zurück ins Camp geschafft. Heute Morgen sind wir sofort aufgebrochen. Keiner von uns konnte mehr da hoch, das musst du verstehen.« Er hustete. Es klang schrecklich. »Aber vielleicht haben die Holländer ihn ja gefunden.« Seine blauen Lippen bebten. »Das haben sie bestimmt, okay? Bestimmt haben sie ihn …«

»Was ist mit Neils Truppe?«, fragte André, der neben mir aufgetaucht war, ohne dass ich ihn bemerkt hatte. Sebastians Blick flatterte hinüber zu Neil, dann schüttelte er den Kopf. »Wir konnten sie nicht finden.« Die Verzweiflung hatte sich tief in seine Gesichtszüge gegraben. In den letzten Stunden schien er um zehn Jahre gealtert zu sein.

»Er ist gestürzt?«, wiederholte ich Sebastians Worte langsam, ohne auf das Schicksal der anderen einzugehen. Meine Stimme dehnte jede einzelne Silbe aus, als würde die Bedeutung dieser Worte dann verständlicher sein.

»Hast du es gesehen?«

Sebastian verzog abermals das Gesicht, doch er nickte.

»Oberhalb des Sattels löste sich eine Steinlawine. Robin hat sie voll abbekommen und ist den Abhang runter gestützt, ehe ich was tun konnte. Alicia, ich …«

»Ich muss ihn finden.« Ich war schon halb aufgestanden, als André meine Schulter packte und mich wieder auf die Knie drückte.

»Bist du verrückt geworden?« Heftig zerrte er an meinem Parka. »Auf keinen Fall steigst du wieder da rauf! Tempa kümmert sich um eine Rettungstruppe, okay? Der Funk scheint wieder zu funktionieren. Ihm wird geholfen, Alicia, so schnell wie möglich, aber du kannst nicht wieder da hoch!«

Immer noch war ich seltsam ruhig. Auch André schien das zu bemerken, denn er ließ mich schnell wieder los.

»Wenn der Rettungstrupp vom Basislager aus aufsteigt, sind sie nicht vor morgen hier. Jemand hier oben muss etwas tun, wir müssen schneller sein.« Ich drehte mich um, auch wenn Sebastian etwas einwarf, was ich nicht verstand.

»Wo ist Tempa?« Jetzt ließ André mich aufstehen, doch auch er stemmte sich auf die Knie. Ich griff nach seiner Hand.

»Wir müssen die Holländer erreichen.«

Andrés Augen huschten zum Zelteingang. »Ich gehe ihn suchen. Aber du bleibst hier!«

Ich tat, was André verlangte, und blieb bei Sebastian und den anderen, während sich das Zelt allmählich leerte. Mit halbem Ohr hörte ich die Pläne, die ringsum geschmiedet wurden. Sebastian und Neil sollten so schnell wie möglich nach Camp Zwei gebracht werden, rings um uns herum liefen alle Funkkanäle auf Hochtouren.

Untätig herumzusitzen und zu warten, während andere sich um Robins Rettung kümmerten, war unerträglich. Mein Gott, er war gestürzt, einen Abhang hinabgerutscht. Vielleicht war er längst tot und wir würden diesen verfluchten Berg ohne ihn verlassen müssen, Zuhause einen leeren Sarg beerdigen … Nein, das konnte nicht sein. Diesen Gedanken konnte ich nicht akzeptieren.

Sebastian entschuldigte sich immer und immer wieder. Die ganze Zeit über hielt er meine Hand, doch ich wusste nicht, was ich ihm hätte sagen können, damit er sich besser fühlte. War es seine Schuld? Natürlich nicht. Hätte er mehr aufbringen müssen, um nach Robins Sturz nach ihm zu suchen? Vielleicht. Aber ich machte ihm keine Vorwürfe. All das spielte keine Rolle. Wichtig war nur, dass Tempa endlich die Holländer erreichte. Vielleicht war Robin mit ihnen dort oben, möglicherweise verletzt, aber am Leben und geborgen. Wenn er im Camp war, würden die Holländer ihn herunterbringen und alles würde gut werden. An diese Hoffnung klammerte ich mich.

»Alicia?« Sebastians noch immer geisterhaft fremde Stimme holte mich in die Gegenwart zurück. Ich blickte auf und drückte zur Antwort kurz seine Hand.

»Was ist mit Maik? Ist er …?«

»Nein«, sagte ich schnell und schüttelte den Kopf, um Sebastian wenigstens diese Befürchtung zu nehmen. »Er ist angeschlagen, aber nicht komatös. Ich denke, weiter unten kann ihm geholfen werden.«

Mein Bergführer schlug den Blick nieder. Die Erleichterung, dass Maik am Leben war, schien nur einen Bruchteil der Last von ihm zu nehmen.

»Ich habe so dermaßen verkackt«, murmelte er kaum hörbar.

»Tu dir das jetzt nicht an, Seb«, bat ich ihn ebenso leise. »Nichts davon ist deine Schuld.«

Doch Sebastian schien mich nicht zu hören. »Dieser Berg …« Er seufzte schwer, was ein trockenes Knirschen in seiner Brust zur Folge hatte, als hätte er einen Sack Muscheln verschluckt. »Er ist anders als die anderen. Irgendwie anders …« Seine Lider flatterten.

»Ruh dich ein bisschen aus, okay?« Ich legte ihm eine Hand auf die Stirn. Seine Erschöpfung machte ihn zunehmend irrationaler, auch wenn ich genau wusste, wovon er sprach.

»Du hast Neil gerettet und ihn hierhergebracht. Du hast alles getan, was du konntest. Niemand wirft dir etwas vor.«

»Aber Robin und Neils Leute …«

»Wir werden sie finden. Mach dir keine Sorgen.« Einmal mehr drückte ich seine Hand. Als ich kurz darauf jemand im Zelteingang hörte, wagte ich es nicht, mich umzudrehen.

»Alicia?« Es war André. »Kommst du raus zu uns? Wir haben Neuigkeiten.«

Er wollte mich schonen, das hörte ich daran, wie zaghaft seine Stimme war. Er wollte, dass ich das, was er zu sagen hatte, nicht in der Enge des Zeltes erfuhr, sondern draußen, wo es leichter sein würde, mich zu händeln. Sie hatten etwas erfahren, was ich nicht verkraften würde. Mehr als einmal hatte ich in den vergangenen Jahren befürchtet, Robin wäre tot. Wann immer ich einen Anruf von der Polizei, von Ben, Sarah oder der Klinik erhalten hatte, hatte mir diese Angst klamm und kalt im Nacken gesessen. Vielleicht hatte ich schon immer gewusst, dass es irgendwann so weit sein würde. Dass ich nicht da sein würde. Dass ich versagen würde.

Sebs schlaffe Hand glitt aus meiner, als ich mich erhob. André und Pempa warteten in der Nähe des Zeltes. Schulter an Schulter standen sie in einer windgeschützten Ecke und steckten die Köpfe zusammen. Als sie mich näherkommen sahen, verstummten sie.

»Sagt es einfach«, bat ich, ehe einer der beiden ausholen würde, um es mir leichter zu machen. Innerlich wappnete ich mich für das, was kommen würde. Die beiden wechselten einen raschen

Blick, dann ergriff Pempa das Wort: »Ich habe das Basislager auf den neusten Stand gebracht. Danach habe ich wieder versucht, mit Camp Vier Kontakt aufzunehmen, und … ja.« Er sah mich mit festem Blick an. Das Sonnenlicht schimmerte auf seiner braunen Haut wie flüssiges Gold. »Ich habe die Holländer und die Briten erreicht. Acht von ihnen plus sieben Sherpas steigen gerade zu uns ab. Einer ihrer Sherpas und ein fünftes Expeditionsmitglied sind tot, sagen sie. Und auch die Japaner, wie es scheint. Man ist nur ihren Sherpas begegnet. Aber … Äh …« Wieder unterbrach er sich, und sein Blick wanderte erneut hilfesuchend zu André hinüber.

»Aber es gibt keine Spur von Robin«, beendete dieser Pempas Satz.

13. Dezember, Geesthacht

Alicia, sieben Monate zuvor

Der neue Prius, ein viel zu sperriger Jahreswagen und eine Leihgabe von Nik, verleitete gerade auf der Autobahn zum Rasen, doch ich beherrschte mich. Auf dem Weg nach Geesthacht zu sein, fühlte sich unwirklich an. Ich hatte der Einladung zu Bens 30. Geburtstag schon vor einer Ewigkeit gedankenlos zugesagt, da ich zwei Tage früher sowieso einen Lehrgang über alpine Gefahren in Hamburg besuchte. Ich mochte Ben und Anna, ich war immer gut mit ihnen klargekommen, viel besser als mit Jonathan oder dem Rest der Voss'. Dass ich auf der Party aber mit Sicherheit auch Robin wiedersehen würde, hatte ich erfolgreich verdrängt. Bis jetzt.

Obwohl wir nach wie vor in derselben Stadt lebten, hatten wir uns seit unserer Trennung vor sechs Monaten nicht mehr gesehen. Ich mied unsere alte Wohngegend wie Gift, obwohl ich von Robins Umzug wusste. Ich hatte keine Ahnung, was er in der Zwischenzeit getrieben hatte, was oder wer er geworden war. Ob er immer noch trocken war? Zumindest war er es gewesen, als ich ihn verlassen hatte. Bei dem Gedanken an ihn wurde mir plötzlich furchtbar heiß und ich stellte die Heizung aus.

Vielleicht ist er gar nicht da, redete ich mir vergeblich ein. Doch ich wusste genau, dass Robin Ben nicht hängen lassen würde, auch wenn eine Feier, bei der Alkohol floss, für Robin die reinste Hölle war. Dafür standen sich die beiden einfach zu nahe.

Dann würde ich ihm einfach aus dem Weg gehen. Das würde schon klappen, schließlich hatte Ben den ganzen *Holsteiner Hof* an der Elbe gebucht, der sicher genug Möglichkeiten bot, um vor dem Ex-Freund zu flüchten. Vielleicht würden wir uns auch einfach wie zwei Erwachsene benehmen. Es wurde Zeit, dass wir über all das hinwegkamen. Unsere Beziehung war toxisch gewesen, wir hatten es geliebt, uns gegenseitig kaputt zu machen. Wir waren keine schlechten Menschen, nur eben schlecht zusammen.

Ich trieb den Prius zu einem unnötigen Überholmanöver an, als der Lastwagen vor mir aufgrund leichter Steigung langsamer wurde. Dennoch zerbrach ich mir weiterhin den Kopf. Wie würde Robin reagieren, wenn er mich sah? Hatte Ben ihn vorgewarnt? Das hatte er sicher, schließlich war er immer der Typ gewesen, der Auseinandersetzungen lieber vorbeugte.

Und wie würde ich reagieren?

Ich nahm einen tiefen Atemzug und wurde wieder langsamer, auch wenn meine Hände sich noch immer so fest an das Lenkrad krallten, dass die Knöchel weiß unter meiner Haut hervortraten. Ich hätte absagen sollen, Ben eine SMS schicken sollen, dass ich mir den Magen verdorben hatte, der Lehrgang verlängert worden war oder sonst was. Robin wiederzusehen, würde nicht gut enden. Für uns hatte es nie ein gutes Ende gegeben.

Kurz warf ich einen Blick auf das nächste Ortsschild, das in der Dämmerung von den Scheinwerfern angestrahlt wurde: Ich hatte Geesthacht fast erreicht.

Ich wunderte mich nicht, dass ich eine der letzten war, die am *Holsteiner Hof* eintraf. Schließlich war ich viel später in Hamburg losgefahren, als ich es eigentlich vorgehabt hatte. Mein Herz klopfte unangenehm in der Gegend meiner Mandeln, als ich den Wagen auf dem großflächigen, aber trotzdem voll besetzten Parkplatz abstellte. Ich stieg aus, holte das Geschenk für Ben aus dem Kofferraum und näherte mich dem Gebäude. Vor der Tür stand eine kleine Männergruppe. Die meisten von ihnen bliesen Zigarettenrauch in die Dunkelheit. Einige nickten mir verhalten zu, einer von ihnen hielt mir die Tür auf, ich bedankte mich und trat ein.

Das Lokal war kleiner, als ich es mir vorgestellt hatte. Der Eingangsbereich mündete direkt vor einer Theke mit dunkler Holzvertäfelung, dort empfing mich sofort eine strahlende Anna.

»Alicia!« Sie quetschte sich an einer Schar Gäste vorbei und drückte mich unerwartet fest. Dann hielt sie mich prüfend auf Armeslänge und musterte mich mit Argusaugen. »Du siehst großartig aus! Komm, gib mir deine Jacke. Gib her!«

»Hi, Anna. Schön, dich zu sehen«, rief ich über die wummernde Musik hinweg. Das stimmte, ich freute mich wirklich sie zu sehen. Grinsend zupfte ich am Saum ihres rosafarbenen, augenscheinlich brandneuen Kleids.

»Wow, das steht dir super. Wie geht es dir?«

Anna winkte lachend, aber sichtlich geschmeichelt ab und schnappte sich meinen Mantel.

»Och, der alte Fetzen? Mir geht's ganz großartig. Und dir? Was trinkst du? Bier? Mojito? Whisky Cola?«

»Nur eine Cola, bitte. Ich fahre noch, mein Hotel ist in Hamburg.«

Anna schnalzte missbilligend mit der Zunge, wirbelte aber sogleich herum, um meinem Wunsch nachzukommen.

»Benni müsste irgendwo da drüben sein«, rief sie mir zu, während sie auf den hinteren, mit Lichterketten und Girlanden geschmückten Teil des Raumes deutete. »Geh schon mal vor. Ich komme gleich mit deiner Cola nach.«

Zielstrebig näherte ich mich Bens hochgewachsener Gestalt, die ich in einiger Entfernung zwischen den anderen Köpfen aufragen sah. Als ich ihn endlich erreicht hatte, berührte ich seinen Arm und er drehte sich sofort zu mir um. Er strahlte ebenso wie

Anna. »Ali! Oh Mann, ich freu mich, dass du gekommen bist. Ist ja mega!«

»Hi, Geburtstagskind. Alles Gute!« Wir umarmten uns und ich übergab ihm das kleine Päckchen. Er schnaubte, grinste jedoch noch immer über das ganze Gesicht. Ben roch nach Alkohol, dennoch schien er mehr oder weniger nüchtern zu sein. »Das wäre doch nicht nötig gewesen. Danke.«

»Danke für die Einladung. Und es ist wirklich nur eine Kleinigkeit, also keine Sorge.«

Wie gerufen erschien Anna und drückte mir ein großes Glas Cola in die Hand. »Wow, es ist schon eine Ewigkeit her, oder?« Sie schüttelte ungläubig den Kopf und Ben legte einen Arm um ihre Schultern.

»Wie geht's euch und den Kindern?«

Ben nickte. »Denen geht's prächtig. Nächstes Jahr kommen sie schon in die Schule, sie wachsen wie Unkraut.« Wir lachten.

»Und was gibt es bei dir Neues?«, plapperte Anna an mich gewandt dazwischen. »Wir haben uns ja viel zu lange nicht gesehen und seit du und … Oh, ist das von Alicia?« Ihr Blick fiel auf das Päckchen in Bens Händen. »Gib mir das, dann bringe ich es zum Geschenktisch. Alicia, bedien' dich ruhig am Buffet. Wir reden gleich weiter, ja?« Sie schnappte sich das Päckchen und wuselte davon.

Ben zuckte seufzend mit den Schultern, nachdem sie gegangen war. »Entschuldige. Sie hat all das hier organisiert und kommt wahrscheinlich erst morgen Abend wieder runter.«

Ich winkte ab und zog mit, als er wieder lächelte.

»Das macht nichts. Sie hat es doch super hingekriegt.«

»Ja, na ja, es ist alles ein bisschen … viel?« Er senkte die Stimme und beugte sich ein wenig näher zu mir hinab, eher er weitersprach. »Aber sag ihr das bloß nicht.«

»Keine Sorge«, erwiderte ich, von Bens guter Laune angesteckt, und schlug mein Glas sachte gegen sein Bier.

Ich plauderte eine Zeit lang zwanglos mit ihm über dies und das, bis die anderen Gäste wieder nach seiner Aufmerksamkeit verlangten und er sich entschuldigte. Von Anna war weit und breit nichts zu sehen, und da mir nicht danach war, neue Kontakte zu knüpfen, stahl ich mich hinüber zum Buffet, obwohl ich alles andere als hungrig war. Tief in Gedanken versunken griff ich nach einem Pappteller und einer Gabel, als hinter mir plötzlich eine wohlbekannte Stimme ertönte: »Alicia. Hey.«

Allein der Klang schien meinem Körper jegliche Muskelkraft zu entziehen. Instinktiv legte ich Teller und Gabel zurück und zwang mich den Blick zu heben, als Robin vor mir auftauchte.

Es war noch immer ungewohnt, ihn mit langen Haaren und wildem Bart zu sehen. Er schien an Masse zugenommen zu haben, er wirkte beinahe aufgepumpt. Ich ahnte, dass er seine Abende wieder ohne Ausnahme im Fitnessstudio verbrachte. Aber er sah gut aus. Und er wirkte so verändert und gleichzeitig so vertraut, dass es wehtat.

»Hätte nicht gedacht, dass du wirklich kommst«, meinte er und stellte sein Wasserglas auf dem Buffettisch ab. Gut, er trank Wasser.

»Tja, hier bin ich.« Ich merkte, dass ich abweisender klang, als es eigentlich meine Absicht war. Auch wenn ich fest damit gerechnet hatte, ihn heute hier zu sehen, der Schock, ihm nun tatsächlich gegenüberzustehen, ließ sich nicht verbergen. Ich bemühte mich, ebenso gelassen zu klingen wie er, doch ich versagte auf ganzer Linie.

Der Anflug eines Lächelns auf seinen Lippen überraschte mich. »Na ja, es ist Bennis Party«, erklärte er schulterzuckend. »Seine Sache, wen er einlädt.«

Aus lauter Verlegenheit nahm ich einen tiefen Schluck Cola. Die Eiswürfel schlugen dabei sachte gegen den Rand des Glases. Was meinte er damit? Dass er mich nicht hier haben wollte? Aber warum sprach er mich dann an und lächelte auch noch dieses verfluchte Lächeln? Ich ließ das Glas wieder sinken und umklammerte es so fest, dass ich fürchtete, es würde gleich zerspringen.

Robin ergriff erneut das Wort: »Und, hast du gut hergefunden?«

Ich glotzte ihn an. Wollte er tatsächlich Smalltalk führen?

»Ja, ich … mein Telefon hat GPS.« Kaum hatte ich den Satz ausgesprochen, musste ich den heftigen Drang unterdrücken, mir mit der freien Hand gegen die Stirn zu schlagen. *Mein Telefon hat GPS?* Im Ernst?

Robin lachte, und dieses Lachen riss mir ein Loch in die Brust. Ich hatte vergessen, wie man atmete.

»Tatsächlich?«

Aus irgendeinem Grund löste seine Gelassenheit Zorn in mir aus. Wieso fiel es ihm so leicht sich zu benehmen, als wären wir nur alte Freunde, die sich eine Weile nicht gesehen hatten? Verdammt, schließlich waren wir erst seit sechs Monaten getrennt.

Doch Robin schien meine innere Unruhe nicht zu bemerken, und wenn doch, ignorierte er es taktvoll. Gerade ließ der scheppernde Lärm des Limp Bizkit Songs allmählich nach, und die Anfangstöne eines langsameren Stücks erklangen. Ich machte schnell einen Schritt zurück, als Robin sich vorbeugte, um sich ein Stück Baguette aus dem Brotkorb zu nehmen, doch ich war zu langsam: Sein vertrauter Geruch stieg mir in die Nase und für einen kurzen Moment verlor ich jeglichen Sinn für Rationalität. Ich wollte mein Gesicht an seinem Hals vergraben und mich in ihm verlieren, jetzt, sofort und für immer. Seine Nähe löste eine so heftige und so unmittelbare Sehnsucht in mir aus, dass ich sofort in der Menge verschwunden wäre, wenn seine Hand sich nicht plötzlich um meinen Arm geschlossen hätte. Die Stelle, an der er mich berührte, wurde heiß und pulsierte. Elektrizität durchfuhr meinen Körper und ich zuckte zurück. Robin schien ähnlich zu empfinden, denn er vergrub schnell beide Hände in der Tasche seines Sweatshirts. Sein Gesicht spiegelte nun ebenfalls Anspannung, Unsicherheit und so etwas wie Furcht.

»Wollen wir uns setzen?«, fragte er fast sanft über die Musik hinweg und ich nickte, ehe ich wirklich über diese Frage nachgedacht hatte.

Wie in Trance folgte ich meinem Ex-Freund durch die Menschenmenge. Der hintere Teil des Barbereichs war mit Sitzgelegenheiten ausgestattet. Robin steuerte auf eine verwaiste Ecke zu. Dort angekommen ließ er sich auf der schwarzen Couch nieder und deutete mir, Platz zu nehmen. Mit klopfendem Herzen kam ich seiner Aufforderung nach, wenn auch mit etwas Sicherheitsabstand. Ich klammerte mich an meine Cola, als hinge mein Leben davon ab.

»Es ist gut, dich zu sehen«, sagte er. Meinte er das wirklich ernst?

»Ja … finde ich auch«, gab ich zurück. Wieso dachte ich in seiner Gegenwart nie über die Konsequenzen meiner Handlungen nach? Mein Blick flatterte in seine Richtung. Die warme Deckenbeleuchtung verlieh seinem Bart, den ich in dieser Dichte noch nie an ihm gesehen hatte, einen rötlichen Schimmer. Wer hätte gedacht, dass ihm Gesichtsbehaarung so gut stehen würde?

Robin vergrub die Hände wieder in der Tasche seines Sweatshirts. Mir fiel auf, dass er sein Wasser mitgenommen hatte. Das war gut, er war also immer noch trocken. Die Ledercouch knarzte leise, als er sich zurücklehnte, den Blick unentwegt auf mir ruhend.

»Und, gibst du noch Kurse?«

Ich hatte gewusst, dass er das fragen würde.

»Ja«, entgegnete ich und ließ meinen Blick kurz durch die ausgelassene Menge schweifen, ehe er wieder bei ihm zum Stehen kam.

»Gut.« Diese kleine Falte erschien zwischen Robins Augenbrauen, wie immer, wenn er konzentriert nachdachte oder etwas nachrechnete. Meine Kehle schnürte sich zu. »Und wie läuft es bei dir?«

»Ich habe wieder mit dem Training angefangen«, erklärte er überflüssigerweise, doch die Worte zogen seine Mundwinkel in die Höhe. »Will nächste Saison nach Nepal. *KOLOSS* hat mir ein super Angebot gemacht.«

Es dauerte ein paar Sekunden, ehe die Bedeutung zu mir durchsickerte. Ich tat mein Bestes, nicht geschockt zu wirken und rang mir erst eine Antwort ab, als ich mein Glas geleert hatte. Nepal bedeutete Himalaya. Himalaya bedeutete Mount Everest. Er plante den beschissenen Mount Everest.

»Wow. Das ist … das ist gut, Robin.« Ich versuchte ein Lächeln, obwohl alles in mir tobte. Er plante den Everest? Den Berg, von dem wir immer geträumt hatten? Ohne mich?

»Ja.« In Robins Augen entflammte ein Leuchten. »Hab schon mit Schmitti gesprochen, ist alles mehr oder weniger in trockenen Tüchern.«

Ich schlug den Blick nieder. Sein Enthusiasmus war wie ein Schlag in die Magengrube. »Wow, der Everest«, murmelte ich, eher zu mir selbst als zu ihm. Ein kurzes Schweigen entstand, ich versuchte mich fieberhaft davon zu überzeugen, dass mich dies nicht im geringsten interessierte. Sollte er doch mit Seb und den anderen nach Nepal fliegen, es war mir egal. Doch mir wurde heiß. Sehr heiß. Natürlich war es mir nicht egal. Es machte mich wahnsinnig.

Die *KOLOSS*-Challenges waren immer unser Ding gewesen, etwas, das wir nur gemeinsam gemacht hatten. Dass er den größten aller Gipfel jetzt allein plante, fühlte sich an wie Verrat. Ich biss die Zähne zusammen und empfand eine heftige Woge aus Wut und Enttäuschung, gemischt mit etwas, was sich wie Schuld anfühlte. Robin mochte mich verraten haben, doch war nicht ich diejenige gewesen, die ihn zuerst verraten hatte, indem ich gegangen war? Hatte ich überhaupt ein Recht darauf, mich ungerecht behandelt zu fühlen?

»Alicia?«

Ich blickte auf und sah, dass Robin mich aufmerksam und ein wenig besorgt ins Auge fasste. Das Blau seiner Iris war konsumierend. Ich musste wegsehen.

»Was ist denn los?«

»Nichts, ich hab nur …« Ich griff nach meinem leeren Glas. »Ich hole mir noch was zu trinken, äh, bin gleich wieder da.«

So schnell es mir die Ansammlung von lachenden und feiernden Menschen erlaubte, hastete ich davon. Meine Wangen brannten und für einen kurzen, absurden Moment spürte ich das dringende Bedürfnis, einfach loszuheulen. Das ganze Team würde den höchsten Berg der Erde begehen. Ohne mich. Ich würde hier sitzen und … und was? Ich wusste es nicht.

Glücklicherweise war Anna inzwischen nicht mehr an der Bar anzutreffen, sodass ich ein Glas stilles Wasser bestellen konnte, ohne ein Gespräch zu führen. Ich musste dringend meine Gedanken ordnen. Zwar hatte ich vermutet, dass Robin seinen Vertrag mit *KOLOSS* beibehalten würde, doch dass er den Mount Everest so bald allein angehen würde, erschütterte mich. Es verletzte mich auf eine Art, deren Heftigkeit ich nie für möglich gehalten hätte.

Ich nahm einen Schluck eiskaltes Wasser und zwängte es meine Kehle herunter. Trotz allem zog es mich wieder zurück zu Robin. Ein Gefühl, von ich geglaubt hatte, es vergessen zu haben.

Er saß noch genauso da, wie ich ihn zurückgelassen hatte. Als er mich kommen sah, huschte ein Anflug von Unsicherheit über sein Gesicht. Ich setzte mich wieder neben ihn.

»Stimmt was nicht?«, fragte er, ganz seiner offenen Natur folgend. Wieder war da dieser Anflug eines ermunternden, fast hoffnungsvollen Lächelns, und nicht zum ersten Mal fragte ich mich, wieso zum Teufel ich diesen Mann verlassen hatte. Ich hätte ihm hier und jetzt die Wahrheit sagen können, denn sicher hätte er es verstanden, doch ich entschied mich dafür zu lügen.

»Nein, alles gut«, erwiderte ich kopfschüttelnd und schenkte ihm zum ersten Mal an diesem Abend ein strahlendes Lächeln, dessen Falschheit er nicht einmal bemerkte.

»Wirklich, ich freu mich für dich. Der Everest! Das ist mega.«

Zu meiner Überraschung legte sich Robins Stirn wieder in Falten. »Schätze schon«, sagte er langsam. »Nur weißt du, woran ich die ganze Zeit denken muss?« Mit einem kurzen Seitenblick auf mich fuhr er fort. »Was kommt danach? Ich meine, danach habe ich alle meine Zielgipfel hinter mir. Was dann?«

»Es gibt noch unzählige andere Berge«, erinnerte ich ihn. »Den Annapurna, die übrigen der Seven Summits, die Rockys«, zählte ich auf. »Japan …«

Ich verstummte als ich sah, wie sich etwas in seinem Gesicht verschloss. Zu spät bemerkte ich den Grund dafür. Robin hatte immer mit mir nach Japan gewollt. »Oder Italien«, schloss ich kleinlaut.

»Jaah …« Robin fing sich wieder, doch ich sah, dass sich die

Hände in der Tasche seines Sweatshirts verkrampft hatten. »Und du? Hast du irgendwelche … Pläne?«

Ich zuckte mit den Schultern. »Keine Ahnung. Mich reizt der Kilimandscharo. Ich habe mich aber noch nicht entschieden, ob ich eine Alleinbegehung will oder vielleicht einen meiner Kurse dorthin verlege. Allerdings schwanke ich noch, bisher habe ich nur in den Alpen Kurse gegeben und …« Ich hielt inne. Wieso erzählte ich ihm das alles? Die Worte sprudelten einfach so aus mir heraus, als wäre es noch immer selbstverständlich, meine Pläne, Bedenken und Sorgen mit ihm zu teilen.

»Aber ja«, schloss ich ein wenig lahm, meine Unsicherheit wieder weglächelnd, und wedelte mit der Hand. »Das ist alles Zukunftsmusik.«

»Oder du cancelst deine Kurse für die kommende Saison und kommst mit nach Nepal«, entgegnete Robin schulterzuckend und in einem so beiläufigen Tonfall, als würden wir über das Wetter reden. Vor lauter Hilflosigkeit fing ich an zu lachen. Das musste ein Scherz gewesen sein. Doch Robin lachte nicht, sondern hob nur leicht die Brauen. »Was spricht dagegen, Alicia?«

Meine Kehle fühlte sich staubtrocken an. Halb erwartete ich, dass gleich irgendjemand um die Ecke springen und »April April!« rufen würde. Aber er meinte es vollkommen ernst. Sein Blick ruhte auf mir, er wartete auf eine Antwort.

»Ich …«, begann ich, doch ich brachte kein weiteres Wort heraus. Erst jetzt fiel mir auf, wie furchtbar heiß und stickig es in diesem Raum war.

»Na ja, also *KOLOSS* würde dich mit Handkuss wieder aufnehmen. Das weißt du«, versuchte Robin es weiter. Ich wusste nicht, was ich fühlen sollte. Ich hatte doch gewollt, dass wir uns wie zwei Erwachsene benehmen.

»Da wäre ich mir nicht so sicher«, murmelte ich. Ich hatte mit allem gerechnet, nur nicht damit.

Robin hob die Brauen. »Natürlich. Wenn du willst, kannst du wieder einsteigen. Sie würden dir sogar einen befristeten Vertrag für den Everest aufsetzen, da bin ich sicher.«

Ich nahm einen tiefen Atemzug und zum ersten Mal an diesem Abend versuchte ich es mit Ehrlichkeit: »Hör zu … Ich weiß nicht, was ich dazu sagen soll, Robin. Ich meine, das ist doch verrückt, du und ich wieder auf einer Challenge, ich –«

Doch Robin unterbrach mich. »Hey, wir müssten das überhaupt nicht überinterpretieren oder sowas. Da ist doch nichts dabei. Wir sind beide erwachsen, oder?«

Ich musste mich zwingen, nicht laut loszulachen. Robin war einer der letzten Menschen, den man als erwachsen und vernünftig bezeichnen konnte. Doch er sprach weiter, ehe ich dazu kam. »Wir machen den Everest zusammen, und danach …« Er zuckte mit den Schultern. »Danach geht jeder wieder seinen eigenen Weg. Ich finde, das klingt nach einem guten Plan.«

Ich wollte widersprechen, das klang nach einem furchtbaren Plan, doch erneut weigerten sich die Worte, über meine Lippen zu kommen. Meine Gedanken jagten sich wie wild im Kreis. Die Everest-Challenge war vielleicht meine einzige Chance, den Berg jemals angehen zu können, das wusste auch Robin. Mein Herz krampfte sich mit jedem Schlag beinahe schmerzhaft in meiner Brust zusammen. Und vielleicht hatte Robin ja recht – vielleicht würde ich danach endlich mit ihm abschließen können. Und er mit mir.

»Weiß Schmitti, dass wir … äh, getrennt sind?«

Ich sah Hoffnung in Robins Augen aufblitzen.

»Bisher nicht. Aber wir können es ihm sagen, wenn du dich so besser fühlst. Komm schon, Alicia, das Team würde sich wahnsinnig freuen. Sie fragen ständig nach dir. Wenn du nächste Woche mit dem Training beginnst, bist du im März topfit.«

»Ich kann das nicht tun, Robin, ich … Meine Kurse.«

»Eure Kletterschule hat zig andere Bergführer, die deine Kurse auffangen können.« Robin schien sich alles schon genaustens zurechtgelegt zu haben. Und als er wieder grinste, wurden meine Barrieren noch brüchiger. »Du kannst, wenn du willst. Es liegt nur an dir.«

Ich seufzte. »Ich muss das erst mit meinen Leuten abklären. Keine Ahnung, ob ich so viel Urlaub nehmen kann.«

»Kannst du. Meine Güte, Alicia, du bist Profi-Bergsteigerin. Du kannst tun und lassen, was du willst.« Er strahlte mich an. »Gib dir einen Ruck.«

»Oh Gott, ich will das nicht tun«, jammerte ich kläglich.

Robin zog eine Grimasse. »Glaub mir, du willst. Sag einfach ja.«

»*Wenn KOLOSS* mich wieder aufnimmt«, beharrte ich, doch mir war wohl bewusst, dass er längst gewonnen hatte.

»Also haben wir einen Deal?«

»Ja. Verdammt. Haben wir.« Ich verdrehte die Augen, konnte sein Grinsen aber nicht ignorieren. Es hätte die ganze Stadt beleuchten können.

»Wir fahren wirklich?« Seine Schulter stieß gegen meine, als er mir einen Schubser versetzte. »Komm schon, versprich es mir!« Unsere Finger berührten sich für einen kurzen Moment, ehe Robin sein Gewicht verlagerte und ich wünschte, er hätte es nicht getan. Die Sehnsucht war noch da.

»Wir fahren«, beteuerte ich, und sofort wärmte so etwas wie Glück mein Inneres. »Versprochen.«

4. Mai, Camp Drei, 7150 Meter

Alicia, Gegenwart

Ich brachte ein paar Schritte zwischen mich und André, der wieder versuchte, nach meinem Arm zu greifen. Wie aus weiter Ferne hörte ich, dass Pempa mich bat zu bleiben, doch ich verschwand zwischen den Zelten, so schnell es mir die dünne Luft erlaubte und war froh, dass keiner der beiden mir folgte.

Etwas abseits des Lagers sank ich auf die Knie. So endete es also. Die Erkenntnis, die wie dickflüssiges Gift durch mein Bewusstsein sickerte, lähmte mich. Hatte nicht alles zu genau diesem Moment geführt? Mein dummes Versprechen, Robin hierher zu folgen, all die kleinen Momente zwischen uns, der Gipfel … Die ganze Zeit über hatte ich recht behalten. Und jetzt hatten wir tatsächlich ein Ende erhalten, und zwar kein gutes. Übelkeit überkam mich, ich würgte Galle hoch und erbrach mich in den Schnee. Der Schmerz löschte alles aus, die Welt verlor all ihre Farben. Sie sollte anhalten, jetzt sofort, wie konnten die Sekunden weiter verstreichen, wenn er doch nicht mehr hier war, um mich immer wieder völlig aus dem Konzept zu bringen, um mit einem breiten Grinsen alles entschuldigen zu können? Er konnte nicht fort sein. Er konnte mich nicht allein lassen.

Hemmungslos weinend ließ ich mich gegen einen vereisten Stein sinken. Dann war André da und hielt mich einfach nur fest. Wir sprachen nicht, es hätte sowieso keine Worte für das gegeben, was ich empfand. Hinter uns erklangen Stimmen, man brachte Sebastian und die anderen runter. Ich vergrub das tränennasse Gesicht in Andrés Parka und wusste, dass es auch für uns Zeit war.

Ich stellte auf Autopilot, als André mich zwang aufzustehen. Meine Füße wollten mich nicht mehr tragen und warum auch? Alles hatte seinen Sinn verloren. André nahm mich bei der Hand und führte mich zurück zu den Zelten. Irgendwo schrie jemand, doch vielleicht kam dieses Geräusch auch aus meinem Inneren.

ZWÖLF

4. Mai, Höhe Camp Drei, 7170 Meter

Robin, Gegenwart

Jackson wog Tonnen. Schritt für Schritt zerrte ich ihn am kurzen Seil hinter mir her und jeder Muskel meines Körpers klagte vor Erschöpfung, doch immerhin sagte mir das, dass ich noch am Leben war. Wie durch ein Wunder hatte ich Jax im Morgengrauen unterhalb von Camp Vier entdeckt, eine zentimeterdicke Eisschicht auf der Sauerstoffmaske. Seine Haut war wie Porzellan gewesen und er war völlig unterkühlt, doch er atmete noch.

Ich war am Ende meiner Kräfte. Meine Erinnerungen an den gestrigen Tag waren lückenhaft, doch ich wusste noch, dass ich das Hochlager irgendwie auf Händen und Füßen erreicht hatte, als die Dunkelheit schon lange hereingebrochen war. Ich war in eins der verlassenen Zelte gekrochen und hatte eine noch fast volle Sauerstoffflasche gefunden. Nach meiner Kletterpartie hatte ich mitten auf dem Südsattel das Bewusstsein verloren. Doch irgendwann hatte ich einfach die Augen geöffnet, mich auf die Füße gekämpft und war allein zum Hochlager zurückgetaumelt. Einfach so. Und jetzt war ich hier und stieg auf halbem Weg zu Camp Drei die Lhotse-Flanke hinab, einen fast ohnmächtigen Jackson im Schlepptau. Ich wusste, dass es für mein Gesicht, meine Hände und meine Füße ziemlich übel aussah, doch meinen Begleiter hatte es mit Sicherheit schlimmer erwischt. Aber all das war jetzt nicht wichtig. Ich musste zu Alicia.

»Lauf weiter«, murmelte ich mir immer wieder zu. Ein schrecklich selbstsüchtiger Teil von mir verlangte, Jax einfach zurückzulassen, doch das konnte ich nicht tun. Auch wenn er nicht überlebte, ich würde es mir nie verzeihen können, wenn ich nicht alles versuchte.

Mein Atem ging unglaublich schwer. Ich halluzinierte wieder, so wie auch gestern, als ich mich mit letzter Kraft in das Hochlager geschleppt hatte. Lukas war da gewesen. Er hatte seinen grünen Parka getragen und mich einen Idioten genannt, der es mal wieder zu weit getrieben hätte. Lukas hatte schrecklich ausgesehen. Sein Gesicht war schwarz gewesen, völlig schwarz, so erfroren war es gewesen. Er hatte gelacht und mich angefeuert, und seine Anwesenheit hatte mich tatsächlich angestachelt. Einen leeren Sarg konnte ich Alicia nicht antun.

Auch jetzt war Lukas wieder bei mir, doch er hatte aufgehört zu sprechen, und dafür war ich ihm dankbar. Er ging schweigend neben mir her, ich ertrug es nicht ihn anzusehen. Am liebsten hätte ich ihm gesagt, er solle verschwinden, doch dazu fehlte mir die Kraft.

Würde Alicia noch in Camp Drei sein, wenn ich es erreichte? Sicher war sie längst abgestiegen, auch wenn ich wusste, dass sie es nicht freiwillig getan hatte. Sebastian musste inzwischen davon ausgehen, dass ich tot war – ich konnte es ihm nicht verübeln. Vermutlich war er schon im Morgengrauen aufgebrochen, ohne zu ahnen, dass auch ich mich in einem der Zelte befand.

Ich drehte den Kopf und erhaschte einen Blick auf Jax' blondes Haar, das Einzige an ihm, was nicht seine Farbe verloren hatte.

»Hey, kommst du zurecht?«, krächzte ich, doch er antwortete nicht. Allerdings war ich mir auch nicht sicher, wirklich laut gesprochen zu haben. Lukas neben mir kicherte in sich hinein, als amüsiere er sich über einen Witz, den nur er kannte. Die gefrorene Hand, die ohne Handschuh an seinem Parka klebte, war eine vereiste Klaue. Übelkeit drohte mich zu übermannen und ich heftete den Blick fest auf den Weg vor mir.

Jeder Schritt war eine Tortur, und mehr als einmal glaubte ich, unter Jax' Gewicht zusammenzubrechen. Zwar bemühte er sich um schlurfende Schritte, doch hauptsächlich zerrte ich seinen schlaffen Körper hinter mir her. Ich hatte keine Ahnung, woher ich meine Kräfte noch bezog, irgendwie schaffte ich es, einen Fuß vor den anderen zu setzen, immer wieder.

Die Sonne knallte jetzt so hell vom Himmel, dass ich kaum noch etwas sehen konnte. Entweder hatte ich meine Schneebrille verloren oder im Hochlager vergessen, ich wusste es nicht mehr. Der gleißend helle Schnee brannte in meinen Augen, doch trotz allem kletterte ich weiter und wuchtete Jax' unglaubliches Gewicht über Felsvorsprünge und steile Passagen. Ich dachte nur noch an Alicia, rief mir ihr Gesicht ins Gedächtnis und stellte mir den Klang ihres Lachens vor. Ich würde es wieder hören, aber dafür musste ich Camp Drei erreichen.

»Ist es das überhaupt wert?«

Die Kälte fraß sich in meinen Kopf. Lukas hatte wieder zu sprechen begonnen. Ich biss die Zähne zusammen und beschloss ihn zu ignorieren, doch er fuhr fort, lauter und eindringlicher: »Dieser ganze Aufwand? Nur, um dein beschissenes Leben fortzusetzen? Da unten bist du nichts, Robin, das weiß doch jeder.«

Er lachte. Es klang wie zwei aneinander reibende Eiskristalle. Ein leises, verbissenes Schnauben drang zwischen meinen erfrorenen Lippen hervor. Das hier war nicht Lukas. Er war einzig das Produkt meiner kranken, erschöpften Psyche, ein Hirngespinst, erschaffen durch die ständige Sauerstoffunterversorgung. Nur Folgen der Hypoxie. Nichts weiter.

Ich kniff die Augen zusammen, so fest, dass bunte Sterne in der Schwärze hinter meinen Lidern explodierten. Doch als ich sie wieder öffnete, war Lukas immer noch da. Er war sogar nähergekommen und plauderte weiter: »Weißt du, Rob, alter Junge, du solltest dir überlegen, es einfach sein zu lassen. Bleib hier.« In einer alles umfassenden Geste breitete Lukas den noch beweglichen Arm aus. »Es gibt schlechtere letzte Ruhestätten, oder?«

Wieder schnaubte ich.

»Ich dachte auch, ich schaffe es vom Berg runter, bevor es zu spät ist. Aber der Berg gewinnt immer, oder? Komm schon, wir wissen beide, dass du schon viel zu lange hier oben bist.« Er stieß mich mit dem Ellbogen an. Ich konnte seine Berührung wirklich spüren. Irgendwo waberte Panik in meinem von Kälte und Erschöpfung gelähmten Hirn auf.

»Du schaffst es niemals zurück zu Camp Drei, Junge. Das ist sinnlos.«

»Verschwinde«, knurrte ich.

»Gönn dir eine Pause«, säuselte er und seine Stimme drang viel zu klar an mein Ohr. »Setz dich. Atme mal durch.«

Ich verkrampfte mich. Wenn ich mich jetzt hinsetzte, würde ich nie wieder aufstehen. Aber das war es doch, was Lukas wollte. War es auch das, was ich wollte? Wollte ich aufgeben?

»Komm schon, Robin. Dein Leben ist sowieso vorbei. Was bleibt dir noch, selbst wenn du's hier wegschaffst?« Wieder dieses Lachen. »Du hast alles verspielt. Alicia ist weg, und sie kommt nicht zurück, egal, was hier oben passiert ist. Du hast das mit ihr versaut. Denkst du wirklich, sie nimmt dich scheiß Säufer zurück? Niemals, auch wenn du trocken bist. Der Everest sollte ein Abschluss sein, oder? Das hier ist ein Abschluss. *Dein* Abschluss. Du musst dir Zuhause nicht noch einmal die Pulsadern aufschneiden oder dich zu Tode saufen. Du kannst es hier beenden. Und du wärst nicht mal allein. Jackie und ich sind bei dir.«

»Verdammt, halt die Klappe!«, brüllte ich, doch aus meinem Mund drang nur ein abgehacktes, erbärmliches Krächzen. Jackson reagierte darauf, indem er stolperte und uns beide um ein Haar zu Boden geworfen hätte, doch ich blieb stehen und klammerte mich an das Fixseil. *Niemand beendet hier irgendwas.*

»Du bist nicht echt«, keuchte ich. Die Zeit schien stehengeblieben zu sein. Wenn mich nicht alles täuschte, hatte ich das Gelbe Band schon vor Stunden passiert. Aber ich traute meinem erfrorenen Hirn ohnehin nicht mehr.

»Und ob ich das bin«, entgegnete Lukas munter und grinste. Blut sammelte sich in seinen Mundwinkeln und tropfte langsam auf den Kragen seines Parkas. *Oh Gott, ich verliere den Verstand.*

»Ich versuche nur, dir zu helfen. Du wirst in den Bergen sterben. Das weißt du schon 'ne Ewigkeit.«

»Aber … nicht heute.«

Lukas lachte und Blut spritzte in meine Richtung. »Das sagen sie alle.« Ein gurgelnder Laut drang aus seiner Kehle, und der Schnee färbte sich dunkelrot.

»Nicht heute, klar, nicht heute. Ach, aber der Tag kommt, mein Freund. Irgendwann ist heute. Willst du dich wirklich weiter quälen? Du hast jetzt schon wahnsinnige Erfrierungen. Du verlierst bestimmt mindestens drei Finger, wenn nicht sogar alle. Und der gute Jackie ist auch nicht mehr zu retten. Lass es gut sein, Robin. Dann wird alles besser. Es hört auf.«

Ich will aber nicht, dass es aufhört!, wollte ich schreien, doch ich blieb stumm. Noch nie hatte ich mich so an das Leben geklammert wie jetzt. Ich konnte nicht aufgeben, Jax und mein Schicksal einfach so besiegeln. Solange ich noch gehen konnte, musste ich versuchen das Camp zu erreichen. Ich musste einfach. Mühsam hob ich den Kopf. Lukas war ein paar Schritte zurückgefallen. Gut. Das Camp konnte nicht mehr weit entfernt sein. Zumindest hoffte ich das. Wieder versuchte ich, an den Klang von Alicias Lachen zu denken, doch mein Kopf war leer. Ich wusste nicht einmal mehr, wie sie überhaupt aussah.

Lukas tauchte wie eine Erscheinung vor mir auf. Ich zwang mich, in sein zerstörtes Gesicht zu blicken, mir die furchtbare, erfrorene Fratze genau einzuprägen. So wollte ich nicht enden, und so sollte auch Jax nicht enden. Also ging ich weiter.

Irgendwann mischte sich Farbe in das endlose Weiß vor uns. Als die Fixseile endeten, fiel ich auf die Knie und Jackson begrub mich fast unter sich. Meine erfrorenen Finger schafften es nicht, den Karabiner vom Seil zu lösen. Ich konnte nicht atmen. Mein Gesicht wurde in den Schnee gedrückt. Halb spürte ich das Brennen meiner Erfrierungen und das Pochen meines geschwollenen Knöchels. Dann hörte ich eine Stimme, aber vielleicht war es nur Lukas, der immer noch irgendwo in der Nähe war. Jax' Gewicht verschwand. Jemand drehte mich auf den Rücken. Ich starrte in das Grau des Himmels, das viel zu nah wirkte. Vielleicht bedeutete das, dass es gleich vorbei war. Ich konnte nicht mehr denken. Jemand beugte sich über mich, aber meine Augen schafften es nicht, sich scharf zu stellen. Schwärze überkam mich, doch sie wich wieder den Farben der Realität, als man mich in eine aufrechte Position zerrte. Waren da Zelte? Links von mir nahm ich einen Schimmer von Jax' Haar wahr. Trug ihn jemand fort? Wieder drangen Stimmen zu mir durch, jetzt schienen es mehrere zu sein, sie waren echt, oh Gott, hoffentlich waren sie echt.

Alicia erschien. Aber vielleicht erinnerte sich mein sterbendes Hirn nur wieder an ihr Gesicht. Ich grinste sie an. Zumindest glaubte ich das. Dann wurde die Schwärze undurchdringlich und nahm mich mit.

Das nächste, was ich wahrnahm, war das furchtbar beengende Gefühl einer Sauerstoffmaske. Ich wollte stöhnen, doch selbst dafür war ich zu schwach. Mein Körper schien Tonnen zu wiegen. Ich wusste nicht, wo oder wer ich war, doch allmählich tröpfelten die Erinnerungen bruchstückhaft wieder auf mich ein. Auch mein Körper schien seinen Gefühlssinn langsam zurückzuerlangen. Ich begann zu ahnen, wie sich Übelkeit anfühlte.

Jeder Zentimeter meiner Haut stand in Flammen. Besonders schlimm war es an meinen Händen, die, wie ich durch das Sichtfenster der Maske erkannte, in einem Behälter mit heißem Wasser schwammen. Sie sahen aus, als wären sie aus Stein gemeißelt. Grau und unbeweglich. *Oh Gott. Oh Scheiße.*

In einer Ecke des Zeltes stand Lukas. Verdammt, dieser Kerl war wirklich eine Plage. Das Blut an seinem Kinn war getrocknet und zusammen mit den schwarzen Erfrierungen auf seiner marmornen Haut wirkte er alles andere als menschlich. Denn das war er nicht. Er lachte nicht mehr, sondern hatte seine eingesunkenen Augen starr auf mich geheftet. Enttäuscht schüttelte er den Kopf. Jetzt stöhnte ich doch und jemand nahm mir die Maske ab. Sofort schnürte mir die dünne Luft die Kehle zu. Ich befand mich also immer noch in Camp Drei. Natürlich. Wie sollten sie mich auch in bewusstlosem Zustand runterbringen?

Es war unglaublich schwer, die Augen offen zu halten. Der Wind rüttelte wütend an den Zeltwänden. Ich wollte den Kopf drehen, doch jemand drückte sanft meine Schulter.

»Nicht bewegen, okay?« War das André? Hoffentlich war wenigstens er echt.

»A-N …« Meine Zunge war ein Eisklotz. Ich brauchte Luft.

»Ja, ich bin's, Andi.« Sein Gesicht schob sich in mein Blickfeld. Er war blass und ernst. Aber zweifellos echt. *Das ist mehr Glück, als ich verdiene.*

»Hey.« Sein Blick verriet mir, wie schrecklich ich aussehen musste. »Es ist alles gut. Du bist in Camp Drei. Hör zu, ich ziehe dir jetzt die Sauerstoffmaske wieder an, ja? Du brauchst das. Ich wollte nur nicht, dass du Panik bekommst.« Ich nickte und André zwängte meinen Kopf vorsichtig wieder in die Maske. Dabei wollte ich doch fragen, wo Alicia war. Wieso war André hier und nicht sie? War sie wirklich da gewesen, kurz bevor ich das Bewusstsein verloren hatte? Und wie ging es Jax? All das wollte ich ihn fragen, doch ich konnte nicht. Stattdessen pumpte ich mit flachen Atemzügen Sauerstoff in das Feuer in meiner Brust und drückte den Teil von Andrés Arm, den ich erreichen konnte. Vielleicht verstand er.

»Alicia ist im anderen Zelt und kümmert sich um Jackson«, erlöste er mich endlich. »War nicht ihre Entscheidung. Die Sherpas haben sie eingespannt.« Er war auf den Zeltboden gesunken, sodass er jetzt direkt neben mir saß. Auch Lukas setzte sich, doch ich beachtete ihn nicht. Hier unter den Lebenden hatte er keine Existenzberechtigung.

»Jax ist … also, es sieht schlecht aus. Aber mach dir darüber jetzt keinen Kopf. Deine Hände und dein Gesicht sehen zwar scheiße aus, aber du wirst wieder, klar?«

Ich versuchte ein Nicken. Andrés Grinsen misslang ihm nur halb. »Du musst dich jetzt ausruhen. Das Basislager weiß Bescheid, Isa steigt gerade mit Alex und ein paar anderen Medizinern zu Camp Zwei auf.«

Ich schloss die Augen. André informierte mich weiter über herrlich erleichternde Dinge, doch es war zu mühselig, sich auf seine Worte zu konzentrieren. Alicia war hier. Ich würde sie wiedersehen, und wenn ich es vom Südsattel aus bis hierher geschafft hatte, würde ich es auch nach Camp Zwei schaffen, wo ärztliche Versorgung auf mich wartete. Und dann würde Lukas endlich verschwinden. Langsam sickerte die Erkenntnis zu mir durch, dass es vorbei war. Das erste Mal in meinem Leben hatte ich mir selbst den Arsch gerettet.

Als ich mich erneut aus meinem Dämmerzustand löste, war André gegangen. Dafür hatten sich die Schmerzen verdoppelt, doch wenigstens war Lukas verschwunden. Ich hatte keine Ahnung wie viel Zeit vergangen war, doch ich musste nicht lange warten, dann erschien eine kleine Gestalt am Zelteingang. Alicia näherte sich mir fast schüchtern und ließ sich an derselben Stelle nieder, an der zuvor André gesessen hatte. Trotz meiner Erschöpfung bemerkte ich die dunklen Schatten unter ihren Augen. Ihre Lippen waren violett und aufgesprungen. Trotzdem war sie das Schönste, was ich jemals sehen würde.

»Hey«, schniefte sie, Tränen liefen ihr über die Wangen. Ihre Schultern bebten und ich hätte nichts lieber getan, als sie in die Arme zu nehmen.

Vorsichtig nahm sie mir die Sauerstoffmaske ab.

»Hi«, krächzte ich und versuchte ein Lächeln. Meine Zunge ließ sich wieder einigermaßen bändigen. Sie schniefte und ihre behandschuhten Hände klammerten sich fest an meinen Arm.

»Ich hab mich noch nie so gefreut, dich zu sehen, du Idiot.« Wir schafften beide ein kleines Lachen und es war wunderschön.

»Wie sehe ich aus?« Meine Stimme klang wie zwei kollidierende Steine, doch Alicia schien sich nicht daran zu stören. Mit dem Ärmel wischte sie die Tränen fort, doch es kamen sofort neue. Ihre Lippen zitterten. »Auf dem Punkak hattest du schlimmere Erfrierungen.«

Ich wusste, dass sie log, doch irgendwie war ich ihr dafür dankbar.

»Was ist mit Jax?«, fragte ich und drehte mit Mühe den Kopf. Alicia schlug den Blick nieder. »Er lebt noch. Pempa und die anderen haben ihn in die zweite Überdruckkammer gesteckt und er muss so schnell wie möglich in eine Klinik. Aber ich glaube, er ist schon komatös.« Sie hielt kurz inne und in mir breitete sich eisige Leere aus. Wir wussten beide, was das bedeutete. Dabei hatte ich doch alles in meiner Macht Stehende getan, um ihn zu retten.

»Mit der anderen Kammer haben sie heute Morgen Maik runtergebracht«, fuhr Alicia mit stockender Stimme fort.

»Er hatte heftige Symptome von HACE, aber er wird's packen, denke ich. Und Seb und Neil sind auch in Camp Zwei. Sie kamen ein paar Stunden vor euch an.« Wieder lächelte sie, doch die Tränen flossen noch immer. Wie gern hätte ich ihre Hand gehalten.

»Es sind also alle da. Scheiße, Robin, ich dachte, ich sehe dich nie wieder.« Sie beugte sich vor und vergrub das Gesicht an meiner Schulter, sodass ihr Haar meine Wange berührte.

»Das dachte ich auch«, murmelte ich gegen ihren Scheitel und schloss die Augen. »Der verdammte Berg hat mich fast geschafft. Aber nur fast.«

Wieder schniefte sie. »Viel zu fast.« Sie hob den Kopf und sah mich aus großen, ernsten Augen an. »Wir bringen dich hier weg und dann fliegen wir nach Hause. Ich will einfach nur nach Hause.«

»Ich auch«, sagte ich und meinte es so. Alicia nickte und nahm ihre Handschuhe ab. Sie legte eine herrlich warme Hand auf meine Stirn. Als sie sie nach einigen friedlichen Minuten der Stille zurückzog, standen Tränen in meinen Augenwinkeln, doch sie beugte sich vor und küsste mich ganz sanft. Ich hob die Brauen, als sie sich wieder von mir löste, auch wenn diese Bewegung furchtbar wehtat.

Alicia zuckte lächelnd mit den Schultern.

»Was bedeutet diese ständige Küsserei eigentlich?«, fragte ich, doch der scherzhafte Tonfall gelang mir nur halb. Mein Herz hämmerte in meiner Brust. Sie seufzte schwer.

»Ich, na ja … Keine Ahnung.« Zarte Röte kroch auf ihre blassen Wangen. Endlich weinte sie nicht mehr. »Das wird sich zeigen, oder?«

Wieder lehnte sie den Kopf an meine Schulter.

»Klar«, flüsterte ich und trotz dieser verfluchten Erfrierungen breitete sich ein warmes Gefühl der Hoffnung in meiner Brust aus.

3. Oktober, Oberstdorf

Robin, anderthalb Jahre zuvor

Als ich trotz der lauten Musik den Schlüssel in der Wohnungstür hörte, fühlte ich mich kurz schuldig, doch mein fragwürdiger Zustand verwandelte dieses Gefühl in eine Art kindische Gehässigkeit.

Alicias Gesichtsausdruck, als sie eintrat und feststellte, dass eine Hausparty in unserer Wohnung im Gange war, machte mich wütend, und ich musste dem starken Impuls widerstehen, ihr einfach den Rücken zu kehren und sie zu ignorieren. Sie verzog das Gesicht, als jemand die Anlage lauter stellte und die Screams einer Metalband das überfüllte Wohnzimmer einnahmen. Sie stieß Finn und Jens zur Seite, die ihr, betrunken wie sie waren, etwas zu grölten und bahnte sich zielstrebig ihren Weg zu mir. Natürlich.

»Was ist hier los?«, wollte sie wissen, als sie nah genug war, um verstanden zu werden. Was für eine dämliche Frage. Ihre Stimme klang schrill. Panisch. Der Griff um mein Getränk festigte sich. Das hier würde nicht schön werden, aber es war mir egal.

»Siehst du doch, oder?«, rief ich ihr über die scheppernde Musik hinweg zu, und sie sah aus, als würde mich mit ihrem Blick vergiften wollen. Oh Gott, sollte sie es doch versuchen. Manchmal konnte Alicia eine verdammt dämliche Kuh sein. Ganz langsam wanderte ihr Blick zu der Flasche in meiner Hand. Ihre Augen weiteten sich. »Du … trinkst du da Bier, Robin?«

»Nein, Mann, das ist Malzbier! Lass mich doch einfach mal –«

Sie klatschte sich die Hände ins Gesicht. »Verdammte Scheiße. Ich fass es nicht. Du bist total high, oder?«

Ich schnaubte. »Und wenn schon. Alicia, lass mich doch *einmal* in Ruhe! Es ist mein Leben, okay?! Ich hab das unter Kontrolle.«

Sie schluckte krampfhaft. Ihre Augen huschten gehetzt umher.

»Wer sind diese Leute?« Ihre Stimme nahm jetzt diesen nervtötenden, jammernden Klang ein, wie immer, wenn ihr irgendwas nicht passte. Verdammt, ich hatte vergessen, dass ihre Kursvorbereitung schon um 21 Uhr enden würde. Um ehrlich zu sein, hatte ich *sie* total vergessen, aber das sollte sie besser nicht erfahren.

»Das sind Freunde«, blaffte ich sie an und wollte mich an ihr vorbeischieben, doch sie griff nach meinem Arm und drückte dabei unnötig fest zu.

»Freunde? Die Hälfte dieser Menschen in meiner Wohnung habe ich noch nie gesehen!« Sie machte eine abwertende Geste in Richtung Flur, wo drei Frauen lachend eine Flasche Sekt kippten. Ich verdrehte die Augen.

»Tom hat sie mitgebracht. Ist doch scheißegal, Mann. Deine Wohnung, hm? Letztes Mal, als ich nachgesehen hab, war's noch unsere.« Ich schüttelte ihren Griff ab und ließ sie stehen, doch sie folgte mir auf dem Fuß.

»Robin! Das kann nicht dein Ernst sein. Du bist total high! Und diese Leute *trinken*, kapierst du eigentlich, was das heißt? Du musst sie wegschicken, sofort, wir können nicht … Warte, *hey!*« Sie riss an meinem T-Shirt und verschüttete dabei etwas von meinem Malzbier. Ich wirbelte herum.

»Was ist dein scheiß Problem, Alicia? Es ist Freitagabend, ich bin spontan mit'n paar Leuten hergekommen und wir feiern 'n bisschen. Na und? Zieh dir doch einmal den scheiß Stock aus'm Arsch!«

Entgeistert starrte sie mich an, doch ich hielt ihrem Blick stand, auch wenn das in meinem Zustand gar nicht mehr so leicht war. Ihre Augen füllten sich mit Tränen und ich musste ein entnervtes Stöhnen unterdrücken. Jetzt fuhr sie wieder die Mitleidsschiene.

»Wi-e redest du mit mir, i-ch –«

»Alicia«, schnitt ich dazwischen. Meine Stimme war kalt und ihre Augen wurden groß, als auch sie diese Kälte vernahm. Aber scheiße, sie und ihre gefakten Tränen konnten mich mal kreuzweise. »Ich kann dein scheiß Drama gerade echt nich' haben, klar? Geh ins Schlafzimmer und mach die Tür zu, wenn dir nich' passt, was hier abläuft«, setzte ich noch einen drauf und drehte mich demonstrativ von ihr weg. Mark und Tom hatten die Arbeitsplatte in der Küche freigeräumt und stellten gerade Becher für Bier Pong auf. Sie jubelten mir zu, als ich mich zu ihnen gesellte. Dabei spürte ich Alicias Blick im Nacken, doch es kümmerte mich nicht. Es war mir doch wohl gegönnt, mal einen Abend Spaß zu haben.

Trotzdem fühlte ich mich ekelhaft und irgendwie grausam, als ich die Arbeitsplatte umrundete und sah, wie Alicia mit bebenden Schultern davon stürmte.

Tom und die anderen waren ziemlich scheiße im Bier Pong und nach der ersten Runde ging ich auf den Balkon, um noch einen durchzuziehen. Auf dem Weg ins Bad musste ich mich am Küchenschrank abstützen. Aus den Augenwinkeln sah ich, dass die Schlafzimmertür geschlossen war. Gut. Immerhin hatte Alicia meinen Rat befolgt und nicht versucht, die Leute hinauszuschmeißen, denn das hätte ich ihr ohne weiteres zugetraut. Himmel, diese Frau konnte einen in den Wahnsinn treiben. Ich schloss hinter mir ab und stützte mich mit den Händen gegen das Waschbecken, um einen Moment durchzuatmen. Verdammt, jemand hatte ins Waschbecken gekotzt. Ich würde morgen früh alles saubermachen müssen und Alicias Gekreische würde meine Kopfschmerzen nur verschlimmern. Ich drehte den Hahn auf und wusch das Becken notdürftig sauber, dann klatschte ich mir kaltes Wasser ins Gesicht und ließ mich auf den geschlossenen Klodeckel sinken.

Scheiße, ich war wirklich total high. Schon wieder. Als ich die Augen schloss, drehte sich alles und ich lehnte die Schulter gegen die gläserne Duschwand, um mich abzustützen. Langsam dämmerte mir, dass das hier die reinste Scheißidee gewesen war. Meine Hände zitterten. Würde ich jetzt wieder in dieses verdammte Loch fallen? Außerdem hatte ich mich Alicia gegenüber aufgeführt wie das letzte Arschloch. Ich hätte wahrscheinlich genauso reagiert, wenn ich nüchtern und müde von einer Fortbildung nach Hause gekommen wäre und … *fuck it.* Nicht zu ändern. Morgen würde ich mich bei ihr entschuldigen, wieder auf den Boden kommen und diesen kurzen Ausrutscher abhaken. Sie würde schon Nachsicht mit mir haben. *Wie immer,* flüsterte eine bösartige Stimme in meinem Hinterkopf und für einen Moment schämte ich mich so sehr, dass etwas in meiner Brust zu reißen schien. Ich war nichts als ein miserables Stück Scheiße und Alicia hatte sowas nicht verdient. Von draußen brüllte Casper mir zu, dass alles perfekt wäre. Ich glaubte ihm nicht.

Als ich aus dem Badezimmer kam, war die Musik ohrenbetäubend und ich wünschte, alle würden sich einfach verpissen. So oder so würde einer der Nachbarn bald die Polizei rufen. Ich wankte zur geschlossenen Schlafzimmertür und drehte den Knauf, doch es war abgeschlossen. Ich klopfte.

»Hey, Ferkel«, rief ich und hämmerte jetzt gegen die Tür, doch Alicia reagierte nicht. »Mach mal auf. Bitte.«

Immer noch keine Antwort. »Tut mir leid.« Schweigen.

»Alicia. Mann. Sorry. Okay? Ich bin ein Scheißkerl. Weiß das. Das hier ist ’ne einmalige Sache. Ich versprech’s.«

Im Inneren regte sich noch immer nichts. Seufzend wandte ich mich ab, schaltete die Anlage im Wohnzimmer aus und erklärte die Party für beendet.

Nach einer halben Ewigkeit waren alle endlich weg, um ihre sinnlose Feierei irgendwo anders fortzuführen und in der Wohnung war es still. Ziemlich schlecht gelaunt begann ich, ein paar Flaschen in einen Müllsack zu schmeißen, gab aber schnell auf und vertagte die Aufräumaktion auf den nächsten Morgen. Ohne viel Hoffnung klopfte ich noch einmal an die Schlafzimmertür, aber Alicia ließ mich nicht rein. Also wischte ich die Chipskrümel von der Couch und deckte mich mit Alicias Lesedecke zu, auf die jemand Bier gekippt hatte. Morgen würde ich mich bei ihr entschuldigen. Ich würde mich ändern, das würde ich wirklich, und alles würde wieder in Ordnung kommen. Zumindest redete ich mir das ein, um Schlaf zu finden.

4. Mai, Camp Drei, 7150 Meter

Robin, Gegenwart

Die Schatten des Tages wurden länger und ich spürte die Anspannung von Alicia, Pempa und André, die in meinem Zelt ein und aus gingen. Wir alle waren am Ende, doch vor allem für mich wurde es Zeit, endlich in niedrigere Höhen abzusteigen. Ich brauchte dringend einen Arzt, meine Symptome der Höhenkrankheit verschlimmerten sich stündlich. In meinen Ohren kreischte ein Tinnitus und ich war so schwach, dass ich kaum aufstehen konnte, als André und Pempa mich auf die Füße zogen.

Auf dem langsamen Weg nach draußen informierte Alicia mich, dass die übrigen Sherpas vor etwa einer halben Stunde mit Jackson aufgebrochen waren. Dieser war ein wenig aufgeblüht, doch bei seiner Hypothermie war seine Spontanheilung eher ein letztes Aufbäumen.

Gegen halb Zwei am Nachmittag schnallten André und Pempa mir die Steigeisen an und nötigten mich, einen Liter Tee zu trinken, dann brachen wir in Richtung Camp Zwei auf. Der Gedanke an das, was noch vor mir lag, lähmte mich, aber Pempa und André nahmen mich ans kurze Seil und mit großer Erleichterung stellte ich fest, dass ich noch einen Fuß vor den anderen setzen konnte. Dass meine vor Kälte geschwollenen Füße dabei furchtbar schmerzten, versuchte ich auszublenden.

Alica ging voraus, André und Pempa nahmen mich in ihre Mitte und so legten wir ein Viertel des Abstiegs zurück, ohne dass es große Schwierigkeiten gab. Nach einer kurzen Pause und weiterem Tee ging es weiter, denn niemand von uns wollte es wagen, noch mehr Zeit zu verlieren. Ich spürte zusehends, wie die Lebenskraft aus meinem Körper wich, ein Zustand, der mich in helle Panik versetzt hätte, hätte ich noch die mentale Stärke dazu besessen. Mein Sichtfeld schränkte sich mehr und mehr ein. Pempa, Alicia und André stützten, schoben und zogen mich eher, als dass ich selbst ging, doch irgendwie schafften wir den Weg zu Camp Zwei.

Man hatte das Essenszelt unserer Expedition längst in ein provisorisches Krankenlager verwandelt. Im Inneren herrschte reger Betrieb, angespannte Stimmen riefen durcheinander und ich sah die Silhouetten anderer Patienten im Halbschatten, ohne zu erkennen, wer sie waren. All das nahm ich aus einem seltsamen Blickwinkel oberhalb der Szenerie wahr, so als hätte sich ein Teil von mir von meinem Körper losgelöst, dann tauchte Isa neben mir auf und wenige Augenblicke später lag ich flach auf dem Zeltboden. Ich wollte den Kopf heben, um nach Alicia Ausschau zu halten, doch die Köpfe der Helfer versperrten mir die Sicht.

Isa zog mir die Ausrüstung aus und zwei Sherpas steckten mich in einen Schlafsack. Wieder wurden meine Hände in warmes Wasser getaucht und ich bekam eine Steroidspritze. Zumindest vermutete ich, dass es eine war.

Während Isa mich mit steinerner Miene behandelte, sprach sie laut und deutlich mit mir, denn scheinbar schien sie zu merken, dass ich mit der Bewusstlosigkeit rang. Sie gab mir etwas Advil, das, wie sie sagte, meine Gefäße erweitern würde und überredete mich, ein paar Löffel Suppe zu schlucken. Dann wurde alles wieder schwarz um mich herum.

Als ich erneut zu mir kam, war ich von einer wahnsinnigen Kälte umgeben. In Camp Zwei herrschten ungefähr die Temperaturen einer zugefrorenen Hölle und ich wünschte, jemand würde kommen und die Decke über meinen Schlafsack höher ziehen. Meine zerstörten Hände waren dick bandagiert und in meinem linken Arm steckte eine Infusionsnadel. Ich trug noch immer meine Bergschuhe, da meine Füße sonst rasend schnell anschwellen würden. Die Schmerzen waren jedoch auszuhalten und ich nahm mir fest vor, auf den Knien vor Isa herumzurutschen und ihr die Füße zu küssen, wenn das alles vorbei war.

Mit einem tiefen Seufzer ließ ich den Kopf zurück auf die Isomatte sinken. Wie sollte es jetzt weitergehen? Es würde unmöglich sein, den Khumbu-Eisfall ohne meine Hände zu überqueren. Wie zum Teufel sollte ich es freihändig über die Aluminiumleitern schaffen? Das erste Mal seit einer ganzen Weile waberte Angst in mir auf. Eigentlich war das ein gutes Zeichen, denn das bedeutete, dass ich wieder einigermaßen funktionierte, doch das einengende Gefühl in meiner Brust war nicht auszuhalten. Nur ein einziges Mal in der Geschichte des Everest war ein Helikopter auf Höhe von Camp Zwei geflogen, um einen verletzten Bergsteiger zu retten, und es war ein halsbrecherisches Unterfangen gewesen. Hier oben war die Luft zu dünn für jegliche Art von Fortbewegungsmittel.

Ich nahm einen tiefen Atemzug. Auch das klappte wieder einigermaßen. Isa hatte mich wirklich gut zusammengeflickt. Wenn ich diesen verdammten Berg lebendig verlassen wollte, würde ich das aus eigener Kraft tun müssen.

Im nächsten Moment erschien meine besagte Retterin im Zelteingang und steuerte auf mich zu. Sie setzte sich auf den Klappstuhl neben meiner Isomatte und bedachte mich mit dem Anflug eines Lächelns. »Du hast echt schweinisches Glück gehabt, Robin«, sagte sie und streckte die Hand aus, um die Decke hochzuschieben. »Du hast zwar Erfrierungen an den Händen und wahrscheinlich auch an den Füßen, aber mehr als ein paar Finger und Zehen wirst du nicht verlieren. Da du deine Handschuhe die ganze Zeit über getragen hast, müssten die Medikamente in ein paar Stunden anschlagen. Sobald deine Hände abgeschwollen sind, dürftest du sie wieder bewegen können und auch das Gehen sollte dir dann leichter fallen. Dann kannst du den Khumbu in Angriff nehmen.« Sie glitt von ihrem Stuhl und kniete sich neben mich. Kurz drückte ihre Hand meine Schulter und unglaubliche, warme Erleichterung durchflutete meinen Körper. Ich würde hier rauskommen. Ich würde es schaffen.

»Danke, Isa. Ich … danke.« Ich versuchte, all die nicht ausgesprochenen Worte in meinem Blick zu legen, sie schien zu verstehen. Sie lächelte, und ihre Augen schimmerten dabei glasig. »Gern geschehen. Es ist schön, dich zu sehen. Wir dachten schon, es ist zu spät.«

»Tut mir leid.« Wie automatisiert verließ die Entschuldigung meine Lippen. Für den Bruchteil einer Sekunde fragte ich mich, wie viele tausend Mal ich mich in den letzten Jahren besonders bei Alicia für alles Mögliche entschuldigt hatte, ohne dass sich je etwas geändert hatte. Ich schluckte schwer. Jetzt würde sich eine ganze Menge ändern. Dafür wurde es höchste Zeit.

»Nichts davon war deine Schuld«, entgegnete Isa leise und beugte sich kurz über mich hinweg, um meinen Tropf zu kontrollieren. »Es ist nur so schrecklich, dort unten im Basislager zu sitzen und abzuwarten.«

Sie seufzte und zog die Knie an den Körper. Im Schein der Gaslampe erkannte ich deutlich die dunklen Schatten unter ihren Augen. »Weißt du, das hier ist meine vierte Expedition am Everest«, sagte sie und stützte das Kinn auf die Knie. Der Blick ihrer dunklen Augen ruhte auf mir. »Jedes Mal ist mindestens ein Bergsteiger nicht zurückgekommen. Und jetzt sind sogar acht Menschen tot. Und ein paar der Verletzten werden vielleicht nicht überleben, das ist …« Sie hielt kurz inne und putzte sich geräuschvoll die Nase. »Daran gewöhnt man sich nicht.«

»Nein …«, murmelte ich und dachte an Lukas. »Daran gewöhnt man sich nicht. Und das ist auch gut so, oder? Ich meine, was wären wir für Menschen, wenn uns das völlig kalt lassen würde?«

»Das ist wahr«, schluchzte sie. Aus irgendeinem Grund beschämte es mich, sie weinen zu sehen. Eine kurze Pause entstand, in der Isa sich wieder fing, wofür ich ihr dankbar war.

»Was ist mit Jax und Maik?«, fragte ich, nicht sicher, die Antwort diesmal überhaupt hören zu wollen.

»Wir können nicht viel tun«, erwiderte Isa langsam. »Maik ist seit seiner Ankunft katatonisch, Jackson ist längst komatös. Wir … wir müssen damit rechnen, dass keiner von beiden es schafft.«

»Okay«, hörte ich mich wie aus weiter Ferne sagen, trotzdem lähmten Isas Worte mich. Maik und Jackson würden hier oben sterben, so wie ich fast hier oben gestorben wäre. Der Gedanke schnürte mir die Kehle zu, doch die Stille ertrug ich noch weniger. Also erkundigte ich mich weiter. »Und Sebastian und Neil? Was ist mit denen?«

»Wir haben sie dazu gebracht, direkt weiter abzusteigen, als sie hier ankamen«, gab Isa zurück. »Es ist wichtig, dass sie in Bewegung bleiben, solange sie noch nicht völlig kraftlos sind und sich die Folgen der Strapazen zeigen. Sie müssten das Basislager inzwischen erreicht haben. Niemand sollte länger hier oben bleiben als nötig.« Sie atmete pfeifend ein.

Auf halbem Weg zu Isas Hand fiel mir die dicke Bandage wieder ein, sodass ich ihren Arm nur etwas unbeholfen mit meinem Verband tätschelte.

»Es wird schon alles wieder gut.« Ich gab ich mir Mühe, diesmal ihrem Blick standzuhalten. »Wirklich.«

Mein Zuspruch schien ihr zu helfen, denn sie wischte sich die Tränen fort und straffte die Schultern.

»Danke, Robin«, sagte sie und nickte, wie um meinen Worten zusätzliche Bedeutung zu verleihen. Dann fragte sie mich, ob ich noch etwas Tee wollte und stand auf, um mir welchen zu besorgen.

Etwa fünfzehn Minuten später erreichte mich der Tee, doch es war Alicia, die ihn mir brachte, nicht Isa. Ich sah, dass sie geweint hatte und legte den Arm um ihre Schulter, um sie an mich zu ziehen, als sie sich neben mir auf der Isomatte zusammenrollte. Allerdings spürte ich, dass sie nicht über Maik und Jax reden wollte. Das Tageslicht schwand jetzt rasch, und für einige Minuten lagen wir einfach nur schweigend da.

»Morgen früh steigen wir ab. Meinst du, du schaffst das? Vor allem den Khumbu?« Ihre Stirn legte sich in Falten.

»Klar«, versicherte ich ihr und versuchte es obendrein mit einem Lächeln. »Isa meint, dass ich meine Hände dafür gut genug benutzen kann. Das wird schon, keine Sorge.«

»Okay.« Alicia wirkte erleichtert. Sie beugte sich vor und für einen kurzen Moment berührten ihre Lippen sanft meine Nasenspitze. »Ich kann's gar nicht erwarten, diesen verdammten Berg endlich hinter mir zu lassen.«

»Frag mich mal«, seufzte ich. Der Everest war wirklich eine dumme Schlampe, aber das würde ich besser nicht laut aussprechen, bevor ich nicht einen ausreichenden Abstand zwischen mich und den Berg gebracht hatte.

Wir redeten noch ein bisschen und ich trank meinen Tee, dann erschien Isa, um mir die Bandagen abzunehmen. Darunter waren meine Hände noch immer steif, doch die Flexibilität meiner Finger schien zurückzukehren. Einzig die oberen Glieder des Ringfingers und des kleinen Fingers der linken Hand waren schwarz und unbeweglich, sodass ich mich schon darauf einstellte, mich im Krankenhaus von Kathmandu von ihnen zu verabschieden.

Am Morgen des fünften Mais brachen alle noch in Camp Zwei Anwesenden in Richtung Basislager auf. Die Gruppe bestand aus André, Pempa, Alicia, Isa, Alex, mir, einem Kunden und einem Bergführer der britischen Expedition, die mit Anzeichen der Höhenkrankheit von ihren Teamkollegen und den Holländern in Camp Zwei zurückgelassen worden waren, als diese gestern abgestiegen waren. In einigem Abstand folgten uns die drei schweigsamen Sherpas der Japaner, die im Gegensatz zu ihren Kunden den Sturm richtig gedeutet und rechtzeitig umgekehrt waren.

Es dauerte eine halbe Ewigkeit, bis man mir die Steigeisen angeschnallt hatte und wir reisefähig waren. Dabei war mir unangenehm bewusst, dass ich der schwächste der Gruppe war, denn die Briten waren inzwischen fast wieder fit und hatten keine nennenswerten Erfrierungen.

Wir brachen auf, ohne dass groß über Maik und Jackson gesprochen wurde. Alex informierte uns nur mit heiserer Stimme, dass keiner der beiden Nacht überlebt hatte. Schweigende, alles einnehmende Kälte begleitete uns, als wir das Camp hinter uns ließen.

DREIZEHN

5. Mai, Everest Basislager, 5330 Meter

Alicia, Gegenwart

Der Abstieg war Schwerstarbeit. Durch Robin kamen wir nur quälend langsam voran, auch wenn er sein Bestes gab. Mein Körper schien nur noch aus eingerosteten Einzelteilen zu bestehen, die sich nicht mehr zusammensetzen ließen. Wieder einmal geriet die Zeit aus den Fugen.

Das Basislager erschien uns wie eine Fata Morgana, als wir die Zeltstadt endlich am späten Nachmittag erreichten.

Von da an ging alles sehr schnell. Ein wenig abseits des Lagers wartete ein leuchtend roter Rettungshubschrauber mit zwei Sanitätern, die Robin und die beiden Briten an Bord nahmen. Neil wartete schon im Inneren. Ich bebte vor Erleichterung, als ich hinter den anderen an Bord ging. Von hier zu verschwinden, war alles was ich wollte.

Noch immer war ich seltsam starr und in mich gekehrt. Die Nachricht, dass Jackson und Maik in der Nacht beide gestorben waren, drang erst jetzt richtig zu mir durch. Ich fühlte mich leer und verloren, als sich der Helikopter in die Luft erhob und wir das hoch aufragende Himalaya-Gebirge langsam hinter uns ließen. Mit Tränen in den Augen warf ich einen letzten Blick auf den Everest und hoffte, ihn nie wiederzusehen.

Die ganze Zeit über hielt Robin von seiner Liege aus meine Hand, so als wäre ich diejenige, die der Rettungshubschrauber ins Krankenhaus brachte. Als sich unsere Blicke trafen, erwiderte ich sein Lächeln, auch wenn ich stattdessen lieber in Tränen ausgebrochen wäre. Himmel, es wurde wirklich höchste Zeit, dass er ins Krankenhaus kam.

In der Klinik wurden Robins Hände neu verbunden, er wurde untersucht und bekam ein Antibiotikum verabreicht. Die Ärzte erklärten mir, dass er keine organischen Schäden davongetragen hatte, seine Erfrierungen an Händen und Füßen allerdings ernst waren. Die Nerven seien tot, eine Amputation wäre nötig. Das Wort »Amputation« jagte mir einen Schauer über den Rücken. Der behandelnde Arzt, ein freundlicher Nepalese mit Titanbrille, versicherte mir jedoch, dass nur wenige Finger- und Zehenspitzen davon betroffen sein würden. Des Weiteren erklärte er mir, dass Robin eine Infusion bekäme, da er abgemagert und dehydriert war. Ich bedankte mich mechanisch und ließ mich von einer der Schwestern in den Wartebereich bringen. Dort angekommen sank ich auf einen der kalten Metallstühle und stierte einige Minuten lang wie paralysiert ins Nichts. Dann brachen die Dämme und ich begann, haltlos zu schluchzen. Wir hatten dieses gottverdammte Gebirge tatsächlich überlebt. All die Anspannung der letzten Tage fiel von mir ab. Meine Schultern bebten. Wir würden damit aufhören müssen. Der Everest würde der letzte Berg sein, den Robin und ich je betreten hatten. Dafür würde ich sorgen.

Am frühen Abend erfuhr ich, dass Robins Operation für 22 Uhr angesetzt war und ich vorerst nicht zu ihm durfte. Somit blieben mir noch einige Stunden Wartezeit. Ich bedankte mich bei der Schwester, die mir diese Neuigkeiten überbracht hatte, stand auf und suchte nach der Cafeteria, wo ich mir einen dünnen Kaffee im Pappbecher kaufte. Meine Hände zitterten so sehr, dass ich ihn auf den Linoleumboden verschüttete. Inzwischen rann mir der Schweiß die Stirn hinab. Mein Parka war alles, was ich von meiner Bergsteigerkluft hatte ausziehen können. Meine geschundenen Füße in den Bergschuhen pochten schmerzhaft im Takt meines Herzschlags. Mein Körper fühlte sich an, als würde er sich unter den vielen isolierenden Kleidungsschichten allmählich auflösen. Jetzt, wo das Adrenalin und die nagende Sorge um Robin verschwunden war, spürte ich erst, in welch kläglicher Verfassung ich mich selbst befand. Kein Wunder, schließlich hatte ich den verfluchten Everest hinter mir. Ich war jetzt einer der Menschen, der damit prahlen konnte, auf dem höchsten Berg der Erde gestanden zu haben. Nur interessierte mich das nicht das Geringste. Der Preis für diesen Moment war viel zu hoch gewesen.

Jeder Schritt war eine Tortur. Unter höllischen Schmerzen schleppte ich mich zu den Münztelefonen in der Nähe der Eingangshalle. Dort kramte ich meine Geldbörse aus der Tasche, die Isa mir in bewundernswerter Geistesgegenwart zugesteckt hatte, steckte ein paar Münzen in den Schlitz und wählte die Nummer unseres Kommunikationszelts. Es klingelte eine Ewigkeit lang, dann endlich ging jemand an das Satellitentelefon.

»Alicia? Bist du das?« Es war Alex.

»Hey, Alex.« Meine Zunge war bleischwer. Ich rutschte an der Wand neben dem Telefon zu Boden. Kurz informierte ich Alex über Robins Zustand. Alex fragte auch nach Neil und mit einem schuldbewussten Ziehen in der Magengegend realisierte ich, dass ich ihn, seit wir den Rettungshubschrauber auf dem Dach der Klinik verlassen hatten, vollkommen vergessen hatte.

»Sie haben ihn woanders hingebracht. Ich erkundige mich gleich nach ihm«, versprach ich und bettete den Kopf für einen Moment auf die Knie. »Seid ihr schon dabei, das Lager abzubauen?«

»Nein, das machen wir erst morgen früh.« Alex' Stimme klang genauso erschöpft wie ich mich fühlte. »Hier stehen alle noch mehr oder weniger unter Schock. Das mit Maik und Jax ist nicht zu fassen.« Er seufzte schwer. »Keiner hätte damit gerechnet, dass sowas passiert.«

Ich biss mir auf die Lippe, ehe ich antwortete. Diese lebensmüde Arroganz war schon immer unser Fehler gewesen.

»Ja … Ich weiß. Das ist scheiße.«

In der Leitung fiepte es alarmierend. Ächzend stand ich auf und stopfte ein paar mehr Münzen in den Schlitz. Alles drehte sich und ich ließ mich wieder an der Wand herunterrutschen. Ich musste mir die Faust vor den Mund pressen, um nicht zu würgen. Scheiße. Vielleicht brauchte ich ebenfalls ein Bett und eine Infusion.

»Bist du noch da?«, fragte Alex und ich bejahte. Wieder schnürte sich meine Kehle zu. Meine Gedanken kehrten immer wieder zu Maik und der Tatsache zurück, dass er einfach nicht mehr da war.

»Habt ihr schon Maiks Angehörige verständigt?« Seinen Namen auszusprechen entfachte einen dumpfen Schmerz in meiner Brust.

»Das hat Isa vorhin gemacht«, entgegnete Alex. »Es war ein kurzes Gespräch, ich meine, was willst du auch sagen, außer dass er …« Er brach ab und ich empfand eine Woge aus Mitgefühl und Sympathie für Alex. Manchmal war der Job des Managers im Basislagers schwieriger, als den Berg selbst zu begehen.

»Tut mir leid«, murmelte ich und schloss die Augen, um die Tränen zurückzuhalten.

»Mir auch.«, entgegnete Alex leise.

»Hast du mit *KOLOSS* gesprochen?«, fragte ich nach einer kurzen Pause. Alex reagierte mit einem Geräusch, das halb Schnauben und halb Schluchzen war.

»Ja«, sagte er. »Ich habe vorhin angerufen. Euer Management überlegt sich was. Ist nicht einfach, diese Scheiße an die Öffentlichkeit zu tragen. Aber bei der Sache mit Maik wollen sie erstmal dichthalten.«

»Okay, das ist gut.«

Ein kurzes Schweigen entstand.

»Sehen wir uns nächste Woche in Kathmandu?«, fragte ich dann, um ihn und mich auf andere Gedanken zu bringen. »Robin wird nach der OP sicher noch ein paar Tage hierbleiben müssen. Aber trotz allem liegen wir genau in der Zeit, was heißt, dass wir in einer Woche ins *Sankata* einchecken können, oder?«

»Ja, unsere Zimmer sind reserviert«, gab Alex zurück. »Wir sehen zu, dass wir so schnell wie möglich hier aufbrechen. Die

Trekking-Tour zurück wird nochmal heftig für uns alle, denke ich. Soll ich für dich im *Sankata* anrufen und nach einem Zimmer fragen?«

»Nein danke, das mache ich schon selbst.«

Alex räusperte sich. »Na schön. Ähm, Alicia?«

»Mh?«

»Bist du … bist du okay?«

Ich hatte keine Ahnung, woher die Tränen kamen, aber jetzt schluchzte ich wieder los. »Ich … ja, ich glaube schon, nur … Alex, wie konnte das alles so dermaßen schief gehen?« Ich zog geräuschvoll die Nase hoch. Oh Gott, ich musste wie ein jammerndes Baby klingen.

»Okay, hör mir zu, Ali.« Alex' Stimme war wieder fester geworden. »Du gehst jetzt zurück in den Wartebereich und lässt dich von einer Schwester behandeln, okay? Du musst raus aus dieser Kluft und vor allem aus den Bergschuhen. Geh jetzt, na los. Wir sehen uns in einer Woche.«

»Okay.« Die salzigen Tränen brannten auf meinen von Kälte zerstörten Wangen. »Danke. Passt auf euch auf.«

»Tun wir. Pass du auch auf. Ich hab dich lieb, Kleine.«

»Ich dich auch. Bis dann.«

Alex beendete die Verbindung. Ein paar Augenblicke lauschte ich dem schrillen Tuten in der Leitung, dann zog ich mich an der Telefonschnur auf die Beine. Es war mir völlig gleichgültig, dass ich sie dabei fast aus der Verankerung riss. Als das Blut zurück in meine pochenden Füße floss, hätte ich am liebsten laut aufgeschrien, doch ich biss die Zähne zusammen und wählte die Nummer meiner Eltern. Schließlich hatte *KOLOSS* sicher schon erste Informationen mit der Welt geteilt und unsere Familien mussten auf heißen Kohlen sitzen.

Nachdem ich meinem Vater endlose zehn Minuten lang versichert hatte, dass ich okay war und er mir das Versprechen abgerungen hatte, mich morgen wieder zu melden, rief ich Ben an, um ihn über Robins Zustand zu informieren. Als ich auch dieses Gespräch beendete, schien sich der Raum wie wild zu drehen.

Mit letzter Kraft schwankte ich auf den einzigen Stuhl zu, beugte mich vor und machte mich daran, die Plastikscharniere meiner Bergschuhe zu öffnen. Das dauerte eine Ewigkeit, da meine Finger noch immer nicht so funktionierten, wie sie sollten. Als ich meine Füße endlich aus den Schuhen befreite, fühlte es sich kurz an, als wäre ich im Himmel angekommen. Aber ich musste mich beeilen, zurück in den Wartebereich zu kommen, ehe meine Füße anschwollen.

Eine halbe Stunde später lag ich auf einer Liege im Schwesternzimmer, feuchte Wickel um die Füße geschlagen und eine Infusionsnadel im Arm. Im Flur hinter der geschlossenen Tür herrschte reges Treiben, doch die Geräuschkulisse der Ambulanz drang nur gedämpft zu mir durch und machte mich schläfrig.

23. März, Selenter See

Alicia, zwei Jahre zuvor

Ich lag im Schatten einer Eiche und döste vor mich hin. Zwischen den Sträuchern vernahm ich das leise Summen der Moskitos, doch wenn Robin bei mir war, interessierten sich diese Viecher keinen Deut für mich. Sein Blut musste wunderbar süß schmecken.

»Das Mückenspray ist in der Tasche«, murmelte ich und öffnete die Augen, als ich keine Antwort erhielt. Der Platz auf der Decke neben mir war leer. Ich setzte mich auf und entdeckte Robin einige Schritte entfernt unten am Seeufer. Er hatte sein T-Shirt ausgezogen und stand bis zu den Waden im klaren Wasser. Die Sonne glitzerte hell auf der von kleinen Wellen gekräuselten Seeoberfläche. Ich kniff die Augen zusammen und kramte meine Sonnenbrille aus der Tasche.

»Hey, testest du schon mal die Temperatur?«, rief ich ihm zu, sodass er sich umdrehte.

»Es ist gar nicht so kalt«, entgegnete er und kam über den hellen Sand zu mir hinüber. Als er das Gras erreichte, verzog er das

Gesicht und wischte seine sandigen Zehen an den Halmen ab. Ich verkniff mir ein Grinsen. Robin hasste Sand zwischen den Zehen.

»Ah, übrigens.« Er beugte sich über mich hinweg und griff nach etwas im Schatten neben dem Stamm der Eiche. Es war eine Blüte des Schmetterlingsflieders, der hier überall wuchs. Er reichte sie mir. »Du wolltest doch einen Ableger für den Garten deiner Mutter.« Ich nahm ihm die Blume ab und betrachtete die weißen, von blassem Violett durchzogenen Blütenblätter.

»Hast du die einfach so abgerissen?«, fragte ich, und Robin hörte meinen empörten Unterton, denn er verdrehte die Augen.

»Nein, ich habe deine Nagelschere benutzt«, beteuerte er und deutete auf den sauber abgetrennten Stil der Pflanze. »Siehst du?«

Ich lächelte ihm zu, beugte mich vor und küsste seine schon leicht verbrannte Nasenspitze. »Da bist du ja nochmal davongekommen. Danke. Aber ich fürchte, sie überlebt die Rückfahrt bei der Hitze nicht.«

Er zuckte mit den Schultern, während ich die Blüte vorsichtig wieder in den Schatten legte.

»Also, wollen wir ins Wasser?«

Ich ließ mich vom ihm auf die Füße ziehen, zog mir mein Strandkleid über den Kopf und folgte ihm hinunter ans Ufer.

»Der Selenter See ist der zweitgrößte See in Schleswig-Holstein«, informierte Robin mich platonisch, als ich prüfend einen Fuß ins Wasser hielt. Trotz der Hitze hatte sich der See noch nicht aufgewärmt – das Wasser war eiskalt. Sofort bekam ich eine Gänsehaut. Robin jedoch schien die Wassertemperaturen nichts auszumachen. Zielstrebig ging er weiter hinein, bis nur noch seine Brust aus der tiefblauen Oberfläche ragte.

»Er wird in der Ostsee entwässert und ist wahrscheinlich in der Weichseleiszeit entstanden.« Er lachte, ein Geräusch, das ich viel zu selten hörte. »Oder so ähnlich zumindest.«

Ich schnaubte. »Das mit der Eiszeit glaube ich gerne. Woher weißt du das eigentlich alles?«, fragte ich, biss die Zähne zusammen und tauchte bis zu den Schultern unter. Robin kam wieder näher zu mir und nahm meine Hände.

»Na, Google natürlich.«

Ich quiekte auf, als er mich plötzlich mit einem Ruck tiefer ins Wasser zog. Lachend schlang er die Arme um mich, damit ich nicht länger um mich schlagen konnte. Die Kälte war überwältigend.

»Ist doch gar nicht so schlimm!«, japste er, Gesicht und Haare jetzt völlig nass.

»Du bist ein hinterhältiger Verräter«, keuchte ich und hielt mich an seinen Schultern fest. Wir waren jetzt so weit vom Ufer entfernt, dass meine Beine den Boden nicht mehr berührten. Robin reichte das Wasser bis zur Schulter; er schien gerade noch stehen zu können.

»Mag sein.« Er ließ mich los, tauchte unter und schwamm einige Meter davon.

Wie so oft hatte Robin recht gehabt – der Tagesausflug zum Selenter See hatte sich wirklich gelohnt. Ich schwamm eine ausgiebige Runde und genoss die Wärme der Sonne auf meiner Haut, die im kalten Wasser ziemlich angenehm war. Gemächlich paddelte ich zurück zum Ufer und setzte mich auf den seichten Grund, wo mir das Wasser inzwischen angenehm warm erschien. Mein Freund war jetzt nur noch ein kleiner Stecknadelkopf irgendwo in den Weiten des Sees. Das war typisch. Robin nutzte jede Gelegenheit sich völlig zu verausgaben.

Doch nach ein paar Minuten verharrte er auf der Stelle, winkte mir zu und schwamm wieder zurück. Als er das Ufer erreichte, atmete er schwer. Seine Hände, die sich um meine Fußgelenke schlossen, waren so kalt, dass ich zusammenzuckte.

»Na?« Er strahlte über das ganze Gesicht. »Da draußen ist das Wasser viel klarer als hier am Rand. Das ist der Wahnsinn!«

»Du bist Wahnsinn. Wahnsinnig.« Lachend trat ich nach ihn, als er mein Bein aus dem Wasser zog, den Mund aufriss und Anstalten machte, in meine Wade zu beißen.

»Jap. Kein Zweifel. Du *bist* wahnsinnig.«

Ich ließ mich wieder zu ihm ins tiefere Wasser gleiten. Die Sonne ließ die Wassertropfen auf seiner nackten Haut wie kleine

Edelsteine glitzern. Ich betrachtete die etwa faustgroße Pigmentstörung auf seiner linken Schulter, die sich in kleinen Sprenkeln bis zu seinem Bauchnabel ausbreitete. Schneeweiß setzte sie sich von der sonst gebräunten Haut ab und verlieh ihm etwas Einzigartiges, auch wenn ich wusste, dass er diesen Makel an sich hasste. Ich kam näher und malte den Rand der verrückten Landkarte mit dem Finger nach. Robin kniff die Augen vor der Sonne zusammen und lehnte seine Stirn gegen meine.

»Wer hatte recht, als er gesagt hat, der See wäre ein Muss?«, murmelte er und pikste mich in die Wange.

»Ich weiß nicht, Google?«, scherzte ich und lachte über den tadelnden Blick, den er mir zuwarf.

»Nein, es ist wirklich wunderschön hier. Du hattest recht«, gab ich grinsend zu und ging in Deckung, als er sich mit dem Rücken voran wie ein Wal auf das Wasser schmiss und die Gläser meiner Sonnenbrille nass spritzte. Prustend tauchte er wieder auf und warf sich theatralisch in Siegerpose.

»Hach, diesen Moment nehme ich mit ins Grab«, säuselte er, als er sich im flachen Wasser niederließ, und strich sich das tropfnasse Haar aus der Stirn. Ich schwamm näher zu ihm und umfasste nun seine Knöchel.

»Nein, im Ernst. Danke für den Tag«, sagte ich und reckte den Hals, um meine Lippen gegen sein Knie zu drücken. Er beugte sich vor und ahmte meine Mimik nach, die dem eines Kugelfischs sehr ähnlich war.

»Gern geschehen.« Er schlang die Arme um mich und küsste mich. Seine Lippen waren angenehm kühl.

»Na komm, ich bin schon ganz schrumpelig«, sagte er nach einer Weile und reichte mir seine Hände, um mir aus dem Wasser zu helfen. Uns blieben noch der ganze Tag, bis wir uns auf dem Weg zurück in die Stadt machen mussten, wenn wir Niks Grillparty nicht verpassen wollten. Also ließen wir uns Kopf an Kopf auf der Decke nieder und genossen die Stille der Natur.

»Wir könnten einfach auswandern, weißt du?«, sagte Robin irgendwann leise. Inzwischen hatte mich wieder die Schläfrigkeit gepackt und ich zuckte beim Klang seiner Stimme leicht zusammen.

»Wohin denn?«, fragte ich. »Sollen wir uns eine Blockhütte hier im Wald bauen, unsere Kleidung aus Schilf flechten und uns von Fisch und Wurzeln ernähren?«

»Völlig egal wo«, entgegnete Robin, ohne auf meinen Witz einzugehen. »Irgendwo, weit weg. Wir könnten, wenn wir wollten.«

»Nein, könnten wir nicht«, seufzte ich und mein Lächeln erstarb. Diese Art von Gespräch führten wir nach jeder unserer Expeditionen.

»Wir haben Jobs und Verpflichtungen daheim, warum vergisst du das immer? Ich habe doch gerade erst in der Kletterschule angefangen. Manchmal habe ich wirklich das Gefühl, du hasst unseren Alltag, Robin.«

»Und wenn's so wäre?«

Mit einem Ruck richtete ich mich auf und zog die Tasche zu mir heran, um unsere Sachen zusammen zu packen. Die Lust, noch länger hier in der Sonne zu liegen, war mir schlagartig vergangen.

»Dann würde ich das ziemlich traurig finden«, entgegnete ich kühl und stopfte Sonnencreme und Mückenspray in die Tasche.

6. Mai, Kathmandu

Alicia, Gegenwart

Am nächsten Morgen verließ ich mein Hotelzimmer im ersten Stock des *Sankata* früh, um den Einkauf für Robin und mich nicht länger vor mir herzuschieben.

In Kathmandu würde bald die Regenzeit beginnen und in den engen Straßen der Stadt herrschte drückende Schwüle. Ich trug das notdürftig gewaschene T-Shirt, das ich unter meiner Bergsteigerausrüstung getragen hatte, Flip-Flops des Hotels und einen violetten Wickelrock meiner Zimmernachbarin, die meine seltsame Bitte, mir eins ihrer Kleidungstücke zu leihen, glücklicherweise nicht komisch aufgenommen hatte.

Robin hatte ich gestern Abend nicht mehr sehen dürfen. Die Operation war durch einen akuteren Notfall noch weiter nach hinten geschoben worden, sodass man mich gegen 23 Uhr ins Hotel geschickt hatte. Inzwischen musste er wach sein, und wenn ich ganz ehrlich mit mir war, fürchtete ich mich davor, ihm später unter die Augen zu treten. Zwar wusste ich, dass er mir keine Vorwürfe machen würde, doch die Erinnerungen an andere Situationen, in denen ich ihn in einer Klinik besucht hatte, geisterten stetig in meinem Kopf herum. Ich würde die Bitterkeit nicht ertragen, die er möglicherweise durch den Verlust seiner Finger und Zehen spürte. Noch dazu wusste ich nicht, was seit dem Everest zwischen uns geschehen war. Wir hatten uns geküsst, und das mehrfach. Und schon wieder hatte ich ihm indirekt ein Versprechen gegeben, das Versprechen, die Karten Zuhause neu zu mischen. All das setzte mich enorm unter Druck, doch immerhin wusste ich, dass ich ihn so schnell nicht aus den Augen lassen wollte. Schließlich hatte ich mehrere Stunden lang in dem Glauben gelebt, Robin wäre tot. Und das war unerträglich gewesen.

Ich kaufte ein paar T-Shirts und eine Shorts für Robin, außerdem ein Kleid, eine Hose und zwei Tops für mich. Das musste reichen, schließlich würde ich die Sachen zur Not im Hotel mit der Hand waschen.

Bei Schuhen war ich mir unsicher, schließlich rechnete ich damit, dass Robins Füße und sein Knöchel die nächsten Wochen noch dick verbunden sein würden.

In einem chaotischen Drogeriemarkt kaufte ich zu guter Letzt noch zwei Zahnbürsten, Zahnpasta, Sonnencreme und Deo, dann verließ ich die geschäftige Einkaufsmeile von Thamel und nahm den klapprigen Bus zum Krankenhaus.

Mein Herz schlug mir bis zum Hals, als das *Sushma Koirala Memorial Hospital* vor mir aufragte. Im Sonnenlicht des Tages wirkte der Anblick der Klinik viel realer als gestern in der Dämmerung. Meine Schritte verlangsamten sich, je näher ich dem Eingangsbereich kam. Ich hasste mich selbst dafür, unser Wiedersehen hier draußen so feige hinauszuzögern, doch ich konnte nicht anders.

Mit einem flauen Gefühl in der Magengegend ließ ich mich auf einer der Bänke des gepflasterten Vorplatzes der Klinik nieder, setzte meine Einkaufstaschen ab und zwang mich, ruhig zu atmen. Woher kam diese plötzliche Feigheit? Ich kannte die Antwort, auch wenn ich sie mir selbst nicht geben wollte. Wenn ich Robin gegenübertrat, begann wieder das reale Leben. Der Teil unseres gemeinsamen Lebens, der immer am schwierigsten gewesen war. Robin und ich hatten im Alltag nie sonderlich gut funktioniert, nur auf Reisen hatten wir zueinander gefunden. Diese Erkenntnis tat jedes Mal weh. Oben auf dem höchsten Berg der Erde war es lächerlich einfach zwischen uns gewesen, aber jetzt, zurück auf Meeresspiegelhöhe, drohte uns ein Neubeginn. Wie so oft. Diese Rückschläge waren mir trotz all der Zeit, die inzwischen vergangen war, noch immer schmerzlich bewusst. Wann immer Robin und ich von einer Expedition zurückgekehrt waren, war unser Umgang miteinander noch Wochen danach eine Katastrophe gewesen. Robin hatte immer viel Zeit gebraucht, in sein Leben Zuhause zurückzufinden, und es war ihm von Mal zu Mal schlechter gelungen. Das waren die Zeiten gewesen, in denen er bis spät in die Nacht im Fitnessstudio geblieben war, nur um sich am Morgen noch vor Sonnenaufgang wieder zum Joggen aus dem Haus zu schleichen. Sportsucht. Um den Drang zu unterdrücken, abzuhauen. Wegzuwollen. Weg aus Oberstdorf, weg aus dem Arbeitstrott, vielleicht auch weg von mir.

Und ich hatte tatenlos zugesehen, immer und immer wieder, vielleicht weil ich erleichtert war, dass es kein Alkohol mehr war, der seine Sucht dominierte. Ich war so dumm gewesen.

Sicherlich könnte es könnte ein Fehler sein, nicht daran zu glauben, dass Robins Nahtoderfahrung auf dem Everest, nichts geändert hatte. Vielleicht würde er sein Leben jetzt als etwas Wertvolleres betrachten. Aber Robin war ein Rätsel, immer gewesen, selbst für mich. Niemand wusste, was zurück in Oberstdorf passieren würde. Und ich hatte Angst es herauszufinden.

Trotzdem gab ich mir irgendwann einen Ruck und betrat die in hellen Sandtönen gehaltene Eingangshalle des Krankenhauses. Am Schalter fragte ich nach Robins Zimmer. Man nannte mir die Zimmernummer 361 und schickte mich auf Etage Drei. Ich bedankte mich, nahm den Fahrstuhl und zwang mich zur Ruhe. Robin war immer noch Robin, und schließlich würde es noch ganze zwei Wochen dauern, bis unser Rückflug ging.

Auf der Station begegnete mir niemand. Zweimal bog ich um eine Ecke, dann stand ich vor Zimmer 361. Die Tür stand einen Spalt weit offen. Ich klopfte sachte gegen den Türrahmen und trat ein.

Robin saß in einem Krankenbett, dessen Kopfteil man ein Stück nach oben gefahren hatte, sodass sein Oberkörper aufgerichtet war. Er war blass und das lange Haar lag ihm zottelig auf den Schultern, doch er brachte ein Lächeln zustande.

»Wie geht's dir?«, fragte ich mit belegter Stimme und setzte mich auf den Stuhl neben seinem Bett. Die Bettdecke war zurückgeschlagen und ich sah, dass seine Hände und Füße dick bandagiert waren.

»Ganz gut. Die Schmerzmittel hauen rein.«

Hinter dem Vorhang, der die andere Hälfte des Zimmers verhüllte, atmete jemand schwer.

»Tut mir leid, dass ich nicht hier war, als du aus dem OP kamst«, sagte ich leise, aber Robin schüttelte nur den Kopf. »Macht doch nichts, Ferkel. Es war doch schon mitten in der Nacht, außerdem hätten sie dich eh nicht mehr zu mir gelassen. Hast du denn ein Zimmer gefunden?«

Er warf mir einen fragenden Blick zu, der etwas in meiner Brust zucken ließ.

»Ja, im *Sankata* sogar. Wie viele … wie viele Zehen und Finger haben sie dir abgenommen?«

Robin seufzte. »Die oberen Glieder vom Ringfinger und vom

kleinen Finger der linken Hand, zwei Zehen links und drei rechts.« Er zuckte mit einer Schulter. »Ich werde drüber hinwegkommen.«

»Okay.« Meine Stimme war nicht mehr als ein Flüstern und ich musste mich heftig räuspern, um nicht jeden Moment in Tränen auszubrechen.

»Ich hab dir ein paar Sachen besorgt.« Ich stellte die Tüte mit den Einkäufen auf dem Nachtschrank ab. Jetzt hustete der Zimmergenosse gedämpft in seine Bettwäsche.

»Ist das Neil?«, fragte ich mit gesenkter Stimme und machte eine Kopfbewegung in Richtung des Raumtrenners. Robin warf einen Blick zum hinteren Teil des Zimmers.

»Ja, aber ich glaube, er schläft. Außerdem kann er sowieso nicht so gut sprechen, sein Kopf ist völlig bandagiert. Er hat ziemlich üble Erfrierungen im Gesicht. Aber er ist jetzt stabil. Und Jenna ist schon auf dem Weg hierher.« Jenna musste wohl Neils Frau sein.

Allmählich entspannte ich mich. Entgegen meiner Befürchtungen wirkte Robin ganz und gar nicht labil. Ich beugte mich vor und legte meine Hand auf seinen Arm, da ich seine Hand nun mal nicht halten konnte.

»Haben sie schon gesagt, wann du entlassen wirst?«

»Nicht so richtig. Ich hoffe aber, dass sie mich spätestens rauslassen, wenn die anderen in Kathmandu ankommen. Ich will möglichst nicht länger in Nepal bleiben, als ursprünglich geplant war.«

Auch das erleichterte mich. Er wollte nach Hause.

»Soll ich … äh, willst du, dass ich irgendwen anrufe? Deine Mutter? Oder Ben?«

»Nein danke«, entgegnete Robin kopfschüttelnd. »Es ist ja alles nochmal gut gegangen und ich will vermeiden, dass uns noch eine Gruppe besorgter Familienmitglieder empfängt, wenn wir in Friedrichshafen landen.«

Zwei Fingerglieder und fünf Zehen zu verlieren, fiel meiner Meinung nach nicht unbedingt in die Kategorie »alles nochmal gut gegangen«, aber irgendwie hatte Robin recht. Es hätte durchaus schlimmer kommen können. Also nickte ich und versuchte ein Lächeln.

»Okay. Wenn du noch irgendwas brauchst, sag Bescheid. In der Tüte sind Klamotten, 'ne Zahnbürste und sowas.«

»Ich schreie, wenn was fehlt. Danke, Ali.« Er grinste und wirkte dabei fast wie der Alte.

»Die Erfrierungen in deinem Gesicht sehen schon viel besser aus«, sagte ich sanft. Das stimmte, die dunklen Stellen auf seiner Wange waren bereits blasser.

»Gott sei Dank«, entgegnete er und betastete vorsichtig seine Wangen mit den bandagierten Fingern. Eine kurze Pause entstand, dann hob er den Blick und sah mich ernst an.

»Kannst du fassen, dass Maik und Jax wirklich …?«, fragte er, brach jedoch ab, nicht fähig, den Rest seines Satzes laut auszusprechen. Ich schluckte und drückte seinen Arm. Die Wucht dieser Tatsache traf mich jedes Mal aufs Neue.

»Nein, ich … Oh Gott, das alles kommt mir vor wie ein Albtraum. Es ist so surreal und am liebsten will ich gar nicht daran denken.« Ich warf einen Blick auf die Silhouette hinter dem Vorhang.

»Ich will mir gar nicht vorstellen, was das für *KOLOSS* bedeutet«, schloss ich resigniert. Draußen vor dem Fenster hatte sich der Himmel verdunkelt und erste Regentropfen malten ihre Umrisse an die Fensterscheibe. Sie erinnerten mich an Tränen. Ein erstickter Laut drang aus Robins Kehle.

»Am liebsten würde ich auch nicht ständig an all das denken«, presste er zwischen zusammengebissenen Zähnen hervor. Seine Augen waren feucht, doch er stierte angestrengt aus dem Fenster.

»Musst du auch nicht«, sagte ich leise und legte ihm meine Hand auf die heiße Stirn. Er nahm einen tiefen Atemzug und schloss die Augen.

»Du musst dich jetzt erst mal auf dich konzentrieren. Du musst wieder auf die Beine kommen, und dann werden wir nach Hause fliegen. Und Zuhause kümmern wir uns um alles. Das wird schon wieder.«

»Ja … muss es ja«, flüsterte er und seine Gesichtszüge entspannten sich ein wenig.

»Eben.«

Einen Moment später öffnete er die Augen. Seine Iris hatte die Farbe sonnenbeschienener Serács.

»Danke, dass du noch hier bist, Alicia.«

Ich versuchte ein Lächeln, auch wenn seine Worte mich so rührten, dass die Tränen erneut hinter meinen Augen brannten. So aufrichtig hatte er selten mit mir gesprochen.

»Wo sollte ich denn sonst sein?«, entgegnete ich ein wenig heiser und beugte mich vor, um meinen Kopf an seine Schulter zu lehnen. »Und ich gehe nirgendwo hin, solange du nicht mitkommst.«

Behutsam hob er den Arm, um mich näher an sich zu drücken.

»Ich liebe dich«, flüsterte er beinahe schüchtern. »Ich hab nie damit aufgehört.«

Mein erster Instinkt war, diese Worte zu erwidern, doch das war schwieriger als gedacht. Also drückte ich mein Gesicht nur fester in den Stoff seines Krankenhauskittels und hoffte, dass er verstand.

Wie erwartet zog sich die Woche in Kathmandu ewig hin. Ich besuchte Robin jeden Tag im Krankenhaus, doch die Medikamente machten ihn müde und er schlief viel. Auch Neil störte ich nicht oft, da seine Frau Jenna inzwischen eingetroffen war und ich nicht wusste, wie die Stimmung zwischen ihnen war. Also verbrachte ich die meiste Zeit damit, durch das verregnete Kathmandu zu streifen und mir die Stadt anzusehen. Während der Regenzeit, die dieses Jahr ungewöhnlich früh eingesetzt hatte, war sie wie ausgestorben.

Am fünften Tag nach unserer Ankunft in Kathmandu fiel mir schließlich meine Kodak wieder ein, die ich bei meinem Abstieg von Camp Zwei bei mir gehabt hatte. Ich nahm sie aus meinem Rucksack und fuhr nach Thamel, um den Film entwickeln zu lassen.

In einem schäbigen Fotostudio verlangte ich Direktabzüge aller Fotos, ohne mir die Negative vorher anzusehen. Mit einem plötzlichen Anflug von Nervosität steckte ich sie in einen Papierumschlag, bezahlte und kehrte dann ins *Sankata* zurück. Dort verzog ich mich in mein Zimmer, ließ mich auf das Bett fallen und drückte den Umschlag für einen Augenblick an die Brust. Mein Herz klopfte. Ich wusste nicht, was die Fotos in mir auslösen würden. Wollte ich sie überhaupt sehen?

Diese Frage erübrigte sich, als meine Finger wie von selbst den Klebstreifen des Umschlags lösten. Ich nahm die Fotos heraus, zog die Knie an den Körper und sah sie durch.

Das erste Bild zeigte Sebastian, André und Maik am ersten Tag der Trekking Tour. Sie hatten die Arme umeinander geschlungen und grinsten voller Vorfreude in die Kamera. Ich schluckte schwer, legte das Foto zur Seite und nahm das nächste zur Hand.

Wie so oft hatte die Kodak den Charme der Bergwelt auf malerische Weise eingefangen und der Großteil der Expeditionsfotos war toll. Mir waren einige atemberaubende Aufnahmen des Khumbu-Tals und der Lhotse-Flanke während der Akklimatisierungstouren gelungen. Auch wenn Maiks Anblick mir einen Stich versetzte, betrachtete ich die Fotos insgesamt mit einer gewissen Distanz, vielleicht um mich selbst zu schützen.

Die letzten Aufnahmen zeigten das Gipfelpanorama und Robin, Sebastian, André, Maik, die Sherpas und mich im Glücksrausch. Die Erinnerungen an diesen Moment kamen mir unglaublich surreal vor. Kurz überlegte ich, Robin die Bilder zu zeigen, doch ich verwarf diesen Gedanken schnell wieder. Auch wenn er es gut zu verbergen wusste, Robin würde Zeit brauchen, um die letzten Tage zu verarbeiten. Genauso wie ich.

VIERZEHN

21. Mai, Kathmandu

Robin, Gegenwart

Ich wurde vier Tage nach Ankunft des Teams in Kathmandu entlassen. Alicia holte mich mit einem Taxi ab und wir fuhren ins *Sankata*. Man hatte mir angeboten in einem Rollstuhl zu fahren, doch lieber wäre ich auf allen vieren gekrabbelt. Ohne Krücken konnte ich mich allerdings keine drei Schritte am Stück fortbewegen, weshalb ich für die Treppe in den ersten Stock, wo Alicias Zimmer lag, eine halbe Ewigkeit brauchte.

Oben angekommen ließ ich mich schwer atmend auf das Doppelbett sinken. Meine Ausdauer war völlig im Eimer. Alicia setzte sich neben mich und strich mit der Hand sanft über meinen Arm.

»Schmitti, André, Isa und Alex wollten ursprünglich einen riesen Empfang in der Lobby für dich planen«, erzählte sie.

»Aber ich habe mir schon gedacht, dass dir das ziemlich unangenehm sein würde.« Sie lächelte, als ich das Gesicht verzog.

»Und wo sind sie jetzt?« Mein Blick huschte zur Tür. Ich wollte keinen feierlichen Empfang, keine Gesellschaft, außer die von Alicia. Zumindest für den Moment.

»Ich habe sie überredet, stattdessen ins Krankenhaus zu fahren, um Neil zu besuchen.«

Ich nickte. Neil, der noch ein paar Wochen länger auf der Station bleiben musste, würde sich über den Besuch freuen.

»Na komm, ruh dich aus. Ich packe unsere Sachen.« Sie stand auf. Ich ließ den Kopf in die Kissen sinken und sah zu, wie Alicia sich unserem Gepäck widmete, das sie schon auf ihrem Bett zusammengelegt hatte.

»Tempa und Phurba haben unsere Rucksäcke heute Morgen hergebracht«, sagte sie, den Rücken mir zugewandt. »Aber sie haben sich ziemlich schnell wieder verabschiedet. Sie wollten zurück nach Lukla, zu ihren Familien.«

Anstelle einer Antwort machte ich nur ein zustimmendes Geräusch. Nach allem, was passiert war, konnte die Entscheidung der Sherpas verstehen. Allerdings hatte ich so keine Gelegenheit gehabt, mich für alles bei ihnen zu bedanken. Ich würde Sebastian um ihre Anschrift bitten, sobald wir wieder Zuhause waren.

»Wann geht morgen unser Flug?«, fragte ich, um das Gespräch nicht enden zu lassen.

»7:45 Uhr. Schmitti hat schon ein Taxi bestellt.« Alicia platzierte unsere Tickets auf dem Nachtschrank und stellte den Wecker auf ihrem Telefon. Ich war mehr als froh, unsere ursprünglich geplante Rückreise mit den anderen antreten zu können, obwohl es mir leidtat, Neil zurückzulassen. Doch immerhin hatte er Jenna bei sich und würde spätestens in 14 Tagen ebenfalls nach Hause kommen.

»Ist für heute noch was geplant?«

Alicia drehte sich zu mir um. »Äh, ja. Heute Abend essen wir unten mit den anderen, wenn sie wieder da sind. Das ist doch okay für dich?« Sie warf mir einen forschenden Blick zu. Ich versuchte ein Lächeln.

»Ja. Klar.«

Das Expeditionsteam im Speisesaal wiederzusehen, löste eine Welle von Erleichterung in mir aus. Sebastian erhob sich, als ich mit Alicia an meiner Seite die Treppe hinunter gehumpelt kam und drückte mich einige Minuten fest an sich, ohne dass einer von uns etwas hätte sagen müssen.

Dann setzten wir uns an einen großen Tisch in der Ecke und Alex bestellte eine Runde Bier, in der für mich eine Cola raussprang. Allerdings kümmerte mich das kaum.

»Also dann«, sagte er ernst und hob sein Glas, als jeder sein Getränk vor sich hatte. »Darauf, dass ihr alle noch hier bei uns sitzt.«

»Und auf die, denen das nicht mehr vergönnt ist«, ergänzte André leise und biss sich auf die Lippe. Stumm hoben wir unsere Gläser und tranken.

Es war alles andere als einfach, beim Essen mit Messer und Gabel zu hantieren. Zwar waren meine Hände nicht mehr so dick bandagiert wie noch kurz nach der OP, aber sie waren immer noch geschwollen und die Verbände waren fest und unnachgiebig. Die anderen merkten das, doch ich war erleichtert, dass mir niemand seine Hilfe anbot. Die Stille, die beim Essen aufkam, schien meine Gelegenheit zu sein.

»Hört mal zu, Leute«, sagte ich ein wenig verlegen und ließ die Gabel sinken. »Ich … äh, ich will mich einfach bei euch bedanken. Ohne euch hätte ich es nicht bis hierhergeschafft. Jedenfalls, danke. Ihr habt mir das Leben gerettet.«

Isa, die neben mir saß, drückte meinen Arm. Ihre Augen waren feucht.

»Darauf trinken wir auch«, entschied Alex kurzerhand und wieder hoben wir unsere Gläser. Alicia, die mir gegenübersaß, lächelte mir zu und unter dem Tisch berührte ihr Schuh kurz und vorsichtig meine verbundenen Füße, die kaum in die größten Schlappen passten. Alle wirkten jetzt ein wenig entspannter, nur Sebastian zu meiner rechten machte den Eindruck, als sei noch nicht alles zwischen uns ausgesprochen.

»Hör mal, Junge«, sagte er mit gedämpfter Stimme, als Alex, André, Isa und Alicia zu plaudern begannen.

»Ich muss ständig daran denken, dass ich dich zurückgelassen habe.« Seine Stimme war heiser und klang furchtbar fremd. Ich wollte etwas erwidern, doch er fuhr fort, ohne dass ich dazu gekommen wäre: »Und dass ich direkt zum Basislager abgestiegen bin, ohne mich weiter drum zu kümmern, ob du okay bist, ist einfach nicht richtig gewesen. Ich meine, scheiße, du lagst da oben in einem der Zelte!«

»Das konntest du nicht wissen. Und du hattest Neil bei dir«, erinnerte ich ihn und stieß ihn mit dem Ellbogen an.

»Du hast dich um ihn gekümmert. Außerdem hätte ich dasselbe gemacht, wenn ich dich am Südsattel verloren hätte. Ich bin meterweit einen Abhang runtergerutscht und der Wind hat alle Spuren sofort verwischt. Du konntest mich gar nicht finden, und ich weiß ja, dass du es versucht hast. Ich mache dir also überhaupt keinen Vorwurf, okay?« Ich sah ihn ernst an. »Und Neil hätte es ohne dich wahrscheinlich nicht gepackt.«

»Aber ich hätte auch für dich da sein sollen«, murmelte Sebastian, den Blick starr seinem Teller zugewandt. Meine Worte schienen kaum zu ihm durchzudringen. »Und dass ich es nicht war, fühlt sich … fühlt sich scheiße an. Ich hätte dich gar nicht erst in solche Gefahr bringen dürfen. Dass ich dich für die Rettungsaktion wieder da hochgezwungen habe, war falsch.«

»Lass mal gut sein, Seb«, sagte ich und stieß ihn erneut an, diesmal fester. »Es ist doch alles gut gegangen.«

Sebastian nahm einen tiefen Atemzug und versuchte ein Lächeln. Ich grinste ihm ermutigend zu. »Alles klar dann?«

Er nickte. »Ja. Alles klar.«

Obwohl unser Flug so früh am Morgen gehen würde, saßen wir noch lange zusammen. Zwar schien die Katastrophe, die wir auf dem Berg erlebt hatten, noch immer allgegenwärtig in der Luft zwischen uns zu hängen, aber trotzdem lachten wir miteinander und versuchten zu verdrängen, was der höchste Punkt der Erde uns gekostet hatte. Wir alle spürten, dass es das letzte Mal sein würde, dass wir nach einer Challenge so zusammensaßen. Die berufliche Zukunft von uns allen war nach unserem Erlebnis auf dem Everest ungewiss. Erst Zuhause würde sich zeigen, wie es weiterging, ob oder wie jeder von uns weitermachen wollte.

So war ich wahrscheinlich nicht der einzige, der mit einem seltsam wehmütigen Gefühl ins Bett ging.

Unser Flieger hob zusammen mit der einsetzenden Dämmerung ab. Schon den ganzen Morgen war mir nicht nach Reden zumute und Alicia, die neben mir am Fenster saß, respektierte das. Sebastian, André, Isa und Alex saßen alle einzeln, sodass auch niemand von ihnen ein Gespräch beginnen konnte. Dafür war ich dankbar.

Während die Maschine an Höhe gewann und die Ansicht des Flughafens unter uns stetig kleiner wurde, dachte ich an Maik und Jackson. Der Gedanke, dass ihre Körper noch immer in Camp Zwei lagen, entfachte eine Gänsehaut auf meinen Armen. Wann die Behörden eine Bergungsaktion veranlassten, blieb noch ungewiss. Eine Durchsage des Piloten ertönte durch die Lautsprecher über uns, doch ich hörte nicht hin. Meine Gedanken schweiften ab und landeten bei Lukas und meiner Halluzination von ihm. Vielleicht hatte mein Unterbewusstsein Recht, es gab schlimmere letzte Ruhestätten.

Irgendwann schlief Alicia an meiner Schulter ein. Ich lehnte die Wange an ihren Scheitel und schloss ebenfalls die Augen, doch an Schlaf war nicht zu denken. In meinem Kopf rotierte es unaufhörlich. Die Rückreise warf für mich unwillkürlich die Frage auf, wie es zuhause weitergehen würde. Ein dumpfes Gefühl der Hilflosigkeit loderte in meiner Brust. Und ich fühlte mich schrecklich. Dass Alicia und ich wieder zusammengefunden hatten, hätte eigentlich alles sein sollen, was mich interessierte, alles, was ich mir hätte wünschen können. Doch stattdessen brach mir der Schweiß aus, wenn ich an den Alltag nach dem Everest dachte.

Zwar hatten wir bisher nicht darüber gesprochen, doch ich befürchtete, dass für Alicia das Bergsteigen von nun an der Vergangenheit angehörte, zumindest in diesem Ausmaß. Der Everest war kein Abschluss für uns gewesen, so wie wir es ursprünglich geplant hatten, aber möglicherweise für unser Dasein als Bergsteiger. Zumindest in ihren Augen. Das wurde mir jetzt klar. Und es machte mich krank. Das Bergsteigen war mein Leben, buchstäblich, ich lebte davon. Ich konnte nichts anderes.

Ich richtete mich auf, vorsichtig, um sie nicht zu wecken. Vielleicht war das die richtige Entscheidung. Nach einiger Zeit würde ich mich vielleicht mit dem Entschluss anfreunden können, mich anderen Dingen zuwenden, wieder als Sozialarbeiter arbeiten. Aus

Respekt vor Maik, Jackson, Lukas und all den anderen Menschen, die es nicht geschafft hatten. Aus Respekt vor dem, was beinahe mit mir selbst passiert wäre. Aber eigentlich glaubte ich keine Sekunde daran.

In Frankfurt verabschiedeten wir uns steif von Alex, Isa und André, die von dort aus weiterflogen. Sebastian, Alicia und ich verpassten knapp unseren Anschlussflug und warteten drei Stunden auf den nächsten. Die ganze Zeit über versuchte ich krampfhaft, an etwas anderes zu denken, doch es gelang mir nicht. Ich würde zumindest versuchen müssen, das Bergsteigen an den Nagel zu hängen. Das war ich Alicia schuldig, denn für sie, dessen war ich mir inzwischen fast sicher, kam eine solche Challenge nie wieder in Frage. Und hatte ich nicht selbst die Nase voll? Wie viel hatte mir dieses Hobby bereits genommen? Wieder dachte ich an mein imaginäres Gespräch mit Lukas oberhalb von Camp Drei und die Worte, die dort gefallen waren: *»Es ist sinnlos, und du selbst weißt, dass du in den Bergen sterben wirst. Das weißt du schon 'ne Ewigkeit.«*

Stimme das? War das tief in mir das, was ich wollte?

In Friedrichshafen herrschte drückende Hitze, als wir nach über achtzehn Stunden Flug dort landeten. Draußen bei den Kurzzeitparkplätzen trafen wir auf Pia, Sebastians Assistentin, die mit einem *KOLOSS*-Van auf uns wartete. Sie bekam ihren bestürzten Gesichtsausdruck erst nach ein paar Sekunden unter Kontrolle, als sie mich sah, doch ich begrüßte sie rasch und machte mich mit Sebastian daran, unser Gepäck in den Van zu laden, auch wenn ich ihm dabei keine große Hilfe war. Die Fahrt nach Oberstdorf verlief größtenteils schweigend, und jetzt, wo auch der Abschied von Sebastian nahte, hatte die Stille etwas Drückendes.

Pia fragte, wo sie uns absetzen sollte und Alicia nannte ihr die mir unbekannte Adresse ihrer Wohnung. Wir fuhren etwa zwanzig Minuten und schließlich setzte Pia uns in einer gepflegten Wohngegend am nördlichen Stadtrand ab, dort, wo auch die meisten Ferienwohnungen lagen. Alicia half mir aus dem Wagen und auch Sebastian stieg aus, um uns mit dem Gepäck zu helfen.

»Du kommst zurecht?«, vergewisserte Alicia sich und drückte ihn zum Abschied fest an sich. Sebastian nickte.

»Ja, klar. Zuhause warten Christina und die Kids auf mich.« Er lächelte, doch es erreichte seine Augen kaum.

»Alles klar«, sagte ich und umarmte ihn ebenfalls fest.

»Dann mach's mal gut, Schmitti. Wir sehen uns.«

»Ihr auch, Leute. Lasst euch mal blicken.«

»Machen wir«, versprach Alicia. »Wir bleiben in Kontakt.«

Wir winkten, als Sebastian einstieg und der Wagen vom Gehweg rollte.

»Also dann«, sagte Alicia ein wenig verlegen. »Wollen wir?«

»Okay.« Ich schob sie zur Seite, als sie Anstalten machte, auch meinen Rucksack zu nehmen und folgte ihr zum Wohnhaus. Dass Alicias Wohnung im Erdgeschoss lag, war eine Erleichterung für mich, denn noch immer schmerzte jeder Schritt. Kühle, angenehme Dunkelheit umgab mich, als ich meinen Expeditionsrucksack im Flur abstellte. Die Finger, die mir noch geblieben waren, pochten schmerzhaft.

»Soll ich dir mit den Schuhen helfen?«, fragte Alicia, die schon im Wohnbereich verschwunden war. Das Geräusch der elektrischen Fensterläden ertönte.

»Nee, geht schon«, rief ich und folgte ihr in großen Raum mit dunklen Backsteinwänden, der als Wohn- und Esszimmer eingerichtet war. Dort ließ ich mich auf einem senfgelben Sessel nieder und befreite meine empfindlichen Füße vorsichtig aus meinen Schuhen.

Gedämpfter Verkehrslärm ertönte, als Alicia die Balkontür öffnete, um die abgestandene Luft aus dem Raum zu scheuchen.

»Schön hast du's hier«, schloss ich lahm und blickte mich um. Ich entdeckte keinen einzigen Gegenstand, der mir bekannt vorkam.

Sie verschwand in der Küche und kurz darauf war das Brodeln des Vollautomaten zu hören. Ich lehnte mich in meinem Sessel zurück und nahm einen tiefen Atemzug. Obwohl ich mir seltsam fehl am Platz in ihrer Wohnung vorkam, war ich erleichtert, dass sie mich wie selbstverständlich mit zu sich genommen hatte. Die Enge meines WG-Zimmers würde ich jetzt nicht ertragen. Und dass Alicia mich hier willkommen hieß, bedeutete, dass sie es ernst meinte.

Ich stand auf, als sie mit zwei dampfenden Kaffeetassen zurückkam, doch sie scheuchte mich wieder zurück in den Sessel, stellte die Tassen vor uns auf den Tisch und ließ sich auf das Sofa fallen.

»Ich habe mir gedacht, dass wir heute Abend kurz bei dir vorbeifahren und ein paar Sachen holen«, schlug Alicia vor. »Es ist wahrscheinlich einfacher, wenn du erstmal ein paar Tage hier bleibst, oder? Dann kann ich dir helfen mit … allem.« Sie lächelte ihre Verlegenheit fort und sah mich erwartungsvoll an.

»Gute Idee«, entgegnete ich. »Danke.«

Sie machte ein abweisendes Geräusch und nippte an ihrem Kaffee. »Doch nicht dafür. Wo wohnst du mittlerweile eigentlich?«

»Ähm. Innenstadt. In 'ner WG mit 'nem Kumpel.« Plötzlich schämte ich mich für diese Tatsache. Alicia hob die Brauen, sagte aber nichts.

»Aber ich werde mir dann bald was eigenes suchen«, murmelte ich in meine Tasse.

»Eins nach dem anderen.« Jetzt lächelte sie wieder. »Gibst du mir die Wäsche aus deinem Rucksack? Ich wollte gleich direkt 'ne Maschine anwerfen. Man muss das nach einer Expedition immer gleich machen, sonst –«

»… macht man es nie«, beendete ich ihren Satz und stand auf, um die Schmutzwäsche zu holen. Auf dem Weg zur Garderobe erhaschte ich einen Blick in ihr Schlafzimmer, dessen Tür jetzt offenstand. Der Raum war mit grauen Vorhängen abgedunkelt, doch ich erkannte sofort das Bild, das in Großformat über ihrem Bett hing. Es war die Gipfelpyramide des Mount Elbrus.

»Das Bild hab ich doch gemacht, oder?«, fragte ich und lehnte mich gegen den Türrahmen. Alicia trat hinter mich.

»Mhm. Deshalb ist es auch so schief und der Fokus stimmt nicht.« Sie pikste mich in die Seite, lehnte ihre Stirn aber für einen Moment gegen meine Schulter. Ich legte meinen Arm um sie.

»Wieso hast du das behalten, sonst aber gar nichts?«, fragte ich leise. Sie zuckte mit den Schultern. »Weil's schön ist. Willst du duschen? Ich kann dir Plastiktüten für deine Verbände geben.«

Am Abend fuhr Alicia mich wie geplant in die Innenstadt. Sie bot an, mit hochzukommen, um mir beim Tragen zu helfen, doch ich bat sie, im Wagen zu bleiben.

Als ich die Wohnungstür aufschloss, war niemand da. Mein Mitbewohner war unterwegs, es war schließlich Freitagabend. Und wie ich ihn kannte, hatte er sicher ohnehin vergessen, wann ich zurückkommen würde. Ich humpelte in mein winziges Zimmer, kramte eine Sporttasche aus meinem Schrank und packte ein paar Klamotten und meinen Laptop ein. Dann ging ich ins Bad und nahm alles mit, was ich in den nächsten Wochen brauchen könnte.

Als ich alles beisammenhatte, schrieb ich meinem Mitbewohner einen krakeligen Zettel, dass ich die nächste Zeit nicht hier sein würde und legte ihn auf die Arbeitsplatte in der Küche. Dann schloss ich wieder ab, humpelte die Treppe herunter und ging zurück zum Auto.

Wieder zurück bei Alicia bestellten wir bei ihrem Lieblingsitaliener und zogen mit den Bettdecken auf die Couch, so wie wir es früher immer getan hatten. Alicia fand den Anblick meiner zwei fehlenden Fingerglieder zwar bestürzend, wenig später jedoch furchtbar komisch und lachte die ganze Zeit, als wir die Verbände wechselten.

»Hey, du machst dich einfach so über meine Verstümmlung lustig?«, fragte ich in gespielt beleidigtem Ton und zog eine Schnute. Alicia wischte sich eine Lachträne aus der Augenfalte und seufzte schwer.

»Tut mir leid, aber ohne das obere Glied sehen Finger irgendwie so aus wie diese Mini-Würstchen und darauf war ich nicht vorbereitet.« Wieder prustete sie los und diesmal stimmte ich mit in ihr Lachen ein. Das tat furchtbar gut.

»Hey, sollen wir uns Maiks Blogeinträge ansehen?«, fragte ich, einer spontanen Eingebung folgend, als wir uns beide wieder gefangen hatten. Alicias Grinsen verblasste, doch sie protestierte nicht, als ich meinen Laptop aufklappte, mich in ihr WLAN einwählte und den Blog von *KOLOSS* aufrief. Wie bei jeder Challenge war unsere Expedition sowohl auf dem Blog als auch auf unseren Instagram-Accounts genaustens dokumentiert worden. Es versetzte mir einen Stich, die von Maik verfassten Interviews und Berichte zu lesen. Sogar seine Fotos hatten sie schon hochgeladen. Alicia war nähergekommen und las über meine Schulter hinweg mit.

Anders als Alex gesagt hatte, berichtete *KOLOSS* nun doch groß über Maiks tragisches Ableben und meinen Unfall. Ich schluckte. Unsere Social-Media-Accounts quollen sicher über von Beileids- und Genesungswünschen, sobald wir uns selbst einloggten. Bei diesem Gedanken brach mir der Schweiß aus.

»Wir müssen mit ihnen sprechen, oder?«, fragte Alicia mit belegter Stimme und lehnte sich zurück, um ihre Knie mit den Armen zu umschlingen. Im warmen Licht der Wohnzimmerlampe sah sie plötzlich furchtbar zerbrochen aus. »Eine Stellungnahme geben. Ich meine, klar hat Alex die ihnen schon gegeben, aber sie werden auch unsere Version hören wollen. Tanja hat sicher schon tausend Mal angerufen.« Ihr Blick wanderte zu ihrem Telefon, das ausgeschaltet auf dem Couchtisch lag.

»Müssen wir«, entgegnete ich und klappte den Laptop etwas heftiger als nötig zu. »Aber nicht heute.«

Am nächsten Morgen fuhr Alicia mich zum Arzt, der mich für die nächsten drei Wochen krankschrieb, da es noch etwas dauern würde, bis ich wieder richtig würde laufen können. In nur einer Woche würde Alicia wieder Kurse in der Kletterschule geben. Die Aussicht, zwei Wochen allein in ihrer Wohnung festzusitzen und sich zu Tode zu langweilen, während sie wieder draußen in den Bergen war, war alles andere als erstrebenswert, und um ehrlich zu sein, beneidete ich sie dafür ziemlich. Trotzdem rief ich meinen Chef an und überbrachte ihm die schlechte Nachricht. Der hatte allerdings schon von meinem Unfall gehört und nahm die Neuigkeit gut auf. Natürlich wollten auch Freunde und Bekannte jetzt am laufenden Band wissen, was mit mir los war, aber ich speiste sie alle mit der kurzen Info ab, dass ich mir im Himalaya ein paar Erfrierungen zugezogen hatte und sie sich keine Gedanken zu machen brauchten. Das war immerhin nicht gelogen, nur die Kurzfassung der Ereignisse. Eine sehr kurze Kurzfassung.

Am Abend des dritten Tages nach unserer Rückkehr ließ sich das Telefonat mit meinem Bruder schließlich nicht länger herauszögern. Ben war dazu übergegangen, es im Stundentakt auf meinem Telefon zu versuchen, und als es an diesem Abend wieder klingelte, nahm ich den Anruf mit klopfendem Herzen entgegen.

»Ben? Hey, Mann.«

»Rob! Oh Gott, endlich erreiche ich dich! Scheiße. Wie geht's dir? Hast du den Rückflug gut überstanden?«

»Alles okay. Ich bin inzwischen wieder zuhause«, beruhigte ich ihn. »Bei Alicia, um genau zu sein.«

Ein paar Sekunden herrschte Stille am anderen Ende der Leitung. »Bei Alicia?«, wiederholte Ben dann. »Im Ernst? Das ist … wow, das ist gut für dich, Robin. Ich hatte sowas ähnliches schon gehofft, als sie aus Nepal angerufen hat.«

»Ja, danke.«

Da Ben nicht locker ließ, gab ich ihm einen kurzen Abriss dessen, was auf dem Everest passiert war, wobei ich mir vorkam, als würde ich die Lebensgeschichte eines anderen wiedergeben. Als ich geendet hatte, stieß Ben einen der feinsten russischen Flüche unserer Mutter aus.

»Ich komme vorbei«, entschied er kurzerhand. »Ich … ich fahre heute noch los, ich –«

»Ben«, zügelte ich ihn. »Das ist nicht nötig. Bleib bei deiner Familie, ehrlich. Ich bin bei Alicia gut versorgt und ich werde auch wieder. Versprochen.«

»Bist du sicher? Ich kann herkommen, Rob, wirklich.«

»Das weiß ich zu schätzen, Benni. Aber das ist wirklich nicht nötig.«

Wieder entstand ein kurzes Schweigen zwischen uns.

»Also, du und Alicia, hm?«, fragte Ben dann und ich konnte förmlich hören, dass er dabei grinste. »Das ist gut, Mann. Wirklich gut. Und dieses Mal darfst du es nicht vermasseln. Echt nicht.«

»Ich weiß«, seufzte ich und versuchte zu ignorieren, dass mein Herz bei diesen Worten zentnerschwer wurde.

Alicias Urlaub endete viel zu schnell, sodass plötzlich endlose Tage voller Untätigkeit vor mir lagen. Noch immer schrieben mir alle möglichen Leute, die den Blog gelesen hatten, und sich nun erkundigten, wie es mir ging, doch ich hatte wenig Lust auf Kontakt zur Außenwelt, geschweige denn auf Besuch. Bis auf Ben hatte ich niemandem selbst von meinem Unfall erzählt und ich benutzte mein Telefon nur, um mir bescheuerte Katzenvideos auf YouTube anzusehen, wann immer ich das Gefühl hatte, vor Langeweile zu vergehen.

Es war ein beschissenes Gefühl, den ganzen Tag untätig herumzuliegen und Alicia zur Last zu fallen. Ich wollte mich wenigstens auf irgendeine Weise nützlich machen. Doch Alicia wollte davon nichts hören und bestand darauf, dass ich das tat, was mein Arzt von mir verlangte: nämlich gar nichts.

Aber gar nichts zu tun, hatte den Nachteil, zu viel Zeit zum Nachdenken zu haben. In meinen Gedanken kehrte ich jetzt immer öfter in die Berge zurück und ich verbrachte die Stunden, in denen Alicia in der Kletterschule war, damit, das Internet nach Gipfeln zu durchforsten, die eine zukünftige Challenge wert sein würden. Wenn ich schlief, träumte ich von Lukas, Maik und Jax, aber auch von Gipfelpyramiden, die mein Herz höherschlagen ließen. In diesen Träumen fühlte ich mich so lebendig und frei, nur um dann mit einer solchen Sehnsucht aufzuwachen, dass es mir beinahe die Luft zum Atmen nahm. Seit Alicia und ich wieder hier waren, hatten wir kein einziges Wort über unsere Arbeit mit *KOLOSS* verloren. Vergangenes Wochenende hatte sie unsere Expeditionsausrüstung in den Keller gebracht, während ich geschlafen hatte.

»Komm schon, lass mich doch auch mal was machen«, beschwerte ich mich, als Alicia an diesem Abend wieder Anstalten machte, mich aus der Küche zu verbannen, sobald ich im Türrahmen erschien. Mit sanfter Gewalt schob ich sie zur Seite und machte mich daran, die Einkäufe im Kühlschrank zu verstauen.

»Tut mir leid«, entgegnete sie und lehnte sich gegen die kleine Kochinsel. »Was willst du heute essen?«

»Mir völlig egal, solange du mir erlaubst, dir mal zu helfen«, sagte ich und setzte einen leisen Fluch nach, als mir eine Tomate aus der verbundenen Hand fiel und unter den Küchenschrank rollte.

»Wieso kaufst du diese Dinger nochmal unverpackt?«

»Wegen der Umwelt«, säuselte Alicia und bückte sich, um die Tomate zu bergen. Ich schnitt eine Grimasse in ihre Richtung und sie lachte. »Also heute lieber nichts mit Tomaten?«

Eine Viertelstunde später schnitt ich umständlich Karotten, Zwiebeln und Champignons mit der unversehrten Hand und spürte, wie mein Herz dazu überging, einige Takte schneller zu schlagen, denn ich hatte mir fest vorgenommen, heute mit Alicia zu reden.

»Sag mal …«, begann ich viel zu umständlich und riskierte einen Blick in ihre Richtung. »Was ist eigentlich mit uns und *KOLOSS*?«

Sie wandte sich ab, um das Öl in die Pfanne zu geben.

»Nichts«, entgegnete sie mit ausdruckslosem, aber bestimmtem Tonfall. »Was soll damit sein?«

Mir war klar gewesen, dass sie das sagen würde. Trotzdem traf mich ihre Antwort wie ein Schlag in die Magengrube. Gerade wollte ich etwas erwidern, doch Alicia hatte sich zu mir umgedreht und fuhr fort: »Das ist vorbei. Freunde sind dabei gestorben und du fast auch. Irgendwann geht es zu weit. *KOLOSS* hätte von Anfang an für mehr Sicherheit und mehr Personal sorgen müssen. Und dass sie Maik mit so wenig Erfahrung eingestellt haben …« Sie hielt kurz inne und schluckte schwer. »Eigentlich ging es schon nach Lukas' Tod zu weit. Wir … nein.« Sie schüttelte mit Nachdruck den

Kopf, wie um sich selbst Mut zu machen. »Das muss aufhören. Du musst deinen Vertrag auflösen. Meiner ist jetzt sowieso ausgelaufen, Gott sei Dank. Wir haben immer noch gute Jobs hier, die uns die Arbeit in den Bergen ermöglichen und von denen wir leben können. Das sollte uns genügen.« Kurz berührte sie meinen Arm. »Bis du wieder richtig fit bist, kannst du im Laden arbeiten, und danach wieder langsam mit Produkttests anfangen.«

»Aber …« Hilflos warf ich die Arme in die Luft. »Willst du dir das nicht nochmal überlegen?«

Unsere Blicke trafen sich. Alicia hielt in ihrer Bewegung inne und starrte mich einige Augenblicke einfach nur an, dann knallte sie den Kochtopf auf die Arbeitsplatte.

»Nein, will ich nicht!«, zischte sie. »*KOLOSS* hat genug Schaden angerichtet. Sie können froh sein, dass wir sie nicht verklagen!«

Als sie meinen Gesichtsausdruck sah, stöhnte sie auf.

»Oh bitte! Ich verbiete dir nicht zu klettern, Robin, das würde ich nie tun! Aber diese verrückten Challenges müssen aufhören. Wie viel muss noch passieren, ehe du einsiehst, dass du damit nicht weitermachen kannst?«, fragte sie, bemüht, ihre Stimme ruhig zu halten. »Das ist Wahnsinn, das ist –«

»Ich weiß«, unterbrach ich sie, kleinlaut, beinahe zaghaft. Ich wollte mich jetzt nicht mit ihr streiten. »Ich weiß das, okay?«, wiederholte ich und hob beschwichtigend die verstümmelten Hände. Das Öl in der Pfanne zischte bedrohlich.

»Du hast recht, total recht, wir … *ich* muss aufhören. Ich werde den Vertrag kündigen. Versprochen.«

Sie erwiderte nichts, doch sie setzte wieder eine wohlwollendere Miene auf. Für einen kurzen Moment hasste ich sie dafür.

Ein unangenehmes Schweigen entstand, in dem ich mir aus lauter Verlegenheit eine Cola aus dem Kühlschrank holte. Ich hatte befürchtet, dass das Gespräch wieder zu Konflikten führen würde, trotzdem wollte ich es durchziehen. Schließlich wollte ich fair zu ihr sein.

»Aber, äh, Alicia«, begann ich und klammerte mich an die Colaflasche. »Hör mal. Ich muss dir was sagen.«

Sie drehte sich um, die Stirn in besorgte Falten gelegt. Es fiel mir unglaublich schwer die Worte, die in mir kochten, laut auszusprechen.

»Also«, druckste ich herum und schlug den Blick nieder.

»Ich … also. Es tut mir leid, ich hätte es dir früher sagen sollen, aber –« Jetzt sah ich sie doch an. Sie verzog keine Miene, doch alle Farbe war aus ihrem Gesicht gewichen.

»Nein.« Sie schüttelte den Kopf. »Das hast du nicht gemacht.«

»Ich –«

»Wann?« Sie unterbrach mich. Ich kannte diesen Tonfall. Er zerstörte Illusionen und Träume.

»Nein, lass mich doch mal –«

»Robin!« Ihre Stimme wurde lauter. Ich verstummte. »Sag mir, wann.« Sie kam näher, ihre Hände schlossen sich fest um meine Oberarme.

»Alicia …«, bat ich sie, leise, fast flehend. Hinter uns verbrannten allmählich die Zwiebeln in der Pfanne, doch das kümmerte keinen von uns.

»Sag mir, wann!«, schrie sie, so plötzlich, dass ich zusammenzuckte. Sie stieß mich heftig von sich.

»Im Oktober!«, rief ich. »Ich begehe den Annapurna. Der Vertrag ist schon festgelegt. Sorry.«

Sie brach in Tränen aus und presste sich schluchzend die Hand auf den Mund. Ich starrte auf meine Füße. Mein Gesicht brannte vor Scham. Scheiße.

»Du bist doch gerade erst knapp mit deinem Leben davongekommen«, schluchzte sie. »Wie-so willst du dich immer wieder se-el-bst kaputt machen?« Es schüttelte sie regelrecht und dabei ließ sie mein Herz fast zerspringen.

»Diese Challenges sind mein Leben«, entgegnete ich flehend. Keuchend wischte sie sich die Tränen vom Gesicht.

»Seit Jahren gibt es für dich nichts Schlimmeres, als nach einer Expedition nach Hause zu kommen«, schniefte sie leise, die Stimme heiser. »Dein Leben hier ist doch gut! Und wir können an allem arbeiten, also was ist es, was dich hier so verrückt macht?«

»Es ist …« Ich wich einen Schritt vor ihr zurück. Sie verstand und ließ mich los. Ich wandte mich ab und wischte mir mit den Händen energisch über das Gesicht. Das Zischen des Herdes verstummte.

»Es ist schwer zu erklären. Ich hab es schon mal versucht.«

»Dann versuch es nochmal«, verlangte sie beinahe trotzig. Für einen kurzen Moment zuckte unsägliche Wut durch mein Nervensystem. An Gesprächen wie diesem war schon so viel von mir kaputt gegangen. Ich drehte mich um und zwang mich, sie anzusehen. Ich wollte, dass sie verstand. Das wollte ich wirklich.

»Zuhause ist es von Zeit zu Zeit so, als stünde mir das Wasser bis hier«, erklärte ich und tippte mir an die Kehle.

»Ich kann nicht atmen, da ist diese Dunkelheit um mich herum, und sie folgt mir überall hin. Aber unterwegs, völlig egal wo, auf einem Berg …«, ich zuckte mit den Schultern, »bin ich frei davon. Es geht mir gut, ich fühle mich großartig. Ich habe das Gefühl, da oben ich selbst zu sein.«

»Aber du hast doch auch hier Berge, Robin«, begann Alicia und die Verzweiflung in ihrer Stimme löste ein furchtbar schlechtes Gewissen in mir aus. Trotzdem schüttelte ich den Kopf.

»Das ist nicht dasselbe. Nicht so. Hier ist alles wahnsinnig hart und … keine Ahnung. Das Sponsoring ist mein Lebenstraum, Ali. Ich werde für das bezahlt, was ich liebe. Das kann ich nicht aufgeben. Für nichts auf der Welt.«

Nicht einmal für dich, fügte ich in Gedanken hinzu.

»Aber …« Wieder schniefte sie. »Du wirst doch auch für Produkttests bezahlt. Und das kannst du auch hier tun!«

»Aber nicht so.« Resigniert zuckte ich mit den Schultern. »Außerdem weißt du selbst, dass die meiste Ausrüstung, die ich zum Testen bekomme, für große Höhen ist. Damit kann ich in den Alpen nichts anfangen.«

»Robin.« Wieder berührte Alicia mich. »So kann es aber nicht weitergehen. Verstehst du das? Du kannst nicht mehr nur für diese Momente leben. Du … du bist da oben fast gestorben!«

»Ich lebe aber noch, okay? Ich bin nicht tot!« Meine Stimme

wurde jetzt lauter. »Hör zu, meinetwegen kündige ich *KOLOSS* nach dem Annapurna, okay? Aber dann werde ich allein weitermachen oder mir einen neuen Sponsor suchen. Ich werde weitermachen, Alicia. Und das musst du akzeptieren.«

Sie hatte wieder zu schluchzten begonnen. »Robin, ich glaube, du-du solltest wieder über eine Therapie nachdenken. Vielleicht wird es dann einfacher.«

Ein freudloses Lachen zwängte sich aus meiner Kehle. »Jaah, klar. Weil ich der verrückte –«

»Fang jetzt nicht so an«, unterbrach sie mich und drückte meinen Arm fester. Ihr Gesicht war tränennass. »Bitte. Nicht wieder. Du weißt, dass ich das nicht so sehe. Nur ich kann dir einfach nicht he-helfen und weiß nicht, was ich tun soll, damit es dir besser geht!«

Ich biss die Zähne zusammen. Aber sie hatte ja Recht. Sie schluchzte weiter: »Wir sollten hingehen. Zu einer Therapie, meine ich. Wir beide. Es kann nicht schaden, über das, was auf dem …« Sie verstummte kurz. »Es kann nicht schaden darüber zu reden.«

»Okay«, sagte ich. »Werden wir. Versprochen. Aber das wird meine Entscheidung nicht verändern.«

Wieder schlang sie ihre Arme um mich und drückte mich fest an sich. »Bitte«, murmelte sie in den Stoff meines T-Shirts. »Nimm die Challenge nicht an. *Bitte.«*

Eine kurze Pause entstand, in der mein Hirn fieberhaft arbeitete. Aber mein Entschluss stand fest, egal wie ich es drehte und wendete.

»Es tut mir leid«, murmelte ich. »Aber ich muss das tun. Für mich.« Es war, als hätte jemand Fremdes gesprochen, aber er sagte die Wahrheit. Alicia blickte auf und trat einen Schritt von mir zurück. Ihre Lippen bebten.

»Ist … Ist das deine endgültige Entscheidung?«

»Ja.«

Sie wirbelte herum und stürmte aus der Küche. Ich setzte ihr nach.

»Alicia! Warte.«

Kurz vor der Haustür bekam ich sie zu fassen. Sie wand sich heftig in meinem Griff, doch ich drückte sie an mich und sie begann haltlos zu schluchzen.

»Ist schon gut«, murmelte ich gegen ihren Scheitel und hielt sie einfach nur fest. »Schon gut …«

»Kannst du es nicht wenigstens versuchen?«, flehte sie, die Hände fest in den Stoff meines T-Shirts gekrallt. »Bitte, ich … ich kann dich das nicht wieder machen lassen!«

Anstelle einer Antwort drückte ich sie noch fester an mich und vergrub mein Gesicht in ihrem Haar, aber sie stemmte mich von ihr weg. »Bitte, Robin. Bitte hör auf damit!«

»Das wäre nicht ich, oder?« Ich lächelte sie traurig an. »Hör zu, ich wünschte, es wäre anders, aber …« Ich griff nach ihren Händen und war froh, dass sie mir diese Berührung nicht verwehrte. Ich nahm einen tiefen, zitternden Atemzug. »Wenn du dich für mich entscheidest, musst du das, was ich tue, akzeptieren, Alicia. Diese Expeditionen sind mein Leben. Ich liebe, was ich tue. Ich weiß, ich wäre auf dem Everest fast gestorben und ich weiß, dass ich erst wieder gesund werden muss, um weiterzumachen, aber das werde ich. Und nichts kann mich davon abhalten. Es tut mir leid.«

»Und was ist mit mir?« Wieder wischte sie sich die Tränen fort. »Bedeute ich dir denn gar nichts?«

»Du bedeutest mir alles«, widersprach ich und drückte ihre Hände, auch wenn dadurch ein rasender Schmerz durch meine verletzte Hand fuhr. »Aber das heißt nicht, dass ich meinen Lebenstraum für dich aufgeben kann. Vielleicht macht mich das zu einem selbstsüchtigen Arschloch, aber ich kann es nicht ändern. Aber, hey, hey …« Ich nahm ihr Gesicht zwischen meine Hände, als sie sich erneut abwenden wollte.

»Wir können das schaffen. Wir können Regeln vereinbaren. Nicht mehr als eine Expedition pro Jahr, eine Expedition nicht länger als drei Monate. Und du kannst Gipfel ausschließen, von denen du nicht willst, dass ich sie begehe. Darauf lasse ich mich ein, okay? Alicia, ich liebe dich. So verdammt sehr. Und ich will, dass das mit uns funktioniert, aber ich kann mich nicht zur Ruhe setzen. Noch nicht. Verstehst du das?«

»Ich …« Ihre Schultern sanken ein. Sie schlug den Blick nieder, sagte aber nichts weiter.

»Ich komme immer wieder zurück zu dir, das verspreche ich. Solche waghalsigen Manöver wie auf dem Everest sind gestrichen. Das mache ich nicht mehr. Ich werde das nicht mein ganzes Leben tun können, das ist mir klar. Aber die paar Jahre will ich auch mit dir verbringen und wenn du mich verstehen könntest, dann würde mich das zur glücklichsten Person auf dieser Erde machen.«

Alicia trat einen Schritt zurück und ich ließ sie los. Für einige Augenblicke sah sie mich einfach nur an, dann hob sie die Hand und legte sie auf die Türklinke. Etwas in mir zerschellte.

»Tut mir leid, Robin.« Ihre Stimme klang ganz ruhig. »Aber ich kann das einfach nicht mehr.« Sie wandte sich ab, nahm ihre Schlüssel vom Schuhschrank und schloss leise die Tür hinter sich. Wie erstarrt stand ich da und lauschte, wie ihre Schritte im Treppenhaus erstarben. Strom durchzuckte meinen Körper, doch ich wusste, dass nichts, was ich sagte oder tat, sie zurückholen konnte. Dieses Mal nicht.

Vier Monate später

Flughafen Friedrichshafen

Ein hartnäckiger Kopfschmerz pulsierte in meiner Stirn. Kein Wunder, bei dem Lärm, der in der Eingangshalle des Flughafens herrschte. Überall wimmelte es von Touristen, Kindern und Reisegruppen. In weniger als zwanzig Stunden würde ich wieder in Nepal sein, auf dem Weg zurück in den Himalaya, doch darüber konnte ich mich kaum freuen. Nicht, seit Alicia und ich wieder dazu übergegangen waren, uns nicht mehr zu kennen.

Ich schluckte und schob den Gedanken an sie zur Seite. Es wurde Zeit, dass ich nach vorne schaute, dieses Mal endgültig.

Doch das Gewicht meines Expeditionsrucksacks schien mich zu erdrücken. Ich nahm ihn ab. Als ich mich mit Sebastian und André in der endlosen Schlange vor dem Schalter einreihte, keimte so etwas wie Panik in mir auf.

»Hey, Voss!« Sebastian schlug mir auf die Schulter. »Du bist so still heute. Alles okay?«

Ich nickte. »Klar, Mann.« Meine Stimme klang jämmerlich.

André grinste mich an. »Deine Laune wird sich schon bessern, sobald wir wieder in Kathmandu sind.«

»Ja, bestimmt.« Ich wich seinem Blick aus. Die beiden waren schon den ganzen Morgen einfach unerträglich.

»Kann verstehen, dass dich das mit Alicia runterzieht«, fuhr Sebastian fort. »Aber du kommst darüber hinweg. Du musst nach vorne schauen, Alter.«

Am liebsten hätte ich ihn angeschrien, er solle seine verdammte Klappe halten. Quälend langsam rückte die Schlange vor. Mein Herz raste. Das, was ich hier tat, fühlte sich alles andere als richtig an. Der Aufbruch zum Annapurna kam mir plötzlich vor wie die größte Fehlentscheidung meines Lebens, noch vor dem Alkohol. Noch nie war ich ohne Alicia zu einer Challenge aufgebrochen. Der Gedanke, ohne sie in dieses Flugzeug zu steigen, wurde mit jeder Minute unerträglicher. *Du kannst das nicht ohne sie machen.*

Ehe ich wusste, was ich tat, hatte ich meinen Rucksack wieder geschultert. Sebastian blickte auf und runzelte die Stirn. »Was ist denn los?«

»Ich …« Mir war plötzlich heiß. Ich schwitzte. Ich musste an die Luft, weg von hier, jetzt sofort. »Ich kann das nicht machen.«

Die beiden Bergführer wechselten einen Blick. »Du kannst was nicht machen?«, fragte André, doch er sah aus, als würde er die Antwort schon kennen.

»Das hier, die Challenge.« Mein Atem ging jetzt nur noch stoßweise. »Tut mir leid, ich muss gehen.«

Ich wandte mich ab und beschleunigte meine Schritte, bis ich fast zum Ausgang rannte. Sebastian und André riefen mir etwas hinterher, doch keiner von beiden folgte mir.

Draußen vor dem Gebäude regnete es in Strömen. In der Drehtür stieß ich mit einer Frau zusammen, doch ich quetschte mich einfach an ihr vorbei und stolperte ins Freie. Meine Hände zitterten. Einen Augenblick lang atmete ich tief durch, dann wandte ich mich ruckartig in Richtung der Taxis.

»Robin?«

Ich blieb wie angewurzelt stehen, drehte mich um. Vor mir stand Alicia, der Regen perlte von ihrer Jacke ab.

»Was machst du denn hier?«, fragte ich, ehe ich realisierte, wie dämlich diese Frage klang.

»Ich wollte mich von dir verabschieden«, entgegnete sie, das Gesicht ernst und ausdruckslos. »Und dir viel Erfolg wünschen.«

»Oh … okay.« Meine Stimme war so verdammt schwach. Trotzdem machte ich einen Schritt auf sie zu. Ich hatte nur eine Chance, das wusste ich. Also würde ich dieses eine Mal meine Karten offen auf den Tisch legen. »Na ja, die Sache ist die, ich … ich fliege nicht.«

Alicia runzelte die Stirn. Mein Herz flatterte.

»Was soll das heißen? Warum fliegst du nicht?« Sie klang skeptisch, ich konnte es ihr nicht verdenken.

»Weil mir eben klar geworden ist, dass das hier ein ziemlich großer Scheißfehler war.« Ich räusperte mich, hielt ihrem Blick aber stand. »Ohne dich will ich das nicht machen, Ali. Scheiß auf den Flug und scheiß auf *KOLOSS*.«

Sie blinzelte. »Bist du dir da sicher?« Forschend betrachtete sie mein Gesicht, doch ich nickte. Noch nie war ich mir in einer Sache so sicher gewesen.

»Es hat sich einfach nicht richtig angefühlt.«

Ich machte noch einen Schritt auf sie zu. Meine Hand begegnete ihrer. Sie war kalt, doch ich drückte sie und Alicia zog sie nicht weg.

»Hast du vielleicht Lust auf einen Kaffee?«, fragte ich und versuchte es mit einem Lächeln. Sie erwiderte es, zögerlich, aber voller Hoffnung.

»Ja, gern.«

EPILOG

18. Dezember, Kyoto

Alicia, Gegenwart

Die Scheibenwischer liefen auf höchster Stufe, trotzdem waren sie den dicken Schneeflocken kaum gewachsen, die unaufhörlich auf den Wagen niederprasselten.

»Vielleicht sollten wir das Auto wieder abgeben und mit der Bahn zum Hotel fahren?«, schlug ich vor, doch Robin schnalzte nur missbilligend mit der Zunge. Seine Brille saß etwas schief auf seiner Nase und seine Wangen waren leicht gerötet, trotzdem war er in Hochstimmung.

»Unsinn, ich krieg das schon hin, vertrau mir mal.« Er grinste mich an und trat vorsichtig auf die Bremse, als die Ampel vor uns auf Rot sprang. Sogleich ertönte ein wütendes Hupkonzert.

»Ich würde einen Nervenzusammenbruch kriegen, wenn ich bei dem Chaos Autofahren müsste«, sagte ich und warf einen beunruhigten Blick in den Seitenspiegel.

Robin lachte leise. Seine Hand, an der zwei Fingergelenke fehlten, legte sich beschwichtigend auf mein Bein.

»Ich weiß. Aber man gewöhnt sich dran. Die erste Zeit, in der ich hier gelebt habe, hatte ich jedes Mal Todesangst, wenn ich in ein Auto steigen musste.«

»Das glaube ich sofort.« Ich drückte seine Hand und wischte mit der anderen über das beschlagene Fenster. Die verschneite Stadt leuchtete in der aufkommenden Dämmerung wie ein großer Juwel.

»Übermorgen soll es aufhören zu schneien, vielleicht können wir dann den Mount Daimonji in Angriff nehmen.« Robin fuhr vorsichtig an, als die Ampel Grün wurde und schaffte es, dass der Wagen nur minimal schlitterte. Bevor ich nachfragen konnte, fuhr er fort. »Das ist ein kleiner Berg, besser gesagt ein Hügel, über den man eine echt beeindruckende Sicht auf Kyoto hat. Er ist nur knapp 400 Meter hoch, bis zur Spitze ist es ein gemütlicher Spaziergang. Bei gutem Wetter kann man sogar Osaka sehen. Das wäre doch schön, oder?«

»Ja. Klingt gut.« Ich lächelte ihm zu.

»Und wenn es weiter schneit, steigen wir stattdessen einfach auf den Kyoto Tower.« Robin setzte den Blinker und lenkte den Wagen vorsichtig in eine schmale Seitenstraße. Er strahlte noch immer. »Ich freue mich total, dir das alles zeigen zu können, Ali.«

»Ich freue mich auch.« Wieder drückte ich seine Hand und lehnte mich zurück, als wir erneut an einer Ampel zum Stehen kamen. Das Schneetreiben wurde immer stärker. Jenseits der Kreuzung lag ein ausladender, mit Bäumen und Laternen gesäumter Park, der von unberührtem Weiß bedeckt war.

»Übrigens habe ich über das nachgedacht, was du gesagt hast«, sagte Robin und ich riss den Blick von dem Park los.

»Was meinst du?«, fragte ich. In den letzten Wochen hatten wir kaum über unsere Zukunft gesprochen. Zu kostbar war es uns gewesen, einander wieder nah zu sein.

»Dass du nicht mit mir zusammen sein kannst, wenn ich dieses Leben lebe. Auf Expeditionen gehe und alles andere hinter mir lasse. Das ist egoistisch und falsch. Das weiß ich jetzt.«

»Robin, ich …« Mein Herz schlug jetzt viel schneller in meiner Brust. Ich wusste nicht, was ich sagen sollte und ich fürchtete mich vor dem, was jetzt kam. Vielleicht würde durch seine Ehrlichkeit wieder nur alles kaputt gehen.

»Ich will nur sagen, dass ich es jetzt verstanden habe«, fuhr Robin fort. »Eigentlich schon, als ich am Flughafen war, um zum Annapurna zu fliegen. Da hab ich es eingesehen, Ali. All das ist mir nicht wichtig, wenn du nicht bei mir bist.«

Wieder hupte es hinter uns und Robin fuhr los, trotzdem redete er weiter: »Und es war dumm und selbstsüchtig von mir, dich vor ein Ultimatum zu stellen. Tut mir leid, dass ich so ein Idiot war.«

In meinen Ohren rauschte es. Trotz der winterlichen Kälte in Kyoto war mir plötzlich furchtbar heiß. »Und was bedeutet das für uns?«, fragte ich, die Stimme kaum mehr als ein heiseres Krächzen. Robin lenkte den Wagen auf einen schmalen Parkplatz vor einem modernen, hell erleuchteten Hotel nahe eines zugefrorenen Sees. Der Motor erstarb und für einen kurzen Moment legte sich Stille über uns. Robin schnallte sich ab und beugte sich ein wenig näher zu mir.

»Das bedeutet, dass ich dieses Leben nicht will, wenn ich dich dafür eintauschen muss.« Seine gezeichneten Hände umschlossen meine. »Wir haben alle Zeit der Welt, zu entscheiden, in welche Richtung unser Leben von jetzt an verlaufen soll. Ob oder wie wir noch Bergsteiger sein wollen. Wer weiß, vielleicht gehen wir irgendwann wieder auf Expedition. Aber vielleicht auch nicht und damit kann ich leben. Wir haben die Alpen vor der Tür, wie du gesagt hast. Wir können jederzeit nach Zermatt zu Sarah. Oder nach Japan. Ich will das mit uns nur ein einziges Mal nicht vor die Wand fahren. Es langsam angehen lassen. Wenn du noch willst.«

»Klar will ich«, entgegnete ich, bevor ich überhaupt wusste, was ich da sagte. Ich schniefte, lachte aber, als ich sah, wie sich sein Gesicht vor Erleichterung aufhellte.

»Ich liebe dich, Ferkel.« Er zog mich in eine feste Umarmung. Ich presste meine Wange gegen den Stoff seiner Jacke und sog seinen vertrauten Geruch ein.

»Ich dich auch, Tigger.«

Einige Augenblicke verharrten wir in dieser Position, während der fallende Schnee die Fenster des Wagens verdeckte. Dann berührten sich unsere Lippen und zum ersten Mal seit Monaten stellte sich das Gefühl in mir ein, genau das richtige getan zu haben.

»Wollen wir dann einchecken?«, fragte Robin, als wir uns voneinander lösten. Seine Augen leuchteten vor Aufregung.

Ich lehnte meine Stirn gegen seine. Sein Strahlen war ansteckend. »Unbedingt.«

Auf dem kurzen Weg zum Hotel hielt ich seine Hand. Und als wir Seite an Seite durch den unberührten Schnee gingen, schwor ich mir, sie so schnell nicht wieder loszulassen.

– ENDE –

DANKSAGUNG

An erster Stelle danke ich Piper Digital und Buchszene für den Write! Love! Sport! Wettbewerb und die tolle Chance, die mir diese Ausschreibung ermöglicht hat. Ein großes Danke geht besonders an Eliane Wurzer und Barbara Pointner von Piper Digital, die mir bei allerlei Fragen immer mit Rat und Tat zur Seite gestanden haben. Auch danke ich meiner Lektorin Cornelia Franke, die tolle Arbeit geleistet und das beste aus der Geschichte herausgeholt hat. Außerdem bedanke ich mich bei jedem, der während der Voting-Phase seine Stimme für meine Geschichte abgegeben hat. Jeder einzelne Vote hat mich meinem Traum vom eigenen Buch ein Stückchen näher gebracht.

Ein riesiges Dankeschön geht an meine Mitgewinnerinnen Ava Blum und Tine Nell für den tollen Austausch und den Zusammenhalt, ich kann es kaum erwarten, bald auch eure Bücher in den Händen zu halten! Ihr zwei seid in den letzten Monaten wirklich tolle Freundinnen für mich geworden und ich möchte euch nicht mehr missen.

Danke an meine Eltern, die mich immer unterstützt und niemals an mir gezweifelt haben – Mama, Papa, wegen euch kann ich tun, was ich liebe. Das ist so viel wert.

Das Dach der Welt zu schreiben hat sich des öfteren angefühlt, als würde ich den Mount Everest selbst besteigen, aber in Flip-Flops, um eine sehr gute Serie zu zitieren. Deshalb danke ich meinen Testleserinnen Alicia, Charline und Helen für die große Hilfe. Ein ganz besonderer Dank geht hierbei an meine Autorenkollegin Katie Kling; Katie, ich kann dir gar nicht genug danken für dein tolles Korrektorat, die Anregungen und den unermüdlichen Zuspruch. Im Zuge dessen auch ein großes Dankeschön an zwei weitere liebe Kolleginnen, Alisha und Laura Schulz, die die Anfänge des Romans live mitbekommen und Robin und Alicia schon von Beginn an mitgeformt haben. Ihr seid die besten und für mich einfach der Inbegriff von echter Frauenpower. Ganz viel Liebe für Zwei, von euch kann man eine Menge lernen.

Vielen Dank an meine liebe Freundin Tiziana für den treuen Support und die viele Werbung, du hast für die Voting-Phase wirklich Himmel und Hölle in Bewegung gesetzt und ich bin so froh, immer auf dich zählen zu können. Danke an Jamie, deren Freude an meiner Arbeit immer ein kleiner Motivationsschub ist. Danke an meinen Freund Dennis, der mir immer verständnisvoll, helfend und unterstützend den Rücken stärkt und, im Gegensatz zu mir, niemals an meinem Können gezweifelt hat. Du bist Gold.

Und zu guter Letzt danke ich meiner besten Freundin Annika aus tiefstem Herzen. Was soll ich sagen, mit uns Zweien hat alles angefangen, oder? Du und ich, von Wattpad bis zum Verlagsvertrag. Unsere beste und schönste Geschichte, die sogar wahr ist. Danke für endloses Brainstorming, stundenlange Sprachnachrichten, professionelle Krisenbewältigung, Schreiburlaube, Korrekturlesen, Feedback geben und das Immer-da-sein. Das Dach der Welt verdankt dir so viel, und ich auch. Mehr, als ich hier sagen kann. Ich habe dich sehr lieb und weiß, dass ich immer auf dich zählen kann.